마피아 찾기

마피아 찾기

김하림 미스터리 스릴러

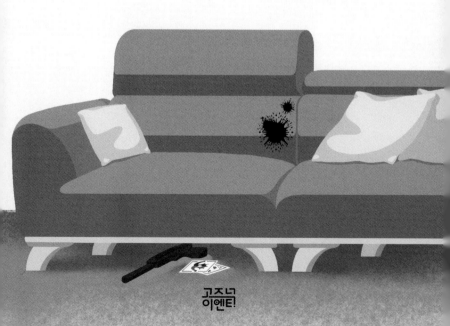

고즈넉
이엔티

또 침묵이 흘렀다. 표정만 봐도 알 것 같았다.
이젠 아무도 이 게임을 원하지 않을뿐더러
따를 생각도 없다는 것을.

차례

1

오늘

광활한 갈대밭을 달리던 봉고차가 웅장한 철문을 지나 주택 건물 앞에 정차했다.

"감사합니다."

누군지도 모르는 운전자를 향해 인사를 하고 민주는 차에서 내렸다. 신발이 흙바닥에 닿자 마치 맨발이 닿은 것처럼 차가운 감각이 느껴졌다. 차 문을 닫자 픽업해왔던 봉고차가 바로 떠나갔다.

민주는 트렌치코트 안으로 파고는 찬공기에 부르르 몸을 떨면서 새하얀 건물을 올려다봤다. 이전에 한 번 와봤다지만 낯설기는 여전했다.

드넓은 갈대밭 한가운데 덩그러니 놓인 이 유럽풍 단독주택은 예전엔 드라마 촬영지로도 쓰였다고 한다. 그러나 지금은 페인트칠도 많이 벗겨지고 곳곳에 금이 가서 조금은 흉물스럽기까지 했다. 게다가 건물 앞으로는 파도처럼 흔들리는 갈대밭만 보일 뿐이었다. 봉고차가 달려온 도로는 지나가는 차 한 대 없이 황량했다.

민주는 손에 들었던 핸드백을 어깨에 메고 '실험 참가자 접수처'라고 종이가 붙어 있는 출입문으로 다가섰다.

들어서자마자 드라마 주인공들의 집으로 쓰였던 거실로 연결되었다. 100평은 족히 넘을 것 같은데, 생활의 흔적이 없는 곳에서 느껴지는 특유의 서늘함이 있었다.

한쪽에서 소곤거리는 말소리가 들려왔다. 저번처럼 주방 쪽에 직원들이 있는 모양이었다. 그쪽으로 다가가려는데 주황색 티셔츠를 입은 젊은 남자가 불쑥 나왔다. 발소리를 들은 모양이었다.

"어서 오십시오."

이전 1차 실험 때도 봤던 남자였다. 키는 보통이었지만 워낙 잘 생겨서 기억에 남았다. 앞으로 일주일 동안 사람 얼굴 대신 기분 나쁜 가면들만 봐야 할 테니 저 얼굴을 더 유심히 봐둬야겠다고 생각하며 민주는 남자를 뒤따라갔다.

똑같은 유니폼을 입은 두 남녀가 주방에 나란히 앉아 민주를 맞았다. 앞에 앉자 남자 직원이 참가 동의서를 내밀었다.

"절차는 1차 때와 동일합니다."

1차 때의 항목들이 적혀 있었다.

가. 해당 실험에 자발적으로 참여했음을 인정한다.

나. 주최자가 제공하는 특정 장소에서 특정 의복(참가복)을 입고 생활하며, 도덕적이고 양심적으로 행동한다.

다. 주최자와 사전에 협의된 필수품 외의 소지품은 모두 제출한다.

라. 실험 주최자가 제시한 규정에 따르며 실험 활동에 성실하게 임한다.

마. '집단 속 익명성'이라는 주제를 가진 실험이므로 서로에게 호칭을 부여하지 않는다.

　　　*이 실험에서의 '익명성'이란 신원을 드러내지 않는 것을 의미한다.

바. 실험 도중에 참가복을 절대 탈의하지 않는다. 단, 개인 방에서 혼자 있을 때는 탈의, 환복이 모두 가능하다.

사. 규정을 어겼을 경우 주최자가 제시하는 패널티에 이의를 제기하지 않는다. 패널티는 실험 참가비에서 일정 금액을 차감하는 것으로 한다.

아. 1차와 2차로 나누어서 진행되는 실험 전부에 참가하는 조건에 대한 계약금을 10,000,000(일천만)원으로 한다. 계약금의 지급일은 1차 실험 전날로 한다. 실험 참가비 잔금 지급일은 실험이 종료된 시점인 퇴소일을 기준으로 그 익일로 한다. 실험 참가비는 계약금을 포함하여 총 50,000,000(오천만)원으로 한다. 단, 중도 포기하거나 참가하지 않을 경우 계약금의 2배에 해당하는 위약금이 발생한다.

자. 모든 규범은 현행법에 따른다. 안에서 범죄가 일어날 시 즉시 주최팀이 개입하며 사안에 따라 경찰의 개입이 불가피할 수 있다.

1차 실험은 이미 2주 전에 끝이 났고, 일주일 동안 여기 머물며 주어지는 활동을 수행하는 방식이었다. 합숙을 하는 데다 1차와 2차 나눠서 모두 참가하는 번거로운 방식이라 신청자가 얼마 안 될 줄 알았는데, 몇만 명이 지원했다고 해서 민주는 깜짝 놀랐었다. 그 몇만 명 중에 자신이 뽑힌 것이다. 민주는 돈만 보고 지원했는데, 서류 통과 후 면접까지 치러서 이 자리에 오게 되었다. 아무리 생각해봐도 선정 기준은 알 수 없었다.

새로운 내용이 없어 민주는 고민없이 펜을 집어들었다. 사인란에 '김민주'를 적어넣자 종이가 바로 주최팀 직원의 손으로 넘어갔다.

"이쪽으로 오시죠."

민주는 남자 직원을 따라갔다. 1차 때와 절차가 똑같아서 어디로 가는지 알 것 같았다.

탈의실은 여전했다. 두 평 남짓한 공간에 길쭉한 사물함이 여덟 개. 모두 열쇠가 꽂힌 채 닫혀 있고 하나만 열려 있었다. 그게 자신이 사용할 사물함이었다.

남자 직원이 나가고 민주 혼자 탈의실에 남았다. 사물함에는 주최팀에서 제공하는 참가복인 '특수 의복'이 비닐로 포장되어 있었다. 속에 입을 티셔츠와 속옷, 잠옷은 여덟 벌로 넉넉해서 매일 갈아입고도 남는다. 겉에 입을 점프슈트는 단 한 벌만 포장되어 있었다. 이것이 일주일 치 옷이었다.

옷을 모두 빼내고 거기다 소지품들을 넣었다. 가져온 소지품은 몇 개 없었다. 어차피 갖고 들어갈 수 없다는 걸 알기에 애초에 가져오지 않았다. 주최팀과 사전에 합의된 알레르기약이나 인공눈물, 피임약, 생리대만 가지고 들어갈 수 있었다. 1차 실험 때는 이럴 줄 모르고 바리바리 싸들고 왔다가 모두 빼앗겼다.

민주는 수월하게 옷을 입었다. 조선시대에나 입었을 법한 동절기 삼베옷처럼 생긴 점프슈트인데, 고급 면 재질에다 품이 넉넉해 입기 편했다.

전에는 입다 말고 사이즈가 너무 크다고 직원을 불렀는데 이젠 그러지 않았다. 이렇게 큰 사이즈로 만든 게 의도적이라는 걸 알기 때문이었다.

옷 안에는 체형을 감추기 위한 장치들이 설치되어 있었다. 어깨에는 갑옷처럼 단단한 패드가 달려 있었고 복부에는 체격을 구분 못 하도록 복대 같은 게 부착되어 있었다. 목 뒤에 쫄쫄이처럼 머리를 감싸는 후드가 타이트한 것, 품이 큰 것 두 가지가 달려 있는데, 둘 다 써야 한다고 했다.

사실 이 괴상한 옷보다 더 괴상한 건 후드 모자와 함께 달린 '가면'이었다. 이걸 쓰고 1차 실험을 참여했던 때가 떠오르자 벌써 땀이 나는 것 같았다.

이게 전부가 아니었다. 장갑, 양말, 신발은 모두 검은색이었고, 군화 같은 신발에는 거의 20센티미터 높이의 깔창이 깔려 있었다. 안쪽 전체에 스펀지까지 붙어 있는 걸 보면 발 사이즈도 알 수 없게 하려는 것 같았다. 그래서 워커 크기는 실제 발 사이즈보다 1.5배는 더 커 보였다. 이래놓으면 정말 누가 누군지 구별할 수 없을 것 같았다. 그나마 구분이 가능한 건 가면에 내장된 음성 변조기로 나오는 목소리뿐이었다.

여덟 명이 똑같은 옷을 입고 똑같은 탈을 쓰고 똑같은 체형으로 생활했던 지난 일주일이 아직까지도 생생했다. 누가 누구인지 구분도 안 되고 얼굴도 몰라 그야말로 혼돈 속에서 지냈던 시간이었다.

가면을 쓰고 거울을 보자, 나 아닌 다른 사람과 마주 선 기분이었다. 1차 실험 일주일 동안 지겹게 봤던 '타인의 얼굴'이었다.

지급된 워치를 차고 탈의실 문을 열자, 여자 직원이 와 있었다. 손에는 금속 탐지기가 들려 있었다.

"다 갈아입으셨나요? 안전을 위해 제가 잠시 확인을 해도 될까요?"

저번에도 했던 절차였다. 민주가 고개를 끄덕이자 금속 탐지기로 몸 전체를 훑고는 조심스럽게 옷 위로 손을 더듬어 수색을 마쳤다. 이어서 아까 잘생긴 남자가 실험장으로 안내했다.

실험장은 이 건물 2층에 있었다. 1층은 드라마 촬영 당시 가정집 형태 그대로였지만 2층은 '실험장'으로 완벽히 리모델링된 구조였다.

계단을 오르자 따로 출입문이 있었다. 하얀 양개형 문이었다. 문을 열기 전에 남자가 당부하듯 말했다.

"실험장 안에서 다른 참가자분들 기다려주시고, 1차 때와 마찬가지로 원하시는 방을 고르시면 됩니다."

"저번에 어떻게 다들 마주치지 않고 입장했나 했더니 시간대가 다 달랐더라고요? 이번에도 그런 건가요?"

말을 하자 변조된 낯선 목소리가 흘러나왔다. 1차 때와 같은 굵은 저음의 남자 목소리였다. 원래는 높은 소프라노 톤인데 전혀 다른 목소리로 변조되니 신기했다. 여전히 남이 말하는 것처럼 이상했다.

"그렇습니다."

"그래서 맨 먼저 온 사람은 다섯 시간을 기다렸다고 하더라고요. 시간대를 보니…… 오늘은 제가 첫 번째인 거죠?"

"예, 맞습니다."

"운도 더럽게 없네요."

"죄송합니다. 참가자분들끼리 신원을 감추기 위해 불가피한 방식이었습니다. 양해를…….'"

"아, 됐어요."

짜증스러운 한숨을 내쉬며 손을 한 번 휙 내젓고는 민주는 실험장 안으로 들어갔다. 들어서자마자 왼쪽 벽에 딱 붙어서 세워져 있는 화이트보드가 눈에 띄었다. 전에는 없었던 건데…….

직원은 출입문까지만 안내하고 돌아갔다. 전에도 그랬듯이 '좋은 시간 되십시오' 혹은 '수고하십시오' 같은 의례적인 인사는 없었다. 그래서인지 밀폐된 공간에 실험을 '당하러' 왔다는 게 실감이 났다.

100평 넓이의 실험장 구조는 단순했다. 설계도를 그린다면 큰 네모 하나, 그걸 가로로 반 가른 다음 위쪽에 작은 네모 여덟 개를 띄엄띄엄 연속으로 그려넣으면 끝이다. 작은 네모들은 참가자들 개인 방으로 1번부터 8번까지 순서대로 번호가 매겨져 있었다. 방은 3평 남짓으로 작았지만 방마다 1미터씩 빈 공간을 두어 프라이버시 걱정은 없었다. 높은 천장은 끝까지 벽으로 막혀 있었다. 그 방들이 둘러싼 가운데 거실이라 할 만한 공간이 있었다. 주최팀은 그곳을 '라운지'라고 불렀다. 그리고 다 같이 식사를 하는 식당은 '다이닝룸'이라 불렀다.

민주는 1차 때와 그대로인 실험장 내부를 무심하게 둘러보았다. 넓지만 삭막하고 공허하게까지 느껴졌다. 창문이 없어 더 그런지도 몰랐다. 분명한 건 안에서는 밖을 볼 수 없는 밀폐된 구조라는 거다. 구석에 삼각대나 벽에 설치된 감시 카메라들도 그대로였다.

민주는 출입구와 가장 먼 1번 방을 골랐다. 출입문과 반대편이고 다이닝룸과 가장 가까운 이 방은 지난 1차 때도 그녀의 방이었다. 내부 구조도 모두 같을 텐데 굳이 다른 방을 고를 이유가 없었다.

민주는 도어락 옆에 붙은 설명서를 보고 새 비밀번호를 등록했다. 몇 번이나 잘 잠기는지 체크하고 나서 라운지로 나왔다.

일주일 동안 여기서 했던 일들이 떠오르자 공간이 좀 더 익숙하게 느껴졌다. 라운지에서 부루마블을 하기도 하고, 꼬리잡기를 하기도, 진실 게임도 했었다. 부루마블 같은 보드게임 세트들이 라운지 구석 선반에 잔뜩 있었는데…… 지금은 텅 비어 있다.

이번엔 어떤 활동들을 수행하게 되는 걸까? 1차 때 했던 그런 놀이 활동들로 주최팀이 뭘 얻을 수 있는 건지 감을 잡을 수 없었다. '익명성'에 대한 실험이라고는 했는데 어떤 지점에서 결과를 내는지 짐작이 되지 않았다. 이런 걸로 실험이 되는 건가?

물론 그건 그녀가 알 바 아니었다. 어차피 실험만 끝내면 통장에 5천이 꽂히니까. 고작 한 달 시간 들여 5천만 원이란 돈을 버는 것이다. 다른 생각은 할 필요 없다. 그 돈으로 뭘 할까 생각하며 민주는 슬그머니 웃었다. 그래도 가면은 아무런 표정이 없을 테지만.

30분쯤 지나자 출입문 열리는 소리가 들렸다. 흰색 점프슈트에 똑같은 가면, 장갑으로 피부 전체를 가린 똑같은 모습을 한 참가자가 들어서고 있었다.

명우는 안내해준 직원에게 들어가면 되냐고 고갯짓을 하곤 실험장에 들어섰다.

문을 열자 온통 새하얀 공간이었다. 아니, 이런 걸 아이보리라고 부르던가. 1차 때와 똑같은 공간일 거라는 건 알았지만, 막상 보니 지겹다는 생각부터 들었다. 뭐라도 달라져 있기를 바랐건만.

아침을 안 먹고 나와 속이 쓰렸다. 명우는 직원에게 물었다.

"혹시 간식거리가 좀 있을까요? 저번에 다이닝룸에 뭐가 좀 많았던 것 같은데⋯⋯."

여기까지 말해놓고 혹시 유별나게 보일까 봐 얼른 덧붙였다.

"아침을 못 먹고 와서요."

"다이닝룸에 간식이 상시 준비되어 있을 예정이지만 아직 참가자분들이 다 오시기 전이라 지금은 이용하실 수 없습니다. 저희 간식이라도 좀 가져다드릴까요?"

"그래주시면 감사하죠."

"알겠습니다."

직원이 나가자 실험장 문이 자동으로 닫혔다. 명우는 이제 저 바깥세상과 분리가 됐다는 게 실감이 났다.

라운지 쪽으로 돌아서다가 놀라 움찔했다. 아직 10시밖에 안 돼 자신이 첫 번째인 줄 알았는데 이미 도착한 사람이 있었다. 똑같은 복장을 한 참가자가 소파에 제집처럼 거만하게 앉아 있었다.

"어서오세요."

가면이 인사를 건네왔다. 변조된 목소리가 굵은 저음인 것으로 보아 남자일 텐데, 1차 실험 때도 명우가 그다지 좋아하지 않았던 참가자였다. 묘하게 거만하고 까칠한 성격이라 영 호감이 가지 않는 인물이었다.

"안녕하십니까."

명우의 변조된 목소리는 중성적이라 성별을 구분하기가 애매한 음색이었다. 무성별스럽다고 할까.

말을 하고 나니 인사 방식에서 나이나 성별이 드러난 게 아닐까 하는 걱정이 들었다. 요즘 젊은이들도 '안녕하십니까' 이런 투로 인사를 하나? 나이 든 걸 들키고 싶지 않아 명우는 얼른 다른 말을 건넸다.

"제가 처음인 줄 알았는데, 두 번째였네요."

"제가 젤 처음이더라고요. 1차 때는 마지막에서 두 번째여서 바로 시작돼 좋았는데 말이죠. 이번엔 다섯 시간을 기다려야 하네요. 님은 네 시간 반 정도 기다리셔야 하고요."

그렇게 말하고는 뭐가 웃긴지 키득거리는 소리가 들렸다. 얼굴이 안 보이니 가면을 쓴 이 사람이 아니라 다른 데서 나는 소리처럼 들렸다. 이런 상황은 여전히 익숙해지지 않았다.

'님'이라는 호칭은 1차 실험이 어느 정도 진행되면서 참가자들 사이에 만들어진 암묵적인 규칙이었다. 나이도, 직업도, 심지어 성별도 전혀 알 수 없으니 마땅히 부를 호칭이 없어서였다. 서로 호칭을 붙이는 것 자체가 규정으로 금지되어 있기도 했다.

"제 방은 저기로 정했어요. 전에 쓰던 방이거든요."

굵은 저음이 가장 안쪽 다이닝룸에서 가까운 1번 방을 가리켰다. 저긴 건들지 말라는 의미일 것이다. 명우는 순순히 고개를 끄덕였다. 자신도 전에 썼던 4번 방을 그대로 골랐다.

굵은 저음은 1차 때 봤던 그대로 여전히 수다스러웠다. 일일이 대꾸하고 반응해주기도 피곤해 명우는 건성으로 고개만 끄덕였다. 그런 반응이 별로였는지 그도 금세 말수가 줄었다. 바로 이런 순간이 명우가 자신을 감출 수 있는 이 '익명성'이 편하다고 느끼는 때였다. 예의 때문에 억지로 웃을 필요도, 기분 나쁜 걸 참을 필요도 없으니까.

타인의 평가를 신경 쓰지 않아도 된다는 건 생각보다 굉장했다. 새로운 세계에 온 듯한 기분이었다. 명우는 사람이 매가리 없고 항상 처져 보인다는 얘기를 오십 평생 많이 들었다. 그래가지고 무슨 사업을 하냐며 비아냥대는 인격모독도 함께였다.

맞서 싸우는 성격이 아니어서 겉으론 허허 웃고 말지만 그때마다 속으로는 부아가 치밀었다. 그렇게 타고난 걸 어쩌란 말이냐, 그러는 너희들은 완벽하냐, 고함을 지르고 싶었다. 하지만 여기서는 아무도 그런 비난을 하는 사람이 없었다. 물론 '못 하는' 것이겠지만.

출입문이 열리더니 직원이 쿠키와 빵을 가져다주었다. 명우는 가면 입 부분에 차양처럼 열리도록 설치된 데를 열어 쿠키를 먹었다. 굶은 저음에게 먹을 거냐고 예의상 묻는 귀찮은 짓 같은 건 하지 않았다. 이미지를 생각하지 않고 게걸스럽게 먹는 것도 괜찮았다. 가면의 구조 덕분에 그의 입 모양도 볼 수 없을 것이므로.

'안수호'

서명란에 이름을 적으면서 수호는 안타깝다는 듯 탄식을 내뱉었다. 이름조차 멋진 자신을 이런 특수 의복과 우스꽝스러운 가면으로 가려야 하는 게 영 별로였다. 외모를 드러낼 수 있다면 참가자들 사이에 단연코 돋보여 주인공 자리를 차지할 텐데 말이다.

연예인이 될 기회도 있었지만 요즘 학교 폭력이나 일진 과거사에 예민해진 세상이 되면서 그 꿈은 접었다. 조금 욱하는 성격이라 학창 시절에 몇 번 사소한 문제에 휘말렸는데, 그것이 어떻게 부풀려질지 모른다는 생각 때문이었다. 잠깐 영광을 누리다가 인생 전체가 몰락하는 도박 같은 건 하고 싶지 않았다. 그래서 대신 얼굴을 드러내지 않는 피팅 모델을 하고 있다. 그러나 언제까지고 이 일로 먹고 살 수는 없어 요즘 앞날에 대한 고민으로 머리가 터질 지경이었다. 그런 차에 공고를 봤고, 5천만 원이라는 돈에 혹해 주저없이 지원했다. 이 실험이 끝나고 5천만 원이 생기면 차분히 미래를 고민해볼 계획이었다.

수호는 한 방에 면접을 통과한 이유가 멋진 외모 때문이라고 생각했다. 실험장까지 안내해준 남자 직원도 잘 생겼지만 자기에 비하면 아무것도 아니라고 자신할 수 있었다. 188센티미터 키에 어깨도 더 넓었다. 얼굴은 말할 것도 없었다. 누구는 잘난 척한다고 빈정거렸지만 또 누구는 그럴 만하다고 추켜세워주기도 했다. 그는 당연히 후자의 생각에만 동의했다. 그러나 탈의실을 나온 후로는 다른 참가자들과 똑같은 인간이 되어버렸다. 그래도 압도적으로 큰 키는 가려지지 않아 키와 체격을 똑같도록 만들어놓은 참가자들 중에서도 그 혼자서만 키가 5센티미터 넘게 더 컸다.

그를 더 짜증나게 만든 건 변조된 목소리였다. 남자 목소리이긴 하지만 원래랑 딴판으로 간신배 같은 목소리가 흘러나오는 것이었다. 제 모습을 온전히 보여줄 수만 있다면 다들 깜짝 놀랄텐데. 수호는 짜증섞인 한숨을 터트리며 2차 실험을 위한 공간에 들어섰다.

실험장 안에는 이미 두 사람이 와 있었다. 이전에 그나마 가깝게 지냈던 참가자는 아직 오지 않았다는 걸 두 사람의 변조된 목소리로 알 수 있었다.

　약 다섯 시간이 지나서야 피실험자 여덟 명이 모두 모였다. 실험장 입장이 다 끝나자 출입문이 잠겼다.

　큰일이 생기거나, 거액의 위약금을 물고라도 계약을 파기하겠다고 난동을 피우지 않는 한 일주일 동안 열릴 일 없는 문이었다. 출입문이 잠기는 그 작은 소리가 참가자들에게는 마치 천둥소리처럼 크게 들렸다.

　지난 실험 때 친분이 생긴 사이 말고는 서로 별다른 인사를 주고받지 않았다. 하나둘 모여드는 사람 숫자가 많아질수록 누가 입장하든 인사하는 시늉도 하지 않았다. 모두 집단, 익명성 안에 숨는 것이다.

　변조된 목소리로 서로를 구분하고는 1차 때 친했던 사람들끼리 붙어 앉았다. 똑같은 옷에 똑같은 가면 얼굴을 한 사람들이 모여 앉은 모습은 다소 기괴한 느낌을 주었다.

　노준성은 누구와도 가까워지지 못한 탓에 딱히 대화를 나눌 만한 사람이 없었다. 1차 실험 때를 생각하면 진저리가 날 정도로 저들이 싫었다. 모두 머리가 얼마나 나쁜 건지 하도 답답하게 굴어 활동이 제대로 수행되지 못할 때가 많았다. 자신이 지시한 대로만 하면 술술 풀어냈을 일을 저 가면 쓴 머리 나쁜 인간들이 고집을 부려 망친 게 한두 개가 아니었다.

　그가 아직까지도 '나의 세상'이라 여기는 은행이라는 조직은 보수적인 문화를 가진 대기업인데, 거기서 임원으로 재직한 터라 나름대로 파워가 셌다. 그래서 그의 말이 곧 법이 되는 순간이 비일비재했다. 비록 나이에 밀려 명예퇴직을 해야 했고, 아직 돈 들어갈 데가 많아 이런 실험에나 참가하는 신세가 됐지만. 아무튼 그의 말이 곧 법이 되던 경험이 여기서는 별 효력이 없다는 게 문제였다. 준성은 답답하기만 했다. 왜 저렇게들 덜떨어진 건지, 나 같은 믿을 만한 리더를 못 알아보고 말이다. 아무리 이런 거추장스러운 걸로 가렸어도 사람이 풍기는 아우라가 있는데 그걸 못 느낀다는 게 이해되지 않았다.

준성 역시 사회적인 관계에 예민하고, 그래야만 하는 조직에서 20년 넘게 버텨온 터라 이렇게 소외되는 게 평소라면 불편했을 것이다. 하지만 지금은 달랐다. 어차피 서로 신상을 전혀 모르고 얼굴까지 완벽하게 가린 상황에서는 전혀 타격이 없었다. 이게 익명성의 효과인 걸까. 실험이 의도했다는 게 이런 거였을까?

상념이 한번 시작되자 준성의 생각은 좀 더 멀리까지 나아갔다.

공고에서 언급했던 두 살인사건은 그럼 뭐지, 하는 것.

공고에는 이 실험의 취지로 두 개의 '사건'이 언급되어 있었다. 최근 1년 사이에 대한민국을 떠들썩하게 만든 '집단가면살인사건'과 십 년 전에 일어나 미제사건으로 남은 '관절살인사건'이 바로 그것이었다.

'집단가면살인사건'과 달리 십 년 전의 '관절살인사건'은 모르거나 기억 못하는 사람들이 대다수일 것이다. 공고는 관련 없는 두 사건을 언급하면서 십 년 전 사건에 대해서 수사관들만이 알고 있는 새로운 실마리를 가지고 '집단가면살인사건'을 해결하기 위해 이 실험을 고안했다고 주장하고 있었다. 거액의 참가비와 더불어 재미와 경험을 보장한다는 유혹 멘트도 잊지 않았다. 두 사건이 어떤 관련이 있는 것인지는 알려주지 않았다.

'집단가면살인사건'이 익명성을 이용한 살인인 만큼 이 실험이 신원을 감추고 진행되는 것이 이해되었다. 나쁘지 않았다. 수면 시간도 충분히 주었고, 게임 활동 시간도 정오부터 오후 6시까지로 짧은 편이었다. 나머지는 모두 자유시간. 일부러 돈을 들여 극기 체험도 간다는데, 이건 뭐 돈을 받고 공짜로 휴가를 온 기분이었다.

물론 준성은 똑똑하고 예리한 사람이기에 찜찜한 게 아예 없었던 건 아니다. 큰 돈이 걸려 있긴 하지만 실험은 실험이니까. 처음에 공고를 봤을 때 준성은 그 유명한 '스탠퍼드 교도소 실험'과 '밀그램 복종 실험'을 떠올렸었다. 그러나 공고대로라면 경찰이 직접 개입하고 정부가 지원한다고 하니 위험하지 않을 것 같다는 판단이 들었었다.

1차 실험은 일상에서 흔히 하는 게임 같은 것들로만 이루어져 있었기 때문에 딱히 '사건'이라는 게 인식되지 않았었다. 그렇기에 오히려 이번 2차는 본격적인 뭔가가 진행되지 않을까 싶어 조금 더 긴장이 되었다.

주위가 조용해져서 준성은 상념에서 빠져나왔다. 시간이 조금 지나자 대화를 나누던 사람들의 말수가 줄어든 것이다. 며칠을 함께 지냈다고 해도 아는 사이인 것은 또 아니라서 나눌 수 있는 대화에 한계가 있는 것이었다.

출입구 반대편의 'STAFF ONLY'라는 팻말이 붙은 문이 열리고 주최팀 세 명이 들어섰다.

준성은 맨 앞에 들어오는 사람이 누구인지 알았다. 홍기중이었다. 이 실험의 키를 잡고 있는 중심. 이전에 참가자들 앞에서 소개한 바에 따르면 강력계에서 8년, 현재는 과학수사계 소속 범죄행동분석관으로 그 경력 역시 십 년이 다 되어 간다고 했다. 언젠가 TV에서 인터뷰하는 걸 봤기 때문에 이미 알고 있긴 했다. 유명하고 유능한 사람이었다.

40대 초반인데 인상은 좀 날카로웠다. 게다가 표정이나 말투며 눈빛이 어딘가 음침하고 의뭉스러워 호감이 가는 타입은 아니었다. 검은 정장에 광채가 나는 가죽 구두, 세련된 머리 스타일이 참가자들의 행색과 너무 비교되어 더 꼴보기 싫었다.

홍기중이 똑같이 생긴 참가자들을 둘러보고 입을 뗐다.

"1차 실험 때 뵙고 2주 만에 다시 뵙습니다. 반갑습니다. 알고 계시겠지만 이 실험은 2차인 이번으로 끝이 납니다. 1차 때와 마찬가지로 이 안에서 자유롭게 지내시되, 오후 시간에 주최팀에서 제안하는 활동에 성실히 임해주시면 됩니다."

말이 끝나기 무섭게 준성이 물었다.

"활동은 지난번과 똑같은 겁니까?"

변조된 여자 목소리가 흘러나왔다. 굉장히 마음에 들지 않는 부분이었다. 나이는 중년이지만 이 정도면 아직 체격도 다부지고 머리도 잘 굴러가는데, 중후한 남자의 입에서 이런 목소리가 나오다니!

"좀 다릅니다."

홍기중이 바로 대답했다.

"어떤 활동입니까?"

키가 큰 가면의 말투에 자신감이 넘쳤다. 지난번에도 느꼈지만 그는 늘 자신감과 거만함의 경계에 아슬아슬하게 서 있는 것 같았다. 어깨가 넓고 키가 커서 모델 같기도 했다. 다들 비슷하게 키를 맞추려면 사람마다 굽높이가 다를 듯한데, 저 남자는 원래 얼마나 큰 건지 혼자서만 우뚝 솟아있었다. 어깨도 넓어서 패드로도 가려지지 않는 듯했다. 다만 변조된 목소리가 너무 가늘어 눈을 감고 들으면 영락없는 간신배의 그것처럼 들렸다.

처음엔 원래 목소리가 변조기를 통해 더 부각된 게 아닐까 생각했지만 그건 아니었다. 자기한테서 젊은 여자 목소리가 나는 걸 보면 변조된 목소리는 실제 성별과 상관이 없을 것이다.

준성은 참가자들을 둘러보았다. 키가 큰 남자는 체격으로 보아 남자가 분명한데 다른 참가자들은 구별이 쉽지 않았다.

기중의 대답은 간단했다.

"해보시면 아실 겁니다. 저번에도 전혀 정보가 없었죠? 이번에도 그렇게 하시면 됩니다."

준성은 홍기중이 처음부터 마음에 안 들었다. 준성은 가면 속에서 기중을 째려보며 생각했다. 남들은 어떻게 보는지 모르겠지만 준성은 전부터 저 홍기중이란 인간이 소시오패스 같다고 느꼈다. 좀처럼 감정을 드러내지 않고, 표정이 변하는 걸 본 적이 없었다. 가장 결정적인 건 참가자들의 질문이나 의견에 내놓는 대답이 늘 예측을 벗어난다는 것이다. 감정이 없으면 대답도 엉뚱하게 마련이다. 저 정도는 돼야 살인마들을 상대할 수 있는 건가?

그때 짧은 순간 기중의 눈이 아래로 향했다가 올라오는 걸 보았다. 무의식적인 행동이었다. 예리한 눈으로 포착한 준성이 그대로 따라했다. 그러자 바닥에 그동안 못 봤던 게 보였다. 인원수에 맞게 소파가 원을 그리며 배치되어 있는 라운지. 그 아래 바닥에 선 같은 게 그려져 있었다. 소파에 가려져 있어 모양 전체를 알 수는 없었지만 대충 네모로 보였다.

"1차 때와 마찬가지로 일주일 동안 나갈 수 없는 거죠?"

굵은 저음이 슬며시 손을 들었다. 무슨 저런 당연한 질문을 하나 싶어 준성은 가면 속에서 혀를 찼다.

"문은 일주일 동안 잠겨 있습니다."

그런 걸 물어도 기중의 말투에는 무시하거나 하는 감정이 느껴지지 않았다. 그나저나 저 말 많은 굵은 저음 목소리 참가자는 언젠가 저 입으로 사고를 칠 것이다.

"화재 등 비상 상황이 발생할 시에는 자동으로 모든 문이 열리니 걱정하지 않으셔도 됩니다. 알고 계시겠지만 다시 한번 상기시켜드리면, 라운지나 다이닝룸 등 모든 공간은 카메라가 설치되어 저희가 실시간으로 감독하지만, 각 방에는 프라이버시를 위해 설치되어 있지 않습니다. 즉, 안전을 위해 방에 들어가신 후에는 반드시 문을 닫아 도어락이 잠기도록 하시길 바랍니

27

다. 그 외의 공간들은 저희가 교대하면서 실시간으로 보고 있으니 안전에 관해서는 걱정하지 않으셔도 됩니다. 물론 그 외 다급한 상황이나 중요한 용건이 있을 시엔 출입구에 설치된 '긴급 호출기'를 사용하시면 됩니다. 그럼 더 질문 없으신 걸로 알고 저희는 물러가고, 본격적으로 2차 실험을 시행하도록 하겠습니다. 아시다시피 저녁 식사 시간은 6시 30분입니다. 세 시간 남았군요. 그럼 여러분 모두에게 안전하고 뜻깊은 시간이 되시길 바랍니다."

기중과 팀원들이 나온 문으로 들어갔다. 'STAFF ONLY'를 메단 무거운 문이 소리도 없이 스르르 닫혔다. 이제 다시 전처럼 참가자들만 실험장에 남았다.

1차 실험 때 그러했듯 아마 저 문도 일주일 동안 열리지 않을 것이다.

민주는 인상을 찌푸린 채 상대 가면을 유심히 살폈다. 눈앞에서 가면이 약 올리듯 고개를 연신 갸웃거리고 있었다. 계속 고개를 흔들어대니 제대로 볼 수도 없는 데다 은근히 기분이 나빴다. 그렇다고 따질 수도 없었다. 혹시 다른 가면에 구분할 수 있는 표시가 있을지도 모른단 생각에 잠시 좀 보겠다고 자신이 먼저 부탁했기 때문이었다. 이렇게 장난이나 칠 줄 알았다면 부탁하지 않았을 것이다. 목소리를 들어보지 않고 아무나 고른 게 잘못이었다.

28

"저기요…… 가만히 좀 계시면 안 돼요? 잠깐 좀 자세히 본다 니까요."

"보시라고 일부러 얼굴 들이밀어 준 건데?"

가느다란 남자 목소리였다. 이 사람은 좋게 말하면 명랑하고 나쁘게 말하면 속된 말로 '대가리 꽃밭'인 인물이었다. 하는 짓 이 가볍고 매사에 즐길 생각만 하는 것 같았다. 특별히 남성스 럽지도, 여성스럽지도 않아 성별은 짐작이 안 되었다. 그래도 행 동 전반을 봤을 때 민주는 이 가느다란 목소리를 가진 참가자는 남자일 거라 결론 내렸다.

"그럼 좀 가만히 있어 봐요. 자세히 좀 보게."

그제야 가면이 움직임을 멈추었다. 대신 얼굴을 가까이 들이 밀어 가면 사이가 두 뼘 정도밖에 안 되었다. 민주는 결국 뒤로 몸을 빼며 슬쩍 앉은 자리를 옮겨 거리를 두었다. 가면을 쳐다볼 수록 점점 불쾌해지기만 했다. 왜 이따위로 디자인을 한 거야?

그때 여자 목소리가 말했다.

"세 시간 동안 뭘 하라는 거지? 활동할 것도 안 주고."

변조된 목소리와 말투를 듣자 팔자걸음에 제스처가 컸던 참 가자가 떠올랐다. 1차 때 민주와 몇 번 마찰이 있던 사람이었다.

키가 큰 가면이 대답했다.

"저번에도 그랬잖아요. 세 시간 동안 여덟 명이 앉아서 아무 말도 안 했던 그 어색했던 때. 기억 안 나요?"

"그랬죠. 그때는 서로 눈치 보느라 방도 못 정해서 한참 걸렸 죠."

팔자걸음이 동조했다. 목소리가 여자라서 박력 있는 제스처와 이질감이 심했다.

팔자걸음의 말대로 1차 때는 모든 게 우왕좌왕이었다. 사실 지금은 그때에 비하면 순탄한 편에 속했다.

아무리 구조가 단순하다곤 해도 일주일 동안 지내도록 만들어진 낯선 공간에 적응하는 게 처음에는 쉽지 않았다. 이런 것들이 실험과 어떤 관련이 있는지는 모르지만 민주는 뭐든 상관없었다. 돈만 받을 수 있다면.

올해 33살로 작은 무역 회사의 경리로 일하던 민주는 두 달 전에 갑자기 백수가 되었다. 3천만 원 넘게 쌓여 있던 학자금 대출과 생활비 대출을 이제 거의 다 갚아가던 시점이었다. 그런데 회사가 망하면서 상환은커녕 생활비마저 부족해지고 말았다. 아르바이트에 시달리던 고등학생 때부터 지금까지 15년을 이러고 살았는데 아직도 그대로라니, 환멸이 났다. 늘 바쁘기만 하고 경제력 없는 부모님 밑에서 자란 외동딸은 애정결핍에 시달리기 마련인데, 설상가상으로 민주는 늘 돈을 벌어야 했기에 점점 외톨이가 됐다.

나이가 들수록 돈 들어가는 덴 늘어나는데 사정은 점점 더 내리막길로만 떨어지는 것 같았다. 그래서 생각했다. 여기서 받는 5천만 원만 있으면 인생이 바뀔 거라고. 그러니 그녀에게 다른 건 아무 상관없었다.

"다들 잘 지내셨죠?"

성별을 전혀 짐작할 수 없는 무성별 목소리의 가면이 전체에게 물었다.

민주는 이 사람이 자기 다음으로 입장했던 사람이라는 걸 알았다. 말투가 소심해서 전혀 호감이 가지 않는 사람이었다. 다 가려놓았는데 풍기는 분위기만으로도 호감이 안 가다니, 신기했다. 말까지 느려터진 이 참가자는 당황스럽거나 고민스러운 상황을 맞닥뜨리면 손을 목 뒤로 가져가는 습관이 있었다. 아마 본인은 모르는 듯했지만. 아무래도 서로를 구분할 수 있는 게 없다 보니 다른 특성들이 더욱 부각되어 기억에 남는 듯했다.

"다시 만나서 반갑습니다!"

명랑한 목소리가 손을 흔들며 대답했다. 민주는 가면 속에서 인상을 찌푸렸다. 무슨 단합회나 회식이라도 온 줄 아는 모양이었다.

민주가 그나마 가깝게 지냈던 참가자는 여자 목소리였는데, 흥분을 잘하고 목소리가 유난히 컸다. 활달하기는 한데 말할 때 목에 힘을 주고 크게 말하는 타입이라 오해를 사기 딱 좋았다. 민주는 그나마 그 사람이 제일 마음에 들었다. 다른 참가자들과 싸움이 날 뻔한 일도 있었지만 오히려 그런 솔직한 면이 민주에겐 어필이 되었다. 여자인지 남자인지 애매했지만 대화가 잘 됐던 걸로 보아 여자일 거라 짐작했다.

민주는 그 사람을 찾고 싶었다. 아직까지는 그 목소리가 안 들려 어디에 있는지 알 수가 없었다. 민주는 사람들을 둘러보다가 자신도 모르게 헛웃음을 지었다.

똑같은 복장에 똑같은 가면을 쓰고 앉은 전체 컷이 아주 가관이었다. 기이하면서도 웃기달까. 그냥 봐서는 누가 누구인지 구분이 안 되는데, 딱 한 사람, 키가 멀대같이 크고 어깨가 떡 벌어진 사람만 예외였다. 큰 키와 어깨는 옷 속의 보조 장비로도 감춰지는 게 아니니까. 아마 모르긴 몰라도 저 사람만 신발에 깔창이 없을 것이다.

"세 시간 동안 뭘 할까요?"

팔자걸음 가면이 물었다.

"각자 방에서 좀 쉬다가 나올까요?"

무성별 목소리가 제안했다. 표정은 볼 수 없지만 팔자걸음은 동의하지 않는지 대답이 없었다.

이번엔 민주가 말했다.

"저기, 저, 목소리 좀 크신 분 있죠? 그분 어디 계세요?"

"아, 저요. 저 여기 있어요."

원형으로 배치된 소파 맞은편에서 가면이 손을 들었다.

"저 누군지 알죠?"

"알아요."

목소리 큰 가면이 고개를 끄덕였다. 그 역시 민주의 변조된 목소리로 알아봤을 것이다.

"자자, 개인적인 건 나중에 따로 만나시든 하시고, 앞으로의 일주일을 위해 구호 한 번 외칠까요?"

명랑한 가면이 또 손을 들고 벌떡 일어섰다.

다들 내키지 않는 분위기였지만 그래도 군소리없이 하나둘 일어섰다.

명우는 또 나대는 명랑한 참가자를 못마땅하게 쳐다보다 다들 일어나는 걸 보고 어쩔 수 없이 일어났다. 명랑한 가면은 건배사 같은 구호를 외치며 술잔을 부딪치는 시늉까지 했다.

유치한 구호가 끝나자마자 명우는 먼저 방으로 들어가 쉬겠다고 했다. 두 번째로 도착해 벌써 온 지 다섯 시간이나 지나서 많이 지친 상태였다. 그의 말이 신호탄이 된 듯 하나둘씩 방으로 돌아갔다.

방은 2주 전에 머물렀을 때랑 달라진 게 없었다. 슈퍼싱글 침대 하나에 티테이블, 의자 하나, 간이 욕실. 샴푸와 비누 같은 세면도구는 모두 새것으로 준비되어 있었다. 모두 고급 제품들이었다.

욕실 옆에는 세탁물을 담아두는 뚜껑 달린 바구니가 있었다. 전과 마찬가지로 실험이 끝나는 날 가득 차게 될 것이었다.

그 이외의 물건은 없었다. 책 한 권조차도. 여기선 잠만 자라는 의미인 것이다. 심심하긴 하겠지만 나쁘지 않았다. 저번 일주일도 이런 삭막한 곳에서 잠만 잘 잤다.

명우는 긴장으로 땀에 절은 손을 씻으려고 세면대로 가려다 문득 답답함을 느껴 가면을 벗었다. 시원한 공기가 코와 폐로 쑥 들어오는 느낌이 좋았다. 욕실엔 이번에도 거울이 없었다. 익명성 실험과 거울이 없는 게 무슨 관련이 있는지는 모르겠지만 의도적인 것 같긴 했다.

명우는 2년 전부터 거울로 자기 얼굴을 보는 게 싫었다. 하지만 어디나 있는 거울을 아예 안 보며 살기는 어려운데 여기선 그럴 필요가 없었다. 색다른 경험이었다. 여기에 들어와 있으면 놓고 온 자신의 인생이 새롭게 보였다.

그는 올해 쉰셋이다. 우울증으로 인해 정신과 약을 복용하며 완전히 위축되어 있은 지 몇 년째였다. 젊은 시절을 그렇게 열심히 살고도 이 나이가 되어 이런 꼴일 줄은 상상도 못 했다.

모든 걸 다 바친 사업이 세 번 정도 엎어지면 정신이 멀쩡하기란 쉽지 않았다. 작은 것 하나하나 꼼꼼하게 챙겨야 성이 차는 예민한 성격이라 더욱 그랬다. 마음이 아프니 몸에도 병이 생겼다. 거액의 빚을 지고 모든 걸 포기하려던 차였다. 극단적인 생각이 행동으로 이어지기 직전에 운명처럼 공고를 발견했다.

이것 말고는 당장 할 수 있는 게 없었고, 다시 시작할 여력도 남아 있지 않았다. 무엇보다 돈을 준다지 않는가. 이 돈이면 사채도 어느 정도 해소할 수 있고, 채권추심도 한동안 미룰 수 있다. 지푸라기라도 잡는 심정으로 지원했는데, 하늘이 도왔다.

이러한 이유였다. 명우에게 이곳이 천국이나 마찬가지인 이유가.

수호는 1차 때와 마찬가지로 식사 전에 다들 라운지에 모여 있을 거라 생각했다.

수호는 모두 모인 타이밍에 등장할 시간을 계산하고 있었다. 주인공은 항상 가장 늦게 무대에 오르니까. 지금이면 다 모였겠지, 짐작하며 문을 열었다. 그러나 바람은 이뤄지지 않았다. 모인 건 여섯 명. 아직 하나가 안 나왔다. 돌아보니 목소리 큰 가면이 느긋하게 걸어오고 있었다. 그가 가장 늦게 나온 사람이 됐다.

목소리 큰 가면과 굵은 저음이 친구처럼 나란히 앉았다. 굵은 저음이 이번에 가장 먼저 입장했다고 들었다.

"님 저번이랑 분위기가 좀 다른 것 같아요!"

굵은 저음이 목소리 큰 가면에게 말했다. 목소리 큰 가면이 무슨 비밀이라도 털어놓는 것처럼 목소리를 낮추었다.

"아, 그래요? 그때는 제가 너무 조절 못하고 큰소리를 많이 냈던 것 같아서요. 그래서 싸움도 났었잖아요……. 그게 좀 후회돼서."

"왜요, 누가 뭐라 그랬어요?"

"뭐라 그러긴요. 서로 얼굴도 모르고 헤어졌는데. 그냥 저 스스로 돌아보게 되더라고요. 실험 효과인가…….."

"음, 그럴 수도 있지만 아마 이 실험이 의도한 효과는 아닐 거예요."

두 가면이 동시에 웃음을 터뜨렸다. 변조된 소리라도 여성 특유의 깔깔대는 어감이 느껴졌다. 저 둘은 분명 여자라는 확신이 섰다. 굵은 저음의 가면은 행동거지로 봐서 20대 초반일 것 같았다.

디지털시계가 6시 30분이 된 것과 동시에 다이닝룸 쪽에서 '찌릉'하는 알람 소리가 들려왔다. 다들 허기가 졌는지 알람과 동시에 일제히 일어나 다이닝룸으로 향했다.

다이닝룸에 앉으니 수호는 어쩐지 반가움이 느껴졌다. 동시에 이 밀폐된 곳에 내가 또 왔다니, 묘한 기분도 느껴졌다.

1차 때와 식사 방식은 똑같았다. 한 사람씩 고급 도시락이 지급됐고, 숟가락과 젓가락, 포크를 비롯한 식기류는 모두 얇은 플라스틱 재질이었으며, 식사 후에는 하나도 빠짐없이 퇴식 박스에 넣어 화물 리프트로 보내졌다. 식사 도구 하나라도 빠뜨리면 곧바로 주최팀의 경고를 받고, 벌금을 금액에서 차감한다고 했다.

주방에는 칼이나 가위 같은 무기가 될 만한 물건은 하나도 없었다. 커피 머신, 와인, 음료는 구비되어 있었다. 이 정도에 불만을 제기하는 사람은 없었다. 오히려 편하다며 다들 만족해하는 편이었다.

저녁 식사를 하는 동안 그는 가족과 식사를 하는 것처럼 편안함을 느꼈다. 일주일이라는 시간 동안 매 끼를 함께 한 이유도 있겠지만, 아무래도 익명성의 영향이 큰 것 같았다. 사람들 앞에서 꾸밈없이 있을 수 있다는 건 이렇게 편한 거구나, 하는 생각을 처음으로 해보게 되었다.

플라스틱 식기가 부딪치는 소리와 음식 씹는 소리만 들리던 다이닝룸은 조금씩 가벼운 대화 소리로 채워지기 시작했다. 오가는 대화 중 중요한 내용은 아무것도 없었다.

* * *

다음 날, 아침 식사를 마치고 정오까지 자유시간이라 몇몇은 라운지로 나와 빈둥거렸다. 라운지와 라운지를 둘러싼 방 여덟 개, 다이닝룸이 전부여서 딱히 할 일이 없었다. 가끔은 낮인지 밤인지도 헷갈려서 디지털 시계의 am, pm 표시로만 구분할 수 있었다.

라운지에 나와 있는 다섯은 서로 수다를 떨거나 홀로 떨어져 소파에 늘어지게 앉아 쉬고 있었다. 1차 때의 긴장감은 찾아볼 수 없었다. 대화 상대를 찾느라 '님은 누구?'라고 서로 확인하는 웃지 못할 단계부터 거쳐야 했지만 얼굴을 가리고 나누는 수다도 나름대로 재미가 있는 모양이었다. 둘씩 짝을 지어 대화를 시작한 네 사람은 떨어질 줄을 몰랐다.

준성은 노래라도 좀 틀어주면 좋겠다고 생각하다가 인상을 썼다. 목소리 큰 가면과 굵은 저음이 소파 한가운데를 독차지하고 앉아 시끄럽게 떠들어댔기 때문이다. 저 목소리 큰 참가자는 가면에 볼륨 조절 기능을 달아줘야 하지 않을까 싶었다.

준성이 이해할 수 없는 건 또 있었다. 바닥에 있는 선을 아직도 아무도 못 봤단 말인가?

문득 소파 끄트머리에 혼자 앉아 있는 참가자가 눈에 들어왔다. 가만히 있으니 누군지 짐작할 수 없었다. 준성은 그에게 말을 걸어보기로 했다. 그 옆에 앉자 가면이 고개를 들었다.

"목소리 좀 들읍시다?"

가면은 미동없이 앉은 채 빤히 쳐다만 볼 뿐이었다.

가면의 눈 부분은 음침하게 한 일(一) 자로 그어진 모양이라 눈이 보이지 않았다. 정면으로 자세히 봐야 눈동자만 겨우 보일 뿐이어서 오래 보고 있으면 섬뜩했다.

대답은 안 하고 왜 쳐다만 보는 거야? 불현듯 준성은 누구인지 알 것 같았다. 이전 실험 때 반말을 서슴지 않고 예의없는 말을 툭툭 잘 내뱉던 그 사람이 아닐까. 말수가 적었지만 한 번씩 입을 열 때마다 정곡을 찌르거나 도발적인 발언으로 참가자들을 당황하게 했던 사람. 그 때문에 기분이 상한 사람도 적지 않았을 것이다.

"목소리."

"……."

지금 저걸 농담이라고…….

준성은 웃음도 나오지 않아 상대방을 가만히 쳐다보았다. 예의없는 그 가면이 맞았다. 굵지도 얇지도 않은 평범한 목소리인데, 시니컬한 어조가 유독 기억에 남았다. 거기다 말투가 무척 정갈했다. 그런 정갈한 말투로 예의없는 말을 뱉어내니 반박하기도 참 뭐했던 기억이 났다.

"하하, 재밌는 분이군요."

준성은 웃지 않고 웃은 척 말했다. 경멸에 찬 표정을 가면이 잘 가려주고 있었다. 더 이상 이 작자를 상대하고 싶지 않았지만 매듭은 지어야 할 것 같아 무슨 말이든 꺼내려 할 때였다.

"여기 사람들 좀 답답하죠?"

시니컬한 가면이 갑자기 먼저 물어와서 준성은 당황했다.

"예?"

"님 누군지 알아요. 리더십 있던 분."

"아, 제가 직업상 좀 그런 편……. 어이쿠! 제가 실언을 했군요. 신원을 드러낼 말은 하면 안 되는데."

"그 정도로는 신원을 알 수 없는데요, 뭐. 아무튼 솔직히 다들 좀 멍청한 것 같아요."

준성은 조금 당혹스러웠다. 어떻게 내 속마음을 꿰뚫어본 걸까. 한편으로 혼자 속에서 부글부글 끓고 있던 말을 대신 해주니 좀 후련하기도 했다. 시니컬한 가면이 말을 이었다.

"님은 본 거죠? 소파 밑에 그어진 선."

준성은 깜짝 놀랐다.

"그쪽도 봤습니까? 저만 본 줄 알았어요! 다들 아무 말이 없길래……."

"무슨 선일까요. 이 소파들을 걷어내봐야 알 수 있을 것 같은데."

"그러자니 이제 곧 활동 시작 시간이라서요."

때마침 톡톡, 마이크를 치는 소리가 났다. 방송이 나올 모양이었다. 모처럼 마음에 드는 대화를 할 참인데, 아쉬워하며 준성은 벽에 걸린 디지털 시계를 보았다. 정확하게 오후 1시였다.

— 모두 편안한 밤 보내셨습니까. 홍기중입니다. 모두 라운지로 모여주시기 바랍니다.

흩어져 있던 사람들이 소파로 와서 앉았다. 방에 있던 사람들도 나왔다.

— 그럼 지금부터 금일 활동을 시작하겠습니다. 1차 때와 마찬가지로 활동 시간은 길지 않습니다.

정확히 여덟 명이 모두 모이자마자 멘트가 나왔다. 이런 때마다 그들이 카메라로 지켜보고 있다는 게 실감났다. 준성은 이렇게 감시받거나 지시에 따라 움직이는 게 영 거슬렸다.

— 시작 전에 모두 소파를 바깥쪽으로 밀어주시기 바랍니다.

참가자들이 모두 의아한 듯 두리번거렸다. 왜 소파를 치우라고 하는지 이해하지 못하는 반응이었다. 준성은 그들이 어떤 표정을 짓고 있을지 짐작할 수 있었다. 드디어 바닥에 그어진 선이 드러나려는 순간인 것 같은데, 저 멍청한 표정들을 볼 수 없다니 아쉬웠다.

가면들이 일제히 힘을 합쳐 소파를 가장자리로 밀어냈다. 소파가 밀리는 만큼 서서히 바닥에 그어진 선이 드러났다.

"어? 여기 무슨 선이 있는데요?"

굵은 저음이 손가락으로 가리키며 말했다.

"그러게요?"

"난 이걸 왜 이제야 본 거지?"

"전에는 이런 거 없었는데……."

준성은 멍청한 인간들의 뒷북 치는 반응을 들으며 비웃었다. 마음껏 비웃어도 가면에 가려 보이지 않을 테니 마음이 편했다.

소파를 다 밀어내자 동그란 라운지 전체의 모습이 드러났다. 그려진 선의 모양도 온전하게 드러났다.

커다란 세 개의 네모였다.

"A…… B, C?"

각 칸의 윗부분에 알파벳 A와 B 그리고 C가 써 있었다. 이게 뭐냐고 묻는 듯 가면들이 서로 고개를 이리저리 돌렸다. 스피커에서 홍기중의 목소리로 설명이 나왔다.

　— 2차 실험의 주 활동은 상황에 따른 결정을 내리는 것입니다. 무슨 말이냐 하면, 예를 들어 어떤 상황에 대한 선택지가 A, B, C가 있다면 그중 하나를 선택하는 겁니다. 특이점이 있습니다. 문제마다 참가자분들이 돌아가면서 '예측자' 역할을 한다는 겁니다.

　듣도 보도 못한 게임이라 참가자들이 술렁거리기 시작했다. 반응을 보이지는 않았지만 준성도 궁금하긴 마찬가지였다. 예측자라니, 황당했다.

　— 뭘 예측하냐면 말이죠, 선택지 중 어떤 것에 다수결이 모일지를 예측하는 겁니다. 문제가 주어지는 순간 예측자가 먼저 예측하여 선택을 합니다. 물론 예측한 내용은 함구하셔야 하고, 후에 참가자들의 선택이 시작되는 식입니다.

　"예측이 맞으면 어떻게 되는데요?"

　명랑한 가면이 물었다.

　— 다수결 결과를 맞추는 예측자에게 100만 원 상당의 상품권이 주어집니다. 물론 2차 실험이 끝난 후에 잔금과 함께 지급되고요. 또한 예측에 성공한 예측자에게는 참가자 중 한 사람에게 선물을 줄 권한이 부여됩니다. 선물이란 저희 주최팀에서 따로 준비한, 참가자분들께 유용할 만한 것으로 특별 선정한 물건들입니다. 선물은 당일 모든 활동이 끝난 후에 방에서 바로 열어보실 수 있습니다.

　"선물이라는 거, 뭐 보너스 같은 겁니까?"

　이번엔 준성이 손을 들고 물었다.

주어지는 상황에 선택을 내리는 활동이라니, 부루마블, 바둑, 오목, 윷놀이, 짝짓기 게임 같은 활동 놀이 위주로 이루어졌던 1차 때와 전혀 달랐다. 거기다 선물이라는 대가가 추가되었다.

— 뭐 그렇게 보실 수도 있겠군요.

준성은 건성으로 하는 대답에 짜증이 났다. 저 홍기중은 정말 궁금하다 싶은 건 한 번도 제대로 대답해준 적이 없었다. 질문을 받는 것 자체를 싫어하는 듯했다.

— 순서는 1번 방 참가자부터 번호 순서대로입니다. 또한 선택했다고 해서 그게 끝이 아닙니다. 시간만 남아 있다면 말이죠, 참가자들끼리 서로를 설득해서 선택을 바꾸도록 유도할 수도 있습니다. 토론도 가능합니다. 이에 대해서는 포상이 따로 있는 건 아니며 그저 개인의 자유입니다.

"저번 활동과는 많이 다르네요?"

이번에 말한 사람은 시니컬한 가면이었다.

— 그렇다고 볼 수 있겠습니다. 그럼 지금부터 첫 번째 상황이 제시됩니다. 잘 생각하시고 선택하시고, 해당되는 칸에 서 주시면 되겠습니다.

"저기요!"

키가 큰 가면이었다.

"정답은 있는 거죠?"

— 정답은 없습니다. 말 그대로 각자의 선택일 뿐입니다.

"정답이 없다면 이 활동이 무슨 의미가 있죠?"

가면들이 숨을 죽이고 대답이 들려오기를 기다렸다. 준성은 적절한 질문이란 생각에 자신도 모르게 고개를 끄덕였다.

지금까지와 다르게 홍기중은 잠시 말이 없었다. 가면들은 꼼짝도 하지 않고 스피커가 홍기중이라도 되는 양 쳐다보았다.

— 1차 실험 때 했던 활동들을 잘 생각해보세요. 정답이 있었습니까?

아무도 대답하지 못했다.

— 정답은커녕 누가 이길지도 알 수 없고, 승리자가 없을 수도 있는데도 우리는 활동을 했습니다. 모든 놀이, 게임이 그렇죠. 재미있으셨을 것이고요. 마찬가지입니다. 이 활동은 정답자를 찾는 활동이 아닙니다.

"그럼 그쪽에서 원하는 실험 결과랑은 이게 무슨 상관이죠?"

명랑한 가면이 번쩍 손을 들고 끼어들었다. 이번엔 기중의 대답이 바로 들려왔다.

— 그건 알려드리기가 곤란합니다. 실험의 의도를 알게 되는 순간 실험이 기능을 잃어버리거든요. 자, 그럼 시간이 다 되었으니 시작하겠습니다.

대답이 끝나자마자 뚝, 마이크 연결이 끊어지는 소리가 들렸다.

명랑한 가면이 기분 나쁜 듯 실소를 터뜨렸다.

가면을 쓴 참가자들이 어이없다는 듯 서로를 마주보았다. 물론 어이없다는 건 준성의 감정이었다. 자신의 감정이 그러하니 표정이 보이지 않는 다른 사람들도 그럴 것이라 추측할 뿐이었다.

그때 다른 목소리가 들려왔다.

— 다음 상황을 잘 들으시기 바랍니다.

쾌활하면서도 부드러운 남자 목소리였다. 주최팀 직원 중 한 명인 듯했다.

— 여기는 미국입니다. 당신은 길을 걷고 있습니다. 맞은편 길에 약 20미터 간격을 두고 걸어가고 있는 두 사람이 보입니다. 한 명은 보따리를 든 할머니, 다른 한 명은 일수 가방 같은 파우치를 든 젊은 남자입니다. 할머니가 비틀거리더니 길에서 무릎을 꿇고 넘어집니다. 어디가 아픈 건지 알 수 없습니다. 저 앞에 걸어가고 있는 남자는 아무 일도 모르는 듯 보입니다. 그런데 남자도 서서히 걸음이 느려지더니 허리를 폭 숙입니다. 더 이상 걷기가 어려워보입니다. 어디 다치거나 아픈 것 같은데 알 수 없습니다. 그런데 남자의 목에 뭔가로 졸린 끈자국 같은 것이 있습니다. 멀리에 있던 몇몇 행인이 놀라서 쳐다보고 있는데 건너편 길에 교복을 입은 여학생이 가장 먼저 그 광경을 바라보고 놀라서 굳어 있습니다. 할머니가 어디가 아픈 건지, 아니면 누가 공격을 한 건지, 아니면 할머니가 먼저 누군가를 해하려다가 되려 당한 건지 아무것도 알 수 없습니다. 할머니의 보따리와 남자의 파우치 안에 뭐가 들었는지도 당신은 알 수 없습니다. 둘이 서로를 해한 건지, 범인이 제삼자인지도 알지 못합니다.

갑자기 주어진 문제. 이게 무슨 상황인지 파악하지 못한 채로 가면들은 꼼짝도 못 하고 소리에 집중해야 했다.

— 자, 당신은 둘 중 한 사람을 구하러 달려가야 합니다. 한 사람만 구할 수 있습니다. 누구를 구할 것입니까? A 할머니. B 남자.

모두가 허공을 바라본 채 정적이 흘렀다.

— 첫 번째 제시 상황의 예측자는 1번 방의 참가자입니다. 가운데로 나와 주십시오.

굵은 저음이 갑자기 호명되자 움찔하더니 이내 쭈뼛거리며 가운데로 나왔다.

— 자, 조용히 고민하신 후에 어디로 사람이 많이 모일지 결정해서 뒤쪽 카메라를 향해 입 모양으로만 말해주시기 바랍니다. 제한 시간은 1분입니다.

1분. 이때부터 모두가 침묵했다. 굵은 저음은 예측하는 데 집중하는 듯 두 손을 모은 채 가만히 서 있었다. 그러는 사이 준성도 문제를 머릿속에 되뇌어보았다. 어느 것을 선택해야 하는가.

1분이 지나자 예측한 답을 말하라는 목소리가 들려왔다. 굵은 저음이 뒤돌아 카메라를 향해 섰다. 양손으로 입을 가리고 입 모양을 보여주는 듯했다. 잠시 후 굵은 저음이 다시 돌아서 참가자들 사이에 섰다.

— 자, 그럼 이제 나머지 참가자분들이 선택하실 차례입니다. A 할머니. B 남자. 선택하십시오. 제한 시간은 한 시간입니다.

스피커 연결이 끊어지는 소리가 들려왔다.

한동안 정적이 흘렀다. 민주는 고개를 거의 움직이지 않은 채 눈으로만 참가자들을 둘러보았다. 다들 두리번거리며 서로의 반응만 살피고 있었다. 무슨 말을 꺼내야 할지 모르는 것 같았다.

민주는 가면들의 제스처를 유심히 보았다. 상황은 이해했지만 뭘 어떻게 해야 하는지 감을 못 잡는 건 모두 마찬가지인 듯했다. 이렇게 모두를 바보로 만드는 상황에 갑자기 짜증이 났다.

두 번째로 도착했던 무성별 목소리가 스피커를 향해 말했다.

"문제를 좀 다시 들어볼 수 없을까요? 너무 훅 지나가버렸어요."

"저도요. 뭔 상황인지 파악도 못 했는데 문제가 갑자기 나와서…….."

잠시 후 스피커에서 같은 목소리로 다시 한번 들려주었다. 이번에도 설명은 후르륵 지나갔다.

— 한 사람만 구할 수 있습니다. 누구를 구할 것입니까? A 할머니. B 남자. 선택하십시오. 제한 시간은 한 시간입니다.

스피커가 다시 끊겼다.

가면들이 가장자리에 붙여놓은 소파로 하나둘 가서 앉았다. 중요한 회의라도 하는 듯 분위기가 엄숙했다. 민주는 이미 예측의견을 전한 상태라 달리 할 일이 없어 참가자들 반응을 느긋하게 지켜보았다. 그러고 있자니 이런 생각이 들었다. 예측자 역할 나쁘지 않은데?

"아니, 뭐 질문이 저래? 범인을 찾거나 어떻게 된 상황인지를 맞추라는 게 아니라 누굴 구할 거냐고?"

명랑한 가면이 이번엔 손드는 것도 잊어버렸는지 흥분해서 말했다.

"아무튼 저 상황에서 무슨 선택을 할지 결정해서 각각 자리에 서라는 것 같은데요?"

시니컬한 가면이 바닥에 적힌 A와 B를 가리키며 말했다. 가면들이 고개를 끄덕였다. 눈동자만 간신히 보이는데도 서로 표정이 보이기라도 하는 것처럼 열중했다.

아주 잠깐 민주도 고민에 빠졌다. 이번에는 자신이 예측자여서 대충 아무거나 고를 수 있었지만 다음 번에는 저 입장이 되어야 한다.

특이하고 이상한 문제였다. 아니, 이건 '문제'가 아니라고 했다. 그저 상황을 '제시'했을 뿐 정답은 없는 것이다. 그런데 왜 정답을 맞춰야만 할 것 같은 기분이 드는지 알 수 없었다. 사람을 구하는데 누굴 구할 건지에 정답이 있다고……? 문제를 조금만 곱씹어보면 정답이 있을 수 없다는 걸 알 수 있다. 그러니 아무거나 골라도 상관없지 않을까. 아니, 아니다. 어떤 선택이든 결과가 따라오는 법인데, 선택지가 두 개뿐이라 하더라도 아무렇게나 고를 수는 없다.

"저기……."

여자 목소리 가면이 정적을 깼다. 팔자걸음 말고 다른 '여자 목소리'였다. 말수가 적고 항상 다리를 다소곳하게 모으고 앉아 여자라는 걸 모르는 사람이 없었다. 내성적이고 자신감 없는 듯 말하는 참가자였다.

만약 저 사람이 남자라면 그건 이 실험에서 그 어떤 것보다 놀라운 반전이 될 거라고 민주는 생각했다. 그러고 보니 오늘 저 여자 목소리는 처음 듣는 것 같았다. 어차피 서로 모르는데 저렇게 소심하게 굴 이유가 뭐가 있지? 답답하면서도 한편으로는 대단하다는 생각도 들었다.

"이거…… 분명 정답이 없는 게 맞죠?"

다소곳한 가면이 조심스러운 말투로 물었다.

"그렇다고 했잖아요."

민주가 조금은 신경질적으로 대답했다.

"정답이 없다고 하는데도 왜 전 이렇게 고민이 될까요……."

틀린 말이 아니라 민주는 가만히 있었다.

"다들 생각 좀 해보셨습니까? 저는 확신은 없지만 일단 하나 골랐습니다."

팔자걸음 가면이었다. 그는 매사에 자신감 넘쳐 보였던 사람으로, 1차 때도 모든 활동을 리드하려고 했다. 그게 지나쳐 민주와 갈등을 겪기도 했다.

"뭡니까?"

"뭐 고르셨어요?"

가면들이 관심을 보였다. 팔자걸음이 대답했다.

"저는…… B. 남자를 골랐습니다."

"왜요?"

"이유가 뭔데요?"

"처음에는 단순하게 생각해서 할머니를 구해야지 했어요. 왜냐면 남자는 아무래도 되레 제가 위협을 당할 수도 있고, 일수 가방 같은 파우치를 들고 있다는 것도 좀 걸려서요. 근데 좀 더 고민해보니, 할머니도 안전한 사람이라는 생각이 안 들더라고요. 보따리 안에 뭐가 들었는지도 알 수 없고……. 요즘은 사람을 꾀어내는 데 일부러 약자인 아이와 노인을 이용하기도 하잖아요?"

명랑한 가면이 손을 번쩍 들고 끼어들었다.

"그러니까 님은 단순히 누구를 더 구하고 싶은지보다 위협적이지 않을지, 안전을 중점으로 선택을 하신 거네요?"

"다들 그렇지 않나요? 상황을 잘 보세요. 굳이 한 명을 선택해야 하는 상황이라면 나한테 조금이라도 더 이득이 되는 쪽을 골라야 하잖아요? 근데 딱히 이득 볼 건 없단 말이죠? 안 구해주면 그만인데 꼭 구해야 한다고 했으니, 뭐. 근데 구하다가 도리어 봉변을 당한다면? 또 굳이 한 명만 택하는 상황을 준 걸 보면 뭔가 리스크가 있으니까 그런 거겠죠."

팔자걸음 가면이 막힘없이 설명했다. 명랑한 가면이 다시 나섰다.

"뭐, 그것도 일리 있네요. 그런데 전 좀 다른 쪽으로 생각했어요."

"어떤?"

"나한테 사례금을 더 많이 줄 사람."

새로운 관점을 얻은 듯 아하, 하는 소리가 들려왔지만 누가 낸 소리인지는 알 수 없었다.

명랑한 가면이 설명을 이어갔다.

"그렇잖아요? 두 사람 중 누가 더 돈이 많을지, 혹은 돈과 상관없이 누가 더 감사하고 사례할 줄 아는 좋은 인격을 가졌는지는 알 수 없는 거잖아요."

"그래서 님은 누굴 골랐는데요?"

"고민이 끝난 건 아니지만…… 일단 저도 남자요. 돈이 있어 보이고 왠지 비즈니스맨일 것 같은 느낌이 들어서요."

"비즈니스맨이라고 해서 더 인격이 높다고는 할 수 없잖아요?"

이번엔 무성별 목소리의 가면이 끼어들어 말했다.

"저도 남자를 먼저 구하는 게 맞다고 보는데요."

시니컬한 가면이 명랑한 가면과 같은 의견을 냈다. 시니컬한 가면은 존재를 잘 드러내지 않던 인물이기에 모두가 입을 다물고 그의 말에 집중했다. 잠깐의 침묵을 깨고 무성별 목소리 가면이 물었다.

"님도 남자가 돈이 있어보이니까 구한다는 겁니까?"

"돈보다도, 원래 사람 겉모습만 봐선 안 된다고 하긴 하지만, 그렇다고 겉모습을 무시할 수도 없는 거니까?"

"옷차림이 중요하단 거예요? 양복 입고 있으면 범인이 아니고, 이상한 옷을 입으면 범인이에요?"

키가 큰 가면이 되묻자 시니컬한 가면이 여전히 차분하지만 아니꼽다는 의도가 녹아있는 듯한 어조로 말했다.

"누가 옷차림이랬나? 그냥 전체적인 분위기를 말한 거죠."

"전 계속 파우치가 걸리는데요. 파우치 안에 뭐가 들었을 줄 알고."

민주가 다른 의견을 제시했다.

"파우치만 수상한 건 아니죠."

이번엔 키가 큰 가면이 말했다. 보따리도 충분히 위협이 될 수 있다는 뜻인 듯했다.

"아니, 그렇다고 보따리로 공격하진 않을 거 아니에요. 공격을 한다면 파우치가 더 타격감이 있지 않겠어요?"

민주가 쏘아붙이자 시니컬한 가면이 생각할 가치도 없다는 듯 곧바로 고개를 젓고는 말했다.

"그 안에 뭐가 들었는지 모르는 건 둘 다 똑같죠."

재수없어. 민주는 속으로 생각하며 가면 속에서 시니컬한 참가자를 째려보았다.

갑자기 명랑한 가면이 다른 관점을 내세웠다.

"그런데 전 좀 이상한 게, 동시에 둘 다 아파서 주저앉는 상황이잖아요? 동시에 둘 다 아프다는 상황도 희한하고, 심지어 구해야 한다? 근데 또 둘 중 한 명이 다른 한 명을 공격했을 수도 있다는 뉘앙스도 풍겼잖아요? 둘이 각자 사정으로 아픈 걸 수도 있지만 만약에 공격을 당한 거라면 범인은 둘 중 하나라는 거 아니에요?"

그 말을 듣고 민주의 미간이 짜증스럽게 구겨졌다. 듣고 보니 상당히 복잡하네?

"뉘앙스는 풍겼는데 확실하게 말하진 않았어요. '어떤 상황인지 알 수 없다'고 했죠. 모든 가능성을 열어두고 생각하라는 거겠죠?"

팔자걸음이 양팔을 크게 벌리며 다른 의견을 냈다.

다시 침묵이 흘렀다. 모든 걸 동시에 고려하려고 하니 답을 내놓는 게 더 어려워졌다.

키 큰 가면이 침묵을 깼다.

"다시, 일단 다시 돌아와서요. 누굴 '구할지'에 초점을 맞춰보자고요. 질문이 그거였잖아요. 첫 말을 잘 생각해보세요, 다들. 미국이라잖아요. 왜 굳이 나라까지 지정해서 말했겠어요? 미국이 어떤 나라예요? 총기 소지가 가능한 나라죠! 안전을 먼저 생각해야죠. 요즘이 어떤 세상인데…….."

키 큰 가면이 자기 무릎까지 쳐가면서 말했다. 아마 저 가면을 쓰지 않았다면 침이 튀었을지도 모른다.

민주는 생각보다 뜨거운 논쟁이 될 것 같다는 예감이 들었다.

생각하면 할수록 이 제시 상황은 따지고 들 게 많았다. 상상할 수 있는 변수도 넘쳤다. 하나를 딱 골라내서 선택하는 게 불가능해 보였다. 참가자의 말이 보태질 때마다 선택의 범위가 점점 넓어졌다. 왜 시간을 한 시간이나 주나 싶었는데 이런 이유였던 것이다.

민주는 머리 쓰는 걸 별로 좋아하지 않았다. 아니, 싫어한다. 골치 아프거나 당황할 때마다 긴머리를 쓸어 넘기는 습관이 있었지만 지금은 특수 의복 때문에 그럴 수 없었다. 불안증세처럼 괜히 주먹만 쥐었다 폈다 했다.

"아니, 내가 말했잖아요. 대가와 위협이라는 걸 다 배제하고, 일단 급한 게 노인이잖아요. 잘못하면 순식간에 훅 가는 나이!

노인들은 빙판길에 미끄러지기만 해도 뼈가 부스러져서 치명상이 돼요. 한순간에 골로 간다고요."

"대가와 위협을 어떻게 빼고 생각합니까?"

키 큰 가면과 팔자걸음의 목소리가 격앙되고 있었다. 둘은 서로 다른 칸에 서 있었는데 경계선을 두고 옥신각신하는 중이었다. 가운데서 굵은 저음이 말리려고 했지만 역부족이었다. 굵은 저음은 예측자이지 사회자가 아니었다.

"진정들 하시죠. 이거 뭐 누가 이기고 지는 것도 아니지 않습니까."

정말 싸움이라도 날 것 같아 명우가 나서서 한마디 했다. 여기저기서 그만하라는 목소리도 나오고 있었다.

명우는 고개 들어 시계를 보았다. 제한 시간까지 겨우 2분 정도가 남았다. 현재 상태는 A에 세 명, B에 세 명이었다. 예측자인 굵은 저음을 제외하고 한 명의 선택만 남았다.

"님, 아직도 결정 못 했어요?"

키 큰 가면이 여전히 고민 중인 가면에게 불쑥 물었다. 이미 선택을 마친 사람들의 마음을 바꾸는 것보다 결정 못 한 사람을 끌어들이는 게 낫겠다는 판단이 선 모양이었다.

"전…… 전…… 음……."

다소곳한 가면이었다. 팔자걸음은 속 터진다는 듯 에이, 하며 돌아섰지만 키 큰 가면은 설득해보려고 애를 썼다.

명우는 이 묘한 분위기를 지켜보면서 주최팀이 의도한 바가 정말 이런 걸까 생각했다.

어떻게 보면 우습기도 한 상황이었다. 누군가를 설득하거나 자기 의견을 관철시킨다고 해서 보너스가 떨어지는 것도 아닌데 사람들은 동조를 구해내는 데 열을 냈다. 정도의 차이는 있지만 적어도 한 번씩은 자신의 의견을 상대방에게 어필했다. 그건 명우도 예외가 아니었다.

스피커에서 목소리가 나왔다.

— 1분 전입니다. 선택해주십시오. 선택하지 않을 시 기권으로 간주되며, 기권한 참가자에게는 3일 동안 그 어떤 보너스나 추가금액도 적용되지 않습니다.

다소곳한 참가자가 고개를 까딱이더니 A칸으로 뛰어 들어왔다. 키 큰 가면이 환호성을 내질렀다. 팔자걸음이 키 큰 가면을 쳐다보았다. 아마도 노려보았을 것이라고 명우는 짐작했다.

— 첫 번째 제시 상황이 종료되었습니다. 다수결은 A 할머니. 예측자의 선택은 A로, 다수결 선택지와 일치합니다. 축하합니다. 예측에 성공하셨습니다.

명우는 이게 뭔가 싶은 심정으로 참가자들을 둘러보았다.

예측자를 맡았던 굵은 저음이 신이 나서 소리를 지르며 좋아했다. 명우는 눈살을 찌푸렸다.

지난번과 같은 활동을 상상하고 왔던 그는 조금 실망스러웠다. 뭐랄까, 지난번에도 활동 과정에서 갈등 상황이 적지 않았는데, 이번엔 그보다 더한 듯했기 때문이었다. 이러면 갈수록 과격해질 텐데. 주최팀이 실험 목적상 이런 상황을 조장하는 게 아닐까 의심이 들 정도였다. 벌써부터 피곤했다.

— 예측에 성공하셨으므로 선물을 받을 참가자를 골라주십시오.

굵은 저음이 동작을 멈추고 스피커를 보았다.

"지금요?"

— 지금 이 자리에서 선택하셔야 합니다.

약속이라도 한 것처럼 라운지가 조용해졌다. 가면들이 모두 굵은 저음을 보고 있었다.

명우는 내심 자신이 선택되길 바라는 마음이 들어 놀랐다. 그래봐야 뭔지도 모르는 선물일 뿐인데, 왜 선택이 되고 싶은 마음이 드는 건지 우스웠다. 이런 와중에도 머릿속으로는 7대 1이라는 확률을 계산하고 있었다.

"누가 누군지 모르는데 어떻게 선택을 해요? 그리고 누구라고 어떻게 표현을 하죠?"

— 특징으로 찾으시면 됩니다. 가령 모두에게 목소리를 내보라고 하고 선택할 수도 있겠죠.

"선물이 뭔데요? 그게 뭔지를 알아야……."

— 당사자가 오픈하기 전까지는 말씀드릴 수 없습니다.

그때 팔자걸음이 불쑥 말했다.

"선물이 맞긴 합니까?"

— 그게 무슨 말씀이시죠?

"말이 선물이지 좋은 게 아닐 수도 있는 거 아니냔 뜻입니다."

누군가 공중에 찬물을 끼얹은 것 같은 분위기가 됐다. 가면들의 얼굴을 볼 수는 없었지만 명우는 모두가 별안간 뺨을 맞은 얼굴일 거라고 짐작할 수 있었다. 리더십 있던 저 팔자걸음 가면이 이번엔 좀 많이 갔다 싶었다.

스피커가 잠시 멈췄다가 켜지고 주최팀의 답변이 나왔다.

— 일반적으로 통용되는 의미가 있지 않습니까. 선물이라고만 말씀드리겠습니다. 예측자는 1분 안에 선택해주십시오. 1분이 넘어가면 선물 선정을 포기하는 것으로 간주하겠습니다.

더 이상 아무도 이의를 제기하지 않았다. 무슨 선물인지보다이젠 1분이라는 시간 제한에 압박이 느껴지기 시작했다.

굵은 저음이 고민을 하듯 천천히 가면들을 둘러보았다.

기다리는 시간이 길어질수록 명우는 마음속에서 선물에 대한갈망이 커지는 것을 느꼈다. 이번 실험에 거액을 투자한 주최팀이다. 그들이 준비한 선물이라니 소소한 수준은 아닐 것이다. 100만원 정도 되는 선물만 되어도 좋을 것 같았다.

"저 선택해주시면 안 돼요?"

정적을 깨고 갑자기 들려온 소리에 모두의 고개가 돌아갔다.

다소곳한 가면이 손을 들고 있었다.

2

2023년 9월 2일

종로경찰서 앞은 기자들로 발 디딜 틈이 없었다. 악랄한 살인 교사범이 체포됐다는 소식 때문이었다.

검정색 봉고차 한 대가 경찰서 지상 주차장으로 슬그머니 들어왔다. 기자들이 일제히 그리로 달려갔다. 봉고차 운전석에서 먼저 강력계 십 년 차 서형근 경사가 내려 뒷좌석 문을 열었다. 조수석에서는 그의 후배가 내렸다.

덩치 좋은 두 형사가 수갑을 찬 이병주를 차에서 끌어내렸다. 이병주는 캡모자와 마스크로 얼굴을 가린 것도 모자라 점퍼까지 덮어썼다. 형사들의 단단한 팔에 붙들린 이병주의 비루한 몸이 종이인형처럼 흔들렸다.

어떤 목적으로 그런 겁니까! 가면을 씌운다는 생각은 본인의 아이디어였습니까! 직접 죽인 거나 마찬가지라고 생각하지 않습니까! 왜 그런 겁니까! 죽은 피해자에게 할 말 없습니까! 지금 기분이 어떠신가요! 죄를 인정하십니까!

"좀 다들 비켜주세요. 일단 들어가야죠!"

형근이 기자들을 밀쳐가며 소리를 질렀다. 그때 갑자기 이병주가 기자들을 향해 돌아섰다. 경찰서로 들어가는 계단에서였다.

이병주가 형근을 팔뚝으로 툭 치더니 말했다.

"저 마스크 좀 벗겨주세요."

이 새끼가! 어이가 없었지만 형근은 순순히 마스크를 벗겨냈다. 무슨 말이 나와도 논란이 될 테지만, 어떤 말을 내뱉을지는 들어봐야 했다.

이병주의 개구리 같은 입술이 드러나자 질문을 쏟아내던 기자들의 눈이 모두 그의 입에 쏠렸다.

이병주가 기자들을 느긋하게 둘러보곤 천천히 입을 벌렸다.

"뭔가 잘못됐습니다."

무슨 의미인지 알 수 없어서 반문하는 기자는 없었다.

"다들 아시다시피 저는 사람을 죽이지 않았습니다."

기자들이 조금씩 웅성거리기 시작했다.

"고로 저는…… 살인자가 아닙니다!"

이병주는 방에 틀어박혀 게임과 인터넷 세상에만 갇혀 있던 전형적인 은둔형 외톨이였다.

부모님 집에 얹혀사니 주거는 해결되었지만, 먹고 싶은 걸 사 먹거나 게임 아이템을 사는 데는 돈이 필요했다. 그래서 어쩔 수 없이 근육 없이 뱃살이 축 늘어진 몸을 이끌고 아르바이트 자리를 알아보았지만 쉽사리 얻어지지 않았다. 이력서에 '고졸', '검정고시 졸업'이 문제가 된 것 같았다. 이병주는 그렇게 추측했다. 그러던 어느 날 간신히 편의점 알바 자리를 얻었다. 아르바이트를 해본 적 없던 이병주는 모든 면에서 어설펐고 은둔해 온 성격 탓에 의사소통도 원활하지 않았다. 결국 얼마 못 가 참다못한 사장이 화를 내고는 해고하기까지 이르렀다.

편의점 사장은 처음부터 이병주를 대하는 태도가 불량했다. 게슴츠레한 눈에 손질을 제대로 못 해서 너저분한 머리, 후줄근한 집업 후드에 다 해진 추리닝 바지를 입은 이병주를 위아래로 훑을 때부터 그랬다.

이병주는 분노했다. 잘린 것도 화가 났지만 그전까지 사장이 자신을 무시하고 하대한 기억 때문에 견딜 수가 없었다.

해외 사이트를 통해 이병주는 '재미있는 일에 함께할' 사람들을 모집했다. 수십 명이 모였는데, 어떤 일인지 듣고는 우르르 빠져나가 겨우 다섯 명 만이 남았다.

이것이 '집단가면살인사건'의 시작이었다.

이병주의 계획은 이랬다. 다섯 명이 모두 똑같은 옷을 입고 똑같은 가면으로 얼굴을 가린다. 머리카락 한 올까지 안 보이게. 가능하다면 키와 체격까지 비슷하게 만들어 누가 누구인지 구분할 수 없게 만든다. 똑같아 보이는 다섯 명이 한꺼번에 모여 편의점 사장을 죽이는 것이 최종 목표.

CCTV에 찍히더라도 상관없다. 어차피 누가 누구인지 모를 테니. 미션을 완료한 후 모두 CCTV를 벗어나 페이크 복장을 벗고 유유히 흩어지면 끝. 그럼 절대 못 잡는다.

사장을 죽이는 방식도 정해주었다. 반드시 날카로운 칼로 복부와 목을 찌를 것.

애초에 비뚤어진 욕망과 반사회적인 성향을 가지고 모여든 다섯 명은 이병주의 계획에 열광했다. '정체를 숨긴 채 사람을 죽일 수 있다', 이것은 다섯 명이 한꺼번에 체포되지 않는 이상 처벌도 받지 않는다는 것을 의미했다. 심지어 서로 신원을 모르기에 붙잡히더라도 누구인지 발설할 수도 없다. 사회에 대한 불만과 왜곡된 신념을 가지고 있던 이들에게 이것은 상당히 매력적인 게임이었다.

이들은 날짜를 정해 이병주가 시키는 대로 이행했다. 참여 인원은 다섯 명이지만 찌르는 사람은 한 명이어야 한다는 것도 이병주가 정한 조건이었다. 그렇게 해야 범인을 특정할 수 없어 상황이 복잡해지는 것을 노릴 수 있었다.

모이는 데까지 순조로웠던 이 계획은, 손님이 없는 편의점으로 들어가 문을 잠근 그때부터 어긋나기 시작했다. 바닥에 칼을 놓고 돌려 손잡이가 가리키는 사람이 찌르기로 했는데, 그사이에 묶여 있던 사장이 밧줄을 풀고 달려든 것이다.

다들 당황해 우왕좌왕하자 그 틈에 사장이 문을 향해 달렸고, 다섯 중 하나가 그의 뒷머리를 잡아챘다. 사장이 억, 하고 뒤로 넘어가는 순간, 다급한 마음에 칼을 집어든 다섯 중 하나가 사장의 등을 찌른다는 게 목을 찔러버리고 만 것이다. 너무 놀라

엉겁결에 칼을 뽑자 피가 천장까지 솟구쳐 튀었다.

참가자들은 바닥을 적셔가는 핏물을 보며 어쩔 줄 몰라 하다가 정신을 차리고 뿔뿔이 도망쳤다. 아무도 사장의 숨이 멎는 순간은 보지 못했다. 아들 셋을 둔 50대 가장이었던 사장은 과다출혈로 그 자리에서 사망했다.

편의점 주변과 편의점 내부를 찍은 당시의 충격적인 CCTV 파일이 퍼지면서 전국민적 관심을 모았다. 가면을 쓴 다수의 범인. 사람을 죽이는 일이 이렇게 집단의 게임으로 여겨질 수 있다니 상상도 못 한 일이었다. 전대미문의 사건이 사람들을 패닉으로 몰아넣었다.

이병주는 2주일 만에 경찰에 붙잡혔다. 공모자들도 해외로 도피하기 전에 잡아야 하는 급박한 상황이었다. 하지만 그들의 신원을 파악하는 데는 시간이 좀 걸릴 듯했다. 시작부터 쉽지 않았다. 해당 채팅방은 애초에 익명 오픈채팅방으로 방 개설자인 이병주조차 참여자들의 신원을 알 수 없는 시스템이었다. 해외 메신저인 데다 계정까지 해외의 것을 사용했기 때문에 추적도 불가능했다.

그런데 상황이 반전되었다. 홀로 잡혀 억울해진 이병주가 공모자들의 신원을 밝혀버린 것이다.

사실 이병주는 만일을 대비해 참가자들의 거주지를 알아두었다. 어렵지 않았다. 가면과 옷을 지급하기 위해서라는 명목으로 지하철 사물함을 이용하고 부근에 숨어 있다 참가자들을 미행했었다.

참가자들이 밝혀지자 여론의 초점은 다른 곳으로 옮겨갔다. 형량의 무게를 누구에게, 얼마나 두어야 하느냐는 것이었다.

살인교사를 한 이병주는 어느 정도의 처벌을 받아야 하는가, 직접 찌른 사람이 대체 누구인가, 직접 찌른 사람에 대한 형량만 달라져야 하는가, 참여한 것 자체가 살인자인 것 아닌가, 살인을 교사한 이병주가 더 악마인가, 직접 이행한 이들이 더 악마인가…….

여론도 법 해석도 쉽게 의견 차를 좁히지 못하던 그때, 범죄행동분석관 홍기중이 익명성 실험을 제안했다.

3

실험 2일 차 오후(1)

한시연이란 사람은 본래 이럴 수 있는 사람이 아니다.

시연은 자신을 향해 있는 가면들을 보며 몸을 떨었다. 똑같은 가면들이 저만 쳐다보고 있다. 그게 실제로 저들의 표정이 아니라는 걸 알면서도 섬뜩했다.

"다시 한번 말씀해주시겠어요?"

굵은 저음이 말했다. 목소리를 듣고 발화자가 누구인지 구분하려는 거였다. 시연은 자기도 모르게 두 손을 꼼지락거리며 작은 목소리로 말했다.

"저예요……. 저, 그 선물, 받고 싶어서요……."

"아, 누군지 알겠다."

굵은 저음이 시연을 정면으로 보면서 말했다.

사람들이 보는 앞에서 손을 드는 일. 부끄러움도 많이 타고 겁도 많아 학창 시절에도 하지 않은 짓이었다. 손을 들고 답변을 해야 점수를 채울 수 있도록 운영되던 수업에서는 아예 점수를 포기하기도 했다. 사범대를 나와 중학교 교사가 되고 나서도 학생들에게 그런 식으로 대답을 강요한 적이 없었다. 그래서 지금 이렇게 과감하게 구는 게 스스로도 잘 이해되지 않았다.

'선물'이라는 보너스에 욕심이 났던 걸까? 신원을 감춘 특수한 상황이니까 이런 걸 해볼 용기가 생긴 걸까?

"죄송한데, 이미 정한 사람이 있어서요."

심장이 덜컥 내려앉는 것 같았다. 모두가 보는 앞에서 거절당했다. 평생 처음 내본 용기인데 무시당하고 말았다. 창피해서 몸에 열이 확 올랐다. 얼굴이 붉어졌을 테지만 그건 걱정할 필요가 없어 다행이었다.

"그분! 어디 계세요? 제 단짝."

굵은 저음이 말하자 B칸에 서 있던 사람 중 하나가 손을 들었다.

"저요?"

목소리 큰 가면이었다.

"아무래도 제가 처음이라 어색한데, 그냥 제가 젤 친한 분한테 드릴게요. 누구를 줘야 한다거나 따로 규칙이 있는 것도 아니니까요. 그래도 되죠?"

마지막 질문은 스피커를 보면서 말했다.

— 선택은 예측자의 권한입니다. 선택되신 분은 사용하는 방번호를 알려주십시오. 저녁 시간에 그곳의 선물 상자가 열릴 겁니다.

목소리 큰 가면이 들떠서 얼른 대답했다.

"6번 방이요! 그런데 선물 상자가 열린다니…… 어디 있는데요?"

― 침대 옆 협탁에 상자가 들어 있습니다. 저녁 식사 후에 잠금이 풀릴 겁니다.

"거기에 선물 상자가 있었어요? 전에는 항상 비어 있어 열어보지도 않았는데, 세상에."

목소리 큰 가면이 마음껏 기쁜 티를 냈다. 방에 그런 게 있을 거라고는 생각 못 한 터라 시연도 조금 놀랐다. 결국 그림의 떡이 되었지만.

아무튼 목소리 큰 가면과 굵은 저음이 쌍으로 미웠다. 유난떤다 싶었다. 서로 얼굴도 모르는데 친해져서 어쩌겠다는 거지? 둘이서만 저러면 나중에 도움이 필요해질 때 외면당할 거란 생각도 못 하나?

여럿이 보는 앞에서 거절당하니 내상이 꽤 컸다. 시연의 내면이 다시 움츠러들었다. 모두가 자신을 보며 거절당해서 불쌍하다, 창피하겠다고 생각할 것만 같았다. 후회가 밀려들었다.

― 첫 번째 활동이 끝났습니다. 한 시간 휴식한 후에 두 번째 제시 상황을 드리겠습니다. 하루 활동은 이렇게 둘 혹은 세 건으로 이루어질 예정입니다.

하루에 두 종류의 활동이었던 1차 실험 때와 같았다. 그러니까 네다섯 시간만 활동을 하면 나머지는 모두 자유시간인 것이다. 그렇게 일주일이 흘러간다.

누가 손을 들었다.

"끝난 건가요? 예측자가 선택하면 그냥 그걸로 끝?"

팔자걸음이었다. 시연은 1차 때부터 말도 잘하고 카리스마도 있는 저 사람이 부러웠다. 여자일까? 행동은 남자 같은데 목소리가 여자여서 헷갈렸다.

— 그렇습니다. 선물을 줄 권한은 예측자가 가지고 있습니다.

"그럼 앞으로 예측자가 자기랑 친한 사람만 계속 선택해도 되는 거네요?"

팔자걸음의 목소리에서 불만이 묻어났다.

— 하루 두 번 혹은 세 번의 활동을 통해서 여덟 분의 참가자분들이 모두 예측자가 될 기회를 두 번씩 갖게 됩니다. 두 번 다 같은 사람을 선택하는 것도 가능하고요.

"그럼 한 명이 여러 번 선택 받는 것도 가능한 거예요?"

— 선택을 몇 번 받든 제한은 없습니다.

"그럼 예측자한테 잘 보여야 하는 건가요?"

— 선물을 원하셔서 노력하시는 걸 저희가 간섭하진 않습니다.

"어떤 노력을 하든 막지도 않는다는 거네요?"

아무 대답도 들려오지 않았다. 다시 목소리가 들려온 건 몇 초가 지난 뒤였다.

— 아시다시피 참가자분들이 무얼하시든 자유입니다. 다만 현행법을 따른다는 것 역시 당부드렸습니다. 첫 번째 활동이 끝났습니다. 한 시간 휴식 후에 다시 뵙겠습니다.

바로 스피커 연결이 끊어졌다.

한동안 멍하니 서 있던 가면들이 하나둘씩 소파에 가서 앉았다. 라운지에는 A, B, C 네모만 덩그러니 남았다.

"이거 좀 허무한데요."

시니컬한 가면이 혼잣말처럼 중얼거렸다. 무슨 말인지 알 것 같아 시연은 자기도 모르게 고개를 끄덕였다.

아무도 묻지 않았지만 시니컬한 가면이 말을 이어갔다.

"그래서 이거 누굴 구해야 한다는 거예요?"

"정답 없다잖아요."

굵은 저음이 성가신 듯 말을 툭 내뱉었다.

"그러게요. 그 길 주위에는 두 사람만 있었던 것 같은데, 제삼자가 공격했을 것 같진 않고. 그럼 둘 중 한 명인데, 대체 언제 뭘로 공격을 한 거죠? 주먹으로 배라도 쳤나?"

명랑한 가면이 어깨까지 으쓱해 보이며 말했다. 하도 가벼워보여 신뢰는 안 가도 하는 말이 일리가 없지는 않았다.

목소리 큰 가면이 갑자기 손뼉을 짝 쳤다.

"그러고 보니 남자 목에 끈자국 같은 게 있었다고 했잖아요. 목이 졸렸다는 건데?"

"길에서?"

곧바로 되물은 건 팔자걸음이었다. 소파에 기대 있다가 허리를 세우는 걸 보니 솔깃해진 것 같았다. 아까는 답을 고르는 데만 신경 쓰느라 미처 보지 못했던 것들이 언급되고 있었다.

"그럼 도구가 있었다는 건데?"

"주머니에 끈 같은 게 있었을지도 모르죠. 밧줄이나…… 뭐

하다못해 핸드폰 충전기라도. 만약에 남자가 뭔가에 목이 졸렸다면 가까이에 있던 할머니한테 당했을 가능성도 있겠네요. 그런데 우린 할머니를 구하겠다고 한 거고요."

"할머니의 공격에 저항하다가 서로 다친 걸 수도 있겠네요?"

굵은 저음이 동조했다. 미처 거기까지는 생각 못 했다는 게 스스로 황당하다는 말투였다.

"근데 할머니가 성인 남자 목을 조를 힘이 된다고요?"

"사람마다 다르겠죠."

"그렇다면 우리가 선택을 잘못한 거군요."

"어차피 다수결이 정답이 되는 거였으니까 상관은 없죠."

"이 실험이 노리는 게 그거인 걸까요? 익명성 뒤에 숨은 다수결……?"

시연이 확신은 없지만 의견을 내보았다. 무안하게도 아무도 대답이 없었다. 모두가 시연의 말을 듣고 헷갈리는지 고개만 갸우뚱거렸다.

침묵이 길어지는데 누군가 소리쳤다.

"보따리!"

모두 목소리가 들려온 쪽을 쳐다보았다. 무성별 목소리가 벌떡 일어나 있었다.

"보따리 천으로 목을 조를 수 있는 거 아닙니까?"

"……정말 그럴 수도 있겠는데요?"

명랑한 가면이 놀랍다는 듯 반응했다. 표정은 안 보여도 감탄사나 제스처로 모두가 동의하고 있다는 건 알 수 있었다.

"그러고 보니 건너편에 있다는 교복을 입은 여자는 뭐죠? 왜 굳이 언급했을까요?"

키 큰 가면이었다. 곧바로 다른 목소리가 겹쳐져 나왔다.

"잠깐! 그럼 이렇게 되겠네요. 이거 어쩌면 정답이 있을 수도 있겠어요."

시니컬한 가면이었다.

"정답 없다고 했는데 아까부터 왜 그럽니까?"

팔자걸음이 일어나 허리춤에 손을 올리며 말했다.

"제 말씀을 잘 들어보세요, 좀."

또 나왔다. 저 무례한 말투. 1차 때도 저 특유의 깔보는 말투 때문에 싸움이 날 뻔했었다. 그때 누구랑 붙었더라? 시연은 기억을 더듬어봤지만 기억이 나지 않았다.

시니컬한 가면이 말을 이었다.

"그러니까 저 사람들이 문제를 낸 목적은 우리가 정답을 맞추는 거랑은 상관이 없는 것 같다고요. 고로 이미 끝난 문제에 대해서 왈가왈부할 필요가 없다는 거예요. 보세요. 다들 괜히 감정만 상했잖아."

"그래서 뭐 어쩌자는 겁니까?"

팔자걸음이 짜증을 참고 있다는 목소리로 되물었다. 시연은 이런 분위기가 불편해 자신도 모르게 두 손을 꼭 맞잡았다.

시니컬한 가면이 대수롭지 않다는 듯 대답했다.

"주최팀이 다수결을 정답으로 친 이유를 생각해보자는 거죠. 이게 대체 무슨 의미가 있는 활동인가."

"저기요, 그쪽 똑똑한 척하는 거 좋아하는 건 알겠는데요. 그쪽 말이야말로 어폐가 있어요."

한 성질 해서 1차 때 갈등이 많았던 목소리 큰 가면이었다. 시연은 귀를 막고 싶었다. 목소리가 큰 데다 저번보다 목에 더 힘을 주는 것 같아 너무 거슬렸다. 목청이 어떻게 생겨 먹었길래 저런 발성이 나오나 모르겠다.

"무슨 어폐요?"

"싸우지 말자면서 그쪽이 더 싸움을 만들고 있잖아요? 정답이 중요하지 않고, 맞추는 것만 중요하다면 그야말로 주최팀의 이유나 의도 따위 우리랑 무슨 상관인데요? 우린 그냥 다수결에 성공해 돈만 받으면 되는 거 아니에요? 무슨 의도까지 생각해요?"

시니컬한 가면은 팔짱을 끼고 다리를 꼰 채로 상대를 지그시 보았다. 목소리 큰 가면의 말에 동의해서인지 화가 나서인지 알 수 없었다. 확실한 건 적어도 그가 버럭 소리를 질러 사람들을 놀라게 할 일은 없다는 거였다. 그가 감정적으로 대응하는 걸 한 번도 본 적이 없었다.

"아, 분위기가 이게 뭐예요. 됐고요, 우리 다른 얘기로 넘어가죠. 선물이 뭔지 궁금하지 않아요, 다들?"

명랑한 가면이 분위기를 바꾸려고 손뼉을 짝 쳤다.

"너무 독단적인 권한을 준다고 생각하지 않아요?"

팔자걸음이 갑자기 다른 문제를 제기했다. 명랑한 가면의 노력이 무색해졌다.

"그렇긴 한데, 돌아가면서 예측자의 기회를 준다고 하니까요, 뭐."

맥없이 대답한 건 무성별 목소리였다. 저 사람은 항상 저렇게 기운이 없었다. 그건 목소리 변조로도 어쩌지 못하는 것 같았다. 시연은 자신의 목소리도 저렇게 들리겠다는 생각이 들었다.

"그럼 다음 예측자는 누구예요? 2번 방 주인님?"

키 큰 가면이 둘러보며 묻자 '……저요' 하며 기어들어 가는 목소리로 시연이 손을 들었다.

"예측자가 왜 필요한 걸까요?"

무성별 목소리가 또 다른 질문을 던졌다.

"게임의 재미를 위해서겠죠. 사실 예측자 없이 그냥 선택만 하고 끝나면 재미가 없잖아요?"

"하긴, 그냥 랜덤으로 선물이 주어진다고 하면 지금처럼 스릴 있진 않았을 것 같아요."

다행히 이번엔 키 큰 가면과 팔자걸음의 의견이 일치했다.

이번 활동에 대해 주거니받거니 하며 한동안 대화가 계속되었다. 딜레마 상황에 선택을 하는 것이 다들 재미있었던 모양이었다. 1차 때와 마찬가지로 활동이 시작되니 초반의 어색함은 어느새 사라지고 없었다.

그런데 시연은 계속 뭔가 찜찜한 느낌을 지울 수 없었다.

뭘까. 자꾸 뭐가 찜찜한 거지?

키 큰 가면이 갑자기 어이없다는 투로 말했다.

"근데 사실 이거 아까 마지막에 선택한 분이 받아야 하는 거 아니에요? 솔직히 3대 3으로 동점인 상황에서 그분이 A를 택했기 때문에 예측자가 백만 원도 받고, 선물 줄 기회도 갖게 된 거나 마찬가지잖아요?"

모두 마지막에 선택한 사람이 어디 있냐며 두리번거렸다. 시연은 자신이 지목되자 긴장했다. 안 그래도 이런 관심은 부담스러운데 거절까지 당한 민망함이 아직 가시지 않았다.

"아까 그분 어딨어요?"

키 큰 가면이 다시 물었다. 시연이 천천히 손을 들었다.

"님이 받아야 하는 것 같은데요? 그죠? 친한 사람보다 예측을 맞게 해준 사람을 선택하셨어야죠."

키 큰 가면이 이번엔 굵은 저음을 찾으려 두리번거렸다.

"그건 아니죠. 선택은 오로지 예측자의 권한이고, 마지막에 A를 선택하신 게 저를 위해서도 아니었잖아요? 제가 뭘 선택했는지도 모르는 상태였잖아요."

굵은 저음이 곧바로 반박했다. 키 큰 가면이 대꾸할 말을 찾지 못했는지 흠, 하고 숨을 내쉬더니 팔짱을 끼며 뒤로 등을 기댔다.

"그렇긴 한데, 좀 그러네요. 뭔가…… 뭔가 좀 짜증나요."

"뭔지 압니다. 저도 그런 기분이거든요."

무성별 목소리가 고개를 끄덕였다.

"저도 그래요! 그래도 기회가 저한테도 올 거니까 딱히 생각 안 하려고요."

명랑한 가면이 습관처럼 손을 번쩍 들며 말했다. 시연은 자신과 완전 반대 성향인 그가 신기하면서도 이해되지 않았다. 왜 저렇게 자기를 봐달라는 듯이 구는 건지.

그런데 듣다 보니 이 활동이 무언가 '이상하다'는 생각이 들었다. 구체적으로 어떤 부분인지 궁리해보려는데 스피커에서 목소리가 들려왔다.

— 두 번째 활동을 시작합니다. 모두 집중해주십시오.

조금 전까지 피 튀기듯 대화에 집중하던 사람들이 정지버튼이 눌린 것처럼 입을 다물었다.

— 그럼 두 번째 상황을 제시드리겠습니다.

스피커 목소리가 잠시 숨을 고르는 사이, 실험장은 침묵이 감돌았다.

— 여자 교사가 학교에서 살해당했습니다. 용의자는 세 명. 한 명은 폭력적인 남학생, 다른 한 명은 동갑내기로, 항상 다정한 남자 교사, 나머지 한 명은 평소엔 순하지만 욱하는 성질이 있는 그녀의 전 남자친구입니다. 모두 사건 전에 이곳을 다녀갔습니다. 남학생이 언제 하교했는지는 정확히 모릅니다. 본인 말로는 바로 하교했다고 하는데 친구들은 그 남학생이랑 같이 하교하지 않았다고 하고, 종례 후에 그가 책가방을 멘 채 화장실에 들어가는 걸 봤다는 사람이 있습니다. 남자 교사는 다른 교사들보다 늦게 퇴근했습니다. 그녀의 전 남자친구는 평소 그녀에게 집착했고, 연락을 받지 않자 퇴근 시간에 맞춰 학교 앞에 찾아왔습니다. 범행이 일어났을 것으로 추정되는 시각에 셋 다 학교와 관련된 것 외에는 알리바이가 없습니다.

이전보다 더 복잡한 내용이라 참가자들은 미동도 없이 설명에 집중했다. 고개의 방향이 모두 제각각이라 어디를 보고 있는지는 알 수 없었다.

숨 돌릴 틈도 없이 내용이 이어졌다.

— 이번엔 시신의 상태에 대해 설명드리겠습니다. 시신이 있던 위치는 학생들이 이용하는 식당. 교직원 식당이 아닙니다. 무릎, 팔꿈치, 어깨가 깔끔하게 절단되어 총 일곱 조각으로 토막난 채로 식당 테이블 위에 올려져 있었습니다. 온전한 하나의 몸처럼 보이도록 배치를 해둔 상태로 말이죠. 깔끔하게 잘리긴 했지만 신경이나 연골, 피부 조직들이 너덜너덜하게 손상이 되어 있었습니다. 또한 시신의 몸 전체가 젖어 있었습니다. 자, 범인은 위에 말씀드린 셋 중 한 명입니다. 누가 범인입니까?

시연은 머릿속이 멍해져서 아무 생각도 나지 않았다. 가면에 가려 보이지 않을 뿐 다들 이런 패닉 상태가 아닐까 싶었다. 마치 이 실험장이 문제 속 학교가 된 것처럼 으스스하게 느껴졌다.

— A 남학생. B 남자 교사. C 전 남자친구. 제한 시간은 한 시간입니다. 이번 문제 상황의 예측자인 참가자분, 스피커 쪽으로 오셔서 예측해주시기 바랍니다. 1분 드리겠습니다.

시연이 쭈뼛거리며 스피커 쪽으로 가서 섰다. 고민하는 듯 한숨을 내쉬는 소리가 들리더니 이내 입 쪽 차양을 올리고 자신이 고른 답을 말했다.

— 제한 시간은 한 시간입니다.

스피커 연결이 끊어지는 소리가 들렸다. 사람들이 웅성거리기 시작했다.

그때 시연은 아까부터 느껴지던 '이상함'이 무엇인지 알아차렸다.

'대체 이런 게임이 주최팀에 어떤 도움이 되는 걸까' 하는 거였다. 왜 이런 기분이 드는 건지는 모르겠지만, 어쩐지 중요한 건 쏙 뺀 채 무의미한 활동이 진행되는 것만 같았다.

"뭐야. 아까보다 더 복잡해졌는데요?"

명랑한 가면이 말했다.

"상상 가능한 변수도 더 많은 것 같아요."

종섭이 말했다. 변조되어 나온 목소리도 그 특유의 시니컬한 말투까지 감춰주진 못했다. 그래서일까, 한마디 했을 뿐인데 다들 자신을 노려보는 것만 같았다. 종섭은 이들이 자신을 어떻게 생각하는지 잘 알고 있었다.

1차 때 그는 말을 많이 하지 않았다. 하지만 꼭 필요하다 싶을 땐 주저없이 의견을 피력했고, 그건 다분히 직설적으로 들렸을 것이다. 종종 반말을 섞어 말하기도 했다. 아니, 꽤 자주 그랬다. 그럴 때마다 속으로 얼마나 큰 카타르시스를 느꼈는지 모른다. 서로 나이도 모르는데 굳이 말을 높일 필요를 못 느꼈다. 일일이 존대를 해주는 게 얼마나 귀찮은 일인가.

이렇게 신원을 감추고 있으니 말을 좀 덜 부드럽게 해도, 격식체를 잘못 사용해도 아무도 뭐라 하지 못했다. 보통 편한 게 아니었다.

이 실험에 참여한 건 예전에 만났던 여자친구 때문이었다. '덕분'이라고 해야 하나.

고시 공부를 하다 포기하고, 취업할 시기도 놓쳐 서른두 살이나 되어서야 고깃집과 택배 아르바이트를 병행하며 몸이 부서져라 일만 하던 때였다. 20대 초반에 재수학원에서 만나 사귀다 헤어졌던 전 여자친구의 프로필이 메신저에 뜬 것을 보고 연락을 해보았다가 다시 만나게 되었다. 흔쾌히 보자고 해서 조금 설레기도 했건만, 이미 만나는 남자가 있었다.

한동안 여사친처럼 가끔 만나고 있었는데, 집단가면살인사건으로 전국이 떠들썩해졌다. 얼마 뒤 이상한 심리실험을 한다는 공고가 나왔다. 온라인 포털에까지 대대적으로 홍보를 해서 관심 없어도 모를 수가 없었다. 그런데 그녀가 한번 참여해보는 게 어떻겠냐고 제안을 해왔다. 고깃집을 차리고 싶은데 돈이 모자라다는 사정을 듣고서였다. 밑져야 본전인데 일단 선정되면 5천만 원이 보장되는 거니 신청이나 해보라고.

1주간의 실험, 2주일간의 휴식, 또 1주간의 실험. 딱 4주만 견디면 5천만 원이 뚝 떨어지는, 인생에 다시 없을 기회였다. 성실하지 못한 부모 밑에서 자란 종섭은 여덟 살 아래인 동생을 키우다시피 해왔고 돈이라면 지긋지긋했다. 하지만 누구보다 돈이 절실했다.

세상에 공짜는 없는 건데, 종섭은 공짜로 돈을 먹는 기분이었다. 거기다 해방감 같은 걸 덤으로 얻다 보니 은근히 다음 실험이 기다려지기까지 했다. 사람들은 자신을 예의없다고 욕할지도 모른다. 상관없었다. 어차피 저 사람들이 생각하는 '나'는 '내'가 아니니까. 저들도 마찬가지였다. 그들은 그가 생각하는 사람들이 아닐 것이다.

"정보가 너무 부족하잖아요."

팔자걸음이 늘 그렇듯 과장된 제스처를 곁들여 말했다. 종섭의 생각에 저 사람은 왠지 남자일 것 같았다.

"그래도 첫 번째보단 설명이 더 긴데요?"

굵은 저음이 멍청하게 받아쳤다. 역시나 곧바로 팔자걸음이 답답하다는 듯 언성을 높였다.

"그거야 상황이 이것보다 단순했으니까 그렇죠! 등장인물도 고작 두 명이었고요. 이번에는 무려 세 명이라고요. 거기다 학교에서 살해를 당해? 남학생이 용의자라고 하는데, 이게 중학교인지 고등학교인지 정도는 알아야 판단할 수 있는 거 아닙니까? 거기다 토막이라잖아요!"

"그건 그래요. 설마 초등학교?"

"에이, 초등학생이 토막…… 말이 안 되죠!"

"정규 하교 시간이라도 알려줘야 초중고 중 어디인지 짐작을 할 거 아닙니까!"

"그것도 문제의 의도인 게 아닐까요?"

"그럼 이건 문제라고 할 수 없죠!"

"정답이 없는 거라고 했었잖아요. 애초에 이건 문제가 아닌 듯요."

"모두 답답하네요."

한창 설전이 오갈 때 종섭이 툭 던진 말이 허공을 맴돌았다.

모두 한꺼번에 종섭을 돌아보았다.

"뭐라고 했습니까, 지금?"

팔자걸음이 한 걸음 앞으로 나섰다. 다소 위협적인 행동이었지만 종섭은 미동도 하지 않았다. 상대는 40대 이상이었다. 다 가려봐도 그런 건 숨겨지지 않는 법이다. 몸싸움을 하더라도 밀릴 리 없었다.

"다들 이해가 안 된다고요."

"쟤 또 시작이네."

누가 중얼거리는 소리가 들렸지만 종섭은 아랑곳하지 않고 말을 이었다.

"바로 조금 전에 제가 얘기한 것 같은데, 이게 문제라고 할 수 있는지가 무슨 상관이냔 말이죠. 초딩이든 고딩이든 중요한 건 우리는 그저 이 활동을 이행하기만 하면 되는 거 아니에요? 즉, 뭐든 선택만 하면 되는 거잖아요. 뭘 이렇게 일일이 열을 내요?"

"자기 혼자 똑똑하고 우리는 전부 무식하다는 말투 봐."

굵은 저음이 쏘아대듯 말했다. 팔자걸음이 다시 나섰다.

"님 말도 이해해요. 하지만 그렇다고 해서 아무거나 막 고를 순 없는 거잖아요? 적어도 제시된 상황에 대해 고민과 토론은 해야 한다고 봅니다. 정보를 더 달라고 조른 것도 아니고, 불평 정도는 할 수 있는 거죠. 님이야말로 왜 그렇게 열을 냅니까?"

"쓸데없이 너무 열성적으로 하는 것 같아서 하는 말입니다."

종섭이 대꾸하자 굵은 저음이 다가서며 말했다.

"쓸데없이 열 내고 있는 건 님도 마찬가지거든요? 우리는 제시 상황에 열을 내고, 님은 그런 우리한테 열 내고. 뭐가 다른데요?"

종섭은 잠시 생각했다. 뭐, 맞는 말이었다. 그는 어깨를 으쓱하곤 뒤로 한 걸음 물러섰다.

"그러네요. 인정."

"하!"

굵은 저음이 황당하다는 듯 웃음을 터뜨렸다. 그걸 보고 종섭은 확신했다. 저 가면은 20대, 많아도 30대 초반이다.

"아무튼 시간도 없는데 다시 상황에 대해 의논해보죠. 의견 있으신 분?"

팔자걸음이 또 상황을 주도해 나가려고 했다.

종섭에게 쏠렸던 관심이 다시 제시된 문제로 옮겨갔다.

"일단 특징들을 정리를 좀 해보죠."

팔자걸음이 끄적일 만한 종이를 찾는지 두리번거렸다. 민주가 무언가를 떠올리고는 출입구 쪽으로 달려갔다. 출입문 옆에 있던 이동식 화이트보드가 기억난 것이다.

민주가 화이트보드를 끌고 오자 모두가 반색을 했다.

"오! 저도 저거 봤었어요! 이래서 저게 있었던 거였나?"

명랑한 가면이 손뼉을 짝 부딪치며 말했다.

"주최팀도 참. 저런 게 있음 말을 좀 해줄 것이지."

팔자걸음이 투덜대며 화이트보드를 모두가 볼 수 있는 위치에 세웠다.

"애초에 우리 쓰라고 놓은 게 아니었을 수도 있죠."

목소리 큰 가면이 받아쳤지만 팔자걸음은 무시하고 말했다.

"하나씩 나열해보죠. 자, 살해당한 여성 교사에……."

팔자걸음이 매직으로 적어나갔다. 사람들의 기억을 모아 문제 속 내용을 나열해놓으니 세 사람의 특성이 한눈에 들어왔다.

무성별 목소리가 먼저 손을 들었다.

"보니까 세 사람 다 성격적인 특성과 알리바이가 있네요. 한편으론 성격적 특성이 묘사돼서 범인을 잡는 데 혼란을 줄 수도 있겠다는 생각이 드는데요."

"하지만 성격적인 부분을 배제할 순 없죠. 욱해서 사람 죽이거나 그러는 건 결국 성격 때문이잖아요."

"겉으로 번지르르하고 멀쩡한 사람들이 더 무서운 경우도 많아요."

"어쨌든 이 제시 상황에서는 셋 다 폭력적 성향과 집착이 있는 사람들이잖아요. 범인은 이 중에 있고요. 가장 가능성이 있는 사람을 선택해야죠."

"이번에도 먼저 말씀 들어보죠. 님 의견은 뭐예요?"

모두가 팔자걸음의 의견을 기다렸다.

"흠…… 인물도 상황도 복잡한 데다 생각해볼 만한 게 더 많아서요. 거기다 토막…… 아, 너무 끔찍합니다. 사실 전 처음에 남학생과 교사의 관계가 좀 의심스럽다고 생각했는데요. 초등학생일 가능성도 배제할 수 없는데 토막이라고 하니 섣불리 말이 안 나오네요."

"에이, 진짜 너무하네! 아무리 그래도 초딩이 말이 돼요?"

하도 어이가 없어 민주가 헛웃음을 터뜨리며 말했다.

"아니면 오히려 토막이란 요소가 있으니 초등학생이나 중학생은 자연히 제외될 수도 있는 거 아닌가요? 요령이나 힘이 딸리잖아요. 지금까지 초중딩이 토막 살인했다는 얘기는 들어본 적도 없고요. 그게 간접적인 힌트였을 수도 있죠."

꽤 논리적인 대답을 한 사람은 명랑한 가면이었다.

민주는 예측자가 아닌 상황에 놓이니 확실히 다른 느낌을 받았다. 더 어렵고 신중하게 생각하게 되었다. 게다가 이왕이면 선물을 받고 싶다는 욕심도 생겼다. 동시에 '열심히 한다고 선물을 받을 수 있는 것도 아니지 않나?' 하는 생각도 들었다. 첫 주인 자신부터 친분이 있는 사람을 뽑았으니까.

저 다소곳한 가면은 누굴 고를까. 딱히 친하게 지내는 사람이 없는 것 같은데. 그러니 어떤 기준으로 선물 대상자를 고를지 알 수 없었다. 자신은 다소곳한 가면의 요구를 무시했다. 어차피 이번엔 텄다 싶었다.

목소리 큰 가면이 팔자걸음을 향해 야유하듯 말했다.

"아니, 근데 님, 좀 전에 뭐라고요? 교사와 남학생 관계가 의심스럽다니, 둘이 연인이라도 된다는 거예요?"

"그럴 수 있죠. 뉴스에도 많이 나오잖아요. 아니면 남학생 혼자 짝사랑을 했을 수도 있고요."

"짝사랑 한다고 무조건 죽이나요?"

"스토킹이란 게 왜 있겠습니까?"

목소리 큰 가면은 여전히 목소리가 컸다. 깜짝 놀랄 때마다 스트레스를 받았다. 정말이지 사람은 쉽게 고쳐지는 게 아니었다.

무성별 목소리 가면이 살짝 손을 들었다.

"그럼 살해 방법을 한 번 되짚어보는 게 어떨까요. 아까와 다르게 이번엔 시신에 관한 묘사가 아주 상세하게 있잖습니까. 토막을 냈고 깔끔하게 잘랐는데 피부 조직과 연골이 너덜너덜하다는 표현을 했어요. 범인이 뭘 어떻게 한 걸까요?"

"그러게요. 연골…… 관절 쪽 아니에요?"

민주가 되물었다. 그러자 무성별 목소리가 조금 놀란 목소리로 말했다.

"관절살인사건. 그것과 연관된 걸까요?"

"그럴 수도 있겠네요!"

일리 있는 말이어서 민주도 소리를 높였다.

"범인이 신체에 대해 잘 아는 사람인 거 아닐까요? 그렇다면 적어도 중학생 이상은 돼야 할 거 같은데?"

명랑한 가면이 고심하는 포즈로 말했다.

"그러니까 초등학생은 말도 안 되는 거라니까요! 문제에서 언급 안 했다고 해서 초딩을 생각하다니……."

"그럼 온몸이 젖어 있던 건요? 죽이고 물을 뿌리고 갈 이유가 뭐가 있어요?"

키 큰 가면이 끼어들어 의문을 제기했다.

"식당이었잖아요. 물 구하기 쉬웠을 거 같은데."

민주가 생각없이 내뱉자 키 큰 가면이 짜증스러운 말투로 받아쳤다.

"그게 아니잖아요. 물을 왜! 뿌렸냐고요. 그런 짓을 왜 했냐고요. 물을 뿌릴 이유가 없는데, 아니면 학교 수영장에서 목 졸라 죽인 다음에 전시했나? 근데 보통 학교에는 수영장이 잘 없지 않나?"

"아니, 그런데 잠시만요."

횡설수설하는 키 큰 가면의 말을 가로챈 것은 시니컬한 가면이었다. 과열되던 분위기가 금세 식었다.

민주는 1차 때와 좀 달라진 그가 마음에 들지 않았다. 이제는 적응했다 이건가. 물론 그가 예리한 구석이 있다는 건 인정한다. 문제는 재수 없는 말투와 태도가 반감을 산다는 것이었다.

"좀 더 생각해보면 다들 알 것 같은데요. 이거, 이렇게 하는 활동이 아닌 것 같아요. 그러니까 이렇게 할 필요가 없는 활동인 것 같다는 거지."

시니컬한 가면이 또 반말을 섞어가며 '필요'라는 단어에 힘을 주었다.

팔자걸음이 신경질적으로 매직을 내려놓고는 허리춤에 손을 올렸다. 그는 자기가 상황을 주도할 때 방해를 받으면 욱하는 경향이 있는 듯했다.

"그게 무슨 말이죠?"

무성별 목소리가 물었다. 정말 궁금해서 묻는 건지, 무슨 말도 안 되는 소리냐고 반문하는 건지 헷갈렸다.

시니컬한 가면이 답답하다는 투로 설명했다.

"어차피 정답도 없는데, 그렇다고 설정이 아주 디테일한 것도 아니고, 이건 뭐 그냥 서로 말싸움하라는 것밖에 안 되는 것 같아서요. 따져야 될 변수도 엄청 많고요. 우리끼리 치고받아 봐야 무슨 소용이냐는 거죠. 그러니까 중요한 건, 예측자가 내건 답을 우리가 맞출 수 있느냐, 그거 같다고요."

"예측자의 답을 맞춘다?"

팔자걸음의 목소리에서 호기심이 묻어났다.

"그거죠. 이건 예측자가 다수결이 될 답을 예측하는 게 아니라, 예측자가 어떤 답을 말했는지를 우리가 맞춰야 하는 게임이에요. 앞으로 열다섯 번 다 선물을 받을 수 있는 건데 예측자랑 답이 다르면 그냥 날아가는 거잖아요. 결국 선택을 뭘하든 상관없이 우리끼리 답이 일치하기만 하면 된다는 거죠."

시니컬한 가면의 일목요연한 설명이 끝나자 모두가 약속이라도 한 듯 입을 다물었다. 다들 아연해하는 분위기가 이어지자 시니컬한 가면이 못 참겠다는 듯 덧붙였다.

"아, 그러니까요, 우리가 저 문제에 휘둘릴 게 아니라, 우리가 힘을 합쳐 이용해 상품을 먹어야 하는 것 같다고요!"

여기저기서 술렁이기 시작했다. 듣고 보니 그랬다. 살짝만 뒤집어 생각해보면 알 수 있었을 텐데, 눈앞의 선물과 문제에 정신이 팔려 다들 놓친 것 같았다.

"그럼 이건, 주최팀이 우리의 협동심을 보려는 문제라는 거예요?"

다소곳한 가면이 조심스럽게 물었다. 그러자 시니컬한 가면이 바로 받아쳤다.

"주최팀의 의도는 알 수도 없고 중요하지도 않다고요. 중요한 건 우리가 의견을 일치시켜서 선물이 날아가지 않도록 하는 거라고요."

"그럼 예측자가 뭘 예측했는지 우리한테 말해줘야 되는 거잖아요."

"아까 설명할 때 함구해야 한다고 했었어요."

"그럼…… 결국 예측자를 제외한 참가자들끼리 입을 맞춰야 하는 거네요. 즉, 예측자의 성격상 선택할 만한 걸 골라야 한다는 건데…….""

"미리 말을 맞추면 되죠? A만 고르자, 뭐 이런 식으로요. 간단한데요?"

분위기가 급변했다. 얼핏 보면 현명한 것처럼 보일 수 있지만 민주가 생각하기엔 아니었다. 또 다른 변수가 있었다. 민주가 명랑한 가면이 그랬던 것처럼 손을 번쩍 들었다.

"잠깐, 잠깐만요! 그럼 선물은 누가 받는데요?"

다시 정적이 흘렀다.

"이렇게 다 같이 협동하면, 선물도 동등하게 받아야 하는 거 아닌가요? 예측자가 누구한테 선물을 줄 건지도 정해야죠."

민주의 말에 무성별 목소리가 대답했다.

"하지만 어차피 우리가 예측자의 선택을 맞출 거라는 보장이 없잖아요. 선물을 받을 수 있을지 없을지도 모른다고요."

"방금 못 들으셨어요? 정답을 하나 정해놓고 가자고요. 그럼 선물도 돌아가면서 받도록 저희끼리 합을 맞추면 되는 거잖아요?"

"문제랑 상관없이 무조건 다 A를 선택하자는 식으로 말을 맞추고, 선물 받을 사람도 정해놓자는 겁니까?"

무성별 목소리가 어이없다는 듯 되물었다.

"……그렇게 해도 되는 거예요?"

다소곳한 가면이 기어들어 가는 목소리로 되물었다. 아무도 대답하지 못했다. 다시 정적이 흘렀다. 모두 머릿속이 복잡한 것이었다.

잠시 후 팔자걸음이 뜻밖의 말을 했다.

"전 싫습니다."

모두가 놀란 듯이 쳐다보았다.

"싫다뇨?"

"이건 공평한 게 아니에요. 공산주의랑 뭐가 다릅니까?"

"여기서 공산주의가 왜 나와요? 아니, 이게 이렇게까지 할 일이에요?"

목소리 큰 가면이 헛웃음까지 터뜨리며 반박했다. 하지만 팔자걸음의 태도는 완고했다.

"이렇게 되면 누가 열심히 이 활동에 참여하겠어요? 예측자의 선택을 맞추든, 입을 미리 맞춰놓든, 이런 일엔 늘 주도하는 희생자가 있기 마련이죠. 그동안 그게 저였다는 거, 솔직히 인정하시잖아요? 그런데 선물을 똑같이 준다면 아무것도 안 하고 뒷짐 지고 있던 사람도 다 받을 수 있다는 건데, 이건 억울하죠."

"근데 어차피 열심히 한다고 해서 예측자가 선물 대상자로 선택하는 건 아니잖아요."

"그럼 앞으로 예측자가 됐을 때 가장 열심히 하거나 공헌한 사람한테 선물을 준다는 약속을 지금 우리가 다 같이 하면 되죠. 모두 동의하십니까?"

"그 열심히 했다는 기준을 누가 정하냐고요! 그럼 계속 나대는 사람이 선물 받아야 한다는 거예요?"

키 큰 가면이 흥분한 목소리로 되물었다.

"나대다뇨? 말씀 좀 가려하시죠. 그리고 그건 아니죠! 그건 예측자가 판단하겠죠."

"그럼 지금 일단 지금 예측자인 분의 입장을 들어보죠. 이분이 스타트를 끊어주지 않으면 다 소용없는 거니까요. 님! 어떻게 생각해요?"

갑자가 발언권이 다소곳한 가면에게로 넘어왔다. 다소곳한 가면이 저도 모르게 주춤거렸다.

"전…… 전…….."

"아무나 선택하는 게 아니라 제일 공헌한 사람을 선택하셔야 돼요. 저번처럼 친하거나 마음에 든다고 막 선택하면 안 되는 거라고요. 동의하십니까?"

팔자걸음은 거의 윽박지르다시피 했다. 다소곳한 가면의 어깨가 더욱 움츠러들었다. 키 큰 가면이 한술 더 떴다.

"공산주의건 뭐건 저는 동등하게 해야 한다고 생각해요. 일단은 한 번씩 돌아가면서 선물을 받게 하고, 그 다음번에는 그때 의논하도록 하죠. 항상 선물을 받게 된다는 보장이 없으니까요. 이번 예측자이신 분, 어떻게 생각해요. 제 말대로 하시죠?"

다소곳한 가면은 더듬더듬 옹알이 같은 소리만 낼 뿐 제대로 대답을 못 했다. 거의 울 것 같은 목소리였다. 가면이 미세하게 이리저리 움직이는 걸 보니 사람들을 둘러보며 어쩔 줄 몰라하고 있는 듯했다.

"저…… 저는…… 저는 잘 모르겠……."

"그냥 님 의견을 말해보라고요! 님이 말한 대로 하겠다는 것도 아니고 의견이나 좀 들어보자는데 왜 이렇게 시간을 끕니까? 우리 지금 토론 시간 20분도 안 남았어요!"

팔자걸음은 이제는 씩씩거리고 있었다.

그때 무성별 목소리가 얼버무리는 목소리로 나섰다.

"그렇게 몰아붙이지 말고, 우리 거수로 정합시다. 그게 제일 깔끔할 것 같은데."

"근데 이번 예측자가 이걸 동의 안 하고 자기 멋대로 선택하면 다 말짱 황인 거잖아요!"

팔자걸음이 흥분해 소리치자, 목소리 큰 가면도 허리춤에 손을 얹고는 앞으로 성큼 나왔다.

"소리 좀 그만 질러요! 지금 님만 짜증나는 줄 알아요?"

"뭐라고!"

"고작 선물 하나에 목숨 걸어가지고는……."

분위기가 험악해지고 있었다. 민주는 이런 살벌한 상황이 올 줄은 생각도 못 했다. 설마 이것도 주최팀이 의도한 범주에 있는 일일까? 그러니까 진짜 실험은 바로 이런 걸까? 익명성의 욕망 같은 거…….

"뭐라고 했어, 지금!"

이상한 소리가 들려온 것은 그때였다.

처음엔 '지직지직' 하는 소리가 어디에서 들려오는 건지 알지 못했다. 그게 스피커에서 나는 소리며 주최팀에서도 의도하지 않았던 거라는 걸 깨닫는 데는 긴 시간이 필요하지 않았다.

"스피커에서 나는데?"

누가 중얼거리자 다들 스피커로 고개를 돌렸다. 잡음은 금방 사라졌는데 이번엔 낯선 목소리가 들려왔다.

— 이거 우리도 다 목 내걸고 하는 일이라고요!

격앙된 목소리였는데, 마이크와 좀 떨어져 있는 건지 소리가 멀게 들렸다. 실험장에 조금이라도 소음이 있었다면 내용은 들리지 않았을 것이다.

주최팀에서도 싸움이 났나? 민주가 고개를 갸웃하는데 누군가 말했다.

"스피커 이상하다고 알려줘야 할 것 같은데."

"그것도 그런데, 말이 새나오고 있다는 것부터 저쪽에서 알아야 할 것 같은데요. 근데 이거 전달할 방법이 없어요. 생각해보니 우린 일방적으로 저쪽이 하는 말을 듣기만 할 수 있지, 먼저 말할 수가 없네요."

"원래는 카메라에 대고 신호를 보내면 됐는데……."

키 큰 가면이 카메라를 향해 기다란 팔을 휘저어댔지만 스피커를 통해 들려오는 이상한 대화는 멈추지 않았다. 순간 민주의 뇌리를 스치고 지나가는 게 있었다.

"아! 그거 있잖아요. 호출기!"

다소곳한 가면이 반색했다.

"맞다! 정말 중요할 때만 누르라고 했던 그거요. 그거 누르면 저쪽에서도 알아채겠죠. 제가 갔다올게요."

"아뇨! 들어봅시다."

무성별 목소리의 급박한 만류에 한 발짝 뗐던 다소곳한 가면이 멈춰 섰다.

— 며칠만 시간을 좀 달란 말입니다. 이게 어려워요? 몰랐다고 하면 되는 거잖습니까!

뜻밖에도 이건 홍기중의 목소리였다. 이번엔 마치 볼륨을 확 키운 것처럼 소리가 컸다. 아마도 그가 비교적 마이크와 가까운 거리에 있는 모양이었다.

대충 감이 잡혔다.

저건 진짜 싸움의 현장이었다. 그래서 스피커에서 소리가 새어나가는 걸 모르는 듯했다. 즉 저들이 여럿이 교대로 한다던 실시간 모니터링조차 못 할 만큼 긴급한 상황이 생긴 거다.

— 어차피 범인을 여기 묶어뒀으니 홍 교수님이 잠시 눈을 뗀다고 해서 도망을 칠 수 있는 것도 아니지 않습니까! 이러면 안 되는 거 아시잖아요. 아실 만한 분이 왜 이러세요, 정말!

이번에도 낯선 목소리는 먼 곳에서 들려왔다.

하지만 민주는 이제 다른 생각은 할 수 없었다. 그것은 다른 참가자들도 마찬가지인 듯했다.

범인을 여기에 묶어뒀다니?

낯선 목소리가 다시 들려왔다.

— 전 묵인 못 합니다.

— 못하면, 어떡하시겠다는 거죠? 이걸 알리면, 그다음은요. 뒷감당 가능하십니까? 아무런 성과도 없이 1차 때부터 까막눈이었다고 하면 경찰 전체가 바보 취급을 당할 텐데요?

날 선 홍기중의 목소리가 마치 옆에서 말하는 것처럼 선명하고 크게 들려왔다.

— 홍 교수님, 이 일은 저희한테도 중요한 일입니다. 지금 저 안에! 범인이 있는데! 저 안에서 두 명이나 살해됐는데! 이렇게 눈뜨고 가만히 지켜만 봐야 하는 우리는 속이 어떤 줄 아십니까? 1차로 끝냈어야 했어요. 제가 그랬잖아요. 이 실험은 애초부터 무리였다고요.

— 우리라니……. 경찰도 저와 같은 목표를 나눈 동지인 줄 알았는데요.

— 선, 선배님! 저거…… 저거!

이 말을 끝으로 침묵이 흘렀다. 몇 초가 흐른 뒤 탁, 하고 버튼을 때리는 듯한 소리와 동시에 스피커 연결이 끊겼다.

순식간에 모든 소리가 깨끗하게 사라져버렸다. 고요하다 못해 음산하기까지 한 정적이 흘렀다.

참가자들은 아무도 입을 열지 않았다. 그저 서로를 쳐다만 보고 있었다. 둥글게 모여 선 채.

그러나 다들 오래 버티지는 못했다.

곧 참가자들이 술렁거리기 시작했다.

심장이 터질 듯 뛰었고 몸이 뜨거워졌다. 윤정은 제 몸이 통제되지 않는 기분에 휩싸였다.

"방금 무슨 소리예요…… 저게?"

평소처럼 우렁차게 큰 소리가 아니었다. 목소리가 잘 나오지 않았다.

올해 서른일곱 살이 된 윤정은 거길 꼭 나가야겠냐며 말리는 남편과 아들을 뿌리치고 이곳에 왔다. 남편과는 방송국에서 만나 결혼했다. 임신 중독으로 일을 그만두고 전업주부가 될 수밖에 없었다. 남편의 수입만으로 살림을 꾸려나가는 데는 큰 어려움이 없었다. 하지만 아들이 초등학교에 들어가면서 학교와 학원을 도느라 집에 있는 시간이 줄어들고, 남편도 승진과 동시에 야근이 많아져 부부가 함께 하는 시간도 거의 사라졌다. 식사는커녕 온 가족이 오순도순 대화를 나누지도 못하게 된 것이다. 원래 사람과 어울리길 좋아하는 성격인 터라 우울증이 생겼다. 그나마 친하게 지내는 동네 엄마들과 어울리며 혼자 있는 시간을 줄일 수 있어 버텨냈다.

이번 참가자 모집도 동네 엄마들에게 처음 들었다. 무슨 가면살인사건이라는 해괴한 사건이 터지면서 경찰청이 신기한 공고를 올렸다는 것이었다.

익명으로 사람들과 며칠 동안 함께 숙식하는 점이 윤정에게 매력적으로 다가왔다. 낯선 사람들과 지내는 거라 남편이 극구 말렸지만 한 귀로 듣고 한 귀로 흘렸다. 인터넷도 아닌데 익명이라는 건 어떤 기분일까. 거기다 돈까지 받는다. 참가자로 선정만 되면 일석이조였다.

그런데 정말로 뽑힐 줄은 몰랐다. 무슨 합격증을 받은 것도 아닌데 성취감 같은 게 느껴졌다. 결혼 전 직장에서 일할 때는 자주 느꼈지만 이제는 생소한 기분이었다. 그래서인지 어떤 재밌는 일들이 기다리고 있을지 더 기대가 됐다.

그러나 평범했던 1차 때와 판연히 달라진 2차 실험 상황은 당혹스러웠다. 이런 일이 벌어질 거라고 상상도 하지 못했다.

"살해…… 살해라고 한 거 맞죠?"

팔자걸음의 목소리가 미세하게 떨려서 나왔다.

"저 안…… 여기서…… 두 명이 살해당했다…… 그랬어요……. 제가 똑똑히 들었어요."

명랑한 가면이 손을 들고 말했다.

"범인을 여기 묶어뒀다는 건 뭐죠?"

시니컬한 가면도 목소리가 불안하게 흔들렸다.

"지금 이게 다 무슨 말이에요?"

윤정과 가장 친한 굵은 저음이 물었다.

팔자걸음이 무리에서 뒤로 한 걸음 물러서 가면들을 둘러보았다.

"……확인 한 번만 합시다. 살해, 범인, 이런 단어가 들렸고 두명이 살해됐다고 한 거 맞죠? 범인을 여기 묶어뒀다느니 그런 말이 들렸고요. 저만 들은 거 아닌 거 맞죠?"

여기저기서 네, 네, 하는 소리가 들려왔다. 윤정도 연신 고개를 끄덕였다.

똑똑히 들었지만 믿기 힘든 말이었다. 확실한 건 이건 주최팀이 의도한 상황일 리가 없다는 것이었다. 다급하게 스피커를 끊어놓고 아무 말 없는 게 그 반증이었다.

모두가 어떻게 해야 할지 몰라 우두커니 서 있었다.

"갑자기 생각났는데요……."

명랑한 가면이 또 손을 들고 말했다.

"저 여기 오기 전에 경찰서 간 적 있어요. 목격자 찾는다고 불러서요. 혹시 이거랑 관련이……."

"어, 나돈데?"

명랑한 가면의 말이 끝나기도 전에 누가 끼어들었다. 팔자걸음이었다. 설마, 하는 분위기가 퍼져나갔다. 곧 혼란스러운 목소리들이 이어지기 시작했다.

"저도요……."

"저도인데요?"

"뭐야, 저도요!"

"나도…… 씨발, 이거 뭐야."

갑자기 팔자걸음이 출입문 쪽으로 뛰어갔다. 문에 달린 호출기를 신경질적으로 눌렀다.

"여기요! 여기! 연결 좀 해봐요! 저기, 방금 우리가 스피커로 이상한 말을 들었는데요. 이게 다 무슨 말입니까? 여기서 무슨 안 좋은 일이라도 있었던 거예요? 이 실험장, 혹시 사람이 죽어 나간 데예요? 예? 뭐라고 말 좀 해보세요! 범인을 여기다 감금해놓은 게 맞아요?"

팔자걸음은 흥분했고, 아무도 그를 비웃거나 하지 않았다. 윤정도 뛰는 가슴을 가라앉히려 숨을 몰아쉬고 있었다.

"그러니까…… 우리가 경찰한테 조사받았던 게 사실은 저 사건 때문이라는 거예요? 그때 경찰이 주변에 강도가 들었는데 제가 인근에 살아서 조사하는 거라 했는데……."

"저도요. 근데 저 홍기중이란 사람 프로파일러잖아요. 일 얘기 중이었던 거 아닐까요?"

화자가 누구인지 알 수 없을 정도로 여러 말이 오갔다.

그때 무성별 목소리가 나섰다. 이번엔 맥 빠진 말투가 아니었다.

"아뇨, 우리 얘기 맞는 거 같아요. 저희 다 불려가서 조사받은 것도 이상하고, '1차에서 끝냈어야 된다'고 했잖아요. 범인 얘기도 이상하고요!"

지금까지와는 공기가 완연히 달랐다. 여기가 밀폐된 공간이고 주최팀에게 완벽히 통제당하고 있는 상황이라는 걸 새삼 깨달은 듯 참가자들은 전에 없이 불안해했다.

팔자걸음이 이제는 호출기를 누르는 게 아니라 때리고 있었다.

"여기서 사람이 살해됐어요? 무슨 답이 있어야 하는 거 아니냐고요! 저희 다 여기서 사람 두 명이 살해됐다는 말을 들었어요. 범인이 감금 돼 있다는 건 또 뭐고. 대답 좀 하라고. 야, 이 새끼들아!"

몇 분이 흘러도 아무런 해명이 없자 참가자들이 하나둘씩 목소리를 높이기 시작했다. 윤정도 거기에 가세했다. 목청 좋은 그녀가 빠지는 건 이상하니까.

"말을 좀 해보라고요! 주최팀!"

"야, 이 새끼들아!"

스피커가 고요할수록 모두 폭발 직전으로 치달았다.

그러기를 한참, 드디어 스피커가 연결되는 소리가 들렸다.

홍기중이었다.

― 홍기중입니다. 혼란을 드려 죄송합니다.

홍기중의 목소리는 이전처럼 차분하지는 않았다. 수호는 그가 당황했다는 걸 알아챘다. 수호는 목소리에서 분명하게 당황한 기색을 느꼈다.

"방금 무슨 말이에요? 저희가 잘못 들은 건 아닌 거 같은데요!"

"사람이 살해됐다뇨?"

"여기 대체 뭐예요? 뭔가 숨기는 게 있는 거죠!"

가면들이 일제히 스피커를 올려다보면서 질문을 쏟아냈다.

수호는 삼각대에 연결된 카메라로 다가가 손을 흔들어 보였다. 지금 주최팀은 카메라를 통해 여길 보고 있을 것이다.

"저기요, 홍기중 선생님! 말씀 좀 해보세요. 방금 저희가 개소리를 들었거든요?"

홍기중은 여전히 대답이 없었다.

"당신들 우리한테 뭘 숨기고 있는 거야!"

수호가 좀 더 크게 소리친 순간 홍기중의 목소리가 겹쳐서 들려왔다.

— 죄송합니다. 저희 내부의 대화인데, 실수로 마이크가 켜졌습니다. 들으신 이야기는 이 실험과 관련이 없으며, 즉 참가자분들과도 관련이 없으니 신경 쓰실 필요 없다는 말씀을 드립니다. 지금 나온 내용은 제가 담당한 다른 사건입니다. '저 안'이라고 지칭한 건 여러분들이 아니라 저희끼리 보고 있던 사진 속 사람들을 말한 거였습니다. 말도 안 되는 실수로 여러분들을 놀라게 한 점 다시 한번 죄송하단 말씀을 드립니다.

설명은 일목요연했지만 신뢰가 가지는 않았다. 수호는 '변명 열심히 하네'라고 생각했다. 기중도 참가자들 반응을 기다리는지 말이 없고, 참가자들도 긴가민가하느라 정적이 이어졌다.

"웃기지 마십쇼."

무성별 목소리가 정적을 깼다.

가면들이 그를 찾으려고 일제히 고개를 돌렸다. 특유의 구부정하게 선 자세 때문에 찾는 건 어렵지 않았다.

— 무슨 말씀이시죠?

스피커에서 낯선 반응이 나왔다.

"그런 거짓말을 믿을 것 같습니까? 아까 대화가 다 우리한테 들어맞는 내용이었잖아요!"

— 말씀드렸다시피 사진을 보고 있었습니다.

"주최팀 사람들 전부요? 말이 안 되죠. 이 안에서 무슨 일이 일어날 줄 알고 눈을 뗍니까. 그리고 누가 사진을 보면서 '저 안'이라고 지칭을 해요?"

— 소란 때문에 잠시 눈을 뗀 건 죄송합니다만 녹화가 되고 있습니다.

"그래도 실시간 모니터링과 비교할 수 있나요. 좋습니다. 그럼 저희가 여기서 나간 후에 좀 전에 방송으로 들은 걸 SNS에 올려도 됩니까? 분명 계약서에 '주최팀은 참가자의 안전을 최우선으로 보장한다'는 조항이 있었죠. 지금 당신은 그걸 위반한 겁니다. 우린 지금 전혀 안전하다고 느끼지 않거든요. 그러니 우리도 실험의 구체적인 내용을 발설하지 않겠다는 조항을 지키지 않겠단 겁니다. 세상 사람들도 알아야죠. 어떻습니까?"

작게 한숨을 내쉬는 소리가 스피커를 통해 들렸다.

— 대체 왜 이러시는 겁니까?

"의심스럽잖습니까. 그 대화 진짜 이상했거든요? 그리고 아까 말했듯이 이전에 우리 전부 참고인으로 불려갔던 거, 그것도 설명해보시죠."

무성별 목소리가 지금까지와는 다르게 단호했다. 처음 듣는 그의 날카로운 어투에 모두가 숨을 죽였다.

저 사람한테 저런 면이 있었나? 수호는 새삼스레 무성별 목소리를 보면서, 일리가 있는 말이라고 생각했다.

"혹시 말입니다. 살인범이 여기 어딘가에 감금돼 있습니까?"

— ·······.

홍기중은 말이 없었다.

"어쩐지 구조가 너무 단순하다 했어요. 여기 뭔가 숨겨진 장소가 있는 거죠? 살인마가 감금된 곳에서 저희를 일주일 동안 지내게 한 겁니까? 이렇게 폐쇄된 공간에?"

— ·······거듭 말씀드리지만 사진을 보고 한 말이었습니다.

수호가 다그치듯 말했다.

"1차로 끝냈어야 했다는 건 무슨 뜻이었는데요?"

— ·······잘못 들으신 겁니다.

"이 안에서 무슨 일이 있긴 있었던 거죠? 혹시, 1차 때 사람이 죽기라도 했나?"

"저기요, 님, 화가 나도 그런 억지를 쓰면 오히려 이쪽이 불리해지죠. 그런 일 없었잖아요."

목소리 큰 가면이 목소리를 낮추며 수호의 말에 반박했다. 맞는 말이긴 했다. 수호는 곰곰이 생각하다가 말했다.

"그럼 이런 가능성은 어때요? 1차 실험 끝나고 나서 2주 사이에 누가 살해된 거면?"

수호의 말에 참가자들이 놀라서 숨을 들이켜는 소리가 들렸다.

"저기, 님! 말이 되는 소리를 하세요. 살해됐음 여기 사람들이 어떻게 다 왔는데요?"

굵은 저음이 정신 차리라는 듯 뒤에서 수호를 툭 쳤다.

그러고 보니 그랬다. 순간적으로 떠오른 걸 너무 생각 없이 내뱉었나, 하고 수호가 후회하는데 홍기중의 목소리가 다시 들려왔다.

— 잠시 시간을 좀 주시죠. 금방입니다. 5분.

일방적으로 스피커 연결이 끊겼다.

스피커 특유의 잡음이 사라지자 실내가 적막해졌다. 스피커 앞에 모인 참가자들이 서로를 쳐다보았지만 무의미했다. 눈도 표정도 입 모양도, 그 어떤 것도 보이지 않기에.

"님은 우리가 잘 몰아가고 있었는데 왜 말 같지도 않은 소리를 해서 갑자기 전세가 역전되게 만들어요?"

목소리 큰 가면이 수호에게 쏘아붙였다.

"추리 좀 해본 걸 가지고 뭘 그래요. 그리고 전세 안 뒤집어졌는데요? 여전히 우리가 유리한 것 같은데?"

"이거 일 잘못되면 여기서 나가자마자 SNS에 올려서 세상에 알릴 겁니다. 경찰이랑 명망 있는 범죄심리협회가, 그것도 유명한 프로파일러가 연쇄살인마를 숨겨놓은 곳에 일반인을 감금하고 공포감을 조성했다고. 거기다 갇혀 있는 사람들을 패닉에 빠뜨려놓고 방치했다고요."

"……."

"이 안에 불안증이나 정신 장애 있는 사람이라도 있으면 이거 크게 잘못될 수도 있는 일이라고요."

무성별 목소리가 이를 갈듯이 말했다. 그 말투에서는 불안도

엿보였다. 아무도 반박하지 않았다. 다행히 아직까지는 공황 장애나 불안 장애 같은 증상을 보이는 사람은 없었다.

5분이 지나도 스피커는 연결되지 않았다.

대신 STAFF ONLY 문이 열렸다.

윤기는 일주일 동안 절대 열릴 리 없는 문이 열린 것도 놀라웠지만 문이 두 겹이었다는 것도 놀라웠다. 비겁하게도 홍기중은 실험장과 경계막을 사이에 두고 나타났다. 열린 건 불투명한 문, 열리지 않은 또 하나는 유리로 된 문이었다. 한 손에는 마이크를 들고 있었다. 사람들이 홀린듯이 문으로 몰려갔다.

기중이 마이크에 대고 말했다.

"아무래도 직접 뵙고 말씀드리는 게 맞는 것 같아서 말입니다."

"직접 뵙고? 문 뒤에 숨은 게요?"

키 큰 가면이 쏘아붙였다.

"아까처럼 거짓말로 둘러댈 생각은 마시고요."

팔자걸음이 삿대질까지 하면서 말했다.

윤기는 저 팔자걸음 참가자를 40대나 50대 남성일 거라 추측했다. 윤기는 뒤로 한 걸음 물러섰다. 이번엔 나대지 않을 생각이었다.

삼형제 중 막내로 태어난 그는 막내라고 사랑을 듬뿍 받고 자라거나 하지는 않았다. 항상 잘 나가는 형들에게 짓눌려 비교당하며 살았다.

운이 좋다고 해야 할지, 나쁘다고 해야 할지 윤기는 그야말로 엘리트들이 판치는 집안에서 태어났다. 두 살 터울의 형들이 각각 신경외과 의사, 검사였다.

윤기에게는 그들처럼 타고난 머리가 없었다. 될 리 없는 전문직에 도전하는 대신 윤기는 의류 사업을 시작했다. 도매시장에서 옷을 떼어다가 인터넷 쇼핑몰에 피팅 모델 사진을 올려서 판매하는 흔한 방식이었다.

부모는 집안에서 장사꾼이 나왔다며 한심해했지만 윤기는 이것 말고는 할 수 있는 일이 없을 것 같았다. 아직 작은 규모지만 조금씩 흑자를 내고 있었다. 그래도 가족들은 한량 취급을 했다. 인정받고 사랑받고 싶었지만 이것 외에는 할 수 있는 일이 없어 가족들의 미움을 온몸으로 견디는 중이었다. 그러다 보니 스트레스가 쌓였다. 스트레스를 받을 때마다 일에 몰두하지 못했다. 자연히 매출이 떨어졌다. 결국 목돈을 벌기 위해 여기까지 오게 되었다.

그는 관심을 독차지하지 않으면 견디지 못하는 사람으로 자랐다. 형들에 비해 능력이 떨어지니 성격으로 승부를 봐야 했다. 애교 많고 붙임성 좋은 사람이 되었다. 그러나 30대가 되니 철없는 인간 취급을 받았다. 그런데 여기 와서 가면을 쓰고 생활하니 그런 모든 게 감춰져 좋았다. 마음껏 행동해도 아무도 비난하지 않았고, 비난받아도 상관없었다.

"이대로는 실험을 계속 진행하기 힘들다는 판단을 내렸습니다."

홍기중의 말을 듣고 의문이 생겼다. 실험을 끝내겠다는 건가? 윤기가 손을 번쩍 들었다.

"주기로 한 돈 그대로 다 주고 위약금도 없는 거죠? 주최팀 귀책으로 중단하게 된 거니까요."

가면들이 웅성거리기 시작했다. 홍기중은 반응을 보이지 않았다.

윤기는 속으로 재수 없다고 생각했다. 자기 잘난 맛에 사는 인간. 프로파일러가 맞긴 맞아? 저렇게 무례하고 오만하기 짝이 없는데 말이야!

"중단 안 합니다."

"중단 안 하면요? 어이가 없네."

"이렇게 된 이상 아예 여러분들의 도움을 받는 게 낫겠다는 판단이 들었습니다. 여러분들이 들은 게 맞습니다. 내부 사건에 대해 대화를 나누던 중이었고, 직원 실수로 소리가 새어나간 게 맞습니다. 저희가 들킨 거죠."

곤란한 상황일 텐데도 홍기중은 특유의 오만한 말투가 여전했다.

"2차 실험이 시작되기 전 2주 사이에 살인사건이 발생했고, 그 범인이 여러분 중에 있습니다."

이 말은 그야말로 충격이었다.

참가자들이 감전된 것처럼 고요했다. 윤기는 차마 사람들을 돌아보진 못하고 눈동자만 굴려 분위기를 살폈다. 조금 뒤 사람들이 술렁거리기 시작했다.

"그게 무슨 말이에요? 우리 중에 누가 사람을 죽였다는 거예요?"

"두 피해자는 모두 1차 실험의 참가자들이었습니다. 1차 실험 참가자 중 누군가가 다른 참가자 두 명을 살해한 겁니다."

'두 명이라니!' 너무 놀라 숨을 헉, 들이쉬는 소리가 들렸다. 믿을 수 없다는 반응이었다.

윤기는 심장이 펄떡펄떡 뛰는 것을 고스란히 느꼈다. 꼼짝도 할 수 없는 기분이었다. 평소처럼 손을 들고 나서고 싶은 기분은 조금도 들지 않았다.

그때 누군가 떨리는 목소리로 말했다.

"……무슨 말이에요, 그게? 지금 무슨 말을 하는 건지 알고나 있는 거예요, 당신?"

"저기요, 지금 장난치는 거죠? 아니면 이것도 실험의 일부인 건가? 일부러 공포 상황에 몰아넣는 거. 몰래카메라! 그런 거 하는 거예요?"

"아닙니다."

홍기중의 대답은 단호했다.

목소리가 동시에 터져 나와 누가 누군지 구분할 수 없었다. 그 속엔 윤기 자신의 목소리도 섞여 있었다. 패닉 상태에서 내지르는 소리였다. 그 와중에 누가 악을 쓰듯 소리쳤다

"다들 조용!"

저렇게 소리를 지르다니, 당연히 목청 큰 가면일 줄 알았는데 뜻밖에도 시니컬한 가면이었다.

"홍기중 씨, 지금 본인이 무슨 말을 하고 있는지 알고나 있는 겁니까?"

"잘 알고 있습니다."

"만약 그 말이 다 사실이라면……."

시니컬한 가면의 목소리가 떨리기 시작했다. 윤기는 지금 이 상황보다 시니컬한 가면이 떨고 있다는 게 더 놀라웠다.

"……그럼 여기 있는 두 명은 누군데요?"

모두 머리통을 한 대 맞은 것처럼 얼어붙었다. 두 명이 살해됐다는 말을 들은 순간부터 모두의 마음을 짓누르고 있던 어렴풋한 위화감이 바로 이것이었으리라.

"우리 중에 있는 두 명은 누구냐고요!"

정적이 흘렀다. 누군가 말했다.

"그러게요……. 주최팀이 사람이 바뀐 걸 모르고 다른 사람을 들였을 리도 없잖아요."

윤기는 돌아서서 참가자들을 쳐다보았다.

똑같은 가면들뿐이었다. 신발, 장갑, 머리칼을 가린 모자까지, 모두가 징그러울 정도로 똑같다. 다른 종족 무리에 끼어 있는 기분이 들었다. 자신도 그런 모습일 것을 생각하니 소름이 끼쳤다.

참가자들이 뒷걸음질로 서로 거리를 두려 했다. 멀찍이 떨어지고서도 서로에게서 눈을 떼지 못했다. 윤기도 가면 속에서 부지런히 눈동자를 굴렸다.

이 중 세 명은 연기를 하고 있다. 두 명의 참가자를 죽인 살인자 한 명. 그리고 살해당한 피해자인 척하고 있는 두 명.

홍기중이 진정하라는 듯 양손을 허공에 들어보이더니 말했다.

"맞습니다. 말씀드릴 테니 좀 기다리십쇼."

"……."

"두 명은 본래 참가자가 아닙니다."

"그러니까 그게 누구냐고요!"

참가자들이 흥분해 소리쳐도 홍기중은 유리문 뒤에서 사무적인 태도로 일관했다.

"주최팀에서 투입한 사람입니다."

찬물을 끼얹은 듯 잠잠해졌다. 어려운 말은 아니었다. 그러나 아무도 반응하지 않았다. 잠시 후 숨 막히는 정적을 깬 것은 윤기였다.

"이게 대체 다 무슨 개소리냐고!"

4

2014년 2월 23일

조용한 주택가. 집 안에서 일어난 살인. 혼자 사는 여자. 40대로 추정. 침입 경로 알 수 없음. 범인은 이상성격 범주일 가능성 높음. 성폭행 흔적 없음. 가슴이나 음부에도 손상 없음. 범인은 남자일 가능성 높음. 신발 사이즈 최소 260. 목을 졸라 살해해서 낭자한 피는 없지만 눈과 입가에 점상 출혈. 보일러를 올려놓아서 직장 온도 측정으로 사망 추정 시간 예측 불가. 계획형일 확률 높음. 정신 장애 없음. 오히려 지능이 높을 것임. 사회 생활이 원만하지 않겠지만 필요에 의해서는 얼마든지 태도를 바꿔 속일 수 있을 듯. 게다가 관절을 꺾어놓은 것. 첫 살인일 리 없음. 원하던 모습으로 시신을 연출해놓고 놈은 굉장한 만족감을 느꼈을 테니까. 두 번째 혹은 그 이상인 연쇄살인. 앞으로 피해자 더 생길 수 있음.

현장에 들어서서 시신 앞에 섰을 때 기중의 머릿속을 빠르게 지나간 생각들이었다.

사망한 여자는 보일러 온도 때문에 부패 정도가 심해 이미 얼굴을 알아볼 수 없었다. 무엇보다 심각한 건 놈이 시체에 해놓은 짓이었다.

시신은 팔과 다리의 관절이 완전히 반대로 꺾인 채 등을 보이고 누워 있었다. 처참하다는 표현밖에는 떠오르지 않았다. 사람의 몸은 절대로 저런 식으로 꺾일 수 없다. 사람의 관절은 절대로 저렇게…….

"홍 형사! 목격자 진술."

선배 강경식이 감식반 팀장과 대화를 끝내고 다가와 정신 차리라는 듯 기중을 툭 쳤다.

오해다. 기중은 지금 넋이 나간 게 아니라 머리가 미친 듯이 돌아가는 중이다.

"지금 현장 보는 중인데 막내 시키면 안 됩니까?"

"야, 임마. 막내는 탐문 나갔잖아. 그것도 인력 부족으로 혼자 갔다, 혼자!"

기중은 현장을 나가기 전 시신을 다시 한번 돌아보았다. 감식반원이 바닥에 쪼그리고 앉아 시신 주변에 있는 족적을 살려내고 있었다.

썩는 냄새가 진동하는 집을 나오니 찬바람이 목덜미를 서늘하게 훑고 지나갔다. 이상하게 사건 현장에 올 때마다 추위가 뼛속을 파고드는 느낌을 받는다.

목격자는 사망한 40대 여성의 오랜 동갑 친구였다. 그녀는 여경 둘의 보호를 받으며 경찰차 옆에 쪼그리고 앉아 있었다. 그 앞에는 천장에 사이렌을 단 봉고차가 목격자를 가려주듯 정차해 있었다.

목격자는 저녁 약속을 한 친구가 시간이 지나도 오지 않고 연락도 닿지 않자 찾아왔다가 시신을 발견했다. 사망한 피해자는 원한을 살 만한 일을 한 적 없고, 범인으로 의심 가는 사람도 없다고 했다.

그런 진술이 아니더라도 기중은 이게 비면식범의 소행이라고 확신했다. 현장과 시신에서는 일말의 죄책감이나 망설임이 전혀 보이지 않았다. 몸의 모든 관절을 반대로 꺾어놓는 기이한 행위는 면식범의 행태일 수가 없다.

현장이 깨끗하고 침입 흔적이 없어 얼핏 면식범의 소행으로 판단할 수도 있다. 그러나 범인이 체격과 힘이 좋다면 몸싸움이 없을 수도 있다.

목격자를 일단 귀가시키고 기중은 현장으로 들어와 감식반이 표시해놓은 족윤적(피의자가 유류한 것으로 추정되는 족적, 타이어 흔, 공구흔 등 기타 흔적을 말함)을 살폈다. 시신이 있던 자리는 이제 표시만 남아 있었다.

이상했다. 시신 주변에 족윤적들이 찍혀 있는 건 당연한 건데 대체 무엇이 이상하게 느껴지는 걸까. 기중은 미간을 찌푸렸다.

"이런 끔찍한 건 처음 봤어."

경식이 다가와 고개를 절레절레 저었다. 기중은 돌아보지 않은 채 말했다.

"첫 범행일 리 없어요."

"연쇄란 뜻이야?"

"⋯⋯."

"또또 섣불리 판단한다. 내가 늘 얘기하지만 증거도 없는데 성급하게 판단해선 안 돼. 시그니처라고 할 만한 것도 없고."

"그건 알죠."

"이전에 이렇게 관절을 꺾어놓은 사례가 있었던가?"

"있었으면 몰랐을 수가 없어요."

연쇄일 거라 단정지을 수는 없지만 이렇게 관절을 전부 반대로 꺾어놓는 기이한 행각은 결코 일회성으로 끝나지 않을 것이다. 아마 이것 자체가 바로 범인의 시그니처일 것이라고 기중은 생각했다. 일촉즉발의 상황에서도 굳이 불필요한 무언가를 해야만 하는 강박 같은 것.

"잔인성의 정도로 봐서 치정이나 원한이 아니겠어?"

끔찍한 사건 현장이 되어버린 12평짜리 실내는 아주 평범했다. 신발장도 잘 정돈되어 있었다. 가지런히 놓인 단화가 이 피해 여성이 가장 최근에 신은 신발일 것이다.

막내가 다가와 목격자와 인근 탐문을 통해 얻어낸 내용을 읊었다.

"피해자 서인희. 어제가 마지막 출근이었답니다. 예비 강사들 코칭하는 교육 강사였고 전문 학원에 소속되어 있었어요. 프리랜서로 돌리려고 그만두었다고 합니다. 급여는 보통 수준. 못 벌진 않았어요. 그런데 이래저래 나가는 돈이 많았던 것 같아요.

학자금 대출에 집 담보 대출에, 주식에, 병원비. 가깝게 지내는 사람은 친한 친구 몇 정도고, 외부 왕래는 적은 편이었던 것 같더라고요."

"낮에 집에 혼자 있다가 당했다……."

기중의 혼잣말에 경식과 막내가 쳐다보았다.

놈은 일부러 낮 시간을 노렸을까? 여성이 혼자 있는 시간은 보통 아침 10시에서 오후 2시 사이. 남편은 출근하고 아이는 유치원이나 학교에 가서 비는 유일한 시간. 그런데 이 피해자는 미혼이다. 무직 상태라는 것까지 알고 일부러 낮에 온 걸까. 무직에 미혼이면 저녁을 노려도 됐을 텐데 굳이 눈에 띌 수도 있는 낮인 이유는 뭘까.

게다가 바로 전날까지만 해도 출근을 했는데? 단순히 물건을 훔치러 왔다가 운 나쁘게 마주친 걸까? 그렇다고 하기엔 시신에 해놓은 짓이 걸린다. 대치 중에 피해자가 모욕을 줬나?

일단 이 시간에 왔다는 건 놈도 일정한 직업이 없다는 뜻일 수 있다. 잔인성과 대범함을 봤을 때 나이는 20대 초중반일 확률이 높다. 이런 비뚤어진 성격에 정상적으로 대학 생활을 하고 있진 못할 테니 아마 고졸이거나, 대학 생활을 간신히 이어가고 있을 것 같다.

기중은 내부를 전체적으로 다시 훑어보았다. 몸싸움은 정말 없었나? 정말 여자가 반격하지 않았나? 아직까지도 면식범이라는 생각은 들지 않는다.

"금품에는 손도 안 댔어. 원한이나 치정이야. 시신에 해놓은 짓 봐. 주변 관계부터 샅샅이 알아봐."

"알겠습니다."

경식의 지시를 받자마자 막내가 민첩하게 자리를 뜨려는데 기중이 덧붙였다.

"주변에 고양이나 강아지 사체 신고 없었는지도 알아봐. 관절을 꺾어놓은 방식으로."

막내가 끔찍한 소리를 들었다는 듯 몸을 부르르 떨며 알겠다고 대답하고는 자리를 떴다.

"뭔가 이상해요."

기중이 중얼거리자 경식이 의아하게 쳐다보았다.

"아까부터 자꾸 뭐가 이상하다는 거야?"

"일반적이지 않아요."

"관절 꺾는 게 일반적이진 않지."

기중은 고개를 저었다.

"단순 구면에 이 정도로 원한을 품을 확률은 거의 없어요. 뭔가…… 뭔가 다른 게 있어요."

5

실험 2일 차 오후(2)

유리문에 달라붙어 두드려대는 참가자들은 영화에나 보던 좀비들 같았다. 저들은 화만 나 있는 게 아니다. 이전에 경험 못한 공포를 느끼고 있는 것이다.

저들 중 둘은 경찰이다. 죽은 피해자들을 대신해 그 역할을 연기하고 있다. 우려했던 것과 달리 열연을 해주고 있다. 가짜가 둘 있다는 건 밝혔지만 그게 누구인지는 조금 더 비밀로 할 생각이었다. 범인은 조금 더 혼란스러워야 하니까.

그러니 저들과 함께할 필요가 있었다.

그러기 위해 분위기가 가라앉길 기다려야 했다.

"정리해드리겠습니다. 1차 실험 참가자 여덟 명 중 한 명이 두 명을 살해하는 사건이 발생했습니다. 우리 범죄심리학팀과 경찰은 여러 정황과 증거로 범인이 참가자 중에 있다는 사실까지는 알아냈지만 누군지는 특정하지 못했습니다. 그래서 원래는 예정된 2차 실험을 엎어야 했는데, 제 선에서 강행한 겁니다. 나타나지 않는 사람이 범인일 테니까요. 그런데 살해된 참가자를 제외한 전원이 2차 실험에 온 겁니다."

무성별 목소리가 손을 번쩍 들고 말했다.

"살인범도 왔다는 건가요?"

"그렇습니다."

"잠, 잠깐! 미치지 않고서야……. 대리인을 보낸 게 아닐까요?"

"저희는 참가자들의 신상 정보를 알고 있습니다. 모든 분이 그대로 참석하신 게 맞아요. 그래서 우리는 일단 2차 실험을 원래대로 진행해 범인을 이 안에 가두고 일주일간 지켜보자고 결론을 내린 겁니다. 그 바람에 실험 의도가 변질되어버리긴 했지만요."

기중은 한 박자 쉰 후 본론을 말했다.

"그러니까…… 지금부터 여러분 가운데 숨어 있는 범인을 잡아야 한다는 겁니다. 우리 모두가 같이요."

"우리가 왜 그래야 되는데요! 대체 이게 무슨!"

윤기가 발끈해 소리쳤지만 기중이 말을 잘랐다.

"실험 공고문에서 언급했던 2014년 관절살인사건을 아실 겁니다. 사실 이병주 집단가면살인사건을 위한 실험이라는 건 죄송하지만 거짓말이었습니다. 이 실험의 진짜 목적은 십 년 전 관절살인사건의 범인을 잡는 거였습니다. 그러니까…… 사실 지금 여러분들은 불법으로 감금되셨다는 겁니다."

기중의 말은 모두를 순식간에 패닉으로 몰아가기에 충분했다.

"……거짓말로 참가자를 모았다는 거예요?"

"거짓말이라기보다는 이병주 사건을 잘 이용했다고 봐주시면 좋겠습니다."

"그게 그거죠! 이게 무슨 말도 안 되는 소리예요!"

"경찰 조직 전체가 이걸 용인했다고요?"

참가자들이 거품을 물고 소리를 질러댔다. 그 가운데에서 유독 또렷하게 들리는 말이 있었다. '우리를 도구로 이용하는 거냐'는 말이었다. 틀린 말은 아니었다. 기중은 숨을 들이마시며 팔짱을 꼈다.

"이런 걸 조직이 용인할 리가 없죠. 제 개인행동입니다."

이 실험은 도박이나 마찬가지였다. 이병주 집단가면살인사건을 내세워 만든 거라, 다른 목적이 있다는 인상을 줘서는 안 됐다. 동시에 놈을 잡기 위한 장치도 심어놔야 했다. 2주간의 텀을 둔 이유가 그 중 하나였다. 만약 원하던 대로 1차에서 범인을 알게 됐는데 직접 증거가 없어서 놓치는 상황이 온다면, 하고 예상한 것이다. 그런 것을 대비해서 좀 더 길게 놈을 이곳에 묶어두기 위함이었다. 포장지 안에 진짜를 숨겨놓고, 그 진짜를 위한 장치들이 이상하게 보이지 않도록 이중으로 신경 써야 했다.

그렇게 간신히 이뤄낸 실험인데, 살인이 일어나는 바람에 정부와 경찰 조직이 이병주 사건을 위한 게 아니라는 걸 알게 되었고, 당장 실험을 중단하고 함구할 것을 지시했다. 그러나 기중은 따르지 않았다. 그가 설치해놓은 덫에 놈이 진짜 제 발로 들어왔다. 그런데 여기서 포기하라고? 말도 안 되는 소리였다.

어차피 실험 무산을 통보하고 정리할 의무와 권한은 기중에게 있었다. 기중은 겉으론 따르는 척하면서 실제로는 다르게 행동했다. 참가자들에게 살인사건이 있었다는 것도 알리지 않고, 주최팀 멤버로 있던 경찰 인력들을 외부 소식과 차단시킨 채 2차 실험을 강행했다.

기중이 참가자들과의 대화를 다시 시도한 건 사무실로 돌아오고 세 시간이 지나서였다. 혼란에 빠진 참가자들이 발악을 하고 저희들끼리 떠들어대다가 조용해지는 데 걸린 시간이었다. 저녁 식사도 하지 않은 채 어느새 밤 9시가 되었다.

그사이에 기중은 어쩌다 마이크가 켜졌는지 주최팀 멤버들의 책임 추궁에 나섰다. 서울경찰청 소속 수사과장 하나가 실험 강행을 알고 쳐들어와 다툼이 났을 때 발생한 일이었다. 모두 핸드폰을 반납하게 했는데, 누가 따로 숨겨둔 게 있었던 모양이었다.

마이크 송출 버튼 쪽에 가까이 있던 멤버가 누군지 알아내려 했지만 소란 통에 이미 자리를 많이 움직였고, 따로 자백하는 사람도 없었다. 더군다나 아이러니하게도 이 사무실 안에는 CCTV가 없었다. 수사과장은 기중의 최측근 한 명만 두고 나머지 네 명의 인력은 소환해버렸다. 어쩔 수 없었다. 기중은 일단은 책임 추궁보단 해결이 먼저라는 합리성에 초점을 맞추기로 했다.

"홍기중입니다. 흥분을 가라앉히실 때까지 기다렸습니다."

거실에 모여 있던 참가자들이 작동 버튼이 눌린 장난감 인형처럼 벌떡 일어섰다.

기중의 눈앞에는 카메라 화면을 보여주는 모니터 두 대가 놓여 있었다. 실험장 내부를 비춰주는 큰 모니터 그리고 그 옆에 있는 작은 모니터에서는 빨간색, 파란색, 분홍색, 하얀색, 초록색 등 참가자들마다 지정된 색깔이 점으로 표시되고 있다. 참가자들이 손목에 찬 워치가 이들의 위치를 알려주었고, 그들이 말을 할 때마다 점이 깜빡거렸다.

— 이봐요. 얘기 좀 합시다.

가장 먼저 입을 연 건 팔자걸음이었다. 삼각대에 세워진 카메라를 향해 말하니 내려다보는 듯한 모양새가 되었다.

— 이런 식으로 하는 게 서로한테 무슨 도움이 되는지 모르겠습니다. 이제 우리도 사정을 다 알게 됐으니 일방적으로 이러지 말고 같이 의논을 해보는 게 어떻습니까.

준성의 말이 끝나자마자 명랑한 가면 백윤기가 바로 뒤에 와 손을 번쩍 들고 동조했다.

— 저도 같은 생각이에요. 이건 아니에요. 이럴 게 아니라 다 같이 의논을 하자고요.

머리에 쓴 헤드셋을 통해 참가자들의 목소리가 입체적으로 들려왔다. 기중이 대답하려는데 굵은 저음, 김민주가 좀 더 빨랐다.

— 그런다고 소용 있겠어요? 이미 마음먹고 저러는데 우리가 뭐라고 한들 먹히겠냐고요. 협의할 생각 있었으면 진작 그랬겠죠. 아까 그랬잖아요. 같이 범인을 잡자고. 내보내줄 리가 없죠.

기중이 듣다 못해 말했다.

"제 얘기를 좀 들으시죠. 전 계약한 날짜가 될 때까지 여러분들을 내보낼 생각이 없습니다. 다 같이 범인이라도 잡는 게 서로한테 좋은 거 아닐까요? 이건 세상을 위한 일입니다."

키가 큰 수호가 주먹을 들어올렸다.

— 지금 협박하는 거야!

— 그래봐야 소용없다니까요!

민주가 수호를 말리며 짜증스럽게 말했다.

"자, 규칙이 바뀌었습니다. 우리는 이제부터 범인을 찾아야 합니다. 우리 모두 정신을 바짝 차려야 한다는 뜻이죠."

— 알겠다고요. 그쪽이 무슨 말을 하는지 다 알겠고 지금 상황이 어떤지도 이해했으니 의논을 좀 하자고요. 그쪽도 우리가 따라줘야 좋은 거 아닙니까?

그동안 가장 흥분했던 준성이 한 말이었다. 지금은 누구보다 이성적으로 대처하고 있었다. 기중은 노준성의 그런 상반되는 두 가지의 특성을 눈여겨보며 말했다.

"일주일 동안 우리가 여기서 할 수 있는 일은 범인을 잡는 것뿐입니다."

윤기가 논리적인 이유를 들어 말했다.

— 범인은 경찰이 잡는 거죠. 하지만 민주적으로 나오면 우리가 어느 정도 따라주겠다고 하는 거잖아요. 그쪽도 우리 도움이 필요하잖아요!

카메라가 마치 사람이라도 되는 것처럼 다들 쳐다보고 있으니 기중은 마치 저들과 직접 얼굴을 마주하고 있는 기분이었다.

"협의가 필요없는 상황입니다……. 제 말에 따르시기만 하면 되는데요."

— 어차피 우리 힘으로는 못 나간다 이겁니까?

서명우였다. 더 이상 맥빠진 목소리가 아니었다.

기중의 결정은 변함이 없었다. 이 일주일이 범인보다 경찰이 유리할 수 있는 유일한 시간이다. 십 년 전에 잡지 못했던 희대의 살인마를 잡을 수 있는 마지막 기회였다. 참가자들의 안전은 책임질 수 있었다.

"어차피 이런 한정된 공간에서는 범인도 쉽게 무슨 짓을 하지는 못할 겁니다."

이렇게 말하는 기중의 입가에 의미심장한 미소가 번졌다. 이 말이 과연 놈을 자극할까?

— 그래도 이건 아닌 것 같다고요.

수호가 답답해하며 가슴을 턱턱 치는데 지금껏 조용하던 한 시연이 카메라로 다가왔다.

모니터 속에서 노란색 점이 움직였다. 시연이 카메라를 똑바로 쳐다보았다. 기중은 그녀와 눈이 마주친 것 같은 기분이 들었다.

— 이럼 안 되는 거잖아요. 제가 무슨 잘못을 했어요? 저 살면서 그렇게 잘못한 거…… 이런 일 당해야 할 만큼은 안 했어요. 제발 풀어주세요. 너무 무섭다고요. 살려주세요.

모두 카메라 앞에 선 시연을 쳐다보았다. 고개를 약간 숙이고 눈가로 손을 가져가는 걸 보면 울고 있는 듯했다. 딱딱한 가면이 손에 닿자 시연이 흠칫 놀라는 것 같았다.

기중은 어이가 없어서 실소가 터져나왔다. 그 소리가 마이크로 새어나갔는지 몇몇이 '웃어?' 하고 따지듯이 고개를 카메라로 휙 돌렸다.

"솔직히 다들 너무하십니다. 모두 피해자를 불쌍하게 느끼지도 않는 겁니까?"

— 뭐라고요?

"얼굴과 이름은 몰라도 일주일 동안 동고동락한 동료였는데."

다들 헛웃음을 터뜨리며 카메라를 쳐다보았다.

"그 정도 인간성은 있어야 정상 아닙니까? 두 명이 희생됐어요. 무참히 살해됐고, 그들이 살아가던 인생이 한순간에 끝났단 말입니다. 여러분들이 될 수도 있었어요. 그 범인이 바로 코앞에, 여기 있는데 다 같이 잡는 게 당연한 거 아닙니까?"

가면들이 아무 말도 못 하는 모습을 기중은 가만히 지켜보았다.

— 그러니까, 협의의 여지는 전혀 없다는 거네요?

준성이 위협하는 말투로 물었다.

"네."

— 우리더러 뭘 어쩌라는 겁니까? 이런 데서 살인자랑!

준성의 말투에서 차가운 분노가 느껴졌다. 기중은 헤드셋을 더욱 꾹 눌렀다. 그러자 이젠 참가자들의 숨소리까지 들려왔다.

— 제발요……. 전 범인이 아니에요. 진짜 아니에요. 그런데 왜 이런 일을 당해야 되는데요.

시연의 울음소리가 끼어들었다. 기중은 눈살을 찌푸렸다.

"여러분들만 거기에 내버려두겠다는 게 아닙니다."

— 저기요, 거기서 그러지 말고 내려와서 얘기하시죠. 이거 권력 남용이에요! 사람 속여서 가둬놓고 뭐하는 짓이야!

수호가 카메라를 향해 거칠게 손을 휘저었다.

그 옆에 서 있던 시니컬한 가면, 황종섭이 수호의 어깨를 잡아 저지하며 다른 참가자들 모두를 향해 말했다.

— 저쪽에서 할 얘기가 더 있는 것 같은데 좀 들어보죠. 좀전에 뭐라고 했는데.

시연은 이제는 아예 두 손을 모아 파리처럼 빌기 시작했다.

— 제발요, 제발…….

— 얘기 좀 들어보자고 하잖아요!

강윤정이었다. 목소리 큰 가면. 목에 힘을 주고 내지르는 소리가 힘겹게 들렸다.

지켜보던 기중은 그제야 하려던 말을 이어갔다.

"저도 내일 거기로 들어갈 겁니다."

가면들이 일제히 굳어버린 것처럼 아무도 움직이지 않았다.

"저도 거기서 남은 시간 동안 여러분들과 같이 생활할 겁니다."

— …….

"그러니 오늘은 차분히 마음을 가다듬는 시간으로 하죠. 내일 거기 들어갔을 때 몰매를 맞고 싶진 않거든요."

밤이 되자 선물을 받기로 되어 있었던 윤정의 상자가 열렸다. 원격 장치로 잠금이 풀리도록 설계되어 있었다.

안에 들어 있는 것은 고가의 최신 태블릿이었는데 어이없게도 비밀번호가 걸려 있었다. 포장 상태로 보아 새것이긴 했지만 누군가 포장을 풀고 비밀번호를 걸어놓은 듯했다.

"뭐야……."

어이가 없었다. 뭐하자는 거지? 왜 이런 짓을?

윤정은 항의해볼까 하다가 일단은 돌아가는 상황을 지켜보기로 했다.

이날은 이렇게 지나갔다.

민주는 그날 밤 잠이 오지 않았다.

명우는 그날 밤 우울감이라는 것이 완전히 사라진 것처럼 흥분되었다.

수호는 그날 밤 태어나서 이런 적이 있었나 싶을 정도로 머릿속이 복잡했다.

준성은 그날 밤 신경이 곤두서서 주위에 있는 몇 안 되는 물건들을 집어던졌다.

윤기는 그날 밤 두려운 동시에 편안했다.

시연은 그날 밤 울었다.

종섭은 그날 밤 아무 생각도 하고 싶지 않았다.

윤정은 그날 밤 손을 떨며 방 안을 배회했다.

다음 날 정오가 되자 STAFF ONLY 문이 열렸다.

이번엔 이중문까지 활짝 열렸고 거기서 홍기중이 들어왔다.

그때 외마디 괴성이 모두를 놀라게 했다.

"으아아아!"

소파에 안절부절못하고 앉아 있던 명랑한 가면이 이 순간만을 기다렸다는 듯 문이 열리자마자 달려든 것이다. 그러나 이중문은 생각보다 빨리 닫혔다. 복장이 무거워 몸도 둔했다. 닫힌 문에 부딪힌 명랑한 가면이 허탈한 듯 바닥에 털썩 주저앉았다.

홍기중이 그를 한 번 내려다보고는 슬쩍 지나쳐 라운지 소파로 다가왔다. 점심 식사를 마친 참가자들이 모두 모여 있던 참이었다.

"어제 말했듯이 오늘부터 저도 여기서 함께 생활합니다."

어이없다는 듯한 정적이 흐른 뒤에야 반응이 들려왔다.

"……방이 없는데요?"

무성별 목소리가 물었다. 어제와 달리 오늘은 얌전해져 있었다.

어젯밤에 참가자들은 모두 모여서 회의를 했다. 누가 범인인지 몰라 경계하면서도 범인이 아닐 수도 있는 서로의 존재와 도움이 간절했던 것이다.

"공간을 하나 만들 겁니다. 세트장 제작을 하는 무대 감독님과 기사들이 와서 곧 임시 방을 만들어줄 겁니다. 다만 전 화장실만 좀 빌려써야겠군요. 아시다시피 화장실은 지금 당장 설치

할 수가 없어서요."

"……알고 계시겠지만 어제 저희끼리 회의를 좀 했습니다. 우린 지금 힘이 없는 입장이지만 그렇다고 무조건 따를 순 없으니 최대한 타협점을 찾아주셨으면 합니다. 우선 여기서 우리랑 함께하겠다는 게 무슨 의미인지도 제대로 설명을 듣지 못했어요."

명랑한 참가자가 소파로 돌아와 드러눕고 나서 얼마 안 돼 출입문이 열렸다. 건장한 기술 스탭 네 명이 커다란 합판 묶음과 공구를 들고 신속하게 들어왔다.

미리 언질을 받았을 텐데도 똑같은 가면을 쓴 사람들을 보고 놀랐는지 그들은 일을 하면서도 한 번씩 힐끔거렸다. 라운지 한 구석에 문이 달린 가벽을 세우는 데는 한 시간도 채 걸리지 않았다. 합판 문에는 도어락까지 달았다.

기중의 말대로 문 앞에는 보안요원들이 대기하고 있었다. 그들에게 구해달라고 호소해봐야 소용없을 것이다. 기술 스탭들에게라도 매달려볼까 하다가도 어차피 한통속으로, 이런 돌발 사태에 대처하도록 지시를 받았을 거라는 생각에 그만두었다. 단체로 물리력을 행사하는 것도 어려워 보였다. 그러려면 한꺼번에 움직여야 하는데 가면과 복장 때문에 서로 신호를 보낼 수 없다는 게 문제였다.

기술자들이 나가고 상황이 정리되자 기중이 참가자들에게 소파에 앉으라고 지시했다.

절반은 순순히 앉았지만 절반은 선 채로 움직이지 않았다.

기중이 양팔을 넓게 벌리더니 출입문 두 개를 가리켰다.

"이제 앞으로 남은 4일 동안 출입문은 절대 열리지 않습니다. 제가 마음을 바꾸고 열어달라고 해도 절대 요구를 들어주지 말라고 지시해놨습니다."

"당신도 우리랑 같이 갇히겠다는 의지를 보여주겠다, 뭐 이런 겁니까?"

무성별 목소리가 아니꼽다는 투로 말했다.

"그런 거죠. 저만 언제든지 드나들 수 있다면 여러분들이 협조하지 않을 테니까요."

"……"

"계약한 일주일이 끝나기 전에 저 문이 열리는 일은 결단코 없을 겁니다."

기중이 마지막 문장을 강조하듯 또박또박 말했다. 팔짱을 긴 자세로 참가자들을 둘러보고 사무적으로 말했다.

"이제 모두 가면과 장갑 그리고 신발을 벗어주십시오."

6

실험 3일 차 오후(1)

아무 소리도 들리지 않았다. 가면에 가려 보이진 않았지만 다들 입을 딱 벌리고 있을 것이었다. 기중이 태연하게 말을 이었다.

"이제부터 우리 모두 얼굴을 드러내고 생활할 겁니다. 저 역시 여러분들과 같은 옷을 입을 거고요. 곧 실내화와 제 옷이 도착할 겁니다."

"살인마가 있는데 얼굴을 보이라고요? 지금 장난하는 겁니까!"

준성이 완강하게 반대했다. 참가자들 모두 같은 반응이었다. 그러나 기중은 물러설 생각이 없는 듯했다.

"협조해주세요. 범인을 잡기 위한 겁니다. 범인을 잡지 않으면 여러분들도 전부 위험해질 겁니다."

준성이 코웃음을 터뜨렸다.

"당신이 뭔데 이래라 저래라야? 이젠 더 이상 못 참겠어! 지금 당신이 이렇게 당당할 입장이야? 보상은 못할 망정 어디서 끝까지 명령질이야?"

모두가 고개를 끄덕였다.

"우리를 봐 줘요. 당신들 잘못인 거 인정한다면서요. 우리는 풀어주고 전문가인 당신들이 책임지는 게 맞잖아요?"

시니컬한 가면, 종섭이 말했다. 그러자 너도나도 의견을 말하기 시작했다.

"범인이 우리 안에 있는 게 맞긴 맞아? 그걸 어떻게 그렇게 장담하지? 확실한 증거도 없으면서 이래도 되는 거냐고!"

"사람이 죽어간 실험을 중단 없이 계속하겠다고? 당신들 제정신이야?"

"결국 이 실험 때문에 사람이 죽은 거잖아! 뭔가 이유가 있으니까 범인이 그런 짓을 한 걸 거 아냐!"

"1차 실험에서 뭔가 자극이 된 게 틀림없어!"

잠자코 듣던 기중이 참가자들을 향해 손바닥을 펼쳤다.

"범인이 이 안에 있다는 증거는 있습니다. 아직 자세히 말씀 드릴 수 없을 뿐이고요."

"아니, 관심없어! 너희들이 두 명을 죽인 거나 마찬가지야. 그러니까 비켜! 문 열라고! 난 나갈 권리 있어. 이거 감금이야!"

사람들이 흥분해서 홍기중을 밀치고 출입문으로 달려갔다.

"그래도 소용없습니다."

홍기중의 말에 이번엔 누군가 그에게 달려들어 멱살을 잡았다.

"문 열어. 당장 문 열라고 지시하라고! 안 해? 못 해? 그럼 여기서 우리가 당신을 죽여도 상관없다는 거지? 당신 그럴 각오 정도는 하고 들어왔겠지?"

키 큰 가면, 수호였다. 기중이 무반응이자 결국 얼굴에 주먹을 날렸다. 준성이 막아보려 했지만 한 발 늦었다.

입술이 터지고도 홍기중이 헛웃음을 터뜨렸다. 참가자들이 다들 고개를 돌려 기중을 쳐다보았다. 곧 윤기도 달려들 기세였다. 종섭이 얼른 뒤에서 그의 허리를 잡아 말리지 않았다면 기중의 얼굴이 한 번 더 돌아갔을 것이다.

10초도 안 되는 사이 일어난 일이었다. STAFF ONLY 문이 열리고 검은 옷을 입은 보안요원 네 명이 뛰어 들어왔지만 이미 상황은 종료된 뒤였다.

기중은 입술 두 군데가 터지고 관자놀이가 붉게 달아올랐다. 그럼에도 기중은 기이한 웃음을 멈추지 않았다. 입 안쪽이 터져 앞니에 빨간 피가 엉켜 있으니 더욱 섬뜩했다. 참가자들은 충격을 받았다.

"저…… 저거 완전 미친 새끼 아니야!"

수호가 턱을 부들거리며 소리쳤다.

기중이 휘청거리며 일어섰다.

"맞습니다. 제가 여러분을 감금한 거예요. 어차피 못 나가니까, 범인이라도 잡자고요. 이게 제가 책임지는 방식입니다. 제가 범인 얼굴을 봐야, 표정을 봐야 잡지 않겠어요? 감정적으로만 굴지 말고 좀 실리적으로 생각을 해보시란 말입니다. 정 안 되면 강제로 가면을 벗길 수도 있습니다."

"이게 끝까지!"

"이 실험이 범인을 자극해서 범행을 하게 만들었다고? 웃기지 마세요."

"……."

"그놈은 원래 살인마예요."

그 순간 모두가 굳었다.

"그놈은 이전부터 연쇄살인을 해왔고, 십 년 전 내가 못 잡은 놈입니다. 이 실험이 살인을 부추긴 게 아니라, 애초에 그놈이 살인을 하고 싶어서 기어들어온 거라고요."

목적이 뚜렷한 자리였다. 그래서인지 엄숙한 분위기가 감돌았다. 소파는 다시 원상태로 돌려놓았다. 탁자에는 아무것도 놓여있지 않았다.

마치 어떤 의식을 치르는 것 같았다. 참가자들은 가장 먼저 장갑을 벗었고 그다음 답답한 키높이 신발을 벗었다. 그러자 사람마다 키 차이가 확연히 드러났다.

마지막으로 가면을 벗을 차례가 오자 다들 망설였다. 가면을 벗기 전에 먼저 변조 목소리부터 들려주자는 의견이 나왔다. 누가 누군지는 구분해야 하기에 그랬다. 모두가 동의했다.

이렇게 순순히 따르게 되기까지 몇 시간 동안 기싸움이 있었다. 결국 참가자들은 굴복했다. '범인의 표정을 봐야 잡을 수 있다'는 기중의 그럴듯한 말. 죽어간 동료가 불쌍하지도 않느냐는 의도적인 가스라이팅, 원래 살인마인 범인에 대한 두려움. 거기다 어차피 나갈 수도 없고, 아무것도 안 하고 버텨봐야 상황만 악화될 뿐이라는 깨달음.

무엇보다 이들의 마음을 가장 크게 흔든 것은 '나도 범인의 얼굴을 알아두어야 만일의 상황을 피할 수 있다'는 점이었다.

가장 먼저 가면을 벗겠다고 나선 건 종섭이었다. 모두가 숨을 죽이고 그를 지켜보았다.

가면을 벗자 짧은 스포츠 머리에 가무잡잡한 피부를 가진 30대 남자의 얼굴이 드러났다. 크고 다부진 체격이 눈에 띄었다.

"황종섭이라고 합니다."

다들 속으로는 '저 건방진 자식' 하고 욕하겠지만 아무도 입 밖에 내지는 않았다. 이제는 가면이 아닌 면전이기 때문이었다. 게다가 곧 자신들도 얼굴을 드러내야 하는 상황이었다.

이름을 공개하는 데도 의견이 분분해 한참 실랑이가 오간 뒤에야 간신히 합의되었다. 범인에게 신상이 알려지는 게 두렵기는 하지만 범인을 모르는 무지보다는 낫다고 판단한 것이다.

다음으로 굵은 저음의 참가자가 가면을 벗으며 '김민주라고 합니다'라고 했을 때 다들 많이 놀랐다. 변조된 목소리가 워낙 굵어서 당연히 남자일 거라 생각했기 때문이다. 그녀의 실제 목소리는 소프라노에 가까울 정도로 높고 가냘팠다. 저 목소리가 그렇게 두껍게 변조가 됐다고?

민주는 검은색 긴 생머리를 아래쪽만 녹색으로 투톤 염색을 했고, 평균보다 약간 큰 키에 마른 체형이었다.

이로써 참가자들은 지금까지 자신들이 들은 게 그저 가면에 내장된 소리였다는 걸 알게 되었다.

다음으로 팔자걸음 참가자가 탈을 벗고 얼굴을 드러냈다.

"노준성입니다."

그는 40대 후반쯤 되어 보였고, 오랜 사무직 생활이 몸에 배어 있었다. 각진 턱은 강한 인상을 풍겼다. 성격과 딱 어울렸다.

다음으로 명랑한 참가자가 가면을 벗었다.

"백윤기라고 합니다."

윤기는 20대인지 30대인지 헷갈리는 앳된 외모에 슬림한 체격의 남자였다. 조금 긴 얼굴형인데, 피부가 희어 밀랍인형처럼 보였다. 탈을 썼을 때는 가는 목소리였지만, 실제로는 저음에다 통울림이 있어 또 다들 놀랐다.

다음으로 수호가 가면을 벗었다. 큰 키는 숨겨지지 않아서 짐작은 했지만 얼굴이 저렇게 잘 생겼을 줄은 몰라 이번엔 탄성이 새어나왔다. '안수호'라고 자신을 소개한 그는 사람들의 반응이 익숙한지 담담해 보였다. 그러면서도 그런 시선을 은근히 즐기는 듯했다. 30대일 것 같은데, 외모만 봐서는 20대로도 보였다.

"강윤정입니다."

목소리 큰 참가자의 얼굴이 드러났을 때도 사람들은 조금 놀랐다. 여자일 것 같긴 했는데, 저렇게 젊을 줄은 몰랐다. 많아야 20대 중반으로 보였다. 깔끔한 단발머리에 보통 체형이었는데 어딘지 모르게 날래고 단단해 보였다. 화장을 거의 하지 않았는데도 커다란 눈이 인상적이었다.

다음으로 무성별 목소리의 참가자가 가면을 벗었다. 거칠어 보이는 가무잡잡한 피부에 더벅머리가 눈에 띄었다. 50대일 것 같았다.

"서명우입니다."

변조 음성이 중성적이어서 성별이 헷갈렸는데 실제로는 평범한 남자 목소리였다. 옷과 가면을 벗어도 기운 없어 보이긴 마찬가지였다. 어깨가 라운드 숄더로 휘어 안 그래도 크지 않은 키가 더 작아 보였다.

마지막으로 다소곳한 가면이었다. 모두 예상한 대로 여자였고, 작은 키에 마른 체형이었다. 키도 150센티미터가 겨우 넘을 듯했다. 키높이 신발과 어깨 패드 때문에 이렇게 작은 체격일 거라곤 아무도 생각 못 했다. 어깨까지 내려온 결이 좋은 머리카락은 짙은 갈색이었다.

"한시연입니다."

이렇게 참가자 전원의 '신상 공개'가 끝났다. 이 과정을 거치는 것만으로도 다들 지쳐 보였다.

기중이 입을 열었다.

"이미 알고 계신 것처럼 사실은 모두 여러 평계로 참고인 조사를 받으셨습니다. 짐작하신 대로 이 사건과 관련한 조사였지만 다른 사건인 척 했죠. 하지만 경찰은 아직 단서를 잡아내지 못했어요. 여러분들 모두 알리바이가 있었거든요. 그러니까…… 이제부터 우리끼리 8월 11일 목요일과 8월 17일 수요일 알리바이를 까야 합니다. 대화가 많이 필요하겠죠?"

가면 뒤에 표정을 감추었던 사람들이 모두 맨얼굴로 서로 쳐다보고 있었죠. 시시각각 미세하게 변하는 표정이 생생하게 보였다.

"사건 개요를 말씀드리겠습니다. 주최팀은 분명 참가자분들의 신원 정보를 철저히 감췄어요. 그런데 범인은 찾아가서 범행을 저질렀죠. 제가 가면을 벗고 다 드러내도 상관없겠다고 생각한 이유입니다. 어차피 놈이 다 알고 있다면 감추기에 급급해 단서를 놓치는 것보다 잡는 데 초점을 맞추자는 겁니다. 입장과 퇴장 모두 30분씩 간격을 두었는데도 어떻게 알았는지 저희도 고민이 많았는데 말입니다, 가장 간단한 추측은 놈이 먼저 퇴장 후에 숨어 있다가 참가자들을 따라갔다는 겁니다."

"그렇다면 퇴장한 순서로 유추해보면 되겠네요!"

윤기가 끼어들어 말했다. 준성이 바로 받아쳤다.

"아니죠. 피해자가 두 명이었다면서요. 범인 혼자 두 명을 따라가는 건 불가능하잖아요. 몸이 두 개가 아닌 이상……."

"가능은 하죠. 다시 돌아와 따라갈 수도 있는 거니까요."

"시간이 안 되죠. 미행 한 번이 언제 끝날 줄 알고요."

잠시의 틈도 없이 윤기와 준성이 부딪혔다. 평소처럼 의견을 피력하고는 있었지만 가면을 쓰고 말할 때보다는 확연히 조심스러웠다.

"그럼 맨 마지막이랑 그 앞에 퇴장한 사람은 절대 범인일 수가 없겠네요."

종섭이 비아냥거리듯 말했다. 또 말싸움이 될 것 같아 기중이 잘랐다.

"제 말은 그게 아닙니다. 확률은 있을 수 있죠. 아주 단순한 유추가 그렇다는 것뿐, 그게 정답일 리는 없습니다. 우리가 상상할 수 없는 어떤 경로로 알아냈겠죠. 소문을 낸 첫 발설자를 물어물어 찾아다니는 식으로 하다간 시간만 가고 범인도 놓칩니다. 다른 단서에 집중해야 돼요."

이번엔 민주가 얼른 의견을 내놓았다.

"그런 식으로 생각하면 끝도 없을 걸요? 이럴 게 아니라 차라리 이렇게 하는 건 어떠세요. 어차피 우리가 용의자라면서요. 한정적이잖아요? 그냥 지금 우리를 원래 일상으로 돌려보내주시고, 경찰이 한동안 우리를 다 미행하는 거예요. 그럼 범인이 또 살인을…… 하지도 못할 거고, 단서도 잡게 되지 않겠어요?"

민주는 '살인'이라는 단어가 거북한지 더듬거렸다.

기중이 모르는 소리 한다는 듯 한숨을 쉬며 고개를 저었다.

"경찰 인력이 그렇게 돌아갈 수도 없거니와, 그놈이 범행을 1년 뒤에 시도할지 십 년 뒤에 시도할지도 모르는데 계속 미행을 할 수는 없어요. 자, 1차 실험이 8월 7일에 끝났습니다. 그 후 4일 뒤인 8월 11일 목요일에 참가자 A씨가 자택에서 살해당했어요. 침입 흔적이 있었어요. 오래된 다세대 주택이었는데 창문이 깨져 있었고 창문틀에 범인의 발자국이 찍혔습니다. 이 발자국은 유의미한 증거는 아니에요. 놈이 1차 때 여기서 지급했던 옷과 신발을 착용하고 침입했거든요."

여기저기서 놀란 소리가 터져나왔다.

"무슨 말이에요? 그때 저희 다 반납했잖아요!"

준성이 말도 안 된다는 목소리로 소리쳤다. 기중은 잠시 그를 바라보았다.

가장 빠르게, 가장 크게 반응하는 인물. 과연 연기일까, 정말 놀란 걸까. 연기라면 재능이었다.

"범인이 1차 실험 때 입었던 옷을 반납하지 않고 가져간 겁니다."

"이걸 입고 그런 짓을 했다고요?"

"그 말을 믿으라는 거예요? 설령 그게 사실이라 해도 왜 그런 짓을 해요? 그러니까…… 왜 그 옷을 입고 범죄를 저지르냐고요?"

질문이 마구잡이로 나왔다.

기중은 침착하게 대답했다.

"그 이유는 그놈만이 알겠죠."

"그런 짓을 해놓고…… 뻔뻔하게 여기 와 있는 거라고요?"

"네."

기중의 입가에 자신도 어이없다는 미소가 걸려 있었다.

"그 옷을 가져간 사람이 범인인 거잖아요? CCTV 같은 거 있을 거 아니에요."

준성이 쏘아붙이듯이 물었다.

"맞습니다. CCTV로 여러분들의 가방 크기까지 조사했지만 성과가 없었다는 게 문제죠."

"목격자는요? 그런 옷을 입고 돌아다녔으면 눈에 금방 띄었을 텐데?"

민주가 미세하게 떨리는 목소리로 물었다.

"안 그래도 목격자가 있었습니다."

일부러 뜸을 들이며 기중은 사람들의 표정을 살폈다. '목격자'라는 말은 분명 범인에게 충격적인 정보일 테니까.

'모르겠다.'

이것이 참가자들 표정을 하나씩 살피고 그가 느낀 거였다. 이런 상황에 두려움을 느끼지 않을 수 없을 테니 다들 표정이 비슷했다. '무엇을' 두려워하는지 알 수 없다는 게 문제였다.

기중은 말을 이어가기 전에 잠시 고민했다. 만약 범인이라면 지금 무엇을 가장 두려워할까.

"우리 참가복을 입고 그 위에 겉옷을 걸쳐 눈에 안 띈 모양이더군요. 목격자는 직업상 용의자가 속에 하얀 걸 입었다는 걸 눈여겨봤습니다. 그런데 이상한 느낌이 들었다고 하더군요. 일반적인 티셔츠나 옷이 아니었기 때문이었겠죠. 인근 차량 블랙박스에 어렴풋이 잡힌 모습을 보여줬더니 자기가 본 사람이 맞다고 했습니다. 후드 모자에 가려서 얼굴은 안 보였고요."

모두 입을 다물지도 못한 채 멍하니 기중을 바라보았다. 숨소리조차 들리지 않았다.

기중은 그들을 마주 보면서 이들에게 진술을 끄집어낼 기회만 엿보았다. 충격 단계를 지나 침울 단계로 가고 있는 분위기를 깰 생각도 없었다. 그저 저들이 먼저 추스르기를 기다렸다. 범인은 이 상황을 어떻게 의심받지 않고 넘길지 고민하느라 머리가 복잡할 것이고, 무고한 이들은 충격을 받아 정신이 없을 것이다.

정적을 가장 먼저 깬 것은 윤정이었다. 목소리가 약간 걸걸해져 있었다.

"범인이 블박에 찍혔던 거예요?"

"네, 하지만 신원을 식별할 수는 없었습니다."

"어디서 봤는데요, 범죄 수사할 때 발자국? 신발 자국이 중요하다고 하는데 왜 무의미하다고 하시는 거죠? 똑같은 신발이라도 사이즈가 다르잖아요. 그게 중요하다고 알고 있어서요."

"보시면 아시겠지만 익명성을 위해 체형을 가리려고 신발도 모두 같은 사이즈를 지급했습니다. 각자의 발 사이즈에 맞게 스펀지와 키높이 굽이 들어가 있었죠."

그래서 사전에 참가자들에게 신체 사이즈에 대한 정보를 세세하게 요구했던 것이다.

다시 정적이 흘렀다. 참가자들도 그렇겠지만 기중 역시 범인이 누구인지 말고도 못 견디게 궁금한 게 있었다.

놈은 왜 굳이 그 옷을 입고 범행을 했는가 하는 거였다.

"놈은 두 사람 다 목을 졸라 살해했습니다."

참가자들 몇이 새된 비명을 질렀다. 시연은 두 손으로 입을 가렸다. 마치 눈을 가리고 싶은 걸 대신하듯.

"……두 사람 다 똑같은 방식으로 당한 겁니까?"

준성이 조금 잠긴 목소리로 물었다.

"그렇습니다. A씨와 B씨 모두 자택에서 당했어요. 8월 11일

목요일에 A씨가, 17일 수요일에 B씨가요. A씨 집에는 창문으로 넘어온 침입 흔적이 있었고, B씨의 경우는 침입 흔적이 없었습니다."

"그럼 B랑 알던 사이였다는 거예요?"

종섭이 깜짝 놀라며 물었다.

"아뇨, 택배나 배달 혹은 가스검침 등 집에 들어올 수 있는 사람으로 위장했을 가능성이 가장 큽니다."

"십 년 전에도 그랬던 놈이라면서요. 십 년 만에 갑자기 나타난 거예요? 아니면 지금까지 꾸준히?"

"십 년 만에 처음입니다."

"왜 갑자기 다시 나타난 거죠?"

준성이 날카로운 질문을 했다.

"저도 궁금하네요. 일단은 모두가 알아야 하니 다들 8월 11일 목요일에 어디서 뭘 했는지 다시 한번 진술하는 시간을 갖도록 하겠습니다."

"잠깐요, 그 전에 먼저 말해주셔야죠. 그쪽에서 심어놓았다는 사람 두 명이 이 중에서 누굽니까? 누군지 우리도 알아야죠."

준성이 다시 끼어들자 기중이 인상을 구겼다.

"그건 나중에 공개하겠습니다."

"그런 게 어딨어요? 누군지 알아야 우리도 용의자 범위를 좁힐 거 아닙니까!"

"일단은 따라주시죠. 때가 되면 공개하겠습니다."

"어이없네. 아주 멋대로구만."

준성이 얼굴이 벌게져서 중얼거리는데 윤기가 손을 들고 준성을 보며 말했다.

"님이 주최팀이 심어놓은 사람일 수도 있는 거 아니에요?"

모두가 뜨악한 표정을 지었고 준성은 못 들을 말을 들었다는 얼굴이었다.

"내가 지금 그게 누구냐고 싸우고 있는데 나보고 그 사람이라니, 말을 너무 막 하시는 거 아닙니까?"

"어쨌든 그 두 사람은 지금 연기를 하고 있는 거잖아요. 님이 일부러 오버스럽게 연기하는 걸 수도 있죠. 물론 저일 수도 있는 거고요. 무엇보다 범인은 누가 주최팀이 심어놓은 사람인지 알고 있을 거 아니에요?"

윤기의 논리적인 설명에 모두가 심란한 표정이 되었다.

그러나 기중은 그런 내색하지 않고 덤덤한 목소리로 말했다.

"그건 제 선택에 맡겨주시죠."

윤기의 말은 일리가 있다. 범인은 이미 피해자들 신상을 알고 있고, 본인이 죽인 사람이 누구인지도 알고 있다. 그러니 두 고인을 대신하고 있는 주최팀 사람이 누구인지 숨기는 게 무의미하다고 생각될 수 있다. 그러나 기중이 당장 공개하지 않는 건 반응을 보기 위해서였다. 주최팀 사람이 누구인지 모르는 무고한 사람들과 범인의 행동에는 분명 차이가 있을 것이다. 사소하게는 그들을 바라보는 눈빛조차도.

"그런데 요즘 세상에 CCTV랑 블랙박스가 얼마나 많은데 범인을 못 잡는다는 게 말이 됩니까?"

"놈이 사각지대를 파악해서 다녔어요. 찍히기도 했지만 그걸로 신상을 알아내는 데는 한계가 있고요."

놈은 예전부터 그랬다. 사전 답사를 철저히 하는 타입으로, 지리적 특성을 잘 이용하는 것 같았다. 그래서 놈의 사전 계획 대상은 늘 '사람'이 아니라 '지역'이라 추측하고 있었다. 그런데 이번엔 '사람'을 중심으로 범행을 한 거다. 이유가 뭘까. 왜 바뀌었을까. 아니, 혹시 애초부터 사람이 대상이었던 건 아닐까.

기중은 속으로 이를 악물고 말했다.

"자, 한 명씩 사건 당일 알리바이를 대는 걸로 하죠. 1번 방 쓰시는 분부터."

지금까지와는 또 다른 긴장된 분위기가 실험장을 메웠다.

"아, 왜 다 나부터야!"

민주는 짜증이 났다. 어쩔 수 없기도 했다. 신경질적으로 긴 머리를 쓸어넘기고 진술을 시작했다.

"2차 실험 시작 전 2주 동안을 말씀드리면 되는 거죠? 음, 거의 집에 있었는데…… 8월 11일 목요일? 그날은 하필 비가 오는데 약속이 좀 많았고, 짜증나게 딱 비 그친 3시쯤부터는 쭉 집에 있었어요. 17일 수요일에는 완전히 집에서 쉬었고요."

사실은 약속이 많았던 게 아니라 면접을 보러 다닌 거였지만 최대한 개인 정보를 숨기고 말하고 싶었다. 살인마가 듣고 있으니.

"집에서 쉬고 있었던 걸 증명해줄 사람이 있습니까?"

기중이 물었다.

"없어요. 혼자 있었어요."

"그럼 그날 범행했을 수도 있는 거 아니에요?"

수호가 눈을 가늘게 뜨고 민주를 보며 물었다.

"뭔 소리예요. 쉬고 있었다니까요!"

"그걸 누가 증명해주냐고요. 증명 못 한다면서요."

"혼자 있었는데 그럼 어쩌라고요!"

"카드내역 같은 거 수사해야 하는 거 아니에요? 경찰 그런 거 다 할 수 있잖아요."

수호가 한 술 더 뜨자 기중이 허공으로 두 손을 뻗었다. 진정하라는 의미가 아니라 방해하지 말라는 뜻이었다.

"무역회사에서 일하셨던 거죠?"

"네."

"지금은 구직 상태시고요?"

"……네."

민주는 자신의 경제 사정이 공개된 것에 자존심이 상해 입술을 깨물었다. 그러나 그것은 기중의 관심 밖인 듯했다.

"일단은 다른 분들 진술도 좀 들어보죠. 아직까지 김민주 님 진술이랑 수사 내용이랑 어긋나는 건 없습니다."

"수사 자료도 없이 어떻게 알아요?"

팔짱을 낀 종섭이 특유의 시니컬한 말투로 따졌다.

"제 머릿속에 있거든요. 다음, 2번 분. 성함부터 말씀해주세요."

조심스럽게 손을 드는 시연의 얼굴은 겁에 질려 있었다. 사람들 시선이 갑자기 쏠리자 당황한 것이다.

"한시연입니다."

"8월 11일과 17일의 알리바이를 말씀해주세요."

시연이 나이보다 앳돼 보이는 동그란 눈을 깜빡였다. 어쩔 줄 몰라 하는 얼굴이었다.

시연은 손만 꼼지락거리고 한동안 말이 없었다. 사람들의 인내심이 바닥날 때쯤 기어들어 가는 목소리로 입을 열었다.

"저기 근데…… 피해자 두 명이 다 여자인가요?"

"왜 그러시죠?"

"만약 피해자가 둘 중 한 명이라도 남자라면 범인은 여자는 아닐 것 같아서요. 힘도 없는 여자가 증거 하나 남기지 않고 완전범죄를 했다는 게……. 남자분들만 알리바이를 대면 되지 않을까요?"

도발적인 말이었지만 일리도 있어 참가자들이 말없이 기중을 쳐다보았다.

기중이 한숨을 내쉬었다.

"아까 말했다시피 신발 사이즈가 다 같아서 범인의 체격과 성별을 판별할 수 없습니다. 좋습니다, 공유하죠. 침입 흔적이 있었던 8월 11일 희생자 A씨는 여성이었고, 침입 흔적이 없었던 8월 17일 희생자 B씨는 남성이었습니다."

윤기가 손을 들었다.

"프로파일러시잖아요. 그간 그놈이 저지른 여러 사건을 보셨다면서요. 남자인지 여자인지도 특정을 못 한 거예요? 어느 쪽 가능성이 높은지 정도는 생각하신 게 있을 거잖아요."

기중이 빤히 보자 윤기가 악의는 없었다는 듯 두 손을 들어보였다.

"남자일 가능성에 무게를 두고 있긴 합니다. 하지만 추정일 뿐이니 여자일 가능성도 배제하지 않고 수사 중입니다. 수사에서 가장 위험한 게 속단이니까요."

기중은 그렇게 말하고는 답을 재촉하듯 시연을 쳐다보았다.

시연이 더듬더듬 말하기 시작했다.

"전 학교에서 일하는데…… 방학이에요. 학생들한테나 방학이지, 교사들은 출근하는 경우가 많은데 저는 이번 방학엔 출근할 필요가 없었어요. 물론 개학 직전에는 바빠지겠지만……. 아무튼 그래서 전 두 날짜 다 증명할 수가 없어요. 놀러다니는 성격도 아니어서 거의 집에 있었거든요."

"집에 있었다는 걸 증명해줄 사람은?"

준성이 물었다.

"……없어요. 혼자 살거든요."

혼자 산다고 말하면서 그녀는 아차 싶었던지 참가자들을 떨리는 눈으로 살폈다.

준성이 어이없다는 웃음을 터뜨렸다.

"아니, 다 혼자 있었다고 할 거면 이 대화가 왜 필요합니까? 우리가 뭐 하러 여기 갇혀서 이러고 있는 건데요."

서로 눈치만 살피는데 기중이 숨을 한 번 몰아쉬었다. 긴장한 시선들이 그에게 쏠렸다.

"집에 있었던 걸 그럼 어쩌라고요? 지어내기라도 할까요?"

민주가 시연 대신 나서서 받아쳤다. 방금 전 자신이 의심받았던 게 억울한 탓이었다.

"한시연 님. 왜 거짓말을 하시죠?"

기중의 질문은 갑작스러웠다. 시연이 겁먹은 듯 커다래진 눈을 깜빡였다.

"거짓말이라뇨?"

"8월 11일 거주하는 빌라의 이웃이 한시연 님이 밤늦게 귀가했다고 진술했습니다."

모두가 놀라 시연을 쳐다보았다. 시연의 얼굴이 낭패감으로 벌게졌다.

"뭐야, 딴 데 있었으면서 왜 집에 있었다고 그래요? 저까지 이상해지잖아요."

민주가 쏘아붙였다. 기중은 시연의 입만 보고 있었다. 그가 상체를 좀 더 기울였다. 그만큼 시연이 몸을 뺐다.

"이웃 누구요? 그리고 그 사람이 제가 언제 왔는지 어떻게 정확히 알아요? 그 말을 믿으세요?"

"증언은 일단 다 취합합니다. 방음이 안 좋고 문이 낡아서 열고 닫히면 반드시 큰 소리가 난다고 하더군요. 그날은 한시연 님이 나간 후에 귀가하는 소리가 들린 건 밤 늦게였다고 하던데요. 어디서 뭐 하고 계셨습니까?"

시연이 손가락을 꼼지락거리며 말했다.

"제가 범인이 아니면 된 거지, 사적인 것까지 오픈해야 하나요?"

"범인이 아니라는 걸 증명하려면 그 시간에 어디서 뭘 했는지를 말씀하셔야죠."

시연은 맥없이 고개를 떨구었다. 어차피 진술을 피할 수 없다는 걸 알았다. 기중은 잠자코 기다렸다.

"……친구를 만났어요."

"어디서요?"

"……월계동 쪽에서요. 친구가 거기 살아서요."

"경찰한테 집에 있었다고 거짓말한 이유는요?"

"제 사생활이라 말하기 싫었거든요. 고작 도난사건 범인 잡는데 제 사생활까지 오픈할 필요 없잖아요."

"일단 알겠습니다. 자, 다음 분."

기중은 이번에는 방 번호와 상관없이 시연 옆에 앉은 명우를 보고 말했다. 기중이 더 캐묻지 않고 넘어가자 오히려 집중해 듣던 참가자들이 김 샜다는 탄식을 터뜨렸다.

"아니, 왜 그냥 넘어가요? 수상한 게 한두 가지가 아닌데. 저러고 그만이면 다 거짓말하지!"

준성이 또 나서자 기중이 이젠 그쪽을 쳐다보지도 않고 손만 내저었다.

"일단 다 들어보겠습니다. 옆에 계신 분?"

명우는 자기 차례가 아니라며 고개를 젓다가 이내 의미 없다는 걸 깨닫고 작게 한숨을 내쉬었다. 길쭉하고 커다란 그의 눈이 어두운 기운을 발산하는 듯했다.

"서명우입니다. 저도 뭐 별거 없습니다. 11일에는 그냥 집에 있었고…… 17일에는 누굴 좀 만났습니다. 그게 다예요."

다들 이전에 경찰에서 한 번 조사를 받았던 탓에 그때의 알리바이를 잘 기억하고 있었다.

"왜 다들 집에 있었대? 다들 일 안 해요?"

사람들이 역시나 하는 눈으로 종섭을 쳐다보았다. 종섭은 자신이 하는 말이 상대에게 모욕적일 수 있다는 걸 모르는 듯했다. 아니면 알지만 상관없거나.

바로 받아친 사람은 예상외로 명우였다.

"일주일씩 두 번이나 장기 휴가를 내야 하는 건데, 그럼 직장인이 여길 왔겠습니까? 무리해서 왔을 수도 있지만 이 분처럼 구직 중이시거나 각자 사정이 있는 건데 말을 좀 조심하시죠?"

명우의 말투는 부드러웠지만 뼈가 있었다.

민주가 자존심이 상한 얼굴로 '아 진짜……' 하고 중얼거렸다.

"다들 알리바이 진술 중엔 끼어들지 말아주세요. 흐름이 끊깁니다. 서명우 님, 11일에 집에 있었던 걸 확인해줄 사람이 있습니까?"

기중이 일갈하고 다시 진행을 이어갔다.

"부모님이요. 같이 살거든요."

"네, 좋습니다. 그럼 17일에는 누구를 만나셨죠?"

"친구요. 만나서 술 한잔했습니다."

"어디서요?"

"집 바로 앞이 대학가라서요. 거기서 한잔했습니다. 가게 이름은 경찰 조사 때 말했고요."

"몇 시까지요?"

"글쎄요…… 기억이 잘 안 나는데요."

"지난번에 경찰 조사 때도 그렇게 말씀하셨죠. 하지만 그 이후에도 기억이 나지 않은 겁니까?"

"예, 블랙아웃 되는 일이 가끔…… 있어서요."

"알코올성 치매 조심하셔야겠네요. 그럼 그 친구가 증명해줄 수 있겠네요?"

"예."

기중이 말없이 명우를 빤히 보았다. 참가자들은 그가 명우에게 더 확인할 게 있는 건지, 아니면 뭘 꿰뚫어본 건지 알 수 없어 초조한 기분이 들었다.

"11일에는 집에서 뭐 하고 계셨습니까?"

찌르듯이 묻자 명우가 인상을 찌푸렸다. 참가자들도 모두 의아한 얼굴로 둘을 번갈아보았다.

"왜 저한테만 집에서 뭘 했는지 물어보시죠? 이전에 두 분한테는 안 물어보셨잖아요."

"이유가 있으니 그런 거 아니겠습니까. 말 못할 이유라도?"

"아뇨!"

명우가 발끈해서 목청을 높였다. 기중이 대답을 재촉하듯 턱

짓을 했다.

"집에서 술 마셨습니다."

"누구랑요?"

"방에서 혼자요."

"혼자 술을 자주 마셔요?"

"……네."

"경찰 조사 때 사업가라고 말씀하셨던데요."

기중이 마치 수사 자료를 보고 있기라도 한 것처럼 바로 말했다.

"사업가……. 그렇게 거창하지 않습니다."

명우는 괜스레 손으로 목덜미를 문질렀다. 곤란하거나 불편하면 나오는 버릇이었다. 사업하는 사람이 여기 와 이러고 있는 것만으로도 사람들은 그의 사정을 짐작할 것이었다.

"주사는 없으십니까?"

"딱히요. 조용히 잡니다."

"블랙아웃이 된다면서요?"

명우가 흠칫 놀랐다. 열여섯 개의 눈이 그를 빤히 보고 있었다. 처한 상황에 따라 사람의 눈빛이 이렇게 무섭게 느껴질 수 있다니, 명우는 새삼 두려움을 느꼈다.

"그게 왜요? 그리고 가끔이라고 말씀드렸는데요."

"필름이 끊겼다면 무슨 일이 있었는지 어떻게 아나 해서 말입니다."

기중이 물었다. 그의 목소리는 악의 없이 담백했다.

"제가 필름이 끊긴 채로 사람을 죽였을 거라고 말하고 싶으신 겁니까?"

반면 명우의 목소리에는 수많은 감정이 묻어 있었다.

"17일에 친구를 만나고 집에 들어와서 주무셨습니까?"

"네."

"술을 많이 마셨다고 하셨는데 그날은 필름이 끊기지 않은 겁니까?"

"……."

"집에 돌아와서 잠든 기억이 명확하게 있습니까?"

"……네."

누구라도 거짓말이라고 생각할 정도로 자신 없는 목소리였다. 그런데 기중은 이번에도 그냥 넘어갔다. 준성은 마음에 들지 않아 턱을 씰룩였지만 이번에는 잠자코 있었다.

"좋아요. 11일에는 그냥 집에 있었다고 하셨고 ……."

기중이 머릿속 수첩에 기록하기라도 하듯 명우의 말을 곱씹으며 옆 사람에게로 시선을 옮겼다.

"다음 분, 성함과 알리바이 말씀해주세요."

수호가 허리를 펴며 자세를 고쳐 앉았다. 하도 출중한 외모에 사람들이 뚫어져라 그를 바라보았다.

"안수호라고 하고요, 11일에는 저기 엔터테인먼트 회사 사람들 만나 저녁까지 먹었고, 17일에는 여자친구랑 같이 있었습니다."

기중이 고개를 까닥거렸다.

"네, 실제로 여자친구분한테도 확인했는데 같이 있었다고 하더군요."

그렇지 않아도 당시에 수호가 의아해했던 부분이었다. 편의점 도난사건을 조사한다면서 경찰이 바로 여자친구에게 확인해보겠다며 전화를 걸었다. 너무 심하다 싶었는데, 역시 다른 게 있었던 것이다.

"엔터테인먼트 사람들이랑 몇시에 만났죠?"

"오후 4시요."

"그 전까진 어디서 뭐 했습니까?"

"집에서 TV 봤습니다. 운동도 좀 하고. 자취한 지 좀 됐어요."

"운동은 어디서 누구랑 했죠?"

"가까운 헬스장에서요. 트레이너가 기억할 거예요. 카운터 직원도 그렇고. 제 입으로 말하긴 좀 그런데…… 절 한 번 본 사람들은 웬만하면 기억하더라고요. 전날 왔었는지, 안 왔었는지도 알 걸요."

"17일에 여자친구분이랑 같이 있었던 시간이 어떻게 됩니까?"

수호가 불쾌한 눈으로 기중을 보았다. 하지만 대답을 거부할 수 있는 분위기가 아니었다.

"밤새 같이 있었어요."

기중이 상체를 숙이며 깍지 낀 손에 턱을 괴었다.

"몇 시부터 몇 시까지?"

결국 수호가 짜증스럽게 말했다.

"낮에 만나서 밤새요. 근데 공개적인 자리에서 이런 것까지 말해야 돼요?"

"여자친구와 같이 있다가 따로 나오거나 한 적은?"

"왜 제집에 여자친구를 혼자 두고 따로 나오겠어요. 계속 같이 있었죠."

"중간에 편의점을 가거나 담배를 피우러 잠깐 나갔다거나."

"담배 안 피우고요, 편의점에도 안 갔습니다."

기중이 더 이상 질문하지 않고 또 그 행동을 했다. 상대를 가만히 응시하는 것. 습관인 건지 전략인 건지 참가자들 입장에서는 의미를 짐작할 수 없었다.

참가자들은 저마다 경찰에게 조사를 받던 때를 떠올렸다. 11일은 오후 12시부터 6시 사이, 17일은 저녁부터 새벽까지의 동선에 대한 질문을 받았었다. 이제 알았다. 살인이 일어난 시각이 그때라는 걸.

"홍 교수님, 사건 개요를 좀 듣고 싶은데요. 생각해보니 말씀을 안 해주셨어요."

준성이 차분하게 말했다.

"원래 용의자에게 수사 기밀에 대해 말할 의무는 없는데요."

"용의자요? 누가 용의자예요! 누구 맘대로!"

민주가 벌떡 일어나 소리를 빽 질렀다.

준성이 조금 흥분해서 따지듯 말했다.

"저흰 상황이 다르잖습니까! 여럿의 행적을 맞춰봐야 하는 건데, 저희도 사건에 대해 뭘 좀 알아야 하지 않습니까?"

기중은 준성의 급변하는 행동에서 무언가를 읽어내고 싶었다. 정말 범인을 잡고 싶어 저러는 건지, 경찰이 가진 단서를 캐내려는 건지.

"좋습니다. 일단 다 들어본 후에 사건에 대해 말씀드리는 걸로 하죠."

'끝까지 건방진 새끼' 준성은 속으로 중얼거리며 몸을 뒤로 기댔다.

다음 차례는 입을 열 때마다 손을 번쩍번쩍 들어 존재감을 알리고, 상황과 맞지 않는 말을 해서라도 관심받고 싶어 하던 윤기였다. 이번에도 그는 자신의 차례임을 주장하듯 손을 들었다. 모두 그가 명랑한 목소리의 참가자임을 알았다.

윤기가 기다란 손가락을 깍지 끼고 말했다.

"뭐, 작게 쇼핑몰 사업을 하고 있거든요. 11일, 17일 둘 다 사무실에서 일했어요. 코워킹 스페이스에서 일하니 증언을 해줄 사람도 많겠네요."

"사무실에만 있었습니까?"

"아뇨, 사실 거의 동대문에 있었어요. 시장 조사도 하고, 옷을 떼러요. 11일 목요일에는 비가 와서 무척 힘들었던 기억이 나네요."

"뭉뚱그리지 말고 11일 낮, 17일 저녁에 몇 시에 어디서 무얼했는지 말씀해주셔야 됩니다. 경찰한테 말했던 그 시간 그대로요."

기중이 단호하게 말했다.

"11일 목요일 낮이면…… 12시부터 1시까지 점심시간이라 도시락을 배달시켜서 사무실에서 먹었고, 그 이후에는 사무실에 좀 더 있다가 동대문에 갔습니다. 거기 사람들이 다 말해줄 수 있겠네요. 계속 거기 있다가 집에 간 건 8시가 넘어서였고요. 17일 수요일은 저녁이라고 하셨죠? 7시에 퇴근을 했고 바로 집에 가서 저녁을 먹었습니다. 그리고 TV 보다가 잤어요."

"7시에 어디 있다가 퇴근을 한 거죠? 동대문?"

"아뇨, 사무실에 있었어요."

"11일 목요일에 점심 먹고 사무실에 좀 더 있다가 동대문에 갔다고 하셨는데, 몇 시쯤 가신 거죠?"

"글쎄요, 한…… 4시 넘어서였던 것 같은데요."

"혼자 살고요?"

"네, 1년 전에 독립해 나왔습니다. 더 일찍 독립하고 싶었는데 어쩌다 보니……."

윤기가 아무도 묻지 않았는데 사건과 관련 없는 말을 중얼거렸다. 그는 1차 때도 그런 식이었다.

갑자기 민주가 나섰다.

"11일 오후에 동대문에 8시까지 있었다고 하셨는데, 거기 사람들이 증명해줄 수 있는 거 확실해요?"

"무슨 말이에요, 그게?"

윤기가 불쾌해하며 되물었다.

"사람들이 증명해줄 거라고 너무 당당하게 말씀하셔서요. 동대문에는 있었지만 혼자 있었을 수도 있는 거 아니에요?"

"거기서 어떻게 혼자 있어요? 사람 얼마나 많은 덴지 아시잖아요."

"마음먹으면 못할 것도 없죠. 아니지, 혼자 있는 게 아니라 거기 잠깐 있다가 범행하러 갔을 수도 있잖아요?"

"거기 사장님들이 증명해줄 거라니까요? 그럼 님은 얼마나 결백하길래 이래요?"

"거길 돌아다녔다고 사람들이 다 그쪽을 기억할 거란 건 무슨 근거죠? 거기 오가는 손님이 수만 명일 텐데. 그리고 전 당연히 결백하니까 이러는 거죠. 동대문 자주 가서 옷을 떼올 만큼 사업이 잘 되는데 일주일이나 접고 여기 와 있는 것부터가 이상한데요? 장사가 잘 안 돼서 돈 벌려고 왔거나, 장사가 잘 되는데도 다른 목적이 있어 왔거나 둘 중 하나 아니겠어요?"

"이봐요! 내가 하는 사업에 대해 뭘 안다고 함부로 말해요!"

윤기가 벌떡 일어섰다. 명우가 말렸다.

"그만들 하시죠. 여기 온 이유로 추리해보려는 것 같은데, 굳이 꼭 그런 말까지 해야 하는지 전 모르겠습니다. 아까도 말했듯이 모두 각자 사정이 있겠죠."

민주는 쉽게 물러설 생각이 없는 듯했다.

"아까 홍 교수님 말 못 들으셨어요? 이 실험이 살인을 부추긴 게 아니라 범인이 애초에 살인을 하려고 들어온 거라잖아요!"

시간이 갈수록 다들 점점 더 예민해지고 있었다.

기중은 가만히 이들을 둘러보았다. 여섯 명 중에서 누군가 한 명은 범인이다. 투입된 경찰관들 못지 않게 범인의 연기력도 상당했다.

기중은 한 명 한 명의 얼굴을 찬찬히 뜯어보았다. 그들은 서로 물어뜯고 싸우는 데 정신이 팔려 그의 시선이 집요하게 따라붙고 있다는 걸 알아채지 못했다. 기중은 그들의 표정만 관찰하는 게 아니었다. 사소한 제스처부터 습관적인 동작까지 모두 보고 있었다.

"난 이런 대화가 무슨 도움이 되는지 모르겠어요. 차라리 1대 1로 각자 취조하는 게 낫지 않아요?"

명우가 이마를 문지르며 말했다. 겉으로는 차분해 보여도 사실 감정적 동요가 있는 것이다.

한 자리 건너 앉은 민주가 기름 뜬 이마를 손으로 만지는 명우를 보고 으, 하고 역겨운 표정을 지었다. 청결에 대한 강박이라도 있는 걸까. 기중의 눈동자가 분주하게 움직였다.

시연은 두 손을 모으고 듣고만 있는데 표정은 마치 직접 나서서 싸우는 것처럼 일그러졌다. 멘탈이 약한 타입. 하지만 평소 여리거나 상냥하다고 해서 분노했을 때도 그러리라고 판단해선 안 된다. 윤기는 이 와중에도 대화에 끼어들 타이밍을 찾느라 얼굴 근육이 움찔거렸다.

기중은 사람들의 얼굴을 순서대로 보았다.

누구일까…… 이 중에서.

참가자들 사이에 숨는 전략이라니. 그게 과연 좋은 선택이었을까.

기중은 놈의 생각을 비웃어주고 싶었다. 그리고 말해주고 싶었다.

이번엔 내가 유리하다고.

이번엔 너보다 내가 앞서 나가고 있는 거라고.

그러나 놈은 이번에도 자신이 앞서 있다고 착각하고 있을 것이다.

잠깐 쉬기로 하고 간식 시간을 가졌다. 다이닝룸에서 쿠키와 음료가 제공됐다. 휴식이 필요할 테니 각자 방에서 먹기로 했다.

참가자들은 다시 모일 때까지 한 발짝도 나오지 않겠다는 듯 물까지 챙겨 썰물처럼 방으로 사라졌다.

기중도 쟁반에 간식거리를 담아 방으로 들어왔다. 합판으로 만든 방일지라도 외부와 차단이 되니 정신이 좀 편안해졌다.

기중은 침대에 거의 눕듯이 기댔다. 쿠키 하나를 입에 넣었다. 입안에서 단 게 녹아드니 좀 살 것 같았다. 뇌가 다시 팽팽 돌아가기 시작했다.

지금까지 수사 자료와 다르게 진술한 사람은 없었다. 모두 경찰에 진술했던 그대로다. 거의 토씨 하나 틀리지 않았다.

3일 째 날이 지나가고 있었다. 이제 놈을 여기 묶어둘 수 있는 시간이 4일도 채 남지 않은 것이다. 지금은 그나마 일주일이라는 기간을 명시한 계약서가 있어 참작을 기대해볼 수 있지만 그 이후는 잘못하면 감금과 여러 죄명으로 일이 복잡해질 수 있다.

처음에는 자신 있었다. 일주일이 끝나기도 전에 잡을 수 있을지 모른다고도 생각했다. 범인이 바로 코앞에서 숨 쉬고 있으니 확신이 있었다. 그러나 지금은 점점 초조해졌다.

생각에 잠겨 있는데, 문 앞에서 누군가 얼쩡거리는 것 같은 기척이 들렸다. 아니, 들렸다기보다는 좀 더 넘어서는 감각이었다.

기중은 상체를 세우고 앉았다. 문 앞에 분명 누가 있었다. 합판으로 만든 가벽이라 더 예민하게 느껴지는 걸까. 이쪽으로 지나갈 일이 없을 텐데. 여긴 다이닝룸과 반대편 위치로, 실험장의 끝과 끝에 있다. 출입문과 가까운 8번 방과 마주 보는 이 방 쪽으로는 올 이유가 없다.

기중은 문 앞으로 가서 조심스럽게 귀를 댔다. 누구일까. 가슴이 두근거렸지만 지체할 이유가 없었다. 주최팀 사무실에 있는 형근에게 누가 앞에 있는지 물어볼까 하다가 그만두었다. 뭔가를 캐치했다면 먼저 연락이 왔을 터. 기중은 기습적으로 방 문을 열었다.

문 앞에는 아무도 없었다. 텅 빈 라운지만 보였다. 당혹스러웠다. 인기척이라고 생각했던 건 그저 내 안의 두려움이었던 것인가.

기중은 다시 문을 닫았다.

약속한 한 시간 뒤에 나왔을 때 라운지에는 아무도 없었다. 5분 정도 더 지나서야 참가자들이 한 명씩 방에서 나오기 시작했다. 아까는 누렇게 떠 있던 안색들이 조금은 나아져 있었다. 모두 소파에 편하게 앉았다.

마지막 참가자까지 다 오고 나서 기중이 말했다.

"노준성 님 차례네요."

정확하게 이름이 불리자 준성이 움찔했다. 다른 참가자들도 이름과 얼굴을 매치시키지 못해서 서로를 두리번거렸다.

준성이 왜인지 모르게 민망해하며 입을 열었다.

"11일 목요일에는 낮에 피시방에 있었어요. 할 게 좀 있어서……. 아침 11시부터 저녁까지는 있었던 것 같은데요. 그러고는 집에 갔고요. 17일 수요일에는 가족들과 처가에 갔습니다. 아이들도 다 같이요."

"돌아온 시간은요?"

"밤에 왔어요. 정확한 시간은 모르지만 적어도 9시는 넘었을 겁니다."

기중은 숨을 몰아쉬며 등을 뒤로 기댔다. 폭신한 고급 소파가 몸을 감싸는 느낌이 좋았다.

이것으로 참가자들의 진술이 끝났다. 간신히 한 단계를 넘었다.

휴식인지 심리전인지 알 수 없는 묘한 침묵이 흐른 후에 기중이 다시 입을 열었다.

"일단 1차로 모든 분의 진술을 들었는데요."

"아직 저 두 사람 안 했는데요?"

수호가 윤정과 종섭을 가리켰다.

"아, 바로 저 두 사람이 주최팀이 심어놓은 사람들입니다."

참가자들이 놀란 눈으로 둘을 번갈아 보았다. 두 사람이 슬며시 일어나 인사했다.

"안녕하십니까. 서울경찰청 소속 진석구라고 합니다."

"인사드리겠습니다. 서울경찰청 소속 이현서라고 합니다."

경찰? 경찰이라고?

여섯 명의 참가자들이 수군대기 시작했다. 기중은 아랑곳없이 그들에 대한 소개를 이어갔다.

"이번 사건 피해자가 고 강윤정 님과 고 황종섭 님입니다. 고 강윤정 님은 37세, 고 황종섭 님은 36세로 생을 마감하셨습니다. 진석구 경사가 황종섭 님을, 이현서 순경이 강윤정 님을 맡았죠."

모두가 숨이 턱 막힌 표정으로 입을 다물지 못했다. 주최팀 사람인 줄만 알았지 경찰이라고는 상상도 못 했다.

둘은 기중에게서 신분을 드러내도 좋다는 지시가 떨어지기 전까지 피해자를 흉내 내는 역할에 충실했다. 사건이 발생하고 나서 범인이 뻔뻔하게 2차 실험에 참가할지도 모르는 아주 작은 확률에 대비해 뽑혔던 두 사람은 4일 만에 보고서를 독파하여 참가자의 특성을 머리와 몸에 새겼다.

1차 때 주최팀 사무실에서 모니터링을 함께 했던 덕에 행동을 따라하는 것이 가능했다. 석구는 황종섭의 일기와 SNS 비공개 글을 입수해 그가 1차 실험과 참가자들에 대해 적은 내용을 숙지하고 머리와 가슴에 새겼다. 현서는 강윤정을 따라 목소리를 크게 내느라 고래고래 소리를 지르는 바람에 목소리가 쉬었다.

올해 서른여섯인 석구는 경사로, 1차 실험 때는 자원해서 주최팀에 들어왔다. 하지만 상황이 달라졌다. 살인이라는 돌발 상황이 생기면서 기중에게 제안을 받았다. 매력적인 제안이라 흔쾌히 받아들였다. 그랬는데 예기치 못한 상황이 계속해서 발생하면서 점점 버겁게 느껴지고 있었다. 그나마 그에게 위로가 되는 것은 홍기중이 그가 존경하는 선배라는 것 그리고 나름의 특별한 인연이 있다는 것이었다.

십 년 전 관절살인사건이 일어났을 때 석구는 당시 일반 시민으로 사건 현장과 멀지 않은 곳에 살았다. 사람들이 몰려들고 경찰들이 들락거리던 그때 현장 주변을 지났었다. 거기서 현장을 능숙하게 지휘하는 기중을 보게 되었고, 그를 경찰의 꿈으로 이끄는 계기가 되었다.

작년에 신입으로 들어온 현서는 이 실험에 대해 알게 되자마자 바로 지원했다. 흥미롭기도 했지만, 이렇게 많은 관심을 불러일으킨 케이스라면 진급에 도움이 될 거라 생각했다. 그런데 살인사건이 발생하면서 2차 실험이 무산될 상황에서 열 명이었던 주최팀 멤버들 중 진석구 경사와 함께 자신만 유일하게 기중의 선택을 받았다.

불법이라 해도 대선배인 기중이 직접 선정해 참가자로 들어오라고 하는데 감히 거절할 수도 없었다. 어차피 거절할 수 없다면 뭐라도 최대한 얻어가자고 생각했다. 그런데 생각보다 일이 커지고 있었다. 나가면 친구들에게 털어놓고 자랑하고 싶었는데 이제는 과연 살아 돌아갈 수나 있을까 싶었다.

"경찰이 있을 줄은 몰랐네요……."

수호가 복잡한 얼굴로 말했다.

"그럼 당하신 분이…… 그 차분하고 시니컬한 목소리였던 좀 재수없던 그분이랑…… 목소리 큰…… 저랑 친했던 그분이라는 거예요?"

민주의 목소리가 떨려서 나왔다. 진 경사와 이 순경은 면목 없다는 듯 고개를 숙였고 기중이 대신 대답했다.

"그렇습니다."

"그럼 저랑 수다 떨고 그럴 때 그분인 척 연기하셨던 거예요? 저랑 친했던 거 알고서……."

이 순경을 향해 묻는 민주의 눈동자가 불안하게 일렁였다.

"네, 맞습니다."

이 순경의 대답에 민주의 어깨가 축 늘어졌다. 죽었는지도 모르고 그 사람인 줄 알고 있었다니 참담한 심경이었다. 얼굴이 금세 창백해졌다.

기중은 민주의 얼굴을 유심히 보았다. 정말 몰랐던 건가? 몰랐다는 건 범인이 아니라는 걸 의미한다.

이 순경과 대화할 때 민주의 태도에는 특이점이 보이지 않았다. 범인이었다면 그토록 자연스럽기는 어려웠을 것이다.

희생된 이들을 추모하는 듯 긴 침묵이 흐른 후에 민주가 입을 열었다.

"그럼 용의자는 이렇게 여섯으로 좁혀지는 거네요……."

나머지 다섯 명을 쳐다보는 민주의 눈에 두려움이 서렸다.

"이 두 사람은 남은 시간 동안 계속 여기 머물면서 우리들을 관찰하고 감시할 겁니다. 이것이 애초부터 부여된 두 사람의 역할이니 이해해주세요."

참가자들은 복잡한 표정으로 입을 다물고 반응하지 않았다.

"진술 결과 다들 약속이 있었거나 집에 있었다. 즉, 사건 발생 시간에 현장 부근에 있던 사람은 아무도 없는 거네요."

기중이 정리했다.

"범인이 거짓말을 하고 있겠죠."

민주가 퉁명스럽게 대꾸했다.

"그러니까요. 어차피 진술로는 구분 못 하는 거 아니에요?"

수호가 되물었다.

"범인은 당연히 거짓말을 하겠죠. 경찰이 수사한 건 뭐 없습니까?"

명우가 기중을 똑바로 쳐다보며 물었다.

애초에 그런 질문들에 일일이 대답할 생각이 없었으므로 기중은 팔짱을 낀 채 미동도 하지 않았다. 이번엔 준성이 말했다.

"그러니까 사건이 발생한 시간이 그때인 거죠? 11일은 낮 12시에서 6시 사이, 17일은 저녁부터 새벽."

"네, 추정 시간이에요. 30분에서 1시간 정도의 오차가 있을 수는 있습니다."

기중은 팔짱을 풀고 상체를 기울이며 참가자들을 차례로 훑어보았다. 모두가 심각한 얼굴로 그를 보고 있었다.

기중은 결국 참지 못하고 웃음을 터뜨리고 말았다. 웃음소리가 실험장의 무거운 공기를 흔들며 퍼져나갔다. 참가자들의 얼굴이 굳어졌다.

참가자들 눈에는 그가 제정신으로 보이지 않았다. 정신이 무너져가는 사람을 지켜보는 기분이었다.

"저기요, 도대체 왜 그러는 겁니까?"

준성이 노골적으로 불쾌감을 드러냈다. 기중이 웃음을 멈추고 숨을 몰아쉬며 말했다.

"어떻게 하나같이 이럴 수 있는지 너무 신기해서 웃음이 다 나오네요. 제가 원래 이렇게 웃을 일이 별로 없는 사람인데 말이죠. 이걸 감사하다고 해야 하나…… 고민스럽군요."

"뭐 하는 거냐고 묻잖아!"

이번에 폭발한 것은 준성이 아니라 명우였다. 모두가 놀라서 명우를 쳐다보았지만 기중은 그에게 눈길도 주지 않고 말을 이어갔다.

"좀 전에 말씀드린 대로 여러분 모두 경찰서에서 진술한 것과 똑같은 답변을 하셨습니다."

명우가 뭔 말인지 들어보자는 듯 꼿꼿하게 섰다. 기중이 아직 웃음의 잔상이 남은 얼굴로 말했다.

"그리고 모두 거짓말을 하셨습니다."

7

2015년 8월 19일

일주일 잠복 끝에 강도강간범을 잡았다.

아, 아쉽다! 현관문 비밀번호를 누르면서 기중이 탄식을 내뱉었다. 이 손으로 수갑을 채우지 못해 공이 다른 팀원에게 넘어갔다. 진급을 하게 된다면 아마 자신이 아닌 그 팀원이 하게 될 것이다. 속상해도 어쩌랴. 시스템이 그런 것을. 그나마 위안이 되는 건 팀의 성과가 올랐다는 거였다.

기중은 문고리를 돌리다 말고 킁킁 몸에서 나는 냄새를 맡았다. 일주일간의 잠복은 사람을 거지꼴로 만든다. 사무실에서 샤워를 했어도 옷에 밴 찌든 냄새는 어쩌지 못했다.

이제부터 정신을 더욱 바짝 차려야 했다. 지금 그는 진급 따위보다 훨씬 중요하고, 어려운 상황에 놓여 있었다.

잠복하는 동안에 어머니와 돌보미로부터 문자가 왔었다. 무음이었기에 방해가 되지는 않았지만 나중에 보고는 열 통이 넘는 문자에 입이 떡 벌어졌다.

혜은이가 피아노 학원을 자꾸 빠지려고 한다는 것이다. 혜은이는 그의 여덟 살 난 딸이다. 사건 때문에 집에 들어오지 못할 때마다 혜은은 토라졌다. 그 마음을 풀어주려면 꼬박 하루가 걸렸다. 요령 없는 그에게는 사건을 해결하는 것보다 어린 딸이 더 어려웠다.

문을 열자 정겨운 집 냄새가 훅 끼쳤다. 좁은 현관에 낡고 지저분한 신발을 내딛자마자 바닥에 앉아 빨래를 개고 있던 어머니와 눈이 마주쳤다. 분홍색 잠옷 입은 혜은이는 거실 바닥에 엎드려 그림을 그리던 그대로 미동이 없었다. 모르는 척하고 있는 것이다. 감이 왔다.

'단단히 삐졌군……'

"왔냐? 고생했지."

이제 막 환갑을 넘긴 어머니가 주름진 눈매가 휘어지게 웃으며 반색을 했다.

"예, 저 왔어요. 아빠 왔다?"

딸은 입이 삐죽 나온 주제에 그림 공부에 매진하는 척했다.

"아빠 옷 갈아입고 나올게."

방으로 가면서 기중은 혜은이를 한 번 더 쳐다보았다. 삐진 모습이 어린 시절 자신을 닮아 웃음이 나왔다.

깨끗한 잠옷으로 갈아입고 기중은 거울 앞에 서서 웃는 표정을 연습했다. 경찰 일을 하다 보면 웃을 일이 없다. 심지어 범인을 대할 때는 일부러라도 무서운 표정을 지어야 했다. 그런 표정들이 인상에 배어 무서운 아빠로 인식되고 싶지는 않았다.

기중이 짐짓 밝은 척 딸 옆으로 가서 앉았다.

"오랜만이네, 우리 딸? 아빠 반갑지 않아?"

눈은 그대로이고 입만 웃고 있었다. 입가에서 경련이 일어나는 것 같았다.

기중의 나이 스물여섯에 혜은이가 태어났다. 조심했는데도 여자친구 사이에서 덜컥 아이가 생겨버렸다. 여자친구는 결혼을 원하지 않았고, 아이를 키울 생각도 없었다. 핏덩이를 기중에게 안기고 갑자기 사라졌다.

딸이 그의 인생의 전부가 되는 건 순식간이었다. 혜은이 없이 평생을 잘만 살아왔는데, 이제는 혜은이 없는 삶은 상상조차 할 수 없었다.

그렇게 시작된 미혼부 생활은 녹록지 않았지만 어머니의 도움으로 어찌어찌 지금까지 꾸려왔다. 교통과로 전출을 신청해서 정시 퇴근을 했다. 그렇게 3년이 흘렀을 때 천직인 강력계로 돌아갈 기회가 왔다. 그걸 놓칠 수는 없었다. 하필 딸을 키우다 보니 나쁜 놈들을 잡아넣겠다는 사명감이 커져버려서 더더욱 그랬다.

"아빠 그리고 있는 거야?"

혜은이 스케치북에 그리고 있는 것을 유심히 보던 기중은 픽 웃고 말았다. 일부러 아빠를 못난이로 그려놓았다.

"아빠 안 볼 거야? 아빠는 혜은이 보고 싶었는데?"

그제야 혜은이가 고개를 들고 동그란 눈망울로 아빠를 쳐다보았다. 기중이 팔을 벌렸다. 아직 화가 풀리지 않았는지 혜은이는 아빠를 빤히 보기만 했다. 그러나 눈에는 당장이라도 벌떡 일어나 안기고 싶은 마음이 보였다. 흔들리는 눈동자도 너무나 사랑스러웠다. 이 작은 존재는 알까. 아빠가 현장에서 얼마나 딸을 생각하며 견디는지.

결국 30초도 버티지 못하고 혜은이가 벌떡 일어나 기중의 품에 폭 안겼다.

피아노를 그렇게 좋아하면서 학원에 가지 않겠다고 떼를 쓰는 게 아빠에게 빨리 오라고 보내는 신호라는 것도 안다. 늘 혜은이에게 미안했다. 기중은 이게 자신의 숙명이려니 생각했다.

혜은이 커갈수록 기중은 강력사건에 더 예민해졌다. 남 일 같지 않았기 때문이다. 특히나 신경 쓰이는 건 1년 전 있었던 '관절살인사건'이었다.

범인은 바람 같았다. 그 어떤 흔적도, 증거도 없었다. 그리고 놈의 짓으로 짐작되는 또 다른 사건이 발생하지도 않았다. 이게 말이 되는 건가? 고민을 거듭하다 촉이 왔다. 그놈은 위험한 놈이다. 그리고 그 감각은 1년 전이나 지금이나 변하지 않았다.

점점 다른 새로운 사건들에 밀리기 시작하더니 이제는 자투리 시간에만 그 사건에 손을 댈 수 있었다. 이러다가 나중에 미제사건팀으로 넘어가게 되는 건 아닌지 기중은 걱정이 되었다. 괴기하게 시신을 훼손한 것으로 보아 그놈은 반드시 또 살인을 저지를 것이다. 하지만 1년 동안 잠잠하다는 건 뭘 의미하는 걸까. 일면식도 없는 사람을 그렇게 잔인하게 죽일 수 있는 사이코패스가 살인을 참을 수 있다고?

이상하다 생각이 들 때쯤 그의 예상대로 일이 터졌다.

출동 전화가 걸려온 건 혜은이와 동네 놀이터에서 놀고 있던 주말이었다. 어쩔 수 없이 어머니에게 맡기고 15분 만에 현장에 도착했다.

5층짜리 작은 빌라 앞에 폴리스 라인이 쳐 있었다. 다행히 아직 기자들이 냄새를 맡기 전이어서 현장에는 수사관들만 돌아다니고 있었다.

70대 여성 혼자 사는 집. 옛날 가구들로 채워져 있어 엔틱한 인상이 강했다. 전형적이라 특별할 건 없었다. 이번에도 문제는 시신의 상태였다.

시신은 욕실에 있었다. 온천이라도 하는 것처럼 목욕탕 안에 들어 있었다. 물이 가득 채워져 있어 조금만 움직여도 물이 넘칠 것 같았다. 물론 시신이 움직일 리는 없지만.

목욕물에 라텍스 장갑을 낀 손을 살짝 넣어보았다. 서늘한 감각이 느껴졌다. 처음엔 아주 뜨거웠을 것이다. 그 때문에 시신의 부패 속도가 가속되었다.

시신은 부력으로 표면에 살짝 떠올라 있었다. 머리통에서 뻗어 나온 머리카락이 사방으로 뻗쳐 있어 그로테스크했다. 물속에서 불어버린 몸은 보기 흉할 정도로 울퉁불퉁하게 부풀어 있었고 피부 조직이 부패하면서 떨어져나간 살점 찌꺼기들이 물속을 부유하고 있었다. 시신은 접힐 수 있는 부위라면 전부 최대한으로 접혀 있었다. 목욕탕 사이즈에 맞춰 몸을 구겨넣은 것이다.

끔찍한 형상이었다. 살아생전 어떤 모습이었는지 상상이 안
되었다. 그러나 기중은 알고 있다. 이 집에 들어올 때 선반에 놓
여 있던 액자를 봤으니까. 이런 식으로 죽으면 사람은 생전의
모습과 딴판이 된다. 유가족들에게 시신을 어떻게 보일 것인가.
보게 해도 되는 걸까. 생각만으로도 머리가 아파왔다.

"한동안 잠잠하다고 했더니만."

돌아보니 경식이 와 있었다. 표정이 어두웠다. 이전 관절살인
사건을 해결하지 못해 팀장으로서 그의 부담감이 얼마나 큰지
모르지 않는다. 그때 뒤에서 우웩, 하고 토하는 소리가 들렸다.
방금 막 욕실로 들어오던 막내가 시신을 보고 욕지기가 올라 다
시 뛰쳐나간 것이다.

"한심한 놈. 언제 적응할 거야."

"교살."

기중이 시신의 목에 난 액흔을 가리키며 말했다.

"얇은 끈으로 조른 것 같은데요. 그런데 끈은 아닙니다."

기중이 홀린 것처럼 말하기 시작하자 경식이 또 시작됐다는
눈으로 쳐다보았다.

기중이 경식을 지나쳐 거실로 나갔다. 경식은 말없이 그 뒤를
따랐다. 감식팀이 증거물들에 숫자를 매겨 나열하는 중이었다.
기중은 거실 탁자 바로 앞에 아무렇게나 널브러져 있는 갈색 보
자기를 가리켰다. 증거 3번이었다.

"이걸로 목을 졸랐어요."

"보자기 천? 어떻게 알아?"

"이 주변에 그 정도로 얇은 끈도 없는 데다, 보자기 끝을 보세요. 손으로 잡은 자국이 있죠."

기중의 말대로 반쯤 접힌 보자기 천의 양쪽 끝이 손으로 움켜쥔 듯 구겨져 있었다. 그리고 자세히 보니 보자기 천에는 정말 피가 묻어 있었다.

"보자기 천은 신축성이 없고 내구성이 좋죠. 목 조르기에 최적이었을 겁니다. 이렇게 보면 우발적으로 보일 수 있지만 이건 계획살인이에요. 침입 흔적 없고 현장이 깨끗하죠. 아주 깔끔하게 처리했어요. 피해자 몸에 방어흔 보셨죠? 무기가 필요 없으니 준비를 안 해온 것일 텐데 왜 굳이 보자기라는 도구를 썼을까 싶었는데, 여자의 반항이 격렬했던 겁니다. 나이는 있지만 꾸준히 등산과 사이클 운동을 해온 사람이고 관상과 인상을 종합해봤을 때 순한 성격은 아니었을 겁니다. 반격이 심했겠죠. 그 반항 자체가 범인의 분노를 자극했거나 아니면 이래선 시간이 걸리겠다 싶어 옆에 있던 보자기라는 도구를 이용한 걸 수도 있고요."

"운동한 건 어떻게 알았어?"

"방에 등산복이 잘 보이는 자리에 걸려 있었어요. 자전거는 앞에 세워져 있는 거 보셨죠? 바퀴에 묻은 흙 상태를 보니 최근까지도 사용했어요. 거기다 신발장 선반 손이 잘 닿는 위치에 사이클 전용 신발이 있었어요."

"그걸 그새 다 봤어? 어디서 훈련받니?"

경식이 대단하다는 듯 혀를 내두르며 농담을 했다.

"보자기는 어떻게 찾아다가 쓴 거지? 아, 혹시…….

주위를 둘러보던 경식이 부엌 조리대의 구석에 쌓여 있는 반찬통을 발견했다.

"네, 아마 자식들이나 주변에 반찬을 가져다주려던 참이었겠죠."

"아니, 뭐 나보다 한 30분은 일찍 왔던 거야?"

경식이 놀라워하며 말했다. 상황을 단번에 파악하고 빠르게 분석해내는 기중의 능력은 볼 때마다 감탄했다. 경식은 삼십대 초반인 기중보다 열 살이 더 많고 강력계 경력도 훨씬 오래되었지만 기중의 실력을 인정했다.

"근데 도구를 준비 안 해와서 급하게 보자기를 썼는데 왜 계획적이라고 하는 거야?"

"범인은 무계획으로 무기 없이 온 게 아니라, 애초에 무기가 필요 없는 놈이에요."

"뭔 소리야? 설명 좀 알아듣게…….

"놈은 액살을 좋아하는 놈입니다. 목을 조르는 맛에 이미 취해 있는 놈이라고요. 무기가 필요 없죠. 그런데 이번엔 뭔가 뜻대로 잘 안 됐던 겁니다."

경식이 기중을 빤히 쳐다보았다.

"잘 아는 사람인 것처럼 얘기한다?"

기중은 무표정하게 목욕탕 바로 앞에 찍힌 족윤적으로 시선을 돌렸다.

"그놈이에요. 1년 전 관절살인사건."

"뭐? 갑자기 무슨 소리야? 무슨 근거로!"

경식이 당황하는 이유는 여러 가지일 것이라고 기중은 생각했다. 연쇄살인이라고 결론이 났을 때 불어올 풍파, 파생될 복잡한 문제들과 끝없을 문책. 그러다가 번복이라도 하거나 연쇄를 파고 있는 동안 또 다른 피해자가 생기면 쏟아질 비난과 잔인한 징계.

기중도 이해하지 못하는 바는 아니었다. 그러나 할 말은 해야했다.

"족윤적. 그리고 온도요."

8

실험 3일 차 오후(2)

싸늘해진 분위기는 그리 오래가지 않았다.

"모두라뇨? 거짓말은 범인이 했겠죠."

"다 알고 있다는 태도네요? 저희가 어떻게 나오나 간 본 거예요?"

"뭐, 조금씩 오류가 있을 수도 있죠. 어떻게 그날 그날 일을 일일이 다 기억합니까."

이런저런 반박이 날아들었지만 기중은 개의치 않았다.

"아뇨, 말 그대로 여러분들 모두가 거짓말을 했다는 뜻입니다. 한 분씩 짚어드리죠."

참가자들의 표정은 가지각색이었다. 요령 좋게 태연한 표정을 유지하는 이도 있지만 초조함이 그대로 드러나는 이도 있었다.

"먼저 김민주 님. 11일 3시 전까지 약속이 많았다고 하셨는데 사실 다른 일정으로 이동이 많으셨죠. 중간 중간 빈 시간도 많왔고요."

민주가 벌떡 일어섰다.

"그게 무슨! 아니거든요?"

"더 들어보시죠. 17일에는 집에서 쉬었다고 하셨는데요, 그 시간에 집에 계시지 않았죠."

민주의 양 볼이 작게 경련으로 떨리는 게 보였다.

"저 진짜 집에 있었어요! 뭘 알고 그렇게 말씀하시는 건데요?"

누가 봐도 정곡을 찔린 걸 모를 수 없을 만큼 민주의 목소리가 떨렸다.

기중은 민주의 말을 무시했다.

"그리고 한시연 님 역시 11일에 월계동 부근에 사는 친구를 만났다는 것과 17일에 집에 있었다는 진술 모두 거짓말이셨고요."

다른 참가자들이 놀란 눈으로 기중과 시연을 번갈아 보았다. 혼란이 퍼져나가고 있었다. 시연은 반박하지 않고 긴장한 얼굴로 기중을 지켜보았다.

"다음으로 서명우 님. 11일에 집에 있었다고 하셨는데, 사실은 아니었죠. 같이 사는 부모님이 거짓 증언을 하신 거고요. 그리고 친구를 만났다고 했던 17일에도 일찍 헤어져 이후에는 알리바이가 없으시네요."

"무슨 근거로 그런 말씀을 하시는 거죠?"

명우가 무릎에 두 주먹을 올려놓고 꼿꼿하게 앉은 자세로 물었다. 태연한 척일 뿐이라는 걸 부들부들 떨리는 두 손이 말해 주고 있었다. 기중은 대답하지 않고 다음 말로 넘어갔다.

"다음 안수호 님."

"이보세요!"

명우가 소리쳤지만 기중의 시선은 이미 수호에게 향해 있었다.

"11일에 엔터테인먼트 사람들을 만나기 전에 헬스장에 간 건 맞지만 오전 11시경에 가서 12시 이후부터는 알리바이가 없고, 여자친구랑 종일 있었다고 했던 17일 역시도 거짓말을 섞으셨죠. 여자친구분과 있던 건 맞지만 중간에 나가서 몇 시간 동안 귀가하지 않으셨더라고요."

수호가 창백해진 얼굴을 감추려는 듯 미간을 일그러뜨리며 말했다.

"······저 거짓말 한 적 없거든요? 무슨 근거로 그런 말씀을 하시는 거죠?"

기중이 가지런한 이를 드러내고 웃었다.

"정말 놀랍군요! 인정하는 사람이 단 한 사람도 없다니."

"무슨 근거냐고 다들 묻고 있잖습니까!"

준성이 버럭 소리를 쳤다.

"다음으로 백윤기 님. 11일에 동대문에 가긴 갔죠. 하지만 볼일은 금방 끝났고 사무실로 돌아가지 않고 거기서 퇴근해 그 뒤 행방을 알 수 없고요. 17일에는 집에서 TV 보다가 잠든 게 아니라 아예 집에 계시지 않았습니다."

윤기는 반응하지 않고 얌전히 앉아 있었다. 그러나 그의 하얀 피부에서 핏기가 사라지고 있는 것을 모르는 사람은 없을 거였다.

"마지막으로 노준성 님, 11일 낮에 피시방에 있던 건 맞지만 로 그아웃 시간을 봤을 때 2시가 안 돼서 나오셨더군요. 그리고……."

"로그아웃하고 나왔지만 바로 집에 안 가고 동네를 좀 걸었습 니다! 그게 뭐 잘못입니까?"

"좀 전에 공개 진술하실 땐 그런 내용은 쏙 빼셨죠. 그리고 17일에는 말씀하신 대로 가족분들과 처가에 간 건 맞더군요. 문 제는 중간에 통화를 한다고 나가서는 먼저 집에 가셨다는 거죠. 경찰에 진술하기 전에 가족분들과 말을 다 맞춘 모양인데, 경찰 이 거짓임을 알아냈습니다."

"그러니까 어떻게 알아냈냐고 묻잖아요. 뭐, 피시방이나 길거 리 CCTV? 그게 범행을 했다는 증거는 아니지 않습니까. 현장 에서도 영상은 안 찍혔다면서요."

"핸드폰 기지국 조사를 했습니다."

이 말을 하는 순간 사람들이 일순 조용해졌다.

이제 용의자들의 진술 시간은 끝났다. 지금부터 기중이 할 말 은 용의자들이 아무도 생각하지 못했을 이야기였다.

기중이 일어섰다. 모두가 고개를 들고 그를 올려다보았다.

기중은 이들을 처음 만났을 때부터 하고 싶었던 말을 내뱉었다.

"11일과 17일 각 사건 현장에서 사건 발생 시각에, 그 지역 기 지국에서 여러분들 모두의 신호가 잡혔습니다."

무서우리만큼 고요한 정적이 퍼져나갔다. 참가자들은 놀란 동시에 영문을 모르겠다는 표정을 지었다. 기중이 친절하게 확인 사살을 해주었다.

"사건이 발생할 때 당신들 모두가 사건 현장 주변에 있었다는 겁니다."

8월 17일. 목격 진술을 한 사람은 동네 약사였다. 그는 경찰서에 직접 전화를 걸었다.

피해자 강윤정이 살해된 지역은 미아동, 황종섭이 살해된 지역은 신림동 서원역 인근이다. 70대인 약사는 미아역 부근에서 30년째 약국을 운영해왔기 때문에 지리에 밝았고, 약국을 운영하면서 갖게 된 나름의 루틴이 있었다. 나이를 먹으면서부터 소화가 잘 안 되어서 저녁을 먹은 후에는 약국을 나와 주변을 걷는 것이었다. 아르바이트생만 남겨놓고 약국을 비우는 건 딱 그 15분이 유일했다.

이런 습관은 그날도 어김이 없었고, 약사가 15분간의 산책을 끝마치고 약국으로 돌아오던 길이었다. 이 더운 여름에 검은색 집업 후드를 걸친 누군가를 보았다. 기억에 남은 이유는 약사 자신처럼 속에 흰색 가운 같은 것을 받쳐입은 게 눈에 띄었기 때문이다.

후드 모자를 쓰고 있어 얼굴은 보지 못했다. 약국 앞 CCTV에도 담기지 않았다. 대신 골목에 주차되어 있던 차의 블랙박스가 그 일을 해냈다. 얼굴은 모자에 가려 보이지 않았지만 약사의 말대로 점퍼 안에 박스핏의 흰색 옷을 입고 있었다. 참가복이었다.

그 사진을 약사에게 보여주었더니 약사는 흥분하며 '그가 맞아요!'라고 소리쳤다.

경찰은 당시 팀별로 밀도 높은 수사를 진행 중에 있었다. 참가자 여섯 명이 사건이 발생할 때 모두 현장 주변에 있었다는 걸 알게 됐을 때 팀원 전체가 뒤로 넘어간 건 당연지사였다.

이 모든 게 우연이라고?

그럴 리가…….

상황이 더욱 복잡해졌다. 이 여섯은 모두 용의자이지만 모두가 범인인 것은 아니다.

기중은 그들이 어떤 알리바이를 주장하든 그날, 그 시각에 대한 내용은 거짓말이라는 걸 아는 채로 진술을 들었다.

참 재미있다고 생각했다. 어떻게 단 한 명도 거짓말을 하지 않은 사람이 없을 수가 있는지 말이다.

9

실험 3일 차 오후(3)

다들 충격으로 물든 얼굴이었다. 숨긴 걸 들켜서인지, 아니면 자신만 그런 게 아니라 놀라서인지는 알 수 없었다.

"알고 있었으면서 왜 우리를 떠본 겁니까?"

준성이 화난 목소리로 물었다. 수긍도 부정도 하지 않고 상대의 탓으로 몰아가는 방어적인 반응이었다.

"떠봤다고요?"

기중이 되묻자 이번엔 명우가 따지고 들었다.

"떠본 게 아니면 뭡니까? 애초부터 알고 있으니 사실을 말하라고 하면 됐던 거잖아요."

"거짓말을 해놓고 이렇게 당당할 수 있다니 놀랍군요."

이들의 뻔뻔한 진술을 들으면서 참았던 감정이 스멀스멀 기어나오려 했다. 기중의 얼굴이 일그러졌다.

답답하게 느껴지던 실험장은 이제 싸늘한 분위기에 휩싸였다. 참가자들은 서로 눈치를 살피느라 연신 눈동자를 굴렸다.

그들을 보면서 기중은 생각했다. 저들이 아는 사이일 가능성은 없다. 이미 과거에 어떤 인연도 없다는 건 철저하게 확인했다.

기중은 더 이상 궁금증을 참을 수 없었다. 대체 다들 거기서 뭘 하고 있었는지, 이젠 답을 들을 때가 되었다.

"계속 부인하면 불리해질 텐데요."

"범인이 아니기만 하면 되는 거 아닌가요? 거짓말이 뭐…… 그렇게 문제가 되나요?"

시연이 하얗게 질린 얼굴로 말했다.

기중이 실소를 터뜨렸다.

"대체 지금까지 단체로 진술을 왜 했다고 생각하시는 겁니까? 알리바이가 없다면 혐의에서 벗어날 수 없기 때문이죠. 이번엔 솔직하게 말씀해주시죠. 아니면 범인으로 볼 수밖에 없습니다."

참가자들 전원을 용의자로 취급하는 말투였다.

혼란에 빠진 이들을 보면서 기중은 확신이 섰다. 같이 움직인 건 아니라는 것. 각자 갔는데, 자신뿐만이 아니라는 건 지금 알았다는 것. 그렇다면 '어떻게'가 남는다.

한참 정적이 흘렀다. 그 누구도 먼저 입을 열지 않았다. 얼마나 더 시간이 흘렀을까, 시연이 눈을 질끈 감고는 자백하듯 말했다.

"……죄송합니다. 제가 돈에…… 돈에 눈이 멀어서……!"

여섯 명이나 되는 사람들을 한꺼번에 움직이게 하는 방법. 돈

만한 수단이 없기에 기중은 놀라지도 않았다.

"좀 더 자세히 말씀해주시죠."

시연이 모아쥔 두 손을 덜덜 떨며 입을 뗐다.

"······문자가 하나 왔어요."

"누구한테요?"

"주최팀한테서요."

"뭐라고요?"

기중이 반사적으로 물었다. 다른 참가자들은 꿀먹은 벙어리처럼 입을 닫고 있었다. 기중의 미간에 주름이 깊게 패였다. 이 분위기는 뭐란 말인가.

시연이 작은 목소리로 더듬더듬 말했다.

"실험의 연장선이라면서 몇 시까지 지하철역 사물함으로 오라고 했어요. 사물함을 열어보라고 비밀번호를 알려주길래 열었더니······ 거기에 돈 봉투가 있었어요."

기중은 자기도 모르게 와락 인상을 구겼다. 이게 대체 무슨 미친 소리란 말인가. 뒤에서 이런 상상도 못할 일이 일어나고 있었다고?

"그래서요?"

기중의 물음에 시연이 떨리는 숨을 내뱉었다.

"정말 홍 교수님은 전혀 모르시는 일이었나 보네요······. 아무튼 이런 실험이 정말 2주 동안 쉬는 줄 알았냐 하면서 그 돈을 가지라고 했어요. 그 돈을 가지든 가지지 않든 제 선택이라고······. 그래서 당연히 정말 실험이구나 생각했죠."

"그래서 어떻게 했습니까?"

"……고민하다가 그대로 뒀어요. 그 사람한테 아무리 실험이라고 해도 이런 수상한 돈을 가질 수 없다고 말했어요."

"그랬더니요?"

"알겠다는 답변이 왔어요."

시연은 처음보다 침착해진 목소리로 설명을 이어갔다. 연락은 사건이 일어나기 하루 전에 왔고 장소는 사건 현장과 인접한 지하철역이었다는 것, 거기서 사건이 일어났다는 건 2차 실험에 참가하고서야 알았다는 내용이었다.

"17일에는 사물함 앞에 도착하니까 전화가 왔는데요……. 일이 잘못 됐다면서…… 저보고 그 돈을 다 가지라고 했어요. 그걸 전부 제가 가지는 대신에 함구만 하라고 하더라고요. 함구의 조건이라고…….'"

내용이 점점 더 심각해지고 있었다.

범인일 것이다. 범인이 참가자들을 용의자로 만들기 위해 수를 쓴 거다.

기중은 슬쩍 다른 참가자들을 보았다. 그리고 알았다. 저들이 모두 같은 경험을 했다는 것을.

"그래서 돈은 가져갔습니까?"

"……그건 말하고 싶지 않아요."

듣지 않아도 알 만했다.

기중은 자리에서 일어나 허공에다 한숨을 터뜨렸다. 손을 허리춤에 올리고 호흡을 가다듬으며 라운지를 걸었다. 그러면서 참가자들의 표정을 하나하나 살폈다. 그러자 참가자들이 슬며시 시선을 피했다.

정신을 가다듬은 기중이 입을 열었다.

"목소리는요."

"남자였어요."

"아는 목소리였습니까?"

"아뇨, 모르는 목소리였는데, 평범했어요."

기중은 멈칫했다. '평범했다'는 말이 뇌리에 와 박혔다. 목소리가 어땠냐고는 묻지 않았다. 또한 평범한 목소리란 것은 대체 무엇인가.

"다른 분들은요."

기중이 모두 마찬가지라는 걸 안다는 듯이 묻자 참가자들이 미어캣처럼 고개를 들고 서로의 눈치를 살폈다. 그러나 이내 하나둘 고개를 젓기 시작했다.

상체를 더욱 움츠린 명우가 사람들을 둘러보며 입을 열었다.

"저기 그럼…… 저희가 다 거기에 있었다는 건가요? 못 봤는데……."

혼잣말처럼 작은 목소리였지만 이렇게 숨 막히는 정적에서는 또렷하게 들렸다.

출구가 여러 개니까 분산시켜서 지시했겠지. 기중은 생각했다.

뻔한 방식이었다. 이들은 모두 같은 지하철역으로 불려 나갔고 거기서 그저 행인으로 스쳐 지나갔을 것이다.

"범인이 머리를 많이 썼어. 완전히 놀아났다고……. 완전히……."

준성이 멍한 눈으로 중얼거렸다. 놀란 건 모두 마찬가지였지만 그중에서도 준성이 유독 큰 충격에 빠진 듯했다.

그때 석구와 현서가 기중에게 다가왔다.

"잠깐 쉬고 저희끼리 얘기를 나누는 게 어떻겠습니까?"

석구가 물었지만 기중은 멈춰 선 채 생각에 잠겼다.

그가 참가자들을 돌아보며 말했다.

"돈 봉투엔 얼마나 들어 있었습니까?"

"……."

"그걸로 죄를 묻진 않으니 말씀해주시죠."

명우가 더듬더듬 말했다.

"첫 번째 돈 봉투엔 50만 원이 들어 있었어요. 두 번째는 500만 원이요."

명우의 대답을 들은 순간 기중은 '금액이 너무 뛰었어'라고 생각했다.

"남자 목소리였다면 여기서 여자분들은 배제되는 거예요?"

윤기가 손을 들고 물었다. 기중이 고개를 저었다.

"아뇨. 변조를 했을 수도 있으니 속단할 수는 없습니다. 혹시 그 통화를 녹음해 두신 분 있습니까?"

모두가 고개를 저었다.

"사업하는 분들이 녹음을 안 한단 말입니까?"

기중이 황당해하자 명우가 대답했다.

"업무용 폰을 따로 써서 거기에만 설정을 해뒀거든요."

그 외에 여기저기서 '저는 아이폰이라서요' 하는 소리가 들렸다.

준성이 뭔가에 홀린 것처럼 허공에다 대고 말했다.

"우리 신원 정보를 어떻게 알았는지가 이제야 풀리네요. 주최팀 안에 범인이 있었으니까 가능했던 거예요."

갑자기 뭔가를 알아챈 듯 그의 눈빛이 빛났다.

"우리들 중에는 범인이 없는 거라고요!"

"아뇨. 범인은 주최팀을 사칭했을 뿐, 주최팀이 아닌 바로 여기에 범인이 있다는 건 변함이 없습니다."

"그게 무슨 말입니까? 누가 봐도 뻔한 건데?"

준성이 어이없다 못해 짜증이 난다는 말투로 물었다.

"지난 수사 결과 참가복에 손을 댈 수 있는 건 참가자분들뿐이었고 정황상 주최팀 안에는 범인이 없다는 게 확실하기 때문입니다. 참가복에 마지막으로 손을 댄 60대 여성 청소 직원조차 무고하다는 게 드러났고요. 왜냐면 그때는 이미 옷 한 벌이 사라진 뒤였거든요. 이건 전적으로 절 믿으셔도 됩니다."

"그럼 범인은 여전히 우리 중에 있고 그냥 사칭한 거라고요?"

민주가 소프라노 톤으로 목소리를 높이며 되물었다.

"그럼 다시 원점이네요. 범인은 이 안에 있다…… 범인이 주최팀인 척 전화를 걸어 참가자 전체를 용의자로 만들었다……."

명우가 중얼거렸다. 준성이 불안정하게 흔들리는 눈으로 그를 쳐다보았다.

"그러니까…… 저희를 모두 용의자로 만들려고 수를 쓴 거네요."

시연이 상황 정리를 하듯 읊조렸다. 민주가 벌떡 일어나며 동조했다.

"그거네요! 그 시간에 자기가 알리바이 없는 걸 우리한테 물어가려고 한 거예요! 모두가 알리바이가 없도록 만든 거죠!"

모두 같은 생각이라는 듯 고개를 끄덕였다. 미쳤네, 치밀하네, 같은 웅성거리는 소리가 나왔다.

"그럼 그 돈은 뭐죠? 범인이 돈이 많은 사람인가?"

명우가 고개를 갸웃거리며 한 말이 기중의 귀에 꽂혔다. 맞는 말일 것이다. 놈은 부유하고, 명예와 과시하는 것을 중요시하는 부모를 두었을 것이고, 그 밑에서 억압되고 멸시당하며 자랐을 거라는 것.

직업적으로 가장 가능성이 높은 자가 있다면……. 기중은 자연히 윤기에게 눈이 갔다. 윤기는 턱을 괴고 앉아 고민에 빠져 있었다. 무슨 행동을 하든 자연스럽지 못하고 과장된 느낌이 드는 부류.

현재로선 윤기가 가장 가능성이 높았다. 장사를 하면 현금 만질 일이 많고 직장인들보다 목돈을 가질 기회도 많다. 장사가 안 돼서 힘드네 어쩌네 면접 때 했던 이야기는 얼마든지 지어낼 수 있으니 신경 쓸 가치는 없다.

기중은 눈으로 참가자들을 죽 훑었다. 준성이 초점 없는 눈으로 혼잣말을 했다.

"그러니까 진짜 살인만을 위해서 여기 온 거라고……."

일전에 기중이 했던 말을 두고 한 말이었다. 그는 충격을 크게 받았는지 딴사람처럼 굴고 있었다. 저변에 깔린 것은 아마도 두려움일 것이다. 혹은 연기이거나.

째깍째깍 시간이 흐를수록 기중은 속이 타들어갔다. 지나치게 꼬여 있었다. 어떤 사건이든 실상을 알고 나면 간단할지라도 풀어나가는 과정은 말이 되지 않는 것들 투성이다. 여러 요소와 인물, 상황이 복잡하게 얽혀 있어 미지의 세계로 보인다. 모든 사건이 마찬가지다. 그런데 이 사건은 지금까지 그가 겪어온 사건 중에서도 가장 이상하고 어려웠다.

"근데 왜 그렇게 번거로운 방식을 택했을까요?"

민주가 의문을 제기했다.

"우리를 다 용의자로 만들어야 자기를 감추기 쉬우니까 그런 거겠죠."

시연이 작지만 단호하게 대답했다.

"애초에 범행을 할 때 그 옷을 안 입었으면 되는 거잖아요."

민주가 말했다.

"피해자 둘 다 참가자였잖아요. 한 명도 아니고 두 명이면 어차피 무조건 참가자가 범인인 걸 알아챌 텐데 안 할 이유도 없었겠죠."

답답하다는 듯 의문의 불씨를 꺼트린 건 명우였다. 그러더니 누가 나서기 전에 얼른 이어서 말했다.

"이만큼 했으면 홍 교수님도 저희한테 알아낼 만큼 알아낸 것 같은데요. 저희가 여기서 더 할 게 있습니까?"

기중은 한숨이 터져나오려는 것을 참고 싸늘하게 말했다.

"상황 파악이 안 되셨군요. 지금 이 시간부로 당신들 모두 용의자 혹은 공범이 되셨습니다."

모두 황당하다는 듯 입을 떡 벌렸다. 준성과 윤기는 벌떡 일어서기까지 했다. 뭐라고요! 항의가 빗발쳤다.

"돈을 받은 시점까지는 몰랐다고 하더라도 여기서 알게 된 후에도 거짓말을 하셨죠. 전부 공범에 방조죄에 은닉죄까지 해당될 수 있습니다."

모두가 기막히다는 듯 입을 다물지 못했지만 받아치지는 못했다.

"앞으로는 사실만 말씀하시는 게 좋겠습니다. 이곳에서 무사히 나가고 싶다면 말이죠."

기중은 일부러 사람들을 자극했다. 명우는 모멸감을 참느라 얼굴이 잔뜩 굳어 있었다. 윤기와 수호는 혈기왕성한 나이답게 당신은 뭐가 그렇게 당당하냐며 항의했고, 민주도 가세해 무어라 쏘아댔다. 시연은 입을 꾹 다문 채 화를 참는 듯했다. 문제는 준성이었다. 준성이 금방이라도 폭발할 듯이 기중을 노려보며 말했다.

"보자 보자 하니까…… 공범? 용의자? 당장 그 말 취소해."

노준성이 범인이라면, 살인을 촉발하는 요소는 분노일까. 그렇다면 그 분노의 발로는 무엇일까. 기중은 속으로 '해봐. 어떻게 반응할거야'라고 생각하며 대답할 말을 찾았다.

"사실을 말씀드린 겁니다."

"취소하라고!"

소리를 지르며 준성이 벌떡 일어섰다. 주먹이라도 날릴 기세였지만 기중은 아랑곳하지 않았다. 기어이 달려들어 우악스럽게 기중의 멱살을 잡았다. 예상한 바라 기중은 허탈할 정도였다.

"놓으시죠."

"지금까지 우리가 너 하란 대로 안 한 게 뭐야. 어? 불법으로 사람을 가둬놓고 협박하더니 말 한 번 잘못했다고 범인이다? 이거 아주 미친 새끼 아니야!"

"이런 행동은 당신한테 도움이 안 될 겁니다."

"누구 맘대로 내가 용의자냐고! 우리 풀어줘! 불법인 주제에 뭐가 이렇게 당당해!"

기중이 준성의 손을 움켜쥔 채 말했다.

"불법이니까 풀어줄 이유도 없죠. 말씀드렸다시피 계약서에 기재된 일주일은 지킬 겁니다."

"이 새끼가 끝까지!"

준성이 으아악, 소리를 지르며 기중을 밀어붙였다. 기중이 저항 없이 밀리면서 둘이 중심을 잃었다. 두 남자의 육중한 몸이 우당탕탕 쓰러졌다. 설치된 카메라와 부딪치면서 삼각대가 흔들렸다. 참가자들이 내지르는 소리도 뒤섞여 들려왔다. 그야말로 난리통이었다.

준성이 기중의 몸에 올라타 팔꿈치로 목을 짓눌렀다.

"지금 당장 저 문 열어."

기중이 켁켁거렸다. 얼굴이 금세 붉어졌다. 기중은 간신히 고개를 틀어 벽시계를 쳐다보았다. 벌써 밤이었다. 사무실은 지금 비어있을 시간이었다. 수사 과장이 주최팀 직원들을 모두 데려 가버린 터라 자신의 측근인 후배 형근 혼자 사무실을 맡고 있는 실정이었다. 보안요원은 핸드폰으로 직접 연락하지 않는 이상 나타나지 않을 것이다. 지금 이 고조된 분위기를 가라앉힐 방법 이 떠오르지 않았다. 상시 모니터링이 이루어지지 않는다는 것 까지 알게 되면 얼마나 더 난리를 칠까.

"그만해요!"

누가 소리쳤다. 이 말에 정신을 차린 참가자들이 준성을 뜯어 말리기 시작했다.

"내 말 안 들려! 당장 저 문 열라고!"

기어이 준성의 주먹이 올라갔고 기중의 고개가 돌아가며 코 피가 터졌다. 꺄악, 하는 여자들의 비명이 날카롭게 터져나왔다.

"이제 그만 좀 하라고 제발! 네놈이 뭔데 사람을 살인마 취급 을 해, 어!"

한 번 더 주먹을 먹이려다 말고 준성이 손을 기중의 바지주 머니로 가져갔다. 한 손으론 목을 누르고 다른 손으로는 바지를 더듬었다. 기중의 핸드폰을 찾는 것이다. 그러나 곧바로 남자 참 가자들에게 붙들려 뒤로 벌러덩 넘어갔다.

"놔! 놓으라고요! 당신들은 화도 안 나?"

"일단 진정 좀 하시라고요!"

윤기가 준성에게 버럭 소리를 질렀다. 준성이 윤기보다 훨씬 연장자였지만 지금은 오히려 윤기가 어른 같았다.

준성은 석구까지 포함한 남자 넷에게 붙잡혀서도 씩씩대며 기중을 노려보았다.

기중은 입가를 대충 문질러 피를 닦아내곤 옷을 툭툭 털어내 며 일어섰다.

현서가 기중을 부축하려 했다. 기중은 현서의 손을 밀어내며 흐트러진 호흡을 가다듬고는 입을 열었다.

"늦었으니 오늘은 일단 여기서 마무리하기로 합시다. 식사는 준비되어 있으니 저녁 드실 분들은 드시고요."

아무 일도 없던 것처럼 태연한 말에 참가자들이 굳어버렸다. 석구와 현서도 방으로 들어가는 기중을 거수경례조차 잊어버린 채 멍하니 쳐다볼 뿐이었다.

기중은 잠깐 침대에 누웠다가 다시 일어나 태블릿을 꺼내들 었다. 형근에게 미리 부탁해두었던 하루치 카메라 영상이 도착 해 있었다.

기중은 방금 준성의 표정을 떠올렸다. 분노와 두려움으로 점 철된 그 얼굴은 사람을 죽이는 순간에는 어떤 표정으로 변할까, 궁금해졌다. 처음 이미지와 다르게 감정적이고 다혈질 성격을 지닌 본모습을 본 건 나쁘지 않은 일이었다.

십 년 넘게 분석해왔지만 기중은 '놈'에 대해 많은 걸 알 수는 없었다. 여전히 미지의 존재를 쫓고 있는 기분이었다. 배경이나 살해 동기, 범행 방식, 성격 같은 걸 아무리 철저하게 분석해도 직접 만나지 않는 이상 한계는 분명했다.

지금까지 준성은 유력한 용의자는 아니었다. 하지만 이제는 조금 생각을 달리해야 할 때인지도 모른다. 스트레스가 치솟는 극한의 상황에 몰릴수록 범인은 본모습을 드러낼 확률이 높아진다. 그 순간을 놓치지 말아야 한다. 조금 전 준성이 보인 행동이 그런 류의 것이었다.

기중은 이제 머릿속에서 준성을 밀어내고 다른 생각에 돌입했다. 오늘 하루 중 그를 가장 놀라게 했던 주최팀 사칭 건에 대해 생각을 정리할 시간이었다.

50만 원으로 시작해 500만 원이라…….

놈은 '문간에 발 들여놓기' 수법을 썼다. 처음에는 50만 원밖에 안 되는 작은 돈이었지만 참가자들이 거기까지 가서 돈을 갖거나 갖지 않는 경험을 하게 만들었다. 응했던 사람은 한 번 했기 때문에 두 번째는 더 쉬웠을 것이고, 거절했던 사람은 아마 집에 돌아가서 두고두고 후회했을 것이다. 그런데 딱 6일 만에 또 기회가 온 것이다. 그것도 열 배나 더 큰 돈으로. 그걸 놓칠 사람은 없다고 봐야 한다. 거기다 어차피 눈먼 돈이다. 실험을 '당했을' 뿐 죄가 없다는 생각이 그들을 움직였을 것이다. 만약 일이 잘못된다 해도 그저 시키는 대로 했다고 하면 그만이다. 그 지역에서 해당 시간에 살인사건이 일어났다는 걸 알게 되고서도 끝까지 말하지 않은 것도 참가자들 입장에서는 당연한 심리였으리라.

이 모든 게 놈의 철저한 계산으로 빚어졌다.

놈이 처음엔 문자를 이용하고 두 번째는 전화를 이용한 이유를 유추하는 것도 어렵지 않았다. 두 번 다 전화를 하기에는 녹음이나 추적의 위험 부담이 있었을 것이다. 전화는 딱 한 번 필요한 때만 한 것이다. 전화를 한 건 상황을 이해시키고 자신을 믿게 하기 위해서일 거고. 인간은 생각보다 단순해서 목소리를 듣거나 얼굴을 맞대면 쉽게 믿어버리는 경향이 있다.

저 안에 범인이 있다는 사실은 변하지 않았다. 바로 저 안에, 지난 십 년 동안 그가 분석해온 특성과 부합하는 자가 있다. 이러한 결과를 도출하기 위해 분명한 기준을 가지고 참가자들을 선정했다.

당시에 놈은 근거리에 한정해 살인을 저지르는 고정성 연쇄살인 유형으로, 같은 지역에서만 살인을 저질렀다. 분명 놈의 거주지는 그 부근에 있었을 것이다. 그래서 몇만 명의 지원자들 중 십 년 전 거주지가 그 부근이었던 사람들만 추렸다. 실제 주소지가 달랐을 가능성은 염두에 둘 필요도 없었다. 놈은 누군가와 함께 살 수 있는 인간이 아닐 테니까. 독거 중인 단독 범행.

누구일까?

기중은 태블릿을 쥔 손에 더욱 힘을 주었다. 수면 부족으로 충혈된 눈이 천근만근 무거웠다. 심호흡을 하고 눈을 부릅떴다. 이어폰을 끼고 영상을 켜서 타임라인을 넘겨 라운지가 한창 뜨거웠던 때를 찾았다. 태블릿 화면에 고정한 그의 눈이 한순간도 놓치지 않겠다는 듯 형형히 빛나기 시작했다.

날마다 종일 범인에 대해 생각하는 건 자기 자신을 잃어가고 그와 동일시되어 가는 단계를 거친다. 기중은 자신도 점점 검은 색으로 물들어간다고 느끼며 눈을 감았다. 그놈을 잡을 수만 있다면 검은색이 되어도 상관없었다.

라운지에 남은 참가자들은 멀뚱거리며 서로의 얼굴만 쳐다보고 있었다.

주저앉아 있던 준성이 일어났다. 화장실 좀 다녀오겠다고 중얼거리며 방으로 들어갔다. 참가자들이 그제야 소파로 가서 앉았다. 다들 지쳐 있었다. 하지만 식사를 하러 가거나 쉬러 들어가겠다고 하는 사람은 없었다.

정말 화장실만 다녀온 건지 준성이 다시 나와 소파에 앉았다. 그때까지 입을 연 사람은 없었다.

"아무리 그래도 무작정 주먹부터 쓰시면 어떡합니까."

명우가 힐난하듯 말했다. 그래도 걱정에서 우러나온 말이라 그런지 준성은 별 반응이 없었다.

"용의자라니 말도 안 돼요. 전 아니거든요?"

윤기가 손을 들고 말했다. 딱히 대꾸할 말도 떠오르지 않아 명우는 가만히 있었다. 아무도 대답이 없자 윤기가 민망한지 헛기침을 두어 번 하더니 말을 이었다.

"우리가 말을 안 한 건 맞지만 솔직히 우리도 저들을 믿을 수 없는 건 똑같지 않아요? 왜 우리만 죄인 취급이지?"

"어?"

갑자기 누군가 놀란 소리를 내서 명우는 눈을 치켜떴다. 소리의 근원지는 민주였는데 어딘가에 시선을 빼앗긴 채 의식하지 못하고 흘린 소리인 듯했다. 아까 준성의 폭행이 있던 그 자리였다.

"저거 카메라 꺼져 있는 거 아니에요? 빨간불이 없는데?"

민주가 일어나 천천히 카메라로 다가갔다. 다들 무슨 의미인지 몰랐지만 명우는 알아차렸다. 이 실험장에 있는 촬영용 카메라들은 빨간불이 켜져 있었다. 그런데 민주가 가리킨 2번 카메라는 지금 아무 불빛도 보이지 않았다.

"보는 각도에 따라 다른 거 아니에요?"

수호가 물었지만 민주는 이미 카메라 상태를 살피고 있었다. 민주가 조심스럽게 버튼을 밀었다. 그러자 빨간불이 들어왔다.

"이거 꺼져 있었는데요?"

민주가 놀라 소리쳤다. 참가자들도 하나둘 카메라 앞으로 다가섰다.

"이게 전원 버튼인데 이걸 이렇게 밀면, 보세요."

민주가 손수 다시 버튼을 밀어서 카메라를 끄고는 상태를 보여주었다.

"카메라가 꺼져 있었다고?"

앉아서 지켜보던 준성이 벌떡 일어나며 소리쳤다. 움직임이 커서 순간 시선을 모았다. 겨우 진정되던 신경이 다시 곤두선 듯했다. 윤기도 카메라를 확인하고 소리쳤다.

"헐, 진짜 꺼져 있었네?"

"제가 좀 보겠습니다."

석구가 나섰다. 그 뒤에 선 현서도 얼떨떨한 표정이었다. 모두의 시선이 둘에게 향했다.

"뭐가 이래요."

수호가 석구를 향해 힐난조로 말했다.

명우는 가만히 상황이 돌아가는 꼴을 지켜보았다. 지금 여기엔 살인마와 카메라를 끈 범인, 두 사람이 섞여 있다. 아니면 동일인이거나. 대체 무슨 일이 벌어지고 있는 걸까.

2번 카메라를 살피던 석구가 현서에게 다른 카메라를 확인하라고 지시하고 본인은 1번 카메라로 향했다. 기중의 방 쪽 구석에 있는 카메라였다.

"나랑 같이 갑시다. 믿을 수가 있어야지."

준성이 석구를 쫓아갔다. 그러자 시연이 눈치껏 현서를 쫓았다.

"여기는 켜져 있습니다."

"여기도요."

석구와 현서가 동시에 말했다. 현서가 확인하러 간 카메라는 다이닝룸과 라운지 사이의 공간을 비추는 3번 카메라였다. 이내 다이닝룸에 있는 4번 카메라도 확인하겠다고 가더니 잠시 후 돌아와서는 멀쩡하다고 했다.

"이 카메라만 누가 끈 거잖아요! 누구예요? 누가 카메라를 껐어요?"

민주가 소리쳤다. 심란한 분위기가 번져갔다.

"아까 난리 났을 때 부딪치면서 꺼진 거 아니에요?"

수호가 준성의 눈치를 살피며 말했다.

"넘어진 것도 아닌데 카메라가 혼자 꺼졌을 리는 없죠! 심지어 이거 밀어서 *끄고* 켜는 형태라고요."

목소리를 높이던 민주가 화살을 두 경찰에게 돌렸다.

"관리자잖아요. 어떻게 카메라가 꺼진 것도 모를 수가 있어요?"

"죄송합니다. 미처 몰랐습니다."

"카메라가 꺼질 거라고는 생각 못 해서 저희가 부주의했습니다."

석구와 현서가 차례로 대답했다. 당황해하는 그들의 얼굴도 죽상이었다.

윤기가 허리춤에 손을 올리고 나섰다.

"누가 껐어요? 설마 경찰 선생님들 두 분은 아니시죠?"

"예? 그럴 리가요!"

"절대 아닙니다!"

석구와 현서가 펄쩍 뛰며 손사래를 쳤다.

"아니, 근데 카메라를 끌 이유가 대체 뭐가 있죠?"

도무지 이해가 안 되는 듯 수호가 미간을 찌푸리며 물었다.

"뭔 짓 하려는 거 아니겠어?"

준성이 부리부리해진 눈으로 말했다. 수호가 '왜 반말이야' 하는 불쾌한 눈으로 쳐다보았다.

"누구냐구요. 자진해서 나오세요. 안 그럼 저 카메라 돌려볼 수밖에 없어요?"

민주도 허리춤에 손을 올리고 말했다.

"근데 어느 틈에 끈 거죠? 저기서 누가 얼쩡거리는 거 본 사람 없어요?"

윤기가 물었다. 그러자 수호가 긴 다리를 넓게 벌려 꼿꼿하게 서더니 팔짱을 끼고 대답했다.

"아까 난리통이었을 때겠죠! 몰래 끈 거라면 그때가 안 들키기 좋은 때잖아요."

"그 전에 진작에 꺼져 있었을 수도 있잖아요?"

"카메라 돌려보면 알겠네! 누가 껐는지 찍혔을 거 아니에요."

"다들 뒤섞여 있었으니 아마 누가 껐는지는 안 찍혔을 걸요. 바보도 아니고. 뭐, 언제 꺼졌는지 정도는 나오겠죠."

수호가 무심해 보일 정도로 덤덤하게 말했다.

"아, 진짜 또 이게 뭐냐고, 시발!"

윤기가 두 손으로 제 머리를 쥐어뜯으며 소리쳤다.

소름 끼치는 상황이 계속되자 명우는 이제 좀 질리는 기분이 들었다. 끝을 알 수 없는 미로에 갇힌 기분이었다.

그때 민주가 새로운 의문점을 제시했다.

"근데요, 이상하지 않아요? 왜 주최팀은 아무 연락이 없는 거죠?"

격앙되던 분위기가 가라앉았다. 뭔가 이상하다는 걸 이제 알아차린 것이다. 명우도 마찬가지였다. 주최팀은 항시 모니터링을 한다고 했다. 물론 불법적으로 강행된 실험이라는 건 알지만 상시 모니터링에 대해 의심해본 적은 없었다.

"상시 모니터링도 거짓말이었던 거 아니에요? 이거 뭐 진실된 게 하나도 없잖아!"

민주가 팔을 휘적거리며 소리치는데 어느새 기중이 나와 있었다. 눈이 충혈되고 몹시 피곤해 보이는 몰골이었다.

"무슨 일이죠?"

민주가 2번 카메라와 스피커를 삿대질하면서 말했다.

"이 카메라가 꺼져 있었는데도 주최팀이 모르고 있는 거 같은데요! 상시 모니터링한다는 거 거짓말이었죠!"

기중이 지친다는 듯 손바닥으로 얼굴을 쓸어내렸다.

"아, 그건 죄송하지만 밤에는 무인으로 돌아가게 해두었습니다. 아시다시피 합법이었던 1차 때처럼 인력이 많지가 않아서요. 모니터링 직원은 오전 6시에 출근해서 밤 9시에 퇴근합니다. 근데 카메라가 꺼져 있었다고요?"

뻔뻔한 말에 참가자들이 어이없다는 듯 헛웃음을 터뜨렸다. 그렇게 안전하다고 하더니 사실은 불법인 데다 감시요원도 상주하는 게 아니었던 것이다. 더 이상은 보고만 있을 수 없었다. 명우가 일어섰다. 그리고 최대한 정중하게 말했다.

"이건 아니죠, 홍 교수님! 불법 실험인 것까지도 참았는데 상시 대기가 아니라뇨!"

"모니터 직원은 퇴근하지만 보안요원은 24시간 대기가 맞습니다. 제가 호출하면 10초 내로 달려올 겁니다."

"어쨌든 우리를 지켜보는 사람은 없다는 거잖아요!"

"녹화 중이고요. 밤에는 다들 방에 들어가 계시니 문제없다고

봤습니다."

"아무리 그래도! 근데 들켜놓고 뭐가 이렇게 당당해요? 아까 우리보고 당당하니 뻔뻔하니 어쩌고 하더니 어이가 없네?"

윤기가 반박하려는데 기중이 말을 끊었다.

"이렇게 일일이 반응해봐야 여러분들만 피곤해질 뿐입니다."

"당신의 그런 안일한 처치들이 열받는다는 거잖아요! 어떻게 이럴 수가 있습니까!"

준성이 소리쳤다.

"최대한 안정을 보장했지만 그 이상은 불필요하다고 판단했습니다. 여러분도 어느 정도 감안하고 참여하신 것 아닙니까?"

"아, 제 발로 뛰어든 거니까 뭐든지 다 감안해라? 그냥 우리를 체스의 '말' 정도로나 보는 말투네?"

준성이 받아쳤다.

"스스로 먼저 그렇게 말씀하시니 제가 뭐라고 말씀을 드려야 할지 모르겠군요. 아무튼 여러분들만 그런 게 아니라 진 경사와 이 순경도 마찬가지입니다. 물론 저도 포함되고요."

명우가 보기에 기중도 준성 못지않게 위태로워 보였다. 아마도 누적된 피로가 그의 통제력을 방해하고 있는 듯했다. 아니, 아니야. 명우는 고개를 저었다. 어쩌면 애초에 상황을 다 계산해놓고 기중이 의도적으로 긁는 걸지도 모른다.

"어떻게 된 건지 상황 보고해."

기중이 조금 잠긴 목소리로 석구와 현서에게 말했다. 석구가 기중에게 다가와 귀에다 대고 간단하게 상황을 설명했다. 그러는 동안 명우는 슬쩍 참가자들을 둘러보았다. 안전감을 잃은 이들의 표정은 판박이다 싶을 만큼 똑같았다. 나도 지금 저런 표정일까? 명우는 궁금해하며 털썩 소파에 앉았다. 서 있을 힘이 더는 남아 있지 않았다. 그때였다.

"꺄악!"

느닷없는 비명 소리에 모두가 움찔 놀라 소리 난 방향으로 고개를 돌렸다.

준성이 바로 옆에 서 있던 민주를 제압하고 목에 흉기를 대고 있었다. 눈썹칼이었다. 칼날이 닿은 부위에서 피가 배어 나오는 걸 보고 참가자들이 경악하며 뒤로 물러섰다.

눈썹칼은 크기는 작아도 힘을 주어 그으면 피부가 깊게 파여 심각한 부상을 입을 수도 있다. 급소라면 충분히 치명상을 입힐 수 있었다.

명우도 벌떡 일어났다. 참가복에는 주머니가 없는데 언제 저걸 가지고 있었던 건가 생각하던 명우는 문득 준성이 화장실에 간다며 방에 들어갔던 걸 떠올렸다. 만일에 대비해 무기를 챙겨 가지고 나온 것이었나. 워낙 작은 물건이라 소매 같은 데 숨겼다면 아무도 눈치를 못 챌 법도 했다.

"이런 곳에 더는 못 있어! 문 열어, 당장!"

명우의 머릿속에 이곳은 더 이상 안전한 공간이 아니라는 적신호가 울렸다. 원래도 안전한 곳은 아니었지만 적어도 서로를 위협하는 곳은 아니었다.

준성의 눈이 희번덕거렸다. 누구보다 똑똑하고 예리하던 그는 지금 누구보다 제정신이 아니었다.

"그거 내려놓으세요."

지금껏 본 적 없는 기중의 표정이 지금 이 사태가 얼마나 심각한 건지 말해주고 있었다.

"딴소리 말고 지금 당장 문 열라고! 감시 카메라도 없는 이런 곳에 단 1분도 있기 싫어. 내가 이런 취급을 당해야 될 이유도 없고!"

"잠시 꺼졌을 뿐이고, 지금은 다시 작동 중이에요. 진정하세요."

기중이 준성을 진정시키려 애를 썼다. 그 모습을 보고 있자니 명우는 새삼 그도 사람이구나 싶었다.

준성이 기중을 똑바로 노려보며 칼날을 더욱 깊게 눌렀다. 민주의 목에서 새빨간 피가 더 많이 배어 나와 칼날에 맺혔다. 사람들 입에서 비명이 터져나왔다.

그때 석구가 기중과 현서를 향해 슬쩍 눈짓을 보냈다. 다른 사람들은 보지 못했을지 몰라도 위치상 명우에게는 보였다. 무슨 신호인지는 모르지만, 석구가 준성에게 한 걸음 다가가며 말했다.

"그 칼 내려놓으세요. 칼 내려놓으시면 문 열어드리겠습니다."

"하! 니가 무슨 권한으로?"

민주가 눈물을 줄줄 흘리며 울부짖었다.

"무, 문 열고 이 사람만 내보내면 되잖아요! 제발!"

준성이 칼을 댄 채 민주를 데리고 물러서기 시작했다. 계속 뒤로 가면 STAFF ONLY 문에 닿을 것이다. 아마 거길 노리는 듯했다. 저 문이 어디로 통하는지는 참가자들은 모른다. 하지만 반대편에 있는 출입문으로는 갈 수 없으니 차선으로 택한 듯했다.

"열어드릴게요! 열어드릴 테니까 진정하세요."

"너 한 걸음만 더 오면 애 죽어! 넌 빠지고 홍기중이 말해."

슬금슬금 다가가던 석구가 멈추었다. 그사이 현서는 다이닝룸 방향으로 움직여 준성에게 다가가고 있었다. 준성의 시야 밖인 뒤쪽을 노리는 것이다.

민주는 얼굴이 눈물 콧물 범벅이었다. 참가자들은 모두 얼어붙어 있었다. 명우는 이 순간 다른 참가자들도 자신과 같은 생각을 하고 있을 거라 생각했다. 이 사건을 계기로 여기서 풀려나기를 바라는 마음.

그때 현서가 준성에게 달려들었다. 현서가 노린 건 준성의 눈이었다. 손으로 눈을 덮어 세게 누르는 동시에 머리통이 손잡이라도 되는 것처럼 무게를 실어 매달리자 준성이 중심을 잃고 휘청거렸다.

준성이 고통스럽게 외마디 소리를 질러댔다. 민주에게서 손이 떨어졌다. 석구와 기중이 동시에 달려들어 눈썹칼을 빼앗아 저 멀리 던지고 곧바로 제압했다.

완력이 있어 보이는 석구라도 죽기 살기로 몸부림치는 성인 남자를 제압하기는 쉽지 않았다. 수호와 윤기까지 달려들어 합세했다. 명우도 몸을 던졌다.

남자 다섯이 준성의 팔과 다리, 허리와 머리를 누르자 준성은 이제 꼼짝하지 못했다. 거친 숨만 몰아쉴 뿐이었다.

준성의 숨소리가 잦아들기를 기다렸다가 기중이 물었다.

"카메라, 노준성 님이 껐어요?"

"내가 미쳤어! 나 아니야! 이거 봐!"

준성이 이를 악물고 소리쳤다. 기중이 현서를 불러 카메라를 가져오라 지시하고 몸을 일으켰다. 남자 넷이 기중을 쳐다보며 지시를 기다렸다.

"노준성 님은 당분간 방에 감금합니다."

"감금? 씨발, 미쳤어! 봐!"

지시가 부당하다고 여기는 사람은 준성밖에 없었다. 아무도 이의를 달지 않았다.

"죄송하지만 의자에 고정하겠습니다. 모두의 안전을 위한 결정이니 양해해주시죠."

기중의 얼굴에는 말로 형언할 수 없는 미묘한 표정이 떠올라 있었다. 어떤 감정인지 알 수 없었다.

"석구, 청테이프 가져오고, 다들 노준성 님을 의자에 묶어주세요."

10

실험 3일 차 오후(4)

"여러분들이 대신 인질이 되거나 방심한 사이에 저 칼에 당하고 싶은 게 아니라면 지시에 따라주세요."

따르고 싶지 않지만 거부하고 싶지도 않은 마음. 팽팽한 양가 감정을 느꼈지만 명우는 이미 답을 내렸다. 이런 위험한 사람을 그냥 둘 수는 없다고.

다들 같은 생각을 한 걸까. 모두 석구가 가져온 청테이프로 준성을 의자에 묶었다. 아무리 몸부림쳐도 남자 다섯을 이길 수는 없었다. 결국 준성은 의자에 묶인 채 방에 갇혔다. 마지막에 문을 닫고 나온 사람은 명우였다. 풀어달라고 마구 몸부림치는 소리도 문 안으로 사라졌다.

라운지 소파에서도 준성이 발악하는 소리가 들렸다. 민주는 휴지로 목을 지혈시키며 숨을 몰아쉬고 있었다. 아무도 민주에게 괜찮냐고 묻지 않았다.

시간이 좀 지나자 지쳤는지 준성의 소리가 잦아들었다.

"저분은 저걸 어떻게 갖고 들어온 거죠?"

수호가 석구와 기중을 번갈아 노려보며 물었다. 석구가 나서려 하자 기중이 손을 내저으며 대신 말했다.

"수염 때문에 염증이 있다고 의사 소견서를 가져와 특별히 허락한 거였습니다. 면도칼보다는 안전하겠다 싶어 눈썹칼로 합의를 봤고요."

"잠깐! 그, 그럼 지금 다들 그런 식으로 무기 하나씩 갖고 있는 거 아니에요? 나만 진짜 빈손으로 들어온 건가?"

벌떡 일어나 빽 소리친 사람은 윤기였다. 여차하면 도망이라도 칠 자세였다. 기중이 고개를 저었다.

"노준성 님 말고 예외를 둔 사람은 없었어요."

"방에서 뭐라도 무기로 만들어 갖고 있을 수도 있는 거 아닙니까?"

명우가 자연스럽게 떠오른 생각을 말했다.

준성의 돌발행동으로 다들 불안해 보였다. 당장 모두 몸수색이라도 하자는 의견이 나왔고, 결국 남성 참가자들은 석구가, 여성 참가자들은 현서가 검사를 진행했다. 다행히 무기가 될 만한 건 아무한테서도 나오지 않았다.

"이제 그만 자수하시죠? 카메라 끈 사람."

상황이 일단락되자 민주가 목에서 휴지를 떼고 지혈이 됐는지 확인하면서 말했다.

"나오겠어요? 그럼 본인이 살인범이라고 자수하는 꼴인데?"

수호가 반항적으로 눈을 치켜뜨고 말했다. 그때 현서가 지시받았던 2번 카메라를 건넸다.

천장형인 3, 4번과 다르게 1, 2번 카메라는 스탠드 설치형이어서 통째로 가져올 수 있었다.

기중이 모두가 보는 앞에서 카메라에 달린 액정화면으로 녹화된 영상을 재생했다.

녹화가 끝난 지점은 예상대로 준성으로 인해 난리가 났을 때였다. 기중이 넘어가고 준성이 주먹질을 하고 사람들이 우르르 몰려온 그때. 렌즈 바로 앞에서 어지럽게 왔다갔다 하는 허리춤만 찍혀 누가 누구인지 알 수는 없었다. 그러다 녹화가 끝났다. 카메라가 넘어지지도 않았는데 녹화가 중단된 것이다. 누가 껐는지는 화면에 잡히지 않았다. 확실한 건 엉켜 있던 기중과 준성 그리고 소파에 있던 명우는 제외였다.

"어? 경찰 오빠 아니에요?"

민주가 손가락으로 화면을 가리키며 소리쳤다. 그러곤 석구를 가리켰다.

모두 어리둥절한 얼굴로 두 사람을 번갈아 보았다. 지목당한 석구도 마찬가지였다.

"저기 허리에 묻은 빨간 양념! 똑같잖아요!"

모두 정지된 영상을 한 번 보고 석구의 허리춤을 보았다. 정말 흐릿하게 빨간 양념이 묻어 있었다. 오늘 점심 메뉴로 나온 불고기 양념인 듯한데, 영상 속 가장 가까이 찍힌 누군가의 허리도 마찬가지였다. 카메라 렌즈 바로 앞을 왔다갔다 한 건 세 명. 가장 앞쪽에 있던 옷에 빨간 양념이 묻어 있었다.

석구가 제 옷을 당겨 확인하더니 눈이 커졌다. 민주가 흥분해서 소리쳤다.

"전화로 우리 불러낸 사람도 사칭이 아니라 진짜 주최팀이었던 거면 경찰도 용의자 될 수 있는 거 아니에요?"

명우가 나섰다.

"무슨 기준으로 참가자들을 뽑았는진 모르지만 여기 들어와 있는 저 두 분도 용의자일 수 있다는 거, 맞는 말 같은데요?"

"허! 그럼 당신들이 그 살인마일 수도 있다는 거예요?"

윤기가 과장된 제스처로 긴 팔을 쭉 뻗어 석구와 현서를 가리키며 소리쳤다.

정적이 흘렀다. 그 정적은 이내 새로운 사실을 깨달았다는 웅성거림으로 변해갔다.

명우는 소름이 돋았다. 왜 한 번도 경찰도 용의자가 될 수 있다는 생각은 못 했을까. 석구의 얼굴에 설마, 하는 표정이 떠올랐다.

"저희 말씀입니까? 말도 안 됩니다! 저희는 존경하는 홍 선배를 믿고 여기 와 있는 거라고요!"

대꾸는 석구가 했지만 당황해서 손사래치는 건 석구와 현서가 동시였다.

"그러고 보니 이거 불법적인 실험인데, 그걸 알고도 자원한 거네요? 경찰인데? 그게 가능해요?"

수호가 어울리지 않게 예리한 질문을 했다.

"불법이라 하더라도 진정한 경찰이라면 범인을 잡기 위해 충분히 할 수 있는 일이라고 생각했을 뿐입니다!"

"이 일로 잘릴 수도 있는데요?"

당혹스러워하던 석구가 갑자기 진지한 눈빛으로 수호를 응시했다.

"범인을 잡을 수 있는 기회 앞에서 잘리는 게 무서웠으면 애초에 경찰을 하지 말았어야 합니다."

명우는 석구를 보면서 자신과 참 다른 남자라고 생각했다. 저렇게 강단 있는 남자의 눈빛을 동경했을 때가 있었다. 하지만 저런 성정을 타고나지 않았기에 그저 부러워만 할 뿐이었다. 학창시절에도, 사회에 나와서도 저런 눈빛을 가진 이들에게 늘 밀리기만 했다. 그래서 그가 좋아하지 않는 부류였다.

현서가 끼어들었다.

"맞습니다! 경찰은 시민의 안전을 최우선으로 하는 사람입니다. 저 역시 홍기중 교수님에 대한 존경심과 범죄에 대한 반감과 사명감으로 참가했습니다."

"3번 카메라 까보자고요! 거기 저 2번 카메라 주변이 찍혔을 거 아니에요!"

민주가 흥분해 이젠 팔까지 휘두르며 소리쳤다. 기중을 보며 석구를 추궁하지 않고 뭐하냐는 항의도 쏟아졌다.

"다이닝룸과 라운지 통로를 비추는 3번 카메라는 2번 카메라와 거의 겹치지 않습니다."

기중이 단호하게 말하고 참가자들을 훑어보았다.

명우는 조금도 동요하지 않는 기중을 보며 왜인지 모르게 그는 이미 답을 알고 있는 것 같다는 느낌을 받았다. 어떻게?

카메라를 끈 사람은 살인범과 상관이 없다는 확신이 있어서? 무슨 근거로?

기중이 석구 앞으로 다가가자 시끄럽던 참가자들이 버튼이 눌린 것처럼 조용해졌다.

"진석구 경사. 네가 카메라 껐어?"

"절대 아닙니다! 전 결백합니다!"

석구의 눈썹이 안쓰러울 정도로 축 처졌다. 울컥한 것이다. 강인한 겉모습과 다르게 석구는 어쩌면 생각보다 여린 사람인지도 모른다고, 명우는 생각했다.

"억울합니다! 저 말고 옆에 다른 사람들도 있었잖습니까!"

"그럼 카메라 바로 앞에서 뭐하셨는데요?"

수호가 추궁하듯 물었다.

"카메라가 넘어질 것 같아서 잡으러 갔던 것뿐입니다! 그런 다음에 준성 님을 말렸고요. 제 옆에 다른 분들도 계셨는데 왜 저한테만 그러시는 겁니까."

"알리바이! 경찰 오빠 알리바이 대라고 해요. 저 언니도요! 범인이 여자일 수도 있다고 했잖아요."

민주가 현서를 가리키며 소리쳤다.

"왜 진작 이 생각을 못했지? 경찰이니까 당연히 아닐 거라고만 생각했어!"

윤기가 흥분해 소리쳤다.

석구가 거침없이 대답했다.

"1차 실험에 24시간 참여했기 때문에 11일과 17일 모두 휴가라서 집에 있었습니다. 유치원생 아들 둘이 있어서 아내 대신 등하원을 시켜준 것 말고는요."

이어서 현서가 대답했다.

"저도 1차 실험 참여에 대한 대가로 휴가를 받았었고요, 방학 중인 중학교 교사 친구 둘이랑 같이 국내 여행을 갔다왔습니다. 돌아온 게 16일이었고, 그때 사건 소식을 들었습니다."

현서의 말이 끝나자마자 민주가 거의 가로채듯 말했다.

"카메라 바로 앞에 있던 게 경찰 오빠였잖아요! 경찰이면 사람 두 명 죽이는 것도 가능하실 거 같은데요?"

"저기요, 그건 좀 억지 같은데."

수호가 말리자 민주가 째려봤다. 타이밍만 기다리던 명우가 입을 열었다.

"아뇨, 일리 있어요. 어쨌든 주최팀이라고 주장한 전화도 있었으니 경찰분들도 알리바이 한번은 털고 가는 게 맞다고 봅니다. 참가복도 손에 넣을 수 있고요."

"아니…… 경찰…… 경찰인데!"

윤기가 석구와 현서를 번갈아 보며 말을 더듬거렸다.

"저 아니라고요!"

결국 석구가 가슴을 치며 억울해했다. 아직 애구만. 명우가 그렇게 생각하는데 기중이 손뼉을 짝짝 쳐서 시선을 모았다.

"진 경사. 두 사람 네가 죽였어?"

기중의 표정과 목소리에는 아무런 감정도, 의심도 담겨 있지 않았다. 그저 입력된 말을 사무적으로 내뱉는 것 같았다.

"아닙니다! 절대 아닙니다!"

석구가 온몸으로 항변했다.

"그렇게 물어본다고 내가 범인이오 하겠어요?"

누가 비꼬았지만 기중은 무시하고 사람들을 향해 말했다.

"진석구 경사는 제가 책임지고 취조할 테니 걱정마시고 오늘은 여기까지 합시다. 중요한 문제도 아니고 카메라의 오작동이었을 확률도 있습니다. 또한 거듭 말씀드리지만 우리가 찾는 그놈이라면 이런 짓은 절대 하지 않아요. 아무 의미 없는 일에 시간 낭비하지 말고 이제 쉬는 게 좋겠습니다."

"절대 안 한다고요? 그놈의 프로파일링인지 뭔지 그거요? 그게 그렇게 대단하면 왜 지금까지 못 잡아서 이러고 있는 건데요?"

민주가 소리쳤지만 기중은 결정을 바꾸지 않았다. 의미 없는 일이니 들어가라고 재차 말하는 목소리에는 뭔지 모를 확고함이 있었다.

"적어도 우리가 찾는 살인마가 카메라를 끄지 않은 건 확실합니다."

기중이 손을 펼쳐 보이고는 말했다.

"이성적으로 생각을 해보죠. 카메라를 끈 게 놈이 아니라면 더더욱이나 잡을 필요가 없죠."

"지금 일이 벌어졌는데 왜 이렇게 매번 마음대로예요?"

민주가 소리치자 기중이 질려하는 눈으로 쳐다보았다. 모멸감을 느낄 수도 있는 눈빛이었다.

"마음대로라고 하셨습니까? 규칙도, 지시도 무시하고 감정대로 하는 분이?"

"……."

"김민주 님, 그 어떤 실험에서도 고생 없이 돈만 받아가는 경우는 없어요. 그 어떤 경우에서도! 돈을 그냥 주는 경우는 없다고요."

"……."

갑작스러운 기세에 민주가 당황한 듯 입을 다물었다.

"지금이라도 나가고 싶어요? 좋습니다. 1, 2차 참가비 전액 포기각서 쓰시고 위약금 내시고 나가세요."

진심일까, 아니면 그냥 수를 던져보는 걸까. 지치고 피곤해보이는 기중을 보면서 명우는 살인범이 무슨 짓을 하려면 오늘 밤이 타이밍이겠다는 이상한 생각을 했다.

그렇게 내보내달라고 하더니 선뜻 나서는 사람은 없었다. 이미 3일 밤이 지나고 있다. 첫날이라면 모를까, 여기까지 와서 목돈을 포기하고 싶은 사람은 없을 것이다. 명우는 사실 선택의 여지가 없었다. 그 돈을 포기하면 인생이 어떻게 될지 모른다.

누가 작은 목소리로 말했다.

"저기, 노준성 님은 어떻게 되는 건가요?"

시연이 겁에 질린 얼굴로 준성이 갇힌 방을 곁눈질하며 물었다.

"사람의 목숨이 왔다 갔다 하는 나쁜 짓을 했으니 벌 받아 마땅하죠."

무덤덤하게 대답하는 기중을 보고 명우는 소름이 돋았다.

"하지만 저렇게 계속 묶여 있으면 몸이 굳어서 아플 텐데······."

시연이 이건 아니라는 표정으로 말하자 윤기가 짜증스럽게 받아쳤다.

"그래서 어쩌라고요. 직접 안 잡아봐서 모르시는 거 같은데, 저분 힘이 진짜 어마무시하거든요? 풀어줬다 다시 난리 치면 그쪽이 책임질 거예요? 그거 누가 감당할 건데요?"

입술만 달싹이던 시연이 설마 또 그러지는 않을 거라며 중얼거렸다. 계속 고집을 부리자 윤기가 씩씩대며 말했다.

"착한 척은 밖에서나 하시라고요. 사람 목숨이 어떻게 될지 모르는 이런 데서 말고."

"마, 말이 심하시잖아요."

시연이 입술을 덜덜 떨면서 말했다. 윤기는 시연의 창백한 얼굴에 대고 쏘아붙였다.

"저 사람이 범인이면 어떡할 건데요?"

"······!"

"왜 아무도 그 아저씨는 의심 안 하는 건데요?"

생각지도 못한 말에 침묵이 흘렀다. 자연스럽게 배제되어 있었는데 사실 그도 용의자라는 사실이 다시 상기된 것이다.

명우가 화제를 돌리기 위해 일어섰다.

"노준성 님을 포함해 앞으로는 용의선상에서 경찰 두 분도 빼지는 않는 걸로 하죠."

무슨 말이냐는 표정으로 다들 명우를 쳐다보았다.

명우는 약간 긴장되었지만 대답은 준비되어 있었다.

"홍 교수님 말씀대로 카메라를 끈 게 살인마도 그리고 저 경찰분도 아닐 수 있습니다. 하지만 이 자리에 있는 경찰들도 살인마일 확률이 0퍼센트는 아닌 것 같아서요."

"그럼 주최팀 전부를 포함해야 하는데요?"

수호가 되물었다.

"현재 있는 주최팀은 한 명뿐이고 저와 오랫동안 함께해온 후배이니 포함시킬 필요는 없습니다."

이번엔 기중이 대답했다.

"네? 1차 때 사무실에 열 명이 있다고 했던 거 같은데, 한 명이라뇨?"

윤기가 묻자 수호가 그의 옆구리를 툭 쳤다.

"그때랑 다르게 지금은 불법이라잖아요."

비아냥대는 의도가 다분한 말투였다.

이번에도 명우가 논리정연하게 정리했다.

"그래요, 저기 있는 후배라는 분은 그렇다 쳐도, 범인은 반드시 여기에 나타날 거라는 전제하에 이 실험을 한 거라고 했으니, 문자 그대로 이 안에 있는 사람은 모두 예외 없이 포함하는 게 맞죠. 애초에 주최팀으로 참여했을 수도 있는 거잖아요? 그러니 여기 경찰 두 분도 포함하는 게 맞다고 봅니다. 저희를 감시하듯 저 두 사람도 똑같이 감시해주시죠. 이젠 저 두 사람이 범인일 수도 있다고 생각하니 무섭거든요."

기중과 명우의 시선이 부딪쳤다. 두 사람 다 팽팽하게 서로를 노려보았다.

사실 명우도 확신이 있어 그런 건 아니었다. 그저 무조건 따르지는 않겠다는 의지를 보여주는 게 목적이었다.

의외로 기중이 한 발 물러섰다.

"좋습니다. 원하신다면 그렇게 하죠. 지금부터 진석구 경사와 이현서 순경도 여러분들과 같은 용의자 신분으로 취급하겠습니다."

석구와 현서가 놀라 입을 벌렸지만 기중은 한 번 쳐다보고는 말았다.

이제 반박하는 사람은 나오지 않았다.

기중은 방으로 들어갔다.

명우도 일어섰다.

"저도 이만 들어가보겠습니다. 홍 교수님 말대로 어차피 답이 안 나오는 걸 가지고 이러고 있어 봐야 몸만 축날 뿐이죠. 피곤해서 저는 이만 쉬어야겠습니다."

뒤에서 더 구시렁거리는 소리가 들려왔지만 명우는 무시하고 방으로 들어왔다.

씻을 생각도 않고 침대에 뛰어들었다. 이제 이 좁은 공간이 아무런 방해도 받지 않는 아늑한 장소처럼 여겨졌다. 푹신한 이불이 몸을 감싸오자 스르르 눈이 감겼다.

민주는 속으로 안도의 한숨을 내쉬었다. 명우가 먼저 일어나 산통을 깬 덕분에 흐름이 끊겼다. 덕분에 다들 카메라를 끈 범인을 잡자는 것보다 잡아봐야 무슨 소용이냐는 쪽으로 분위기가 기울었다. 누적된 피로가 정신을 지배하고, 그로 인해 그냥 다 귀찮은 상태에 도달한 것이다.

사람을 감금했다는 사실이 머릿속을 맴돌았다. 이내 민주는 고개를 저었다. 나쁜 짓을 한 것 같은 불쾌한 기분이 들긴 했지만, 딱히 별다른 방법이 있는 것도 아니라서 더 이상 그를 입에 올리는 사람도 없었다. 엄밀히 따지면 어차피 남 일이었다.

두 번째로 일어선 건 수호였는데, 민주는 그 직전에 그가 바로 옆에 앉은 윤기에게 가까이 가더니 무어라고 속닥거리는 것을 보았다. 뭐라고 하는지 전혀 들을 수 없었지만 한 사람이 고개를 끄덕이는 것을 보고 눈치챘다. 무슨 약속 같은 걸 했다는 걸. 그걸 보니 가만히 있을 수는 없다는 생각이 들었다. 민주는 빤히 쳐다보다가 수호와 눈이 마주치기 직전에 고개를 돌렸다.

민주와 시연만이 남았다. 민주는 망연자실한 채 서 있는 석구와 현서를 힐끗 보고는 시연에게 다가가 소곤거렸다. 석구와 현서가 쳐다보았지만 상관없었다.

시연과 민주도 일어섰다. 민주는 아직도 억울해 어쩔 줄 모르는 석구의 얼굴을 한 번 힐긋 보고는 방으로 향했다.

문을 닫자 모든 소음이 차단되고 고요한 그녀만의 공간이 되었다. 침대에 누우면 곧바로 잠이 들 것 같아 욕실로 직행해 얼굴에 물부터 끼얹었다. 정신이 맑아지는 효과 같은 건 없었다.

정신은 아까부터 멀쩡했으니까.

　보기에 그녀가 멀쩡하지 않거나 이성을 잃고 흥분한 것처럼 보였다면 그건 오산이다.

　아니, 통한 거다. 일부러 그렇게 보이고자 했던 것이니 목적을 달성한 것이었다.

11

실험 4일 차 새벽(1)

1시 56분. 수호는 새벽 2시가 되기를 기다리고 있었다. 긴장으로 각성된 상태라 맨정신으로 버텨야 할 줄 알았는데 어느새 기절하다시피 잠이 든 모양이다. 눈을 떴을 땐 1시 40분이었다.

수호는 이불을 걷고 소리 나지 않게 침대에서 내려왔다. 오늘따라 발바닥에 닿는 바닥의 감촉이 차가웠다. 살면서 이렇게까지 긴장해본 적이 있었나 싶었다.

1차 실험 때 그나마 가깝게 지냈던 참가자가 명랑한 가면, 윤기였다. 하는 짓이 20대 초반 같았다. 그러나 실제 윤기는 짐작과는 완전히 달랐다. 목소리부터가 반전이었다. 몸은 삐삐 말랐지만 20대 느낌은 전혀 아니었다.

그래서 오늘 밤 접선 상대로 윤기를 골랐다. 라운지에서 자리를 파할 때 슬쩍 다가가 제안했다.

'이따 2시에 그쪽 방에서 의논 좀 해요.'

인질극이 벌어지고, 사람을 묶어 감금하는 상황까지 이르렀다. 걷잡을 수 없는 방향으로 흘러가는데 보고만 있을 수는 없었다. 더 이상은 혼자 이런 상황을 견디는 건 무리였다.

자기 방은 5번, 윤기 방은 3번이니 방 하나만 지나면 되었다. 4번이 누구 방이었더라…….

윤기가 범인일지 모른다는 두려움도 없지 않았다. 하지만 리스크 감수 없이는 안전도 없다. 팔자걸음이 그렇게 당한 꼴을 봤으니 쉽사리 무슨 짓을 하기는 어려울 것이다. 경찰 중에 살인마가 있더라도 아까 의심을 받는 처지가 됐으니 적어도 오늘 밤은 함부로 움직이지 못할 테고.

문에 귀를 대고 기다렸다. 아무 소리도 들리지 않았다.

수호는 살며시 문을 열었다. 라운지는 어둠 그 자체였다. 저기에 하루 종일 있었다는 게 믿기지 않을 만큼 섬뜩했다.

1차 실험 때는 취침 시간에 나온 적이 없었다. 나갈 이유가 없었고. 활동이 끝나고 남은 시간에 다 같이 모여 노는 것도 취침 시간 전까지였다.

수면등이나 작은 불빛조차 없었다. 창문이 없으니 달빛이 비칠 리도 만무했다. 천장에 달린 성능 좋은 환풍기가 돌아가는 소리만 희미하게 들렸다.

생각해보니 불을 어떻게 켜는지도 몰랐다. 황당해서 살짝 헛웃음이 나왔다.

수호는 내 방에서 보자고 할 걸, 후회하며 문을 닫고 조심조심 걸음을 내디뎠다. 문까지 닫으니 사위가 더욱 어두웠다. 그나마 닫힌 문틈 바닥에서 흘러나오는 미세한 불빛이 있어 다행이었다. 다른 방들은 모두 불을 끈 모양이었다. 이런 상황에 잠이 오나…….

방 사이 간격이 꽤 되었다. 처음엔 방마다 떨어져 있는 게 좋다고 생각했는데 어둠 속을 걸으니 달랐다. 검은 동굴처럼 보여 오싹했다. 누가 숨어 있다가 튀어나온다고 해도 이상하지 않을 것 같았다.

3번 방 문틈으로 빛이 새어 나오고 있었다. 똑똑, 살짝 노크했는데도 소리가 크게 들렸다.

문이 열리자 윤기의 긴장한 두 눈이 가장 먼저 눈에 들어왔다. 윤기는 고개만 빼서 수호 뒤를 한 번 흘끔거리곤 그를 안으로 들였다.

무사히 방에 들어오자 수호는 다리에 힘이 쭉 빠지는 기분이었다. 그러나 곧바로 또 다른 긴장이 몸을 에워쌌다. 윤기에 대한 경계심이었다.

"우리만 깨어 있나 봐요. 다른 방은 불빛 새는 데가 없더라고요."

이렇게 단둘이 있자니 가면을 쓰고 있을 때와 놀라울 정도로 느낌이 달랐다.

"밖에서 보면 불빛이 보여요?"

윤기가 새로운 정보라도 되는 듯 눈을 깜빡거렸다.

"네, 문 밑으로요. 저도 처음 알았어요."

"전등이 아니라 저걸 켜고 있을 수도 있죠."

윤기가 침대 옆에 은은하게 빛을 내는 갓 씌운 수면등을 가리켰다. 그럴 수도 있겠다 싶어 수호는 고개를 끄덕였다.

"의논을 좀 해봅시다."

윤기가 의자를 끌어와 앉고 수호에게는 침대에 앉도록 했다.

"이게 무슨 일인지 모르겠어요."

"그러니까요. 지난 3일이 어떻게 지나갔는지…….'

"6박 7일…… 밤이 지났으니까 이제 3일 남은 거네요."

"그때까지 범인을 못 잡으면 우리도 위험해지는 거겠죠?"

"아마도요. 보통 놈이 아닌 것 같아요."

본론으로 들어가지 못하고 대화가 겉돌았다.

수호는 안 그런 척하면서도 윤기의 표정과 행동에서 잠시도 눈을 떼지 않았다. 자신도 윤기에게는 수상한 인물로 보일 거라고 생각하니 조금 거북했다.

"그런데 진짜 잘 생기셨어요."

빤히 보는가 싶더니 윤기가 갑자기 감탄하며 말하는 것이다. 늘 듣던 말인데 지금은 어쩐지 소름이 돋았다. 저도 모르게 몸이 흠칫 놀랐다.

"가만히 계셔도 관심을 한 몸에 받으시겠어요. 부모님도 엄청 예뻐하셨겠는데요."

굳이 필요 없는 말을 덧붙이자 수호는 오싹해졌다.

"욕심 나는 얼굴이에요."

한술 더 뜬 칭찬에 이젠 불쾌해지기까지 했다.

"아, 네, 감사합니다."

수호는 쓸데없는 말이 나오지 않게 얼른 본론을 꺼냈다.

"의논할 사람이 필요했어요. 우리 모두 이 일을 각자 견뎌내고 있잖아요. 더는 안 되겠다 싶더라고요."

"님은 누가 제일 이상해요?"

윤기가 대놓고 물었다. 수호는 긴장한 채 윤기를 보았다. 누가 가장 이상하냐는 질문이 의미가 있나 싶었다.

"님, 범인 아니죠?"

윤기가 휙 던진 질문에 수호는 순간 소름이 끼쳤다.

"저요? 당연히 아니죠! 님은요?"

"저도 아니에요. 참가자 중에 살인마가 있다는 걸 알았을 때 진심 뛰쳐나가고 싶었다고요."

대화가 이어질수록 윤기의 얼굴이 음산하게 변하는 것 같았다. 얼굴 살이 없어 볼이 홀쭉했는데 불빛에 명암이 지니 음침하게 보였다. 저 사람 얼굴이 원래 저랬나 싶었다.

"근데 나이가 어떻게 되세요? 어차피 같은 처지인데 우리 말 편하게 할까요?"

윤기가 말했다. 수호는 상관없다고 했고 바로 서른다섯, 서른셋이라고 나이를 밝혔다. 철딱서니 없어 보여 당연히 윤기가 동생일 거라 생각했는데 두 살 위라니, 수호는 내심 놀랐다.

"난 노준성이란 아저씨가 젤 수상해."

윤기가 말했다.

"팔자걸음에 제스처 큰 그 아저씨? 방에 갇힌? 왜?"

"되게 적극적인데, 또 되게 방어적이야."

듣고 보니 그랬다. 수호는 고개를 끄덕이며 상황을 정리해보았다.

"우리 둘을 배제하고 본다면, 네 명 중에 범인이 있는 거잖아. 그중에 여자는 두 명, 남자도 두 명. 아, 이젠 경찰도 포함이니까 여섯 명인 거네."

"범인을 잡은 거면 우리를 풀어줄 텐데, 아닌 거 보니까 그 아저씨는 범인이 아닌 건가?"

"아직 확신이 없는 거겠지. 그리고 사실 우리 둘도 서로 너무 믿으면 안 돼."

수호가 이렇게 말하자 윤기가 고개를 갸웃했다.

"그건 그렇지."

"남은 3일 동안 어떻게 할지 의논을 좀 했으면 해."

계획을 세우자는 말에 윤기가 어리둥절한 표정을 지었다.

"작전을 짜자는 뜻?"

"뭐…… 그런 것도 다 포함되겠지."

"작전이라 하면……? 솔직히 남은 3일 안에 못 잡아내도 그 뒤엔 경찰이 잡겠지."

"정말 그렇게 생각해?"

수호가 되물었을 때 윤기는 선뜻 대답하지 못했다.

"……."

"절대! 이 실험장에서 나간 뒤에 무슨 일이 벌어질지 몰라. 쟤들, 지금 이렇게 우리 감금해놓은 것도 엄청 문제될 일이라는 거 알면서도 이러는 거잖아. 어떻게든 일주일 안에 여기서 범인을 잡아내겠다는 건데, 그 집착이 어떻게 발현될지 아무도 모른다고."

말을 내뱉고 나니 수호는 이제야 제대로 이 상황의 본질에 직면한 기분이 들었다. 지금까지 느껴지던 불안이 바로 이거였다. 남은 3일을 잘 버틴다고 해서 저들이 쉽게 놔줄 것 같지 않다는 것.

"그래서 어떻게 하자고?"

윤기가 아직 감이 안 잡힌다는 듯 물었다.

"어떤 작전을 생각하는데?"

"가장 유력한 용의자를 골라내자."

"……어떻게?"

"제일 의심 가는 남자들부터 쳐 나가보는 거 어때?"

아직도 이해하지 못한 윤기의 표정을 보며 수호는 답답해했다.

"여자 둘은 사실 가능성이 별로 없고, 설령 여자들이 범인이라 해도 우리가 설마 그냥 당하겠어? 거기다 이제 서로 신원도 다 아는데. 그러니까 범인일 가능성을 남자들부터 소거해 나가보는 거지."

"그러니까 어떤 식으로?"

"우선 가장 의심스러운 노준성을 집중 공격하는 거야. 범인한테 불려 나가 지하철 사물함에 있었던 때 말고 나머지 시간엔 뭘 했는지 캐묻는 거지. 너랑 나 이렇게 두 명 정도는 밀어붙여 줘야 나머지도 따라오고, 상대도 흔들릴 거야. 그 사람, 흥분은 잘해도 만만해 보이진 않더라고."

"그러니까, 우리 둘이서 한 사람을 몰아서 범인인지 아닌지 확실하게 뽑아내자?"

"그렇지."

"근데 그 아저씨는 갇혀 있잖아?"

"설마 계속 가둬놓겠어?"

"······."

이 지점에서 대화가 끊겼다. 긴장이 돼서 계속 침을 삼키며 얘기하다 보니 목이 탔다.

"아씨, 목마르지 않아? 아까 마실 걸 갖고 오는 건데 생각 못 했어."

윤기의 말에 속마음을 들킨 것 같아 수호는 속으로 움찔했다.

"지금 나가서 가져오게?"

"응, 마침 물도 다 떨어져서."

"위험하지 않을까?"

수호가 물었다.

"너도 여기까지 잘 왔잖아? 그리고 설마 범인이 지금 같은 때 움직이진 않겠지, 바보가 아닌 이상. 무엇보다······."

윤기가 아주 중요한 이야기를 하려는 듯 목소리를 낮췄다.

"젤 유력한 아저씨가 잡혔잖아."

이렇게 말하고 윤기가 씩 웃었다. 수호는 자신도 모르게 마른 침을 삼켰다.

나가려고 방 문고리를 돌리던 윤기가 수호를 돌아보았다.

그의 눈은 마치 '너는 같이 안 가?'라고 묻는 것 같았다. 그럼 에도 수호는 같이 가겠다는 말을 하지 않았다. 수호를 빤히 쳐 다보던 윤기는 끝내 같이 가자는 말없이 문을 열었다. 칠흑 같은 어둠이 덮쳐왔다.

"라운지 불은 못 켜는 거야?"

윤기가 망설여지는 듯 물었다. 수호가 고개를 끄덕였다.

"어딘가 있겠지만 보진 못했어. 활동할 때도 못 봤고…… 출입구 쪽에 있지 않을까?"

"……문 닫지 말고 있어."

윤기가 조심조심 팔을 뻗어 어둠 속으로 걸어가기 시작했다.

윤기가 신고 있는 실내화 발소리가 다이닝룸 쪽으로 천천히 멀어져갔다.

이내 아예 들리지 않게 되었다.

윤기의 비명 소리가 들린 건 그가 나간 지 10분쯤 지났을 때였다. 소리를 듣자마자 수호는 튕기듯 일어섰다. 활짝 열린 문으로는 어둠밖에 보이지 않았다.

비상호출기를 눌러 주최팀에게 연락해야 하는 거 아닌가 하는 생각이 스쳤다. 그런데 한 번 들려온 후로는 더 이상 아무 소리도 들리지 않았다. 블랙홀처럼 열린 문에서는 금방이라도 누군가 뛰어 들어와 달려들 것만 같았다. 수호는 저도 모르게 얼른 방문을 닫았다. 도어락이 잠기고 작은 효과음과 함께 철컥, 하는 소리가 들렸다.

그때 쿵쿵쿵, 하고 뛰어오는 발소리가 들려왔다. 소리는 빠르게 가까워졌다. 윤기의 발소리일 것이라 생각하면서도 수호는 안절부절못했다.

"아, 씨발, 어떡해야 돼⋯⋯!"

철컥철컥, 문고리를 돌리는 소리가 들렸다. 열리지 않자 소리가 더욱 거세졌다. 섬뜩했다. 이내 쾅쾅쾅! 문을 두드리기 시작했다. 수호는 반사적으로 뒤로 물러났다.

"문 열어요! 아니, 문을 왜 잠갔어!"

윤기 목소리였다.

수호가 잠금만 풀고는 얼른 뒤로 물러섰다. 벌컥 문이 열리고 어둠 속에서 윤기가 튀어나왔다.

얼굴이 사색이 된 윤기가 문을 닫고 서서 숨을 헐떡였다.

"뭐, 뭐야? 무슨 일인데?"

윤기는 땀에 흥건하게 젖어 있었다. 손에는 사과주스와 생수를 꼭 쥔 채. 윤기가 그것들을 침대에 내팽개치고는 성큼성큼 다가오더니 수호의 멱살을 잡았다.

"미쳤어! 문을 왜 닫아? 열어놓으라고 했잖아!"

"미, 미안해, 형. 문 열어놓고 가만히 있기가 무서워서⋯⋯."

"밖에⋯⋯ 다이닝룸에 누가 있었다고!"

윤기가 뒤로 팔을 홱 뻗어 문 너머를 가리키며 소리쳤다. 하얗게 질린 얼굴은 조금 전에 그가 겪은 공포를 실감하게 했다.

"누가 있었는데⋯⋯?"

수호가 떨리는 목소리로 물었다. 윤기가 수호의 멱살을 확 놓고는 무너지듯 침대에 주저앉았다.

윤기가 들려준 것은 실로 소름 끼치는 내용이었다.

실험장은 칠흑같이 어두웠다. 어둠 속을 더듬거려 간신히 주방에 도착한 윤기는 실험장이 이렇게 넓었나 싶었다. 주방에 도착하자마자 벽 쪽을 더듬거리며 스위치를 찾았지만 실패했다.

포기하고 냉장고 문을 찾아 열자 안에서 불빛이 쏟아져나왔다. 여덟 명 단체 식사가 가능한 크기의 식탁과 조리대가 어둠 속에서 희미하게 드러났다.

사과주스와 500밀리리터 생수 하나를 꺼내 팔에 끼우고 문을 닫자 사위는 다시 어둠에 휩싸였다. 더듬더듬 다이닝룸을 빠져나가는데, 그 순간 몸에 불시의 충격을 느낀 윤기는 비명을 지르며 앞으로 엎어졌다. 발에 뭔가가 부딪친 것이다. 발목을 잡힌 것 같은 공포에 정신이 아찔해져 한동안 그대로 움직이지 못했다. 조금 뒤 정신을 차리고 뒤도 돌아보지 않고 달렸다.

"진짜 거기 누가 있었어? 그냥 물건에 걸려 넘어진 거 아니고?"

겁에 질린 표정으로 수호가 되물었다. 그러면서도 몸은 최대한 벽 쪽으로 물러나 있었다. 윤기의 말이 진실인지, 연기를 하는 건지 알 수 없었다. 그럴 리 없다고 생각하면서도 몸이 제멋대로였다.

"거기 바닥에 무슨 물건이 있어! 확실해! 엄청 묵직…… 아니, 그리고 보니 누가 발을 잡은 게 아닌데? 걸려 넘어진 거야. 뭔가 있었어! 엄청 무거운데…… 단단하진 않은…….."

수호는 횡설수설하는 윤기를 보고 눈살을 찌푸렸다. 제정신이 아닌 듯 보여 오히려 더 수상하게 느껴지기도 했다. 연기일까? 진짜 놀란 걸까?

"엄청 무거운데 단단하지 않은 물건이 뭐가 있지……?"

수호가 물었다.

"뭐가 됐든 거기 바닥에 왜 그런 게 있어? 너무 쌩뚱맞……."

윤기가 뭔가 떠오른 듯 경악한 얼굴로 말을 멈추었다.

"사람…… 사람이었던 것 같아."

"뭐?"

"사람이 쓰러져 있었던 거 아닐까?"

윤기의 눈이 희번덕거렸다. 손을 덜덜 떠는 윤기를 보면서 수호도 더 무서워졌다. 온몸에서 핏기가 싹 가시는 느낌이었다.

"범인이 움직이기 시작한 거야……."

수호가 자신도 모르게 중얼거리면서 머리를 쓸어넘겼다.

"그, 그럼 그 아저씨는 용의선상에서 벗어나는 건가? 갇혀 있는데 그럴 수는 없잖아."

그럴 수도 있지만 수호는 오히려 그가 방심한 틈을 타 밧줄을 풀고 나왔을지도 모른다고 생각했다. 멍하니 사과주스로 손을 뻗었다. 그때 품 안에서 뭔가가 툭 떨어졌다. 수호가 얼른 낚아채 다시 감췄지만 이미 윤기가 보았다. 두 사람의 눈이 마주쳤다.

넋을 놓고 있던 윤기가 후다닥 일어나 뒤로 물러섰다.

"뭐…… 뭐야! 그거 뭐야!"

조심성은 온데간데없이 쩌렁쩌렁한 목소리였다.

"마, 만일을 대비한 거였어! 내가 여기로 오는 거니까 어떤 위험이 있을지 모르니까!"

칫솔이었다. 여기 오기 전에 화장실에 있던 여분의 칫솔을 부숴서 만든 거였다.

수호가 두 팔을 내저었지만 날카로운 칫솔이 여전히 손에 들려 있었다. 오히려 그게 위협하는 것으로 보였는지 윤기가 날뛰기 시작했다.

"내, 내려놔. 그거 당장 내려놔!"

겁먹은 윤기가 협탁에 놓인 수면등이라도 잡으려는 순간 수호가 소리쳤다.

"아, 알았어! 버릴게! 정말 만일에 대비해서 가져온 것뿐이었어. 미안해! 나갈게!"

수호가 양손을 번쩍 든 채 칫솔을 바닥에 던졌다.

"당장 나가! 나가라고!"

"알겠어, 알겠다고. 지금 나갈게. 그니까 좀 진정해."

두 사람이 원을 그리듯 천천히 움직였다. 문쪽에 있던 윤기가 안으로, 안쪽에 있던 수호가 문쪽으로.

수호는 윤기에게서 눈을 떼지 않은 채 문고리를 찾아 더듬거렸다. 문고리가 손에 잡히자마자 방문을 벌컥 열었다.

석구는 현서와 마지막까지 라운지에 남아 있다가 방에 들어왔다.

2차 실험 전 준비 기간부터 내내 긴장을 풀지 못했던 탓에 몸살이 온 것 같았다. 온몸이 두드려 맞은 듯이 아팠다. 몸이 안 좋아서일까, 이유 모를 무력감이 찾아왔다. 조금 전 사람들에게 살인범으로 몰렸던 게 상처로 남았다. 경찰이라 소개할 때의 경이가 경멸의 눈빛으로 바뀌는 것은 순식간이었다. 모멸감과 서운함이 머리부터 발끝까지 뻗어나갔다.

어떻게 나를 살인마로 생각할 수가 있단 말인가. 이런 대접을 받으려고 경찰이 된 게 아니었다. 무례하게 대하는 기중 앞에서는 설설 기면서 자신은 너무 쉽게 업신여기는 것 같았다.

내일 또 의심을 받는다면 그땐 어떻게 해야 되지? 오늘 일이 그렇게 됐으니 내 말을 믿어주기나 할까? 불안감이 밀려왔다. 동시에 분노도 느껴졌다.

카메라를 끈 건 누구일까. 혹시 카메라가 넘어질 뻔하면서 혼자 꺼졌을 가능성은 정말 없을까?

피곤에 절은 눈꺼풀이 점점 내려앉고 있었다. 석구는 눈을 감은 채 생각을 이어나갔다.

내심으로는 민주가 가장 수상하다고 생각하고 있었다. 발끈해서 날뛰는 게 유난스럽게 보였다. 워낙 시끄럽고 오버하는 스타일이지만 이번엔 느낌이 좀 달랐다.

어느 순간 잠이 들었던 모양이었다. 석구는 소란스러운 소리에 눈을 떴다.

방음 설계가 잘 되어있다고 들었는데 이 정도로 선명하게 들리는 걸 보면 꽤 큰일이 난 모양이었다.

석구는 납덩이처럼 무거운 몸을 일으켰다. 당장 나가보고 싶었는데 머리가 깨질 듯이 아팠다. 일어서려다 몸이 휘청했다. 일단 정신부터 차려야겠다는 생각에 세수를 하기 위해 비틀거리며 욕실로 향했다.

수호는 윤기의 방문 턱을 넘었다. 순간 소름이 온몸을 쫙 훑고 지나갔다. 저 어둠 속에 윤기가 말한 무언가가 있을 거라는 공포감 때문이었다.

윤기의 방에서 흘러나오는 불빛이 어둠을 갈랐다. 여기서 방으로 가는 길은 직선이라 그리 어렵지 않았다.

더듬어 가려는데 라운지 불이 환하게 켜졌다. 수호가 깜짝 놀라 고개를 돌렸을 때, 다이닝룸 모퉁이 쪽에 무언가가 눈에 들어왔다.

사람이었다. 사람이 쓰러져 있었다. 흥건하게 젖은 피가 보였다. 망치로 머리를 맞은 것처럼 시야가 파랗게 번지는 것 같았다. 수호는 목 깊숙한 곳에서 놀란 소리를 내질렀다. 굵직한 비명이 잠시 길게 이어졌다.

단 3초도 안 되는 시간이었다. 시야가 다시 돌아왔을 때 피는 사라지고 없었다. 곧바로 수호는 공포심이 만들어낸 환각이었다는 걸 깨달았다. 그제야 쓰러진 사람의 얼굴이 인식되었다.

이 순경이었다. 현서가 의식을 잃고 바닥에 대자로 뻗어 쓰러져 있었다.

벌컥, 요란한 소리가 들리더니 기중이 방에서 뛰어나왔다. 자다가 뛰쳐나왔는지 머리가 흐트러져 있었다. 윤기도 방에서 나와 보고는 현서를 발견했다.

기중은 쓰러져 있는 현서의 목에 손을 대고 숨을 확인했다. 그러더니 손에 쥐고 있던 핸드폰으로 전화를 걸었다.

그때 8번 방문이 열리더니 충혈된 눈을 한 석구가 헐레벌떡 뛰어나왔다. 젖은 앞머리에서 물기가 떨어지고 있었다. 쓰러진 현서를 보았다가 기중을 보았다.

기중이 석구를 향해 괜찮다는 표정으로 고개를 끄덕여주었다.

그때 부스스한 얼굴의 보안요원 둘이 뛰어들어오더니 현서를 들것에 눕히고 바로 출입문으로 움직였다.

수호의 눈도 그리로 향했다. 머릿속이 하얗게 된 상태에서도 '지금이야' 하는 목소리가 들리는 것 같았다. 발걸음이 본능처럼 움직였다.

탈출…… 탈출해야 한다. 지금이야말로 탈출할 유일한 기회다!

보안요원들이 나갈 때 출입문이 열릴 것이다. 보안요원 둘은 들것을 드느라 남는 손이 없다. 현재 자신이 기중과 윤기보다 출입문에 더 가깝다. 냅다 달리면 잡히지 않을 것이다.

보안요원들이 다가가자 출입문이 열렸다. 수호의 몸도 앞으로 튕겨지듯 나갔다. 온 힘으로 달렸다.

"어어!"

수호의 몸이 보안요원들의 몸에 부딪친 순간 요원이 소리를 내질렀다.

"잡아!"

기중이 고함을 쳤고, 뒤늦게 정신을 차린 석구가 붙잡으러 달렸지만 이미 늦었다. 탈출 직전, 누군가 수호의 팔을 강한 힘으로 끌어당겼다.

수호의 몸이 뒤로 고꾸라졌고, 뒤에 있던 누군가와 함께 넘어졌다.

"어딜 가, 이 새끼야……."

윤기였다.

그사이 들것을 버린 보안요원 한 명이 현서를 안았고 다른 한 명이 출입문을 막고 섰다. 그들이 나가자마자 출입문이 다시 닫혔다.

수호는 넘어진 채 닫힌 출입문을 절망스럽게 바라보았다. 눈물이 났다. 하늘이 기적처럼 내려준 기회가 이렇게 허망하게 날아갔다는 게 믿기지 않았다. 왜 더 빨리 달리지 못했지. 왜 더 빨리 판단하지 못했지.

"너, 이 새끼……."

윤기가 이를 악물고 수호의 바짓가랑이를 붙들고 있었다. 수호가 마구 발길질을 해서 윤기를 떼어내고는 다시 일어나 달려가 출입문에 몸을 부딪쳤다. 하지만 육중한 출입문은 미동도 없었다. 수호는 이번엔 윤기에게 달려들었다.

"뭐 하는 짓이야, 이 미친 새끼야!"

"넌 나가면 안 되지. 용의자잖아."

"용의자? 너야말로 용의자겠지. 주방에 갔던 건 너잖아!"

"뭔 개소리야!"

당장이라도 육탄전이 벌어질 듯하자 기중과 석구가 개입했다.

"이거 놓으세요. 일단 놔요!"

석구가 수호를, 기중이 윤기를 뒤에서 끌어안다시피 해서 퍼덕거리는 둘을 떨어뜨렸다.

"저 새끼예요. 저 새끼가 경찰을 죽인 거예요!"

윤기가 흥분해 수호를 향해 삿대질을 해대며 소리쳤다.

"어디서 나한테 뒤집어씌워? 이 살인자 새끼가!"

"두 분 조용히 해보시라고요!"

기중이 두 배는 더 커다란 목소리로 고함을 치자 그제야 둘의 소리가 멎었다.

"일단 좀 앉으세요. 움직이지 말고."

기중이 소파를 가리키자 수호와 윤기가 서로를 노려보면서 그리로 다가갔다. 충격에 멍하니 있던 석구도 참가자들과 조금 떨어진 자리에 앉았다.

세 사람이 소파에 앉는 걸 보고 기중은 다이닝룸으로 다가갔다. 아무 일도 일어나지 않은 것처럼 바닥이 깨끗했다.

다시 라운지로 돌아오면서 기중은 다른 방들을 쭉 훑어보았다.

이상했다.

이렇게 소란스러운데 어떻게 아무도 나와보지 않을 수가 있지?

12

2017년 9월 16일

연쇄살인이라는 증거 있나? 홍 경위가 말한 게 증거라 할 수 있나? 언론 앞에서 자신 있게 말할 수 있냐고? 그러면 어떤 난리가 날지 정말 몰라서 그래?

본인 의견이 틀렸다는 걸 인정 못 하는 홍 경위의 아집이라고는 생각하지 않습니까? 범행수법, 범행동기가 전부 다 다른데 어떻게 동일범의 소행이라 우길 수 있죠?

경찰의 명예를 얼마나 실추시키려고 그러는 건가! 언론에 마음대로 나가서 지껄이기만 해봐, 징계로 끝나지 않을 거야. 프로파일링? 그게 증거는 아니잖아. 미국 뭐? FBI 이론을 기초로 해? 결국 해석하기 나름이고 자네의 주관적인 느낌, 결국 감이지 않나.

발자국? 나 참, 어이가 없어서. 그럼 범인 발자국이 시신 주변에서 나오지 어디서 나오나? 자네 말이 틀리면, 그땐 어떡할 거야? 피해자 선정도, 범행 수법도, 잔인성의 정도도, 장소 유형도 다 다른데 어떻게 이게 동일범의 소행이라는 거냔 말이야!

욕조살인사건을 계기로 지난 1년 동안 줄기차게 연쇄살인을 주장한 기중이 지겹게 들어온 말이었다. 윗선들은 이해하지 못했다. 혹은 받아들이고 싶지 않거나.

시그니처인 줄 알았던 '관절을 반대 방향으로 꺾는 행위'가 욕조살인사건에서는 나타나지 않았으니 틀린 분석이었고, 범행 수법도 서로 다르다. 목을 졸랐다는 특성은 같지만 구체적인 방법이 다르다는 게 문제였다.

관절살인사건 때는 액살이었고 욕조살인사건은 교살이었다. 기중이 착안한 건 피해자의 거센 저항에 어쩔 수 없이 천 보자기라는 도구를 사용한 것일 뿐, 범인의 계획은 액살이었다는 거지만 윗선은 받아들이지 않았다.

또 다른 건 '시신의 주변에 찍힌 족윤적'이었다.

두 사건 모두 시신의 한쪽에 족적 여러 개가 겹쳐서 있었다. 그건 일반적인 흔적이 아니었다. 범인이 시신 주변에서 '서성인 것'을 의미하기 때문이다. 왜 서성였을까. 관절살인사건 때도 족적이 시신의 발밑에 모여 있었고, 욕조살인사건 때는 욕조 바로 앞에 모여 있었다. 발자국의 방향은 모두 시신을 향해 있었다.

시신 옆에서 범인은 뭘 했을까. 관절을 꺾는 것이 시그니처가 아니라면 뭘까. 피해자들의 주변인들 중에서는 용의자가 나오지 않았다. 수상한 자가 몇 있었지만 모두 알리바이가 있었고 증거가 없어 용의선상에서 제외되었다.

일면식도 없는 피해자를 그토록 잔인하게 죽이고 시신에 어떤 방식으로든 '손을 댔다'는 것이 중요했다. 이것 자체가 놈의 시그니처일 수도 있었다.

범죄학에서 시그니처란 '범죄인이 현장에 남기는 고유한 형태'지만, 간단히 정의하면 '불필요하지만 본인은 꼭 해야 하는 행동'이 된다. 보통의 범죄자라면 범행을 끝낸 후 발각이 두려워 현장을 떠나기 바쁘다. 그러나 사이코패스 유형은 다르다. 현장을 떠나는 것보다 반드시 행해야만 하는 본인의 무언가를 의례처럼 하는 것이 주 목적이다. 뭔가를 남기거나 가져가기도 한다. 설령 이것이 범행의 수월한 진행을 방해한다고 해도 말이다.

족적이 말해주는 것이 그 점이었다. 이놈은 이미 숨이 끊어진 피해자의 몸을 가지고 '어떤 짓'을 하는 것이 특징이다. 어떤 짓이 무엇일까? 자위? 감상? 자기가 죽인 사람과 대화라도 나누었나?

동일범 소행의 증거가 될 수 없다고 윗선에서 기각했지만 기중의 생각은 바뀌지 않았다. 이놈은 사이코패스 중에서도 아주 위험한 살인마임에 틀림없었다. 동기가 무엇이든 살인 자체를 즐기는 것이니까.

두 사건은 관할이 다른 두 경찰서에서 담당해 따로 수사가 이루어졌다. 당연히 수사는 난항에 빠졌다. 기중은 단독으로 움직여야 했다. 윗선의 압박을 받는 경식에게는 비밀로 하고 막내와 함께 남는 시간을 쪼개 몰래 수사를 이어갔다. 쉽지 않았다. CCTV에 찍힌 범인의 그림자조차 찾지 못했다. 놈은 이쪽 지리를 잘 알고 있는 것이었다.

두 번째 피해자는 격렬히 저항했다가 제압당한 흔적이 몸 곳곳에 남았다. 여기저기 타박상에 멍의 깊이가 깊었다. 제압당한 흔적과 방어흔은 약간의 차이를 보인다. 살해 방법도 잔인했다. 보자기 천을 당기는 힘이 얼마나 어마어마했는지 피해자의 목은 거의 절단되다시피 되어 있었다.

머리도 좋고, 체격도 좋은 놈. 계획적이고 철두철미하고 살인에 대해서 자기만의 철학이 있는 범인. 현장에 지문이 하나도 남지 않았다는 것은 범행을 미리 연습하며 철저하게 준비했다는 것이다. 피해자들의 손톱에도 놈이 입은 참가복의 섬유조각만 발견됐을 뿐 DNA는 발견되지 않았다.

현장과 시신에서 강하게 느껴진 것은 놈에게 어떠한 강박이 있다는 인상이었다. 무언가 지독하게 절제된 느낌이었다. 죽여놓고 시신을 연출하듯 자세를 기형적으로 만들어놓은 걸 봐도 그렇다.

놈의 성장 환경이 어땠을지 상상해보았다. 부모는 보여지는 것, 즉 체면을 중요시할 것이다. 그런 부모라면 보통 학력이 아주 낮거나 아주 높을 것이고, 밖에서 교양 있게 행동하며 직업적 명예를 가진 사람들일 확률이 높다. 강압적이고 비뚤어진 가정에서 자식은 보통 엄청난 억압을 당하고 열등감을 키우게 된다. 심리적, 성격적 문제를 갖게 될 확률이 높다. 시신에 해놓는 짓들을 보아 정신적 학대뿐 아니라 신체적 학대도 있었을 것이다.

사이코패스 기질을 가진 인간의 생각 패턴을 따라가면 살인을 해야만 하는 그 나름의 이유를 알 수 있다. 사랑 받은 경험이 없는데 심지어 본인 스스로도 열등하다고 생각한다면 그 분노는 극에 달하다 결국 폭발하게 된다. 이러한 특성들과 낮이라는 범행 시각을 종합해봤을 때 범인은 대학에 가지 못했거나, 만약 들어갔다 하더라도 그다지 성실한 학생은 아닐 것이다. 그렇다고 지능이 낮지는 않고, 오히려 월등히 높은 편일 것이다.

기중이 놈에게 관심을 가진 것은 좀처럼 보기 어려운 유형의 사이코패스라고 판단했기 때문이다. 뭔가 뒤섞여 있는 느낌이었다. 공범이 있다면 각자의 성향이 다르기에 그럴 수 있지만 이놈은 달랐다. 분명 단독 범행이고 나름대로 패턴도 있는 듯한데, 그 패턴이란 게 정확히 정립되어 있지 않았다.

단독 범행인 건 당연히 한 종류의 족적만 남아서였는데, 공범이 있다면 그의 족적만 깔끔하게 지워낼 수는 없다.

연쇄살인이라는 기중의 말을 무시하고 경찰이 헛발질을 하는 동안 1년이라는 시간이 허무하게 지나갔다. 그리고 또 '그 살인'이 일어났다.

고급 아파트에 사는 남성의 시신이 야산에서 발견됐다. 55세 박광철. 이전 두 사건과 같은 지역이다. 이번에는 액살. 기중은 시신의 발밑에서 서성인 족적을 보고 놈이라는 걸 알았다.

또 다른 공통점 하나는 '연출'을 해놓았다는 것이다. 놈은 남자를 죽인 후 야산에 그냥 버려둔 게 아니었다. 반듯하게 눕힌 채로 무릎을 세우고 양팔을 대자로 벌려두었다. 사람이 눈을 감고 물에 뛰어드는 것 같은 모습이라 소름이 끼쳤다. 두 다리를 세워놓기 위해 놈은 사후경직이 와서 다리가 넘어지지 않을 때까지 고정해놓고 기다렸다는 것이 된다.

"관절살인사건, 욕조살인사건, 이번 야산살인사건까지. 모두 동일범입니다."

"장소도 다르고 범행 수법도 다르고 시그니처도 다른데 언제까지 헛소리만 늘어놓을 거야, 어, 온도? 그것도 이번엔 해당 안 되잖아!"

서장은 여전히 인정하지 않았다.

"더 잘 아시겠지만 살인사건 연관성에 대해서는 여러가지 연구가 있지 않습니까. 장소나 상해 패턴 같은 것들은 상황과 범인의 상태에 따라 얼마든지 달라질 수 있습니다. 들킬 위험이 있다 싶으면 장소도 범행 수법도, 흉기도 바꾸죠. 그런 것보다는 공격 방식이나 어떤 식으로 상해를 입히는지에 중점을 둬야 합니다. 얼마나 그리고 어떤 식으로 치밀한지도요. 이놈이 피해자를 선정하는 기준은 아직 저도 확신할 수 없습니다만, 치밀하게 계획했다는 건 확실합니다. 그리고 범행 수법은 바꾸지만 시신을 연출하듯 해놓는 건 절대 포기가 안 되는 놈이라는 것도요. 그게 놈의 시그니처고요. 그리고……"

"발자국? 또 그놈의 발자국이야? 이번엔 집이 아니잖아. 연출해놓느라 발자국이 찍혔겠지!"

"그런 족적과 다르다는 겁니다. 그리고 장소는 얼마든지 바뀔 수 있다는 거 잘 아시잖습니까."

"안에서 살인하던 놈이 다음번엔 밖에서 살인을 한다? 달라져도 너무 달라졌다고는 생각 안 하나?"

"이번 피해자가 사는 곳은 고급 아파트였습니다. 보안이 철저했죠. 그래서 밖에서 접근할 수밖에 없었을 겁니다. 피해자의 핸드폰을 빼앗아 길에 세워진 아무 오토바이 밑에 붙여서 기지국 위치가 계속 바뀌도록 했죠. 언제 어디서 납치됐는지 추적이 불가능하도록요. 이렇게 치밀한 준비를 하는 놈이 그놈 말고 또 있기도 어렵고……."

"책임질 수 있나?"

"예?"

"만약 아닐 경우 옷 벗을 수 있냐고."

기중은 바로 반응하지 않고 서장을 가만히 보았다. 서장은 지금 두려워하고 있었다. 지난 두 사건을 해결하지 못하면서 목이 위태로웠다. 범인을 못 잡는 것도 모자라 연쇄라고 했다가 아니라고 번복이라도 하게 된다면 그때는 정말 돌이킬 수 없어질 것이다.

서장의 눈에 '그럼 그렇지'라는 표정이 떠올랐다.

"네, 옷 벗겠습니다."

기중이 단호하게 답하자 서장의 작은 눈이 동그래졌다. 그 눈이 입을 대신해 정말이냐고 묻고 있었다.

며칠 후 기중은 기자회견장에서 연쇄살인을 언급했다. 기중이 마지막에 덧붙인 말은 국민들을 공포로 내몰았다.

"놈은 범행 지역 인근 거주자입니다. 대개 범인들은 익숙한

곳을 벗어나지 못하죠. 해당 지역 주민들께서는 특별히 주의하시라는 당부 말씀을 드립니다."

사람들이 공포에 빠진 것은 당연했다.

2년이라는 시간 동안 총 세 건의 살인. 그동안 경찰은 뭘 한 거냐며, 연쇄살인인 것을 이제야 안 거냐며 비난을 받았다. 반면 1년에 한 번씩 일어난 기괴한 사건을 연쇄로 묶은 경찰이 대단하다며 응원하는 여론도 있었다. 대중들에게 잊혀져 가던 관절살인사건과 욕조살인사건이 곧바로 뜨거운 감자로 급부상했다.

그리고 놈은 보통 살인마가 아니었다. 이번에는 1년이 아니었다. 며칠 후 또 사건이 터졌다.

13

실험 4일 차 새벽(2)

기중은 1번 민주의 방부터 차례로 한 번씩 쾅, 소리 나도록 두드렸다.

"다들 나오세요!"

반응이 없자 기중이 원격 조정으로 열려고 핸드폰을 꺼내드는데, 7번 문이 슬며시 열리더니 준성이 걸어나왔다. 결박이 풀린 상태였다. 밧줄에 묶였던 손목이 벌겋긴 했지만 멀쩡해 보였다. 더 놀라운 건 줄줄이 준성의 뒤를 따라 나온 이들이었다. 명우, 민주, 시연이었다.

미리 나와 있던 사람들은 벌어진 입을 다물지 못했다.

그들이 소파에 둘러앉아 밝힌 상황은 이랬다.

수호와 윤기가 속닥이는 걸 목격하고 민주도 가만히 있을 수 없다는 생각에 시연에게 제안했다. 맨 앞 방인 민주가 나와서 시연을 부르고, 둘이서 명우의 방을 노크했다. 명우는 처음엔 경계했지만 두 사람인 걸 알고 문을 열어주었다. 손에는 만일에 대비한 샤워기 헤드를 들고 있긴 했지만. 그렇게 셋이 모여 준성의 방까지 갔다는 것.

민주는 준성을 끼는 것을 처음엔 꺼려했지만 머릿수가 하나라도 더 필요하다는 명우와 시연의 설득에 마음을 굳게 먹었다고 했다. 그리고 그들은 준성이 이성을 차렸는지 확인하고 그를 풀어주었다. 그 시점은 수호가 윤기를 만나러 나가기 전이었다. 그리고 작전을 세웠다. 여기 네 명 중에 살인마가 있을지도 모르지만 탈출이라는 목표가 같다면 그것도 상관없으니 힘을 합치자고. 머리를 맞대고 궁리하고 있는데 밖에서 소란스러운 소리가 들려온 것이다. 바로 나오지 않은 건 모여 있던 걸 들키고 싶지 않았고, 혹시 살인마가 날뛰고 있을까 두려워서라고 했다.

처벌이 효과가 있는지 다들 돌아가면서 설명을 하는 동안 준성은 입을 꾹 다물고 있었다. 하루 사이에 다른 사람처럼 수척해 보였다.

얘기가 다 끝나자 기중이 조금 전에 벌어진 일을 설명했고, 모두가 충격을 받았다. 기중이 태블릿을 가져와 녹화된 영상을 보면서 말했다.

"백윤기 님이 안수호 님 방인 5번 방에서 나와서 물을 가지러 나온 시각은 2시 12분. 실내가 어두워서 더듬거리다 보니 다이닝룸에 도착한 시각은 2시 18분. 아무리 실험장이 넓어도 30초인 거리가 6분이 걸렸네요."

"……범인…… 진짜 범인이 나타난 거예요! 살인마요! 그 안에 영상 있을 거 아닙니까? 그것 좀 봅시다!"

명우가 흥분해서 소리쳤다. 기중은 말없이 태블릿을 탁자에 세우고 영상을 재생시켰다.

영상은 현서의 방인 6번 문이 열리는 장면으로 시작했다. 하단에 '00:10'이라는 시간이 보였다. 6번 방에서 나온 현서가 다른 방들을 쭉 지나 다이닝룸으로 걸어갔다. 어두운 탓에 더듬거리면서 걸었지만 도착했을 때는 겨우 3분이 지난 '00:13'이었다. 윤기보다 훨씬 빨랐다.

다이닝룸에 들어서서 불을 켰을 때야 현서의 얼굴을 선명하게 볼 수 있었다. 현서는 아무도 없는 다이닝룸을 두리번거리더니 냉장고에서 물을 꺼내 컵에 따른 다음 조리대에 기대서 마셨다.

"누구를 기다리는 건가?"

시연이 중얼거렸다.

"글쎄요…… 그냥 혼자 쉬는 거 같기도 한데?"

민주가 말했다.

3분쯤 더 지났을 때, 정말 누군가 나타났다. 모두 똑같이 놀란 탄성을 터트렸다.

가면을 쓰고 있었다. 실험 때처럼 워커와 장갑도 착용했다. 현서도 그를 놀란 듯이 빤히 쳐다보았다. 가면은 그 이후에 일어날 일을 준비하듯 냉장고와 와인장 사이로 들어갔다.

다이닝룸에는 두 대의 냉장고가 마주 보는 식으로 배치되어 있었다. 음식을 넣는 대형 냉장고 옆에는 냉장고만큼 꽤 높은 와인장이 있었는데, 그 사이는 비어 있었다. 초반에 참가자 중 예리한 이들에게는 급조된 실험인가, 하는 인상을 주는 요소이기도 했다.

4도어 냉장고가 들어가고도 남을 만한 그 공간 안쪽이 카메라 화각에 잡히지 않을 거라는 건 조금만 관심을 가지면 알 수 있다. 놈은 과감하게 그것을 실행에 옮긴 것이다. 무슨 이유인지 현서가 영문 모르는 표정으로 와인장과 냉장고 사이로 뒤따라 들어가더니 보이지 않게 되었다.

기중이 타임라인을 조작하자 잠시 후 와인장과 냉장고 사이에서 현서의 몸이 스르륵 쓰러지며 나왔다. 참가자들이 새된 비명을 터뜨린 순간, 이번엔 그 사이에서 가면이 나오더니 도망치듯 다이닝룸을 빠져나갔다. 모두가 경악한 채 한동안 아무 말도 하지 못했다.

"다른 영상! 어, 어느 방으로 들어갔는지 봐봐요!"

수호의 목소리가 거칠게 갈라져 나왔다.

기중이 다이닝룸을 비추는 4번 카메라 영상까지 틀었지만 놈은 방이 있는 라운지가 아닌 라운지와 1번 방 사이의 공간으로 들어갔고, 그 뒤로 다시 나타나지 않았다.

모두가 공포에 질린 얼굴로 1번 방과 다이닝룸 사이 검은 공간을 쳐다보았다. 저 안에 뭔가 있을 것 같아 오싹해졌다.

"다시 나온 게 안 찍혔잖아. 그럼 지금 저기에……."

준성이 검은 공간에서 눈을 떼지 못한 채 중얼거렸다. 석구가 말했다.

"아까 확인해봤습니다만 아무도 없었습니다."

"당연하죠. 여기 다 모여 있는데. 우리가 모르는 제삼자가 또 있다면 모를까."

민주가 평소처럼 퉁명스럽게 말했지만 불안정하게 흔들리는 눈빛까지 감추지는 못했다.

"저 사람! 저 사람이 제일 수상한 거네요!"

준성이 갑자기 쩌렁쩌렁하게 소리치며 석구를 가리켰다. 영문을 모르겠다는 사람들 표정을 보면서 준성이 덧붙였다.

"카메라 끈 것도 저 사람이었잖아!"

"저 아니라고 말씀드렸잖아요!"

그때 윤기가 벌떡 일어나더니 긴 팔을 휘적거렸다.

"지금 카메라 끈 게 중요한 게 아니잖아요. 결국 살인범이 우리를 다 죽이려 한다는 게 중요하죠! 살인이 시작된 거라고요. 그런데도 이걸 계속하겠다고요? 미친 거 아니에요?"

이어서 들린 건 상대적으로 매우 얇은 목소리였다.

"여기 더 있는 건 말도 안 돼요! 이제 제발 그만해요⋯⋯."

벌떡 일어나 소리를 지른 사람은 시연이었다. 목소리는 금방이라도 울음을 터뜨릴 것처럼 가냘팠지만 눈빛은 전과 달랐다.

결국 참가자들이 모두 일어나 소리를 질러대기 시작했다. 목소리가 뒤섞여 무슨 말인지 알아들을 수도 없었다. 참가자들은 이제 완전히 공포에 질려 있었다. 그 공포가 이성을 잠식하고 생존 본능을 끄집어냈다.

"아씨, 조용히들 좀 해보라고. 내가 말하잖아!"

"너나 조용히 하세요. 목소리만 커가지고."

"방금 한 말 다시 해봐. 어린놈의 새끼가!"

공포에 질린 참가자들 사이에 결국 싸움이 일어났다. 멱살을 잡고, 그걸 말리다가 또 싸움이 붙고, 밀쳐져서 넘어지고 구르며 아수라장이 되었다.

시연은 한쪽에 물러서서 하얗게 핏기가 가신 두 손을 꼭 쥐고 지켜볼 수밖에 없었고, 민주는 그만들 좀 하라며 뛰어들었다가 밀쳐져서 바닥을 나뒹굴었다.

석구와 기중까지 달려들어 말렸지만 오히려 더 엉켜들 뿐이었다. 민주가 바닥에서 일어나더니 뒤엉켜 있는 참가자들을 향해 빽 소리쳤다.

"그만 좀 하라고! 이 멍청한 새끼들아!"

넓은 라운지가 쩌렁쩌렁 울릴 정도로 큰 소리에 모두가 정지 버튼을 누른 것처럼 멈추었다.

"지금 그깟 카메라 누가 껐는지가 중요해요? 지금 어떤 상황인지 진짜 다들 모르겠냐구요!"

소프라노 톤의 고성이어서 글자 하나하나가 귀에 박히는 것 같았다. 모두 거칠어진 숨을 몰아쉬면서 민주를 빤히 쳐다보기만 했다. 민주가 다시 소리쳤다.

"범인이 어떻게 했는진 모르지만 카메라에 찍히지 않고 다이닝룸에 갔다는 건데, 우리가 몰래 방으로 모이기 전이잖아요. 그전에 우리 중 한 명이 경찰 언니를 공격하고는 태연하게 모인 거라는 건데……. 무슨 말인지 모르겠어요?"

참가자들의 눈빛이 서서히 돌아왔다. 민주가 쐐기를 박았다.

"우리 모두 경찰 언니를 공격할 수 있었던 용의자가 된 거라고요!"

모두가 얼어붙은 얼굴로 서로를 쳐다보았다.

"어쩌면 범인이 계속해서 모두를 용의자로 몰아가려고 꾸민 일일 수도 있겠네요."

"그럼 직전에 의심을 받던 사람이 제일 수상한 거 아니에요?"

"이 순경이 누굴 만나기로 하고 기다리던 것 같았는데, 그럼 약속을 한 거 아니겠어요?"

"누굴 기다리는 느낌은 아니었는데요? 그리고 누구랑 약속을 한 거면 홍 교수님한테 말을 했겠죠."

"그럼 범인이 그때 딱 그분이 다이닝룸에 올 걸 어떻게 알고 나타나서 공격을 해요?"

"타깃을 정해둔 게 아닌 걸 수도 있죠. 어디서 숨어 기다렸는데 마침 나타난 게 그분이었을 수도?"

"이런 장소에서 그런 우연이 가능하다고요?"

"약속해서 만났다고 하면 솔직히 저분밖에 없지 않아요?"

윤기가 멀뚱히 서 있던 석구를 가리켰다. 석구가 뭐라고 반박할 새도 없이 민주가 먼저 빽 소리를 질렀다.

"우리 여자들이라도 풀어줘요! 여자들은 범인일 가능성 없잖아요!"

남자들이 어이없다는 표정을 지었다.

관망하고만 있던 기중이 결국 입을 열었다.

"그럴 수는 없습니다. 문제가 몇 가지 남아 있거든요."

"무슨 문제요!"

민주가 날카롭게 쏘아붙였다. 기중이 이 말을 할 타이밍을 기다렸던 사람처럼 호흡을 가다듬더니 차분히 입을 열었다.

"우선 먼저, 전화를 받았을 때 그 남자의 '목소리'가 아닌 '말투'를 한번 떠올려봐달라는 제안을 드리고 싶은데요. 비슷한 말투를 가진 사람이 여기, 우리 중에 있는지 생각해보시라는 겁니다. 여자분들도 포함해서요. 여성일 가능성이 높진 않지만 0퍼센트도 아니거든요. 목소리를 변조했을 수도 있으니까요. 비슷한 말투를 가진 사람이 있다면 그게 누구든 주저 없이 저한테 말씀해주세요."

모두가 뜬금없다는 표정으로 쳐다보자 기중이 덧붙였다.

"여성분들도 배제할 수 없는 이유로 설명이 됐는지요?"

지금 기중은 안간힘을 다해 머리를 굴리는 중이었다. 매 순간 이 외줄타기를 하는 것처럼 위태로운 기분이었다. 이제는 기댈 데가 '본능적인 감'밖에 없다니…… 막막했다.

그래도 아직은 희망이 있었다. 성문 분석이 수사에 사용되는 이유는 목소리가 지문과 마찬가지로 개인 고유의 것이기 때문이다. 그에 반해 말투는 그러한 수사 기법에 적용되지 않는다. 그럼에도 참가자들에게 확인하려는 건 직감으로 나름 분명하게 느낄 수 있는 특성이기 때문이었다. 아는 사람이라면 걷는 뒷모습만 봐도 알아보는 것, 이런 것이 바로 과학으로만 설명되지 않는 인간의 인지력이란 것이니까.

진짜 문제는 예나 지금이나 결코 풀 수 없는 한 가지가 남아 있다는 거였다. 범행 동기였다. 십 년 전에도, 이번 실험 사이 2주간의 범행도. 동기가 없을 수는 없다. 놈과 같은 사이코패스들에게도 자기 나름의 이유가 있으니까. 그것이 일반 사람들로서는 결코 이해할 수 없는 거라 하더라도.

싸움을 멈춘 참가자들이 어정쩡하게 선 채로 멍하니 고개를 저었다. 말투가 비슷한 사람은 여기 없다는 뜻이었다.

여기에 없을 리는 없다. 범인은 분명 여기 있다. 다른 가능성은 존재하지 않는다. 범인이 잘 감추고 있을 뿐이다. 참가자들이 전화로 딱 한 번, 그것도 긴장한 상태로 들었던 거라 기억이 또렷하지 않을 뿐이다.

물론 녹음을 했어도 별 의미는 없었을 것이다. 이 정도 계획형이라면 녹음에 대비해뒀을 것이다. 목소리를 변조하거나 알바를 쓰거나. 방법은 얼마든지 있다.

"그래도 확률은 낮은 거잖아요!"

물러서지 않는 민주를 보고 기중이 별수없다는 듯 혀를 쯧 찼다.

"그렇지 않다는 걸 김민주 님이 스스로 증명하셨죠."

민주의 안색이 굳어졌다. 민주가 더듬거리며 무슨 말이냐고 되묻자마자 기중이 말했다.

"어제 카메라 끈 사람, 김민주 님이잖습니까."

다시 다들 어안이벙벙해진 얼굴들이었다. 민주는 이번엔 우기지 못하고 휘청거리며 소파를 짚었다.

어제 기중은 의도적으로 3번 카메라가 2번 카메라를 비추지 못한다고 말하고 나서 3번 카메라를 돌려보았다. 그리고 민주를 발견했다. 준성 때문에 아수라장이던 사이에 카메라 가까이 있던 건 석구, 민주, 윤기였다. 수호는 그 뒤쪽에 있어 카메라에 닿을 수 없었고, 소파에 있었던 명우는 제외였다. 그 상황에 민주가 팔을 뻗어 카메라를 끄는 모습이 담겨 있었다.

기중은 술렁거리는 참가자들을 가만히 지켜보았다. 기중에게 무엇보다 필요한 광경이었다. 어제 억울하게 몰렸던 석구는 입을 벌리고 멍하니 민주를 쳐다보고 있었다.

기중이 어제 카메라에 담기지 않았을 거라고 말한 것은 의도적이었다. 실제로 '그놈'이라면 그런 짓을 하지 않을 거라는 확신 때문이기도 했지만 잠깐이라도 간극을 두어 참가자들이 더욱 와해되는 것을 보고 싶었기 때문이다. 감정이 격해지면 본성이 나오고, 그것이 결국 범인에게 자신을 데려가줄 테니까.

"예에? 그럼 어제 그게 다 연기였다는 거예요? 진짜? 무섭네, 이 사람!"

윤기가 삿대질하며 소리쳤다.

"대체 왜 그런 거예요?"

시연의 작은 목소리는 이상하게도 소란 속에서도 또렷이 들렸다. 모두가 민주를 향해 대답해보라는 눈빛을 쏘아보냈다.

"살인범이니까 그런 거 아니에요?"

명우가 가라앉은 목소리로 말했다.

처음엔 어쩔 줄 몰라 하던 민주가 입술을 한 번 꾹 깨물더니 적반하장으로 화를 냈다.

"저 살인마는 아니거든요? 주최팀이 제대로 감시하고 있나 알아보려고 그런 것뿐이었어요! 믿음이 안 가니까. 그 덕분에 지금 직원이 한 명뿐이라는 것도 알게 됐잖아요."

"그렇게 해서 뭐가 달라졌는데요? 그렇다고 우리 목숨 지켜주는 카메라를 꺼요?"

"잠깐이었잖아요!"

"그럼 김민주 님 때문에 범인으로 몰린 저는요! 그때라도 밝혔어야 되는 거 아닙니까. 그것 때문에 제가 잘못되기라도 했으면 어떻게 하실 생각이셨습니까?"

석구가 도무지 용납할 수 없다는 얼굴로 따졌다.

"뭐…… 모르죠, 저야."

민주의 제멋대로인 태도에 석구가 발끈했다. 억울함과 분노, 밤새 느꼈을 두려움이 뒤섞여 그의 얼굴은 안쓰러울 정도로 일그러져 있었다. 그러나 석구는 두 주먹만 꾹 쥐고 있는 게 고작이었다.

"그리고 또 하나가 남았습니다."

기중이 말을 이어가려는데 윤기가 손을 들었다.

"저기 근데요, 잠깐만요. 범인은 어떻게 카메라에 찍히지 않은 거죠?"

"네, 바로 그겁니다. 구조상 카메라에 찍히지 않고 방에서 나오고 들어갈 순 없죠. 그런데 놈은 그렇게 했습니다."

그때 어디선가 피식피식 비웃는 소리가 들려왔다. 모두가 놀라 두리번거리다가 발견한 건 소파에 방만한 자세로 기대앉은 수호였다.

"이제 좀 그만할 때도 되지 않았어요? 이쯤하면 됐잖아요. 니

네 경찰까지 죽이려고 한 놈이라고요. 그것도 사람이 한정된 공간에서. 전문가라면서 모르겠어요? 보통 놈이 아니라고요. 그러니까 이제 그만하고 우리 내보내달라고요!"

수호는 이제 대놓고 깔보는 눈빛이었다. 그러나 거기에는 두려움도 깃들어 있었다.

"여기서 범인을 잡지 못하는 게 여러분들한테도 좋은 일이 아닐 겁니다. 그리고 어제 말했다시피 나가고 싶으시면 나가세요. 단, 위약금이 있다는 것도 잊지 마시고요."

"위약금은 우리가 받아야 되거든요!"

뻔뻔해 보일 줄 알면서도 기중은 고개를 저었다. 그는 지금 일부러 위악을 떠는 중이었다.

"저는 이 실험을 끝낼 생각이 없으니 그럴 필요가 없죠. 자, 다시 돌아가서, 들어보시죠, 오늘부터 우린 놈이 어떻게 카메라에 찍히지 않고 돌아다녔는지 찾을 겁니다. 그리고……."

기중이 말을 멈추고 방으로 향했다.

"와, 진짜 사람 개무시하는 거 봐!"

수호가 발끈했지만, 기중은 무시하고 방으로 들어갔다. 곧바로 서류봉투 하나를 들고 다시 나타났다. 모이기 전에 다이닝룸의 화물 리프트를 통해 형근으로부터 전달받은 거였다.

수호가 '이봐요!' 소리치며 벌떡 일어섰지만 기중에겐 안중에 없었다. 서류봉투 안에서 뭔가를 잔뜩 꺼내 테이블 위에 착 하고 던지듯 펼쳤다. 인화한 필름 사진들이었다.

"현장 사진입니다. 피해자 강윤정, 황종섭 님입니다."

256

테이블에 펼쳐진 서른여 장의 사진들이 한눈에 들어왔다. 윤정과 종섭의 생전 사진이 각 십여 장씩 있었다. 문제는 그 밑에 보이는 이질적인 몇 장의 사진이었다. 사건 현장을 찍은 거였다. 사진 속 두 사람은 싸늘한 시신이 되어 있었다.

참가자들은 숨이 멎을 듯 놀랐다. 반응은 저마다 달랐다. 누군가는 사진에서 눈을 떼지 못했고 누군가는 놀란 소리를 내며 눈을 가리고 고개를 돌렸다. 타깃이 자신들이 되었을 수도 있다는 생각이 새삼 그들의 뇌리를 훑고 지나갔다.

그런데 누군가 헉, 하고 무심코 터뜨린 숨소리가 들렸다.

신경이 곤두선 분위기라 작은 소리였지만 또렷하게 퍼져나갔다. 모두의 눈동자가 수호에게 향했다.

누가 봐도 수호의 표정은 이상했다. 놀라서 커다래진 눈이 사진에 박혀 있었다. 그러다 뒤늦게 알아채고 수호가 시선을 들었을 때는 이미 늦었다. 열네 개의 눈동자가 그를 보고 있었다.

수호는 자기도 모르게 뒷걸음질 쳤다. 눈동자들이 방금 그 반응은 뭐냐고 묻고 있었다.

"뭐예요? 아는 사람이에요?"

질식할 것 같은 정적을 깨고 먼저 입을 연 사람은 민주였다. 수호는 파랗게 질린 채 고개를 저으며 부인했다.

그러나 얼마 버티지 못하고 바닥에 털썩 주저앉았다.

"네, 맞아요. 아는 사람이에요……."

참가자들이 다시 라운지 소파에 앉았다. 아는 사람이 익명의 참가자 중 한 명이며, 하필 살해된 사람이라니, 쉽게 납득이 안 되는 상황이었다.

모두 숨을 죽이고 수호의 말을 기다렸다. 수호는 석구가 가져다준 찬물을 벌컥벌컥 마시고 나서 마침내 입을 열었다.

"여자친구의 전 남자친구였어요. 이름도 정확히 기억해요. 황종섭."

사진 속 종섭은 얼굴 여기저기에 점상 출혈이 보였다. 목을 조였다 풀었다 했다는 증거였다. 하얗다 못해 창백한 피부가 된 시신의 얼굴은 살아있을 때의 모습과 괴리가 컸다.

참가자들은 종섭이 1차 실험 때부터 건방진 말들을 툭툭 내뱉어 얼굴도 뱀상처럼 날카로울 거라 생각했다. 실제로는 완전 딴판이었다. 작고 동그란 눈, 다듬지 않아도 깔끔한 눈썹에 전체적으로 부드러운 인상을 가진 호감형이었다. 가면을 쓰고 있을 때와 너무도 다른 분위기였다.

"여자친구랑 사귄 지 얼마 안 됐는데, 처음 알게 된 건 스무 살 즈음이었어요. 십 년 전쯤이요. 재수학원에서 만나 친해졌어요. 그때 황종섭도 같은 재수학원에 다녔었나 봐요. 전 모르는 애였는데 여자친구가 당시에 걔랑 오래 사귀다 헤어졌고, 저랑 사귀게 된 건 최근인데 황종섭이 여자친구한테 종종 연락을 해왔다는 걸 알게 됐어요. 친구로라도 지내자면서요. 미련이었겠죠. 그게 화가 나 제가 실험 전에 황종섭을 한 번 찾아간 적이 있었어요. 싸움이 났죠. 저도 알아요. 황종섭도 잘못했지만 여자친구가 더 잘못했다는 거요. 자꾸 여지를 주더라고요."

"크게 싸웠습니까?"

기중이 질문했다.

"말싸움 좀 하다가 멱살 잡는 정도로 끝났어요."

"저 사람 체포해요! 다 알면서 죽여놓고 모른 척하는 건지 알게 뭐예요!"

민주가 소리쳤다. 이번엔 윤기가 손을 들었다.

"아무리 그래도 어떻게 둘이 같은 실험에 올 수가 있어요? 그게 우연으로 가능한가?"

"아마 여자친구 때문이었을 거예요. 여자친구가 심리학과 전공이어서 이 실험에 관심을 가졌거든요. 그런데 본인이 나가기는 좀 무서우니 저한테 한번 나가보라고 했어요. 둘 다 30대여서 결혼 생각이 있는데, 그럼 돈이 필요하잖아요? 근데 전 모델일만 오래해 수입이 일정치 않아 모아둔 돈이 없었고……. 그런데 이번에 제가 황종섭을 찾아가는 계기가 됐던 게, 여자친구가 걔랑 술을 마셨더라고요. 그때 실험 이야기도 한 걸로 알고 있어요. 황종섭도 그게 계기가 돼서 오지 않았나, 그런 생각이 드네요."

"그럼 황종섭은 님이 나간다는 걸 알고 일부러 온 거예요?"

민주가 놀란 숨소리를 터뜨리며 물었다.

"그건 잘 모르겠어요. 여자친구가 어디까지 얘기했는지 모르거든요. 아무튼 제 짐작은 여자친구와의 접점 때문에 같은 실험에 나오게 된 것 같다는 거예요. 전 몰랐죠. 그때 저는 둘이 만났다는 데 돌아버려서 대화가 안 되는 상태였거든요."

"황종섭이란 사람이 여기 나온 걸 알고는 그쪽이 죽인 걸 수도 있잖아요?"

윤기가 건수라도 잡았다는 듯이 물고 늘어졌다.

"그 사람이 여기 온 줄도 전 몰랐고요, 제가 바보가 아니고서야 이런 관계가 드러나면 첫 번째로 의심받을 게 뻔한데 그런 짓을 하겠어요?"

수호는 좀 더 차분해진 태도로 말을 받았다.

그때 윤기가 벌떡 일어섰다. 뭔가 대단한 걸 발견했다는 표정이었다.

"문 잠갔잖아! 내가 물 가지러 다이닝룸 갔을 때. 범인이니까 일부러 방 닫은 거 아니에요? 방으로 돌아오는 시간이 걸리니까. 카메라를 어떻게 피했는지는 모르지만. 그래! 잠길 거 뻔히 알면서 문 닫은 것부터가 이상했다니까."

참가자들 사이에서 다시 놀란 소리가 터졌다. 그럴듯하게 들린 것이다.

"아니, 내가 그 방에서 다이닝룸으로 뭐 순간이동이라도 했다는 거예요?"

수호가 버럭하자 이번엔 윤기 대신 민주가 뭔가 알아낸 듯 손뼉을 쳤다.

"범인이 카메라에 찍히지 않고 돌아다니는 방법을 알고 있는 거라고 했잖아요. 그 방법을 썼겠죠."

"그래서, 범인이 알고 있는 방법이 뭔데요. 네? 뭘 제대로 알고나 그런 말 하는 거예요?"

받아치는 수호의 얼굴은 이제 보기 안쓰러울 정도로 일그러져 있었다.

"범인은 환기통로로 돌아다녔을 겁니다."

기중의 말에 과열되려던 분위기가 다시 가라앉았다.

"그걸 어떻게 그렇게 확신하십니까?"

명우가 물었다. 기중이 고개를 살짝 기울였다.

"그것밖에는 답이 없으니까요."

"……"

"이 밀폐된 공간에서, 문이 열고 닫히는 게 모두 촬영되는 상황에서 카메라에 찍히지 않고 돌아다닐 방법은 하늘로 솟거나 땅으로 꺼지는 방법밖엔 없죠. 바닥과 다르게 천장은 열립니다."

기중이 천장을 덮고 있는 타일 모양의 석고텍스를 가리키며 말했다. 저 한 칸을 밀면 열린다는 뜻이었다. 기중의 설명에 명우가 입을 다물고 소파에 몸을 기댔다.

"지금까지 봤을 땐 저 님이 젤 유력한 거 아닌가요? 제일 수상한데?"

민주가 지친 한숨을 내쉬며 수호를 가리켰다. 다들 암묵적인 동의인지 가만히들 있자 수호가 발끈해 한마디 하려고 했다. 석구가 조심스레 손을 들었다.

"이 지점에서 제가 드려야 할 말씀이 있습니다. 사실 어제 안수호 님과 이 순경이 따로 대화를 나눴었어요."

시큰둥하게 듣던 사람들의 태도가 변했다. 기중도 아직 사건이 일어난 시각 외의 녹화본을 전부 확인한 게 아니라 몰랐던 사실이었다. 석구가 설명을 이었다.

"어제…… 아니, 새벽이죠. 다들 들어가시고 나서 저랑 이 순경이 남아 있었는데요. 안수호 님이 다시 나왔습니다. 그때 저는 잠깐 화장실에 갔었는데 두 분이 이야기를 나누고 있었어요."

"그러니까 둘이서 새벽에 다이닝룸에서 만나기로 했다거나 뭔가 커넥션이 있었을 거란 말인 거죠?"

윤기가 묻자 수호가 기가 막히다는 듯 헛웃음을 토해냈다.

"하! 이렇게 몰아간다고요? 난 방에서 그냥 자다가 저 백윤기 님 만나러 간 거라니까! 그리고 그때 대화 엄청 짧았거든요? 저 홍 교수님이 우리 보고 공범이라는데, 거짓말 한 번 한 것 가지고 공범이 되는 게 맞는지 그거 물어본 것뿐이라고요."

"그럼 저한테 물어보셨어도 되는데 굳이 제가 없는 틈에 나와서……."

석구가 반박하자 수호가 말을 가로챘다.

"그쪽이 없는지 제가 어떻게 알고 딱 맞춰 나오냐고요! 그냥 경찰한테 물어봐야겠다 싶어 나왔더니 이 순경님 혼자 있었어요."

다시 분위기가 격앙되고 있었다. 수호는 얼굴이 벌게져서는 목에 핏대를 세웠지만 석구의 증언은 강력했고, 죽은 황종섭과 아는 사이였다는 것까지 밝혀져 상황이 불리하게 흘러가고 있었다.

기중이 손바닥을 세워 과열되려는 흐름을 끊었다.

"일단 이쯤에서 각자 방에서 좀 쉬기로 할까요? 피곤해서 다들 판단력이 좋지 않은 상태이기도 하고, 저도 좀 알아볼 게 있어서 말입니다."

"이 타이밍에요?"

윤기가 인상을 쓰고 쏘아붙이듯 말했다.

"지금 저 님 완전 수상한데, 안 밀어붙이고요?"

민주도 이해 안 된다는 표정이었다.

"지금 이래 봐야 어차피 답이 안 나올 거 같은데요. 우선 각자 방에 들어가주시면 감사하겠습니다. 새벽부터 고생하셨습니다. 남은 잠 더 주무시고 아침에 뵙는 걸로 하죠."

"감사하기는. 명령이면서."

준성이 말을 툭 던졌다. 모두의 시선이 그에게로 향했다. 눈은 아직 충혈되어 있었지만 그는 이제 거의 이성을 되찾은 듯 보였다.

"만약 안 들어가겠다면 어떻게 되는 겁니까?"

이렇게 묻는 준성의 입가에 비웃음이 떠올라 있었다.

"설득을 해보고, 그래도 안 되면 강제로라도 들여보내겠죠."

"강제로 어떻게요? 무력으로?"

기중은 바로 대답하는 대신 준성을 지그시 바라보았다. 더는 선을 넘지 말라는 경고였지만 준성이 다시 따지고 들었다.

"이거 따른다고 우리한테 무슨 이득이 있죠?"

"충실히 따를 경우에만 참가비가 지급된다고 계약서에 명시되어 있을 텐데요."

"그건 실험이 정상적으로 진행될 때 얘기……."

바로 반박하던 준성이 말을 멈추고 입을 다물었다. 잠시 생각해보더니 돈을 못 받게 되는 일은 있어선 안 되겠다 싶었는지 자리를 털고 일어섰다.

"뭐 그러죠. 들어가줍시다. 그래 달라는데."

말을 마치자마자 준성은 먼저 방으로 향했다. 참가자들은 혼란스러운 얼굴로 서로 눈을 마주쳤지만 이내 하나둘 각자 방으로 움직였다. 들어가지 않고 대기하던 진 경사까지 들여보내고 나서 기중은 형근에게 문자로 지시를 보냈다.

잠시 후, 이미 자동으로 잠긴 모든 도어락에서 달칵, 하는 소리가 동시에 났다.

모든 방의 도어락이 바깥에서 강제로 잠기는 소리였다.

민주는 침대에 누워 있다 도어락이 잠기는 소리를 듣고 벌떡 일어나 앉았다. 설마, 하는 마음에 다가가 문고리를 당겨보니 문이 꿈쩍하지 않았다.

"뭐야, 밖에서 잠근 거야? 어이없네?"

이런 기능이 있었다니, 황당하고 화가 났지만 이내 민주는 침대에 털썩 앉았다. 잠도 거의 자지 못해 극도로 피곤했고 짜증이 났다.

도대체 어떻게 돌아가는 상황인지 알 수가 없었다. 이젠 될 대로 되라, 하는 마음도 들었다. 뭘 하려고 발버둥쳐봤자 다 짜여진 판의 장기말이 된 기분만 들 뿐이었다.

분명 홍기중이란 작자도 이 상황이 썩 마음에 들지 않긴 할 거다. 참가자들이 전부 범인한테 놀아났다는 것도 놀랄 일인데 심지어 모두가 그를 속였다. 거기다 바로 그날, 투입시킨 순경이 피습을 당하는 일까지 발생했다. 그야말로 뒤통수를 맞은 거나 마찬가지다.

자신이 카메라를 건드려 난리가 났던 것도 그에게 어느 정도 타격을 줬을 것이다. 난리통일 때 넘어지려는 카메라를 잡아세우는 척하면서 전원 버튼을 끄는 건 그리 어렵지 않았다. 대학 다닐 때 영상제작 동아리에 있었기 때문이다.

중요한 건 그것이 그녀에게 원하던 정보를 가져다주었다는 것이다. 1차 때와 다르게 지금은 감시자가 한 명뿐이며, 심지어 밤에는 아예 없다는 것. 그것은 목적이 있는 누군가에겐 밤이 무대가 될 수 있다는 것이고, 무고한 이들에게는 가장 두려운 시간이 될 것을 의미한다.

살인마는 누구일까.

민주는 지금까지 참가자들의 행동을 되새겨보았다. 그러나 혼란스런 순간이 너무 많아 기억에 남은 장면이 몇 없었다.

정말 안수호가 범인일까?

솔직히 민주는 그럴 거라는 확신이 있었다. 전부터도 다른 참가자들을 묘하게 깔보는 듯한 태도도 마음에 들지 않았다. 자기 잘난 건 알아가지고. 겉으론 잘나 보여도 속으로는 피해의식과 열등감으로 똘똘 뭉친 인간일지도 모른다. 원래 그런 사람들이 제일 무섭다고 했다. 속에 칼을 감춘 의뭉스러운 인간.

만약에, 만에 하나라도 안수호가 범인이 아니라면 대체 누가 범인일까.

백윤기, 노준성, 서명우, 한시연, 진석구.

이들 중 대체 누가…….

사실 황종섭과 몸싸움을 할 만한 체격이 안 되는 시연은 배제해도 될 듯했다. 결국 남자 다섯 명 중에 있다는 건데…… 범인의 연기력이 가히 메소드급이었다.

"아아…….."

갑자기 아까 봤던 희생자 둘의 사진이 떠올라 소름이 끼쳤다. 머릿속에 남은 건 그들의 살아생전 모습이 아니라 싸늘한 주검뿐이었다. 몸이 떨리고 머리가 아파왔다.

그때였다. 미처 알아채지 못하고 있던 사실 하나가 머리를 때렸다.

돌아가며 알리바이를 댔던 그때, 말에 어폐가 있던 사람이 있었다. 너무도 교묘해서 아무도 알아차리지 못한 것이었다. 홍기중마저도.

사건 발생일에 인근 지하철역에 갔다는 건 거짓말을 했겠지만, 그 외 시간의 알리바이는 다들 어느 정도 사실에 기반해 말했을 것이다.

그런데 뭔가 이상한 게 있었다.

역시…… 역시 그랬던 거였어……!

민주는 어금니를 힘껏 깨물었다. 어차피 지금은 갇힌 몸이니 피로나 좀 풀고, 이 문이 열리면 뛰쳐나가 범인을 알아냈다고 크게 소리쳐야겠다고 생각했다.

문이 잠기는 소리를 듣고 이 좁은 방 안에 갇혔다는 걸 깨달은 순간, 시연은 아이러니하게도 안도감을 느꼈다. 차라리 감금된 게 안전하게 느껴질 줄이야. 살인범이랑 한 공간에 있는 것보다는 백 배 나았다.

홍기중이 아무리 막무가내라고는 해도 계약된 일주일이 지나면 내보내줄 거라는 믿음이 있었다. 이것은 본능적인 확신이었다. 일주일이 끝날까 봐 초조해하는 걸 보면 알 수 있었다.

사실 문이 잠기기 직전, 시연은 새로운 사실 하나를 발견했다.

— 일이 잘못 됐어요. 사물함 안에 돈은 그냥 가져서도 됩니다.

전화로 들었던, 주최팀을 사칭한 범인의 목소리, 아니, 말투가 떠오른 것이다.

조금 전에 라운지에 있는 동안 남자들의 대화를 듣다가 범인의 것과 같은 말투를 알아차렸다. 그것을 깨달은 순간 온몸에 소름이 끼쳤다. 누구지? 방금 말한 사람이 누구지? 말의 '내용'이 아닌, '목소리'가 아닌, 순전히 '말투만' 인식했기에 머리는 누가 한 말인지 분별해내지 못했다. 그러나 분명 똑같았다.

남자 중에 있었다.

한 가지 확실하게 말할 수 있는 건 안수호는 제외시킬 수 있다는 것이다. 그의 말투는 특유의 높낮이가 있고 빠른 편이라 특색이 명확하다.

노준성, 서명우, 백윤기, 그리고 추가된 인물인 진석구. 이 중에 연쇄살인범이 있다.

이 사실을 알려야 했다. 문이 열리면!

14

실험 4일 차 새벽(3)

라운지에는 기중 혼자만 남았다. 천장을 한참 올려다보다 걸음을 옮겼다. 범인이 도망친 방향, 다이닝룸과 1번 방 사이 공간이었다. 빛이 온전히 닿지 않아 어두웠다. 막힌 공간이다. 천장으로 올라가지 않는 이상 도망칠 곳은 없었다.

벽을 살펴보았다. 원래 창문이 있던 벽을 메운 것으로, 창문틀이 사라진 자리에 벽이 물결치듯 휜 부분이 있었다. 유리가 있던 부분을 시멘트로 메우다 보니 벽의 두께만큼 채우지 못해 남은 흔적이었다. 발디딤으로 충분했다. 그걸 딛고, 천장을 붙잡고 잘 건드려보면 석고로 된 타일 중 열리는 것을 찾을 수 있다.

바로 여기, 벽으로 꺾이는 지점 바로 옆 타일을 밀자 어렵지 않게 위로 들렸다. 그 사이로 환기 통로가 보였다.

다시 내려와 라운지를 향해 섰다. 라운지 천장이 한눈에 들어오는 위치였다. 기중은 범인이 저 위를 기어다니는 게 보이기라도 하듯 라운지 천장을 주시했다. 사방은 고요했다.

현재 시각은 새벽 4시. 끔찍한 피로가 몰려왔다. 참가자들이 잠에서 깨어나 문을 열어달라고 하기 전까지 이 자리에서 꼼짝하지 않을 작정이었다.

바닥난 정신력으로 졸음과 싸우며 버틴 지 얼마나 지났을까. 디지털시계가 '9:00'를 찍었을 때였다.

텅, 하고 부딪히는 소리가 들려왔다. 기중은 마치 착시현상을 경험하는 기분이었다. 천장에서 희미한 움직임이 느껴졌다. 라운지 중앙쯤의 타일 하나가 미세하게 비틀려 있었다.

몽롱하던 차에 뺨이라도 한 대 맞은 것처럼 얼얼했다. 혼란은 오래가지 않았다. 천장 타일이 비틀린 게 아니라 살짝 벌어져 틈을 만든 거였다. 천장 위에서 누가 타일을 들어올리고 있었다. 시야 확보가 안 되는지 점점 더 들어올려 틈이 더 벌어졌다. 어두운 그 틈에 사람의 눈동자가 있었다.

기중이 홀린 듯이 그리로 한 발짝 내디뎠을 때였다. 그 눈과 마주쳤다. 눈동자도 알아차렸는지 동그랗게 커지더니 어둠 속으로 휙 사라졌다. 타일이 순식간에 원래대로 놓였다.

기중은 지체 없이 몸을 돌렸다. 3번 윤기의 방으로 움직였다. 핸드폰을 꺼냈다. 사무실 컴퓨터와 연결된 프로그램에 접속해 도어락 전체 해제를 눌렀다.

억겁 같은 20초가 지나고 나서야 찰칵, 하고 도어락들이 일제히 풀리는 소리가 들렸다. 3번 문고리를 잡고 기다리던 기중이 바로 문을 벌컥 열어젖혔다.

침대에 누워 있던 윤기가 놀라 일어나 앉았다. 눈이 휘둥그레진 윤기를 두고 기중은 곧바로 4번 방으로 뛰어가 문을 활짝 열었다. 얼굴과 앞머리가 젖은 채 막 화장실에서 나온 명우가 튀어나올 듯 커진 눈으로 기중을 쳐다보았다.

곧바로 5번 방. 수호는 문 앞에 서 있다 무슨 잘못을 하다 걸린 것처럼 깜짝 놀랐다. 6번은 현서 방이라 건너뛰고, 기중은 와락 7번 문을 열어젖혔다. 준성은 잠들어 있었는지 그제야 깨어나 일어났다.

기중은 가쁜 숨을 몰아쉬며 가만히 서 있었다. 방마다 참가자들이 고개를 내밀었고 잠시 후 석구도 어리둥절한 얼굴로 나왔다. 모두 무슨 일인가 싶은 표정들이었다.

기중이 손짓을 하자 석구가 뛰어왔다. 기중은 그를 라운지 구석으로 데려갔다.

"방에서 무슨 소리 못 들었어?"

한껏 낮춘 목소리였다. 석구가 충혈된 눈만 끔뻑거리자 기중이 질문을 다시 했다.

"천장을 기어가는 소리나, 어딘가에 몸이 부딪치는 소리나…… 어떤 거든."

석구는 아, 하며 생각을 더듬느라 미간을 찌푸렸다.

"뭔가 움직이는 것 같은…… 그러니까 텅, 텅 하는 소리가 나긴 했습니다. 진짜 희미하게요. 저는 그냥 냉장고나 전자기기 돌아가는 소리인가 했는데."

"몇 번."

"……두 번 정도요."

헛것을 본 게 아니었다. 잘못 들은 *게 아니다. 환각도 환청도
아니다.* 다행이었다. 정말 다행이었다.

석구가 상황을 알아차리고는 눈이 커다래져서 기중을 보았다.

"선배님, 설마……."

기중은 참가자들 앞으로 가서 섰다. 그들을 하나씩 바라보며
정말이지 상상도 못 했던 일을 겪었다는 얼굴을 해 보였다. 그
리고 속으로 웃었다.

모든 게 그의 생각대로 돌아가고 있었다.

"모두 아침 식사를 신속히 마치고 라운지로 모여주세요."

식사하는 동안 대화는 한마디도 없었다.

참가자들은 여느 때보다 식사를 서둘렀고, 다 먹자마자 바로
일어나 라운지로 갔다. 그러는 사이 홍기중이 보안요원 세 명을
들여보내 한쪽으로 데려갔다. 소파 가운데 자리에 앉은 윤기는
그 상황을 가만히 지켜보았다.

윤기는 워낙에 낙천적인 성격이었다. 사실 그는 다른 참가자
들에 비해 여기 있는 시간이 그리 힘들지 않았다. 겉으로야 흥
분도 하고 소리도 질렀지만 정신은 말짱했었다. 어차피 며칠만
있으면 나가고, 그 뒤엔 큰돈이 들어온다는 생각에 즐거움이 더
컸다. 그런데 달라지고 있었다. 이제는 윤기도 조금씩 정신적으
로 붕괴되는 걸 느꼈다.

"아까 저 사람이 뭐 한 건지 짐작 가는 사람 있어요?"

준성이 턱짓으로 멀리 있는 기중을 가리키며 물었다. 대답하는 사람은 없었다.

갑자기 보안요원들이 흩어지더니 1번, 2번, 3번 방으로 들어갔다. 기중이 참가자들에게 다가왔다.

"혼란스럽게 해서 죄송합니다. 지금부터 보안요원들이 방 수색을 할 겁니다."

평소라면 따지고 들기부터 했을 텐데 아무도 그러지 않았다. 너무 지쳐 아무래도 상관없다는 걸까. 윤기는 자문해보았다. 그럼…… 나는 지금 어떻지? 나도 아무래도 상관없나?

아무도 묻지 않았지만 기중이 설명했다.

"아까 목격했다고 말한 걸 설명드리자면, 간단합니다. 여러분들이 방에 들어가고 나서 라운지 천장 타일이 열렸습니다."

모두가 소리도 내지 못하고 입만 벌렸다.

기중이 마저 덧붙였다.

"그 사이로 누군가 라운지를 훔쳐보고 있더군요."

15

실험 4일 차 오전(1)

'그' 역시 놀란 척하느라 잔뜩 입을 벌렸다.

조금 낭패감이 들었다. 아까 환기통로를 기어간 건 '그'였다. 화장대 의자를 침대에 두고 밟고 올라가니 가능했다. 쉽지는 않았지만 어렵지도 않았다. 라운지에서 홍기중이 뭘 하고 있나 훔쳐보려고 했다. 그런데 딱 걸렸다. 진작 눈치챘어야 했다. 홍기중이 이걸 노린 거였다는 걸.

천장 타일을 원상복구시키고 부랴부랴 방으로 기어갔다. 가뜩이나 공간이 좁은데 급하게 가는 바람에 소음이 생겼다.

홍기중은 바로 그 기회를 잡으려 했다. 방문을 하나하나 열어보는 꼬라지를 보고 헛웃음이 터졌다. 환기통로로 '그'를 속인 건 꽤나 괜찮은 작전이었다고 인정할 만했다.

'범인이 환기구로 돌아다녔다'는 말을 흘린다. 범인이 어떻게 반응할지 기다린다. 모두를 방에 들여보내면 범인은 홍기중의

꿍꿍이가 궁금해진다. 불안한 마음을 주체 못 할지도 모른다. 반
드시 어떤 식으로든 반응을 보이게 된다.

홍기중은 이 가설을 세우고 덫을 놓은 것이다.

'그'는 속으로 탄식했다. 마음이 급해져 숲이 아니라 눈앞의
나무만 보고 말았다.

"범인이 왜 그런 짓을 하는데요?"

이렇게 물은 건 한시연이었다. 안 그래도 겁이 많아서인지 내
내 창백하던 얼굴이 지금은 아예 하얗게 질려 있었다.

"범인이니까요."

홍기중의 대답은 질문한 게 무안해질 정도로 간결했다.

'그'는 눈동자만 움직여 사람들을 살폈다.

이번엔 다른 참가자가 물었다.

"혹시 모두 방에 들어가라던 게 그걸 노려던 거예요?"

홍기중은 어깨를 으쓱할 뿐이었다. 그것 자체가 대답이었다.

'그'는 알고 있었다. 지난 10년간 홍기중이 '그'를 찾겠다고 헤
매고 다녔다는 것을.

당연한 일이었다. 하나뿐인 딸이 자신이 쫓던 범인에 의해 실
종됐으니.

'그'가 홍기중의 딸을 납치한 데는 이유가 있었다. '그'는 이유
없이 움직이지 않는다.

멍청한 경찰들이 헛발질을 할 때 홍기중만 유일하게 옳은 방
향의 수사를 했다. 패착이라면 홍기중이 방송에 나와 사건을 연
쇄살인이라 단정하며 경찰의 패를 깠다는 것. 또한 자신의 통찰

력으로 얼마나 수사망을 좁혀가고 있는지 언급했다는 것. 국민들을 안심시키기 위한 행동이었지만, 그 행동은 홍기중의 소중한 가정은 지켜주지 못했다.

'붙잡히면 큰일이다. 저 인간이라면 나를 잡을지도 모른다.'

그 방송이 '그'로 하여금 이런 생각을 하도록, 그래서 불안하도록 만들었기 때문이다. 그것은 살인을 할 때 체감하는 스릴과는 다른 것이다. '그'는 세상에서 불안감을 제일 혐오했다.

그래서 그의 여덟 살 난 딸을 납치했다. 이유는 단순했다. 홍기중의 정신을 무너뜨리기 위해.

상황은 예상한 대로 흘러갔다. 홍기중은 정말 정신줄을 놓았고, 수사는 난항에 빠졌다. 선장이 사라진 배가 전쟁에서 이길 수는 없다.

결국 '그'의 사건은 대중의 관심에서 멀어졌고, 미제사건으로 넘어갔다. 홍기중은 한동안 모습을 드러내지 않았다. 이후 그가 강력계가 아닌 범죄행동분석 쪽으로 방향을 틀었다고 알려졌다.

그러거나 말거나, '그'는 절대 잡히지 않을 자신이 있었다. 범행은 완벽했고, 이미 2년이라는 시간이 흘렀고, 증거는 빈약했다. 거기다 그 이후로는 범행을 하지 않았다.

살인을 멈춘 범인을 무슨 수로 잡을 것인가. 범행을 멈추는 것. 이것이야말로 완전범죄의 핵심 요건이 아닌가. 범행 자체가 완벽했다면 더더욱.

리스크가 있었지만 이번 참가자 살인은 '그'가 꼭 해야만 했던 일이었다.

홍기중이 예리한 눈으로 둘러보며 입을 열었다. 홍기중과 '그'의 시선이 잠시 부딪쳤다.

"방을 수색하는 이유는 방금 환기통로를 갔다 온 범인의 방에 흔적이 남아있을 수 있기 때문입니다."

"방문 다 열어봤으면 아실 거 아니에요, 꼭 그런 수색까지 해야 돼요?"

한 참가자가 따지고 들었다. 실험을 당하기 위해 와놓고, 실험을 당했다고 불쾌해하는 것 같았다. 홍기중은 대답하지 않고 피로로 거뭇거뭇한 눈을 비볐다. 그 사이에 요원들은 어느새 다른 방들을 수색하고 있었다.

"그때 방에 없던 사람이 범인 아니에요?"

좀 더 구체적인 질문이 나왔다. 홍기중의 답변이 빨랐다.

"모두 방에 계셨습니다."

"와, 그사이에 빠르게도 돌아갔네요."

이번엔 '그'가 감탄하듯 말했다. 홍기중이 '그'를 한 번 쳐다보고는 고개를 끄덕였다.

"애초에 저는 3번 방부터 열어봤습니다. 아무래도 여성분들이 범인일 가능성이 낮으니까요. 범인은 그사이에 허겁지겁 환기통로를 기어서 돌아왔을 겁니다. 시간이 조금 남는다면 세수를 하거나 샤워를 한 척도 가능했겠죠. 10초면 되니까요. 어차피 놈한테는 계획이 다 있었을 거거든요."

"그럼 첫 번째였던 백윤기 님은 혐의에서 벗어난 거예요? 아무리 빨라도 그사이에 돌아올 순 없잖아요."

누군가 예리하게 지적했다.

"아뇨, 라운지 타일이 열린 부분이 백윤기 님 방까지 꺾이는 지점 없이 스트레이트로 연결돼있어 빠르게 돌아갈 수 있어요. 불가능하지 않다는 거죠. 게다가 원격으로 문을 열기까지 딜레이 된 시간도 있었고요. 최소 30초 이상의 시간이 있었겠군요."

말을 마치고 홍기중이 눈가를 꾹꾹 눌렀다. '그'는 홍기중을 빤히 보았다. 의중을 파악하고 싶었다. 방까지 꺾이는 지점 없이 스트레이트로 연결? 거짓말이다. 아니면 잘못 알고 있거나. 몰라서 그런 건지 의도적인 거짓말인지에 따라 많은 게 달라진다. 그걸 알 수 없다는 게 문제였다.

"환기통로는 구조가 단순합니다. 방문을 하나하나 열어보는 동안 돌아올 시간이 충분하죠."

틀린 말이다. '그'는 직접 그곳을 갔다왔기 때문에 안다. 반복하면 익힐 수는 있을 테지만 단순하다고 할 만한 구조는 아니었다.

그런데 왜 저렇게 말하는 걸까.

"환기통로 구조를 어떻게 아시고요?"

"원래 알고 있었습니다."

뜻밖의 대답에 참가자들이 하나같이 기분 나쁘다는 티를 냈다. '그'도 눈살을 찌푸렸다. 적어도 같은 표정을 짓고 있어야 의심을 사지 않을 테니까.

홍기중이 어제 '범인은 환기통로로 돌아다녔을 겁니다'라고 말하기 전까지 '그'는 환기구에 들어간 적도 없고, 그럴 생각도 하지 못했다. 그렇게 눈에 띌 행동을 할 이유가 없었다. 나름대로 목적이 있어 여기까지 온 건데. 그런데 홍기중은 확신에 차서 말하고 있었다. 바로 눈앞에서 본 것처럼.

그제야 '그'는 깨달았다. 애초에 환기통로를 돌아다닌 건 홍기중이다.

그러니 환기통로에 대해서 알고 있는 것이고 그 정보를 일부러 흘린 거다.

이것도 홍기중의 덫이었나. 실소가 나올 뻔했다. 당했다. 몸전체가 뻐근해지는 기분이었다.

'그'는 다른 사람들을 살폈다. 그들 속에 섞이기 위해 관찰과 모방은 필수다.

그때 홍기중의 시선이 '그'에게 닿았다. 눈꺼풀은 처졌지만 눈빛은 또렷하게 '그'를 보고 있었다. 못을 박아넣는 것 같은 눈빛이었다.

왜 쳐다보는데? 뭔 말을 하려고?

이유를 알 수 없었다. 1초, 2초, 3초. 시선을 피하지 않는 시간이 길어질수록 '그'는 등줄기가 뜨거워지는 걸 느꼈다. 의도적인 건지 그냥 멍하니 보는 건지 알 수 없었다. 의도적이라면 좋지 않은 상황이었다.

홍기중이 '그'를 빤히 바라본 채 입술을 벌렸다. 뭔 말을 하려고? 나라는 걸 알아챈 건가……. '그'의 눈에는 그 모든 순간이 프레임 단위로 보였다. 홍기중의 입이 이제 말을 할 수 있을 만큼 벌어졌다. 무슨 말이 나오려는 찰나였다. 방에서 나온 요원

하나가 흥분해 소리쳤다.

"찾았습니다!"

'그'와 홍기중을 비롯한 모두의 고개가 돌아갔다.

'그'가 처음 이 실험에 참여했을 때만 해도 고민할 게 없었다. 전 국민을 충격에 빠뜨린 '집단가면살인사건'의 재판을 위한 실험이라는 게 흥미롭기도 했다. 정작 참여해야겠다는 생각을 '그'에게 심어준 건 그다음 문장이었다.

이것을 십 년 전 '관절살인사건'과 엮어서 실험을 한다는 것.

눈이 번쩍 뜨였다. 사건에 대해 수사관들만 알고 있는 '새로운' 정보를 참가자들과 공유하겠다니! 그리고 이번 '집단가면살인사건'과 관련이 있다니.

그런데 어떻게 관련 있을 수가 있지? 나는 이병주라는 인간을 알지도 못하는데? 이병주가 날 알고 있나? 혹시 그 야비한 놈이 날 끌어들였나? 아니면 증거나 범행 수법에서 유사한 점이 있었나? 수사관들만 알고 있는 정보라는 게 뭐지?

'그'는 첫 범행 이후로 뉴스를 빠뜨린 적이 없었다. 인터넷 기사나 추종자들의 찌라시도 놓치지 않았다. 수사망을 피하기 위해서기도 했지만 세상의 이목이 자신에게 쏠리는 게 그다지 기분 나쁘지 않았다.

그러니 놓친 게 있을 리 없었다.

그러나 수사관들만 알고 있는 정보라면 얘기가 달라진다. 그런 건 한낱 네티즌이나 기자의 취재력으로 알아내긴 어렵다.

만약 정말로 새로운 뭔가가 발견된 거라면?

지금까지 일어난 모든 상황 중 '그냥' 된 건 없었다. 모두 '그'의 철저한 계산 아래 일어난 것들이다. '그'가 홍기중의 덫에 걸렸다는 걸 처음 깨달은 건 1차 실험 4일째쯤. 실험이 뭔가 이상해 보였다. 쓸데없는 게임이나 시키고, 초등생이나 할 법한 짝짓기 놀이 같은 걸로 실험이 구성된 게 부자연스러웠다. 서로 이름은 고사하고 어떻게 생겼는지도 모르는데 짝이 정해졌다. 한 번 자리를 이탈해 섞이고 나면 서로를 다시 찾을 수 없는 어처구니없는 상황도 벌어졌다.

그러던 어느 순간 '그'는 깨달았다.

이런 것들이 이병주가 벌인 집단가면살인사건이랑 관련 있을 리가 없다는 것을.

실제로 누군가 상관관계를 묻기도 했지만 홍기중은 대답하지 않았다. 그때 '그'는 알아챘다.

이건 덫이다.

공고에서 관절살인사건이 언급된 걸 봤을 때부터 알아챘어야 했다.

지금 와서 생각해보니 모든 게 맞아떨어졌다. '그'가 이 실험에 지원할 수밖에 없었던 이유.

전혀 관계없어 보이는 두 사건의 관련성 그리고 수사관들만이 알고 있다는 새로운 단서에 대한 언급 때문이었다.

정보.

……정보였다! 홍기중이 만든 덫은.

새로운 단서가 궁금해서라도, 그래서 더 완전범죄로 만들기 위해서라도, 위기감에 판단력이 흐려진 범인이 이 실험에 지원할 거라는 가설을 세우고 강행한 게 틀림없었다.

이것이 '그'가 어쩔 수 없이 2차 실험에도 참여한 일련의 과정이다. 1차 실험에서 덫인 걸 알았지만 참가자를 죽이고 나니 더더욱 2차 실험에도 참여해야 했다. 목적이 있어 들어와놓고 왜 그런 위험천만한 짓을 했냐고? 해야만 하는 일을 안 할 수는 없다. 살인…… 그것은 그에게 있어 숙명이었다.

이번만 잘 넘기면 죽을 때까지 잡히지 않을 자신이 있었다. 의심은 받겠지만 직접 증거가 없어 경찰은 아무것도 하지 못할 것이다. 거기다 똑같은 조건의 용의자가 여러 명이라면 오히려 수사는 더 어려워진다.

그렇다면 날 어떻게 알고 뽑았지? 의문이 남는다. 이미 알고서 뽑았다고 하기에는 이런 번거로운 실험을 하는 이유가 성립되지 않는다.

모르니까 실험을 강행한 거다. 모르기 때문에, 필요에 의해서.

지금까지 상황만 보면, 홍기중은 '그'가 범인이라는 걸 모르고 있던 게 분명하다. 지금도 홍기중이 범인을 정확히 알고 있는 것 같지는 않다. 다른 가능성은 없다.

그런데 예상과 달리 상황이 점점 이상하게 돌아갔다. 실험 활동은 중단되었고 도저히 예측할 수 없는 상황이 계속되었다. 무엇보다 홍기중과 자꾸만 눈이 마주친다. 그가 빈번하게 '그'를 처다본다. 원래 그러나 싶어 지켜봤는데 다른 참가자들을 보는 것과 느낌이 달랐다.

왜지? 자의식의 문제인가, 하는 고민도 해보았다. 아니, 아니다. 홍기중은 지금 '그'를 의심하고 있는 게 분명했다.

만약에 그런 거라면 어떻게 알고? 왜 나를?

증거가 있다면 이미 체포했을 텐데 그것도 아니지 않은가. 심증만 갖고 있는 거다. 그렇다 해도 이해되지 않는 건 마찬가지였다. 어디서 심증이 생겼지?

두 번째로 덫에 걸렸다는 걸 깨달은 순간이 바로 지금이었다.

환기통로.

본인이 하지도 않은 짓을 뒤집어쓰게 되면 범인이 가만있지 않을 거라고 예상한 거다. 그걸 위해 홍기중이 가면을 쓰고 이 순경을 피습했다. 아니, 애초부터 이 순경이랑 짜고 친 걸 수도 있다.

이 순경이 피습당하자 처음엔 좀 당황스러웠다. 나 말고 살인마가 또 있다고? 고작 여덟 명이 모인 여기에?

우연이라기엔 이상했지만 그렇다고 계획적이라는 것도 말이 안 되었다. 거기다 그 살인마가 굳이 이 안에서 그런 짓을 했다니.

저열한 홍기중의 계략은 통했다.

'그'가 궁금증을 이기지 못하고 환기통로를 기어갔다가 들키게 만들었으니까.

"머리카락인데, 이현서 순경의 것 아닐까요?"

증거를 찾았다며 튀어나온 요원이 기중에게 내민 것은 장갑이었다. 거기에는 머리카락이 붙어 있었다. 핀셋으로 떼어내자 기다란 머리카락 한 올이 드러났다.

요원이 나온 곳은 5번 방이었다. 시연은 온 신경을 집중했다.

"갈색 긴 머리…… 이 순경도 머리가 15센티미터는 가뿐히 넘었었죠?"

기중의 말대로 이 순경은 밝은 갈색인 긴 머리를 하나로 묶었었다. 그가 참가자들을 한 명 한 명 보면서 중얼거렸다.

"남자들은 모두 머리가 짧고 여자들 중 이렇게 밝은 갈색 머리인 사람은 없어요. 그나마 가능성이 있다면 머리칼이 짙은 갈색인 한시연 님. 근데 길이가 많이 다르죠. 이 밝은 갈색 머리카락이 훨씬 길어요."

안수호의 안색이 파리하게 질렸다. 자신의 방에서 증거가 나왔다니, 믿을 수 없다는 표정이었다. 이내 자기는 모르는 일이라며 고래고래 소리를 질러댔다.

저 남자가 범인인 걸까?

사람들은 드디어 범인을 잡은 거냐며 안수호와 홍기중을 번갈아 쳐다보았다. 당장이라도 체포 지시가 떨어질 것만 같은 분위기였다.

시연도 내심 기대가 되었지만 고개를 저었다. 방에 갇혔을 때 떠올랐던 것 때문이었다. 이제 그걸 공개할 타이밍이 왔다. 그건 지금 이 상황을 완전히 반전시킬 만한 것이었다. 곧 이곳에서 해방될 거라는 기대 때문에 부푼 얼굴들을 보면서 시연이 입을 열려는 순간이었다. 누군가 산통 깨는 소리를 했다.

"아뇨, 안수호 님은 범인이 아니에요."

시연은 얼른 입을 다물었다. 민주였다. 그녀가 발표라도 하듯 꼿꼿하게 일어나 있었다.

"무슨 말씀이죠?"

기중이 물었지만 민주는 무시하고 윤기를 향해 말했다.

"백윤기 님? 대답해보시죠."

"저요? 뭘요?"

"11일 목요일 알리바이 말할 때요, 비가 와서 힘들었다고 했죠?"

윤기가 방어적으로 팔짱을 끼며 대답했다.

"네, 그게 왜요?"

"홍 교수님도 기억하시죠?"

갑자기 민주가 기중에게 물었다. 기중이 고개를 끄덕이자 민주가 자신 있게 말을 이었다.

"근데 제 기억에 님이 분명 목요일에 점심은 사무실에서 도시락 먹고, 이후에도 내내 사무실에 있다가 동대문에 갔다고 했었거든요? 그때 비가 와서 힘들었다고."

"그래요. 4시라고 말했는데, 그게 왜요? 뭐 때문에 그러는데요?"

"그날은 그전까지만 비가 왔거든요."

민주가 강조하기 위해 악센트를 주어 말했다.

"제가 확실히 기억할 수밖에 없는 게, 그날 엄마가 반찬을 가져다주겠다고 전화가 왔었거든요. 근데 그때 전 이미 주최팀의 문자를 받은 이후여서, 나갈 일이 있으니까 오지 말라고 했고요."

"근데요, 그게 뭐요?"

윤기가 고개를 삐딱하게 기울이며 비웃듯 되물었다.

"근데 하필 비가 왔어요. 그런 날 나가려니까 짜증나더라고요. 다들 기억하지 않아요? 11일 목요일 낮에 비 왔던 거. 지시받은 시간은 6시였고, 다행히 3시쯤인가에 일찍 비가 그쳐 큰 상관은 없었지만요. 범행은 12시에서 6시 사이에 일어났다고 했죠. 우리가 주최팀 연락으로 지하철역에 도착한 건 비가 그치고 한참 지난 6시고요. 그러니까 님은 비가 왔던 3시 전에 밖에 있었으면서 사무실에 있었다고 거짓말을 한 거잖아요?"

"저녁에도 비 왔는데요? 그쪽 기억이 잘못된 거겠죠."

"아뇨! 정확히 기억해요. 비 오는 걸 보고 엄마한테 오지 말라고 하길 잘했다고 생각했으니까요."

"지역이 다르겠죠!"

"저 왕십리 부근에 살아요. 물론 그쪽이 그때 사무실이 아닌 어디 있었는지는 모르지만 날씨가 달랐으면 얼마나 달랐겠어요?"

"……."

"비는 낮에만 왔는데, 낮에 사무실이 아닌 바깥에 있었으니 비가 와서 힘들었다고 기억한 거 아니냐는 거죠. 제 말은 그쪽이 거짓으로 알리바이를 말했고, 거기에 큰 구멍이 있다는 거예

285

요. 왜? 비가 오던 시간에 넘은 밖에서 범행 중이었고, 그 이후에 주최팀이 불러서 나간 척 지하철역으로 갔을 때는 비가 그쳤는데, 그 직전에 비 때문에 힘들었던 기억이 뒤섞이면서 말이 그렇게 나온 거죠! 사무실에 있었다고 말했지만 사실 넘은 밖에서 범행 중이었던 거라고요! 경찰은 뭐 하고 있는 거예요? 이런 간단한 알리바이도 확인 안 하고."

"뭘 물어요, 범행하고 있었던 거겠죠! 그래 놓고는 자기도 사칭 문자에 속은 척한 거겠죠!"

수호가 범인으로 몰린 울분을 터뜨리듯 얼굴이 벌게져서 소리쳤다. 윤기도 가만히 있지 않았다.

"아니에요! 그냥 좀 헷갈린 거죠! 그리고 설령 제가 거짓말을 했다 쳐도, 그게 사람을 죽였다는 증거는 아니잖아요? 머리카락이 나온 저 안수호 님과 비교할 건 아니죠! 거기다 영상으로 전 범인이 아닌 게 확실하잖아요? 제가 최초로 발견해서 젤 놀란 사람인데!"

더 이상 안 되겠다 싶었다. 시연이 조용히 손을 들었다. 열네 개의 눈이 한꺼번에 그녀를 쳐다보았다. 심장이 덜컥 내려앉는 것 같았지만 시연은 침을 한번 삼키고 또박또박 말했다.

"저도 드릴 말씀이 있는데요, 범인의 말투를 떠올려보라고 하셨잖아요? 생각났어요. 누굴 콕 집을 수는 없는데, 누가 아닌지는 알 것 같아요."

"누가 아닌데요?"

반박 의견이라는 생각에 민주가 째려보며 물었다.

"안수호 님이요."

모두가 황당한 표정이 되었다.

"저 님이 젤 유력하다는 게 아니라, 아예 아니라고요?"

윤기가 묻자 시연이 망설임 없이 고개를 끄덕였다. 무어라고 말하려던 윤기가 멈칫하더니 시연과 민주를 번갈아 보았다. 그러고는 키득거리며 비아냥댔다.

"아, 뭐하는 건데 지금. 잘 생겼다고 편들어주는 거예요, 여자분들?"

"생각이 그렇게밖에 안 돌아가요?"

민주가 바로 받아쳤다. 그때 시연이 입술을 꾹 한 번 깨물고 설명했다.

"안수호 님은 그 전화 말투랑 완전히 달라요. 범인은 안수호 님을 제외한 사람들 중에 있는 것 같아요. 남자들 중에 비슷한 말투가 있었거든요."

"그게 누구죠?"

기중이 물었다.

"그게…… 모르겠어요."

"그럼 나머지 세 사람의 말투를 다시 한번 들어보면 골라내실 수 있겠습니까?"

"아뇨, 아까처럼 자연스러운 대화라면 모를까, 들어도 잘 모를 거 같아요. 일부러 해보라고 하면 신경 써서 다른 말투를 구사할 수도 있는 거고요."

"아무튼 그래서 안수호 님은 절대 범인일 수가 없다, 이겁니까?"

"네, 말투가 유일하게 완전히 달라요."

"거 봐요! 여자분들 말대로면 전 절대 범인 아니라는 건데. 그럼 답은 하나밖에 없잖아요! 백윤기! 저 인간이 범인이라고요!"

수호가 흥분해 소리쳤고, 윤기도 지지 않고 날뛰었다. 분위기가 격앙되자 기중이 나섰다.

"김민주 님, 한시연 님, 모두 좋은 의견 주셨습니다. 상황을 보니 새로운 활동문제를 쓸 타이밍이 된 것 같군요. 아, 당연히 진경사도 포함이니 걱정마시고. 어차피 이전 문제에서도 황종섭 님을 대신해 참여했기도 하고, 같은 용의자로 취급하기로 했으니까요."

"이번 문제로 저라고 확인사살을 하겠다는 거예요?"

수호가 울컥해 소리쳤다.

"아뇨, 원래부터 언젠가 할 거였습니다."

기중이 답변하자마자 갑자기 명우가 끼어들었다.

"지금 이 상황에 그런 문제가 무슨 의미가 있죠? 할 거면 가장 유력한 안수호 님만 하든지, 안수호 님을 제외한 우리만 하든지 해서 더 확실히 증명하든지. 그게 맞지 않아요?"

다리를 벌리고 두 손을 깍지 끼고 앉은 명우의 눈이 음침해 보였다. 그 눈빛을 보자 시연은 긴장해 주먹을 꼭 쥐었다. 시연은 그를 처음 봤을 때부터 마음에 들지 않았다. 흐물거리듯이 움직이는 거며 말투 모두 마음에 들지 않았지만 특히 저 게슴츠레한 눈이 싫었다. 사람의 눈은 마음의 창이라고 하지 않는가.

눈빛이 탁한 사람을 시연은 유난히 경계했다. 사회생활을 하면서 경험상 꼭 저런 눈빛을 가진 사람들이 뒤가 좋지 않았다.

"그럼 안수호 님만 겨냥한 문제가 되는 건데, 그거야말로 의미가 없죠. 자, 잘 들어보세요. 내용이 좀 복잡하니."

기중의 목소리가 커졌다. 그는 이제 참가자들의 반응 따위 의식하지 않고 밀어붙이고 있었다. 꼭 경주마 같다는 생각이 들었다. 남은 시간이 얼마 없어 급해진 걸까, 아니면 범인 검거에 가까워진 것 같으니 눈이 먼 걸까.

"이번엔 사람이 '왜' 죽었는지에 대한 문제입니다. 면식범에 무게를 둔 수사 중인 사건인데요. 남자에게는 딸이 하나 있고요, 이 남자의 친구 한 명, 형 한 명. 셋은 친구입니다. 이들 중에 한 사람이 살해당했습니다. 친구와 형이 남자의 집에서 만나기로 했고, 남자의 딸이 집에 있는 김에 음식을 준비해줬죠. 그렇게 맛있는 음식을 먹으며 즐거운 시간을 보냈는데 그런 일이 벌어진 겁니다. 자, 이 셋 중에 죽은 사람은 누구일까요?"

잠시 침묵이 흘렀다. 기중의 행태에 어이없어하면서도 다들 머릿속으로는 문제를 곱씹고 있었다.

"죽인 사람이 아니라 죽은 사람을 맞추라고요?"

윤기가 한심하다는 표정으로 물었다. 기중이 고개를 끄덕였다.

"누가 죽였는지를 맞추기 위해선 당연히 누가 죽었는지도 알아야겠죠?"

다들 비협조적인 분위기였다. 서로 눈치만 살필 뿐 이전처럼 적극적으로 나서는 이가 없었다.

"그리고 이번에는 조건이 좀 다릅니다. 예측자는 없고요, 대신 정답이 있습니다."

"정답이 있다고요?"

참가자들은 예측자가 없다는 것보다 정답이 있다는 말에 더 놀랐다.

"왜 이번엔 정답이 있는 거죠?"

준성이 물었다.

"애초에 그렇게 고안한 문제이기도 하고, 지금은 이전과 상황이 달라졌으니까요."

"예측자가 없으면 보너스는요? 정답을 맞춘 사람한테 가는 건가요?"

"그렇습니다. 정답을 맞춘 분들 모두에게 보너스가 나갈 겁니다. 인당 500만 원입니다."

다들 혼란스러운 얼굴로 기중만 쳐다보았다.

애초부터 예측자 설정은 갈등을 유발하기 위해서였다. 욕망이 부딪치고, 그 과정에서 감정이 쌓이고, 본성이 드러날 것이기에. 감정과 갈등은 충분히 보았다. 이제 3번 문제를 통해 드러날 것은 놈의 다른 부분이었다.

정답만 맞추면 500만 원이 늘어난다니, 시큰둥하던 참가자들 눈이 서서히 욕망으로 일렁였다.

"저, 저도 맞추면 500만 원 받을 수 있는 건가요?"

석구가 더듬거리며 물었다. 경찰로서 이런 질문을 하는 게 민망하지만 억울해서 안 되겠다는 표정이었다. 업무를 수행하다가 용의자 취급까지 받게 됐으니.

"물론."

기중이 당연하다며 고개를 끄덕였다. 그러곤 물러나 1번 카메라 옆 구석으로 가서 바닥에 앉았다. 이제는 관망하겠다는 거였다. 보안요원들은 기중의 지시로 출입구를 통해 실험장에서 나갔다. 출입문이 열렸지만 이번에는 아무도 관심을 보이지 않았다. 어차피 문은 금방 닫힐 것이고 빠져나갈 수도 없다는 걸 잘 알기 때문이었다.

기중은 심박수가 올라가는 걸 느끼며 참가자들을 훑어보았다. 이들이 따라주지 않으면 일이 곤란해진다. 거의 다 왔다. 거의…….

"그런데요, 대체 이런 활동을 왜 하는 거죠? 지금도 이 문제가 뭘 의미하는지 말씀 못 해주십니까?"

명우가 물었다. 기중의 고개가 살짝 기울어졌다. 고민하는 듯한 제스처에 명우가 재빨리 덧붙였다.

"마지막 활동인데 저희도 뭘 알아야 적극적으로 하고 싶지 않겠어요?"

"네, 지금은 말씀드릴 수 있겠네요. 문제에는 숨겨진 의미들이 있습니다. 범인이 그런 것들에 어떻게 반응하는지, 여러분들의 대화로 간파하기 위해 고안된 겁니다. 무엇을 언급하느냐, 무엇을 언급하지 않느냐, 무엇에 반응하느냐, 어떻게 반응하느냐, 반응하지 않느냐……. 즉 정답이 아니라 대화 그 자체가 중요했다는 겁니다."

"와, 아주 고차원적이네요. 마피아 게임 같네?"

윤기가 조롱하듯 고개를 흔들며 박수를 짝짝 쳤다.

"그런데 왜 이번엔 정답이 있는 건데요?"

명우가 물었다.

"취지가 좀 다른 문제라서요."

"그럼 방금 문제 의미를 알려주면 안 됐던 거 아닙니까? 범인이 이제 말조심할 거 아니에요."

"아까 말씀드렸다시피 이번 문제는 취지가 달라서 상관없습니다."

또 침묵이 흘렀다. 표정만 봐도 알 것 같았다. 이젠 아무도 이 게임을 원하지 않을 뿐더러 따를 생각도 없다는 것을. 기중은 점점 더 초조해지기 시작했다. 그럴수록 지친 몸뚱이가 더 빨리 허물어져가는 것만 같았다. 몸에서는 증상을 내보내고 있었다. 이마에서 식은땀이 흐르고 목이 타는 듯이 말랐다.

"이거 거부해도 되죠? 더는 이런 무의미한 활동에 에너지 소모하고 싶지가 않아서요."

명우였다.

"……그건 안 될 텐데요."

"이제 3일 남은 상황이에요. 우린 일주일이란 시간을 지켰으니 위약금을 낼 필요도 없고 받기로 한 돈도 다 받을 자격이 되죠. 만약 그걸 지키지 않으면 위약금은 그쪽에서 물어야 하고 우리 여섯 사람의 소송까지 감당해야 되겠죠."

명우의 말이 끝나자 다른 이들도 하나둘 거부 의사를 밝혔다. 이건 지금까지 보인 거부반응과는 달랐다. 감금 기간이 얼마 남지 않았고 더 이상 안전이 보장되지 않는다는 게 드러난 지금 불리한 건 이제 기중이었다.

"이제 그만할래요. 안수호나 백윤기 둘 중 한 명이 범인인 게 다 나온 상황에서 왜 우리가 그런 문제풀이를 또 해야 되는데요! 그거 진짜 피곤하다고요."

민주가 소리쳤다. 수호와 윤기가 발끈했지만 그들도 이 게임을 더는 하지 않겠다는 의사는 같았다.

준성이 일어나 팔을 크게 벌렸다.

"그래요, 그만합시다, 우리. 지금까지 다들 협조적이었고 충분했잖아요. 멀쩡한 사람들 모아다가 이게 뭡니까?"

"그러니까요! 범인이 누구든 이젠 관심 없어요!"

윤기가 준성의 의견에 동조하며 소리쳤다. 기중의 얼굴이 굳어졌다. 고지 바로 앞에서 모든 게 물거품이 될지도 모른다는 생각이 그의 머리를 짓눌렀다.

"……그건 안 될 겁니다."

준성이 일어서더니 마치 칼을 든 장군처럼 한쪽 주먹을 들어 올렸다.

"안 되긴? 우리 더는 휘둘리지 맙시다! 만 이틀만 있으면 다 끝납니다!"

명우도 일어섰다.

"그래요, 일주일이 지나도 우리가 돌아가지 않으면 가족들이 가만히 있지 않을 거고, 살인마가 무서우면 모두 라운지에 모여 있으면 됩니다. 더는 따라주지 말자고요."

결국 석구를 제외한 참가자 모두 들고 일어나 기중과 대치하는 형국이 되었다. 당황한 석구가 엉거주춤 일어서며 어떻게 해야 하냐는 눈길로 기중을 보았다.

참가자들은 이제 기중의 항복을 기다렸다. 기중은 다시 앉으라고 했다. 참가자들은 거부했다. 머릿수로 위력 행사를 할 기세였다. 아무도 기중의 말을 듣지 않았다. 그의 말을 자르고 자기들끼리만 말했다. 더 이상 서로에 대한 불신, 악감정, 두려움 같은 건 상관없어 보였다.

기중이 한 번 더 자리에 앉으라고 명령조로 말했다. 한편으로 이것까지만 따라주면 바로 풀어주겠다고 설득도 했다. 하지만 수호가 그 과정에서 어떤 기준에 충족되어 범인으로 몰릴 수도 있다고 주장하자 참가자들은 더욱 단호해질 뿐이었다.

십 년간의 노력이 여기서 끝날지도 모른다는 생각에 기중은 현기증이 났다. 이렇게 끝낼 수는 없었다.

기중은 품에 손을 넣었다. 만일을 대비해 옷 안에 멜빵형의 홀스터를 입고 있었다. 그것에 짓눌린 답답함이 이제야 느껴졌다.

기중이 권총을 꺼내들자 사람들이 비명을 질렀다.

탕! 귀를 찢을 듯한 굉음이 터졌다. 천장을 향해 공포탄을 날려버리고 기중은 실탄이 장전된 상태로 참가자들에게 총구를 겨눴다.

비명을 지르며 참가자들이 양손을 들어올렸다.

놀란 석구도 반사적으로 품에서 권총을 꺼내 기중에게 겨눴다.

"선배님, 왜 그러세요!"

기중은 참가자에게, 석구는 기중에게 총을 들이민 기이한 광경이 펼쳐졌다.

양손을 든 채로 민주가 석구를 향해 속사포처럼 말했다.

"그쪽도 공포탄 먼저 빼야죠!"

그 말에 석구가 아차차, 하고는 얼른 천장을 향해 공포탄을 쏘고 다시 기중을 겨눴다.

참가자들이 숨을 멈추고 두 사람을 보았다.

기중이 입을 열었다.

"자, 지금부터 활동문제에 대한 토론을 시작합니다. 정답을 맞춘 사람에게는 500만 원의 상금이 주어지고, 제한 시간은 한 시간입니다."

"……."

두렵고 황당해서 참가자들은 아무런 반응도 하지 못했다.

기중이 덧붙였다.

"제대로 참여만 하면 이걸 쏘는 일은 없을 거니 안심하세요."

살면서 이런저런 일을 겪었지만 이렇게까지 어이없는 기분을 느낀 건 다들 처음이었다. 홍기중은 제정신이 아닌 게 분명했다. 애초에 불법으로 여기까지 온 사람이 정상일 리 없다는 생각을 진작에 했어야 한다는 후회가 밀려들었다. 자기가 원하는 걸 손에 넣지 못한 채로 돌려보낼 리가 없는 것이다.

"아, 알겠어요. 하, 합시다. 하자고요."

준성이 가장 먼저 꼬리를 내렸다. 준성이 양팔을 내리고 소파에 앉았다.

참가자들 모두 손을 내리고 서로를 바라보았다. 언제 몸을 뚫을지 모르는 총을 앞에 둔 채로 문제를 풀어야 하는 상황이었다.

석구도 주춤거리며 총을 다시 허리춤에 꽂고는 소파에 앉았다. 그러는 동시에 '선배, 정말 쏠 거 아니죠?'라고 묻는 듯한 눈빛으로 기중을 쳐다보았다. 그러나 기중은 총을 거두지 않았다.

"그러니까…… 면, 면식범이라는 거잖아요?"

윤기가 떨리는 손을 들며 질문을 던지는 것으로 시작을 알렸다.

눈빛을 교환한 참가자들이 기중의 눈치를 보며 더듬더듬 말하기 시작했다.

"들어보니까 다 아는 사이잖아요. 범인도, 피해자도 다 저 안에 있는 거고요."

"일단 죽은 사람이 누구인지부터 정해야 범인도 고를 수 있을 텐데요……."

"범인이 누구인지 모르는데 죽은 사람이 누구인지 어떻게 알아요……?"

이야기가 돌고 돌았다. 난감함에 머리를 쓸어올리던 민주가 소파 한쪽에 가만히 앉은 시연을 보고는 말을 걸었다.

"님, 가만히 앉아서 우리한테 묻어가려는 건 아니죠?"

"막막해서 그래요. 문제 스타일은 그대로잖아요. 여전히 단서도 없고 경우의 수도 너무 많은데 어떻게 정답을 맞추나 해서요. 그냥 랜덤이랑 다를 게 없잖아요."

민주가 고개를 돌리더니 말했다.

"어머, 나 방금 데자뷔 느꼈잖아. 전에 황종섭 님이 이 게임이 이렇게 하는 게 아닌 것 같다고 했었죠? 아, 근데 사실 그건 진경사님이었던 거고요……. 진짜 황종섭 님이 할 만한 말이어서 다른 사람일 거라곤 전혀 눈치 못 챘잖아요."

"사전에 준비를 철저히 했거든요."

석구가 기중의 눈치를 살피고는 대답했다. 기중은 여전히 총을 겨누고 있었다. 사람들은 대화를 나누면서도 곁눈질로 기중의 상태를 살피는 걸 잊지 않았다.

명우가 입을 열었다.

"그럼 그때 그런 말은 왜 한 겁니까? 이 활동문제의 취지도 알고 계셨을 텐데, 굳이 힌트를 줘서 참가자들에게 유리하게 만들어준 것 같아서요."

"그때 전 황종섭 님이 했을 법한 말을 하는 데만 충실했습니다. 활동문제 취지는 알지도 못했고 지금도 여전히 모르고요. 혹시 어제처럼 또 절 의심하시는 겁니까?"

어제 일이 꽤나 상처였던 듯 석구가 방어적으로 대꾸하자 명우가 고개를 저었다.

"그게 아니라, 이번에도 그때처럼 뭔가 우리를 위한 힌트를 줄 수 없을까 해서 말이에요."

석구가 잠시 생각하고는 말했다.

"저도 실험에 대해서 다 알고 있지 못합니다. ……죄송합니다."

"경사님이 미안해하실 건 아니죠. 그럼 결국 처음 활동처럼 토론을 해서 결정할 수밖에 없는 거네요."

명우가 고개를 주억거렸다.

"빨리 끝냅시다. 여기에 1초도 더 있기 싫거든요."

준성이 이를 갈듯 말했다.

윤기가 손을 들었다.

"자자, 그러니까 남자, 남자의 친구, 형. 이렇게 세 명 중 하나가 죽었고 이 중에서 누군가 범인이란 거잖아요? 그럼 관련이 없는 사람은 한 사람이겠네요. 차라리 누가 가장 관련이 없을 것 같은지를 먼저 골라보는 건 어떨까요?"

"아는 사이에서 일어난 일이라면 분명 감정이 얽혀 있을 겁니다."

준성이 말했다.

"아뇨, 감정이 없었어도 우발적으로 일어날 수도 있죠."

수호가 준성의 말에 반박했다.

"사이가 좋았던 사람들이 갑자기 하루아침에 죽이기까지 하겠어요?"

민주가 되물었다.

"딸이 있다고 했잖아요? 딸이 관련됐을 수도 있죠. 사이가 나쁘지 않았는데 딸한테 성희롱을 했다거나 뭔가 말실수를 해서 회까닥 할 가능성도 있다고 보는데요, 저는."

윤기가 말했다.

"딸 때문에 싸움이 났다?"

민주가 생각해볼 가치는 있다는 듯 되물었다. 윤기가 '그거
죠!' 하며 격하게 고개를 끄덕였다. 다들 점점 토론에 몰입하고
있었다.

준성이 자리에서 일어나 말했다.

"장소가 남자의 집이라는 부분을 그냥 지나치면 안 될 것 같
아요. 주인을 빼고 남의 집에 온 손님들끼리 서로 죽이는 상황
이 흔하지는 않을 것 같아요."

"그럼 남자는 피해자나 가해자 둘 중 하나에는 들어간다는 거
네요."

"딸이 보고 있는데 살인을 할까요? 오히려 살해 당하지 않았
겠어요?"

"그럼 남자가 살해를 '당했다'는 쪽으로 한번 생각을 해보죠.
누가 죽였을까요?"

명우가 논점을 정리하고 질문을 던지자, 준성이 이의를 제기
했다.

"생각을 해보긴 뭘 생각을 합니까. 이건 합의를 할 게 아니죠.
의견을 주고받고 나서 알아서 결정하는 거죠."

틀린 말은 아니었지만 사람들의 머리를 아프게 할 발언으로
는 충분했다.

"그럼 어떻게 하잔 거예요? 그거 말고 다른 방법 있어요? 이
번엔 정답이 있다는데?"

"그냥 전처럼 설전을 하면 되지, 합의하고 가지는 말자는 거예요."

준성이 답답하다는 듯 말했다. 확언하는 말투는 그대로였지만 감금 전보다는 많이 기가 죽은 어조였다.

윤기가 손을 번쩍 들었다.

"그럼 그냥 제가 먼저 말할게요. 저도 서명우 님이랑 같은 생각이거든요. 제 생각엔 남자가 살해됐을 것 같아요. 남자를 죽인 사람은 형일 것 같고요. 남자랑 무슨 이유로 싸움이 났는데 형인데도 불구하고 하극상으로 나왔다고 하면 죽일 만큼 화가 날 수도 있겠다 싶어서요. 남자들끼리 서열 자존심이 있잖아요? 그럼 홧김에 죽이는 것까지도 가능할 것 같거든요."

수호가 반박하고 나섰다.

"형이 기분이 상했을 수는 있죠. 근데 형이라고 무조건 동생보다 힘이 세거나 잔인한 건 아니잖아요? 버럭은 형이 먼저 했을지 몰라도 막상 싸움이 나면 동생한테 꼼짝 못 할 수도 있어요. 아, 근데 이거 어떻게 죽임을 당한 건지도 없네요?"

말을 하던 수호가 돌연 기중에게 물었다.

"어떻게 죽었는지 일부러 안 넣은 거예요, 아니면 빠뜨리신 거예요?"

"문제에 없는 게 맞습니다."

기중이 대답했다.

"아니, 이거 그럼 이걸 어떻게 맞추라는 거야?"

수호가 씩씩댔다. 시연이 말했다.

"단둘이 있던 것도 아니고 여럿이 있는데 한 명만 살해됐어요. 공범이 아닌 이상 나머지 사람들이 말릴 틈도 없이 당했다는 건데. 그런 거라면 목 조르는 거나 때리는 것 정도로는 불가능하죠. 한 방에 끝낼 수 있는 방법, 칼 같은 흉기를 썼다고 볼 수밖에 없는데요?"

모두 입을 다물고 시연을 보았다. 상당히 논리적인 말이었다. 이건 단순한 의견이 아니었다. 정답에 가까워지는 하나의 길을 찾은 것과 같았다. 사람들이 슬쩍 고개를 끄덕였다.

그러곤 한동안 아무도 입을 열지 않고 눈치만 살폈다. 불편한 침묵을 깬 건 명우였다.

"좋아요, 흉기. 즐거운 식사라고 했으니 계획적으로 벌인 살인은 아닐 거란 생각도 듭니다. 왜냐면 계획적으로 한 거였다면 단둘이 있는 상황을 노렸을 것 같거든요."

"어? 아니면 일부러 익명을 노린 걸 수도 있잖아요? 사람 여럿이 있는 자리. 그럼 이거 이병주 집단가면살인사건이랑 뭔가 연결되지 않아요? 지금 우리 상황하고도……."

민주가 놀라운 걸 발견했다고 어필하듯 손뼉을 짝 부딪쳤다.

윤기가 답답하다는 듯 반박했다.

"아니죠! 그건 익명이 가능했지만 이 문제에선 상황이 다르잖아요. 오히려 목격자들이 뻔히 있는 앞에서 살인을 한 건데. 말도 안 되죠!"

떨떠름한 표정을 한 수호가 턱짓으로 윤기를 가리키며 말했다.

"저도 여기 말에 동의해요. 어떤 바보가 목격자 있는 데서 살

301

인을 하겠어요. 그렇다고 나머지 두 사람이 공범이라는 건 더 말이 안 되고요."

"그래요, 좋아요. 그럼 결국 계획이 아니라 우발? 그거로 가야겠네요."

민주가 졌다는 제스처를 하더니 가만히 있던 석구를 휙 돌아보며 물었다.

"경찰쌤, 어떻게 생각하세요? 전문가가 보시기에 일리 있나요?"

소파에 기대앉아 있던 석구가 시선이 쏠리자 등받이에서 몸을 뗐다.

"예, 아주 일리 있다고 생각합니다. 우발적 범죄고, 단독범일 수밖에 없어 보여요."

"와, 진짜로 정답이 있긴 한가 보네."

윤기가 비꼬듯이 감탄사를 내뱉는 것과 동시에 명우가 의견을 말했다.

"저는 형이 죽었을 것 같습니다. 얼마나 형인지는 모르겠지만 나이 더 먹은 인간들이 더 추잡한 짓거리를 하는 걸 하도 많이 봐서요."

"하긴. 저도 많이 봤어요."

수호가 동조했다. 석구가 고개를 저었다.

"그렇게 단순하게만 생각할 건 아닙니다. 그들의 관계성이 어떤지를 알면 좋을 텐데……."

석구의 말을 듣고 명우가 의견을 냈다.

"겉으로 좋아 보여도 속은 곪아 있는 관계가 생각보다 많잖아요. 어쩌면 이들도 그랬을지도 모르죠. 눌러 놓았던 감정이 터진 걸 수도 있고요. 관계에 대한 배경을 모른 채로는 이거 유추가 아예 불가능한 거 같아서 답답하네요."

그렇게 말하며 명우가 기중을 힐긋 쳐다보았다. 마음 같아선 왜 이따위 문제를 내느냐고 노려보고 싶은 것을 참은 거였다.

"관계가 좋았지만 그날 급격하게 감정 상하는 일이 생겼을 수도 있어요. 그 왜, 술 들어가면 그러잖아요. 실수해서 싸움 나고."

이렇게 말하는 수호의 말투는 강의를 하는 교수 같았다.

준성이 고개를 끄덕이며 정리에 들어갔다.

"음, 그 외에 싸움이 날 만한 배경이 또 있을까요? 순간의 감정싸움, 관계성에서 비롯된 눌러놨던 감정들, 오해, 복수? 뭐 이 정도겠죠?"

골똘히 생각하는 얼굴이던 석구가 대답했다.

"이득이 있다면 죽일 수도 있죠."

"오, 이득?"

준성이 흥미롭다는 듯 반응하는데, 시연의 조심스러운 목소리가 들려왔다.

"왠지 집주인인 남자가 살해됐을 것 같아요. 어떤 바보가 자기 집에서 살인을 하겠어요."

다들 방금 들은 말을 곱씹는지 잠자코 있었다. 민주는 턱을 받친 채로 고개를 끄덕거렸다.

"전 좀 다른 의견을 내볼게요. 전 딸이 죽은 사람일 수 있다는 생각도 듭니다."

석구의 말에 모두 무슨 얼토당토않은 소리냐는 눈으로 쳐다보았다. 민주가 뒤로 기대 팔짱을 끼면서 헛웃음을 터뜨렸다.

"왜 그러세요? 문제가 '세 사람 중에 있다'고 했잖아요? 두 번 들으신 걸로 부족하세요?"

"문제에서 그 세 명이 누구인지 가리킨 적이 없고요, 처음에 인물 소개할 때는 딸도 따로 언급이 됐었어요. 그러니 딸도 용의자나 희생자에 들어갈 수 있는 거 아닙니까?"

"엥? 문제 좀 다시 들어볼 수 있어요?"

윤기가 기중을 향해 물었다. 문제는 두 번까지만 들려준다는 답이 돌아오자 수호가 '몰랐냐' 하는 눈으로 윤기를 한심하게 쳐다보았다.

"활동문제의 의도를 듣고 나니까 의심 안 받으려고 일부러 이상한 말씀 하시는 것 같은데."

수호가 누구 몰아갈 사람이 필요했는데 잘됐다는 듯 미소를 머금고 말했다.

석구가 답답해하며 반박했다.

"모든 가능성이 열려 있는 거잖아요. 어쨌든 딸이 괜히 등장하진 않았을 거 아니에요."

"뭐, 저는 일리 있다고 봅니다."

준성이 석구 편을 들었다. 이번엔 시연이 깔끔하게 정리해주었다.

"그래서 저는 딸이 살인이 일어난 '원인'으로써 문제에 등장했다고 본다는 거예요. 아마 흉기는 남자의 집에 있는 부엌칼 같은 걸 사용했겠죠. 그리고 자기 집에서 살인을 하는 바보는 없을 테니 싸움이 난 상황에서 남자, 즉 딸의 아버지가 죽임을 '당했'고 범인은 친구나 형 둘 중 하나. 여기서 답이 갈릴 것 같아요."

시연의 말을 들은 석구가 답답하다는 듯 한숨을 쉬며 말했다.

"저는 오히려 딸이 죽임을 당했다는 가설을 전혀 고려하지 않는 여러분들이 더 수상한데요. 전 딸이 죽었다는 쪽으로 가겠습니다."

"왜 딸을 죽이는데요?"

민주가 왜 그렇게 생각했는지 진심으로 궁금하다는 말투로 물었다.

"뻔하죠. 남자에게 원한이 있었겠죠. 딸이 그 희생양이 된 거고요."

"그럼 경사님도 누가 죽였는지에서 막힌 건 똑같네요."

민주의 말에 명우가 반박했다.

"아니죠. 이건 누가 '죽었는지'를 맞추는 거잖아요. 죽인 사람이 누구인지는 중요하지 않습니다."

"아, 그러네요."

이후로 한참 동안 신랄한 의견이 오갔다. 집주인인 남자가 살해할 리 없다면 남자를 제외하고, 친구와 형 사이에서 일어난 일일 수도 있다는 의견까지 나오면서 대립은 점점 더 팽팽해졌다.

제한 시간이 끝날 때까지 참가자들은 합의점에 이르지 못했다. 결국 네 그룹으로 나뉘어졌다.

희생자가 '남자'일 거라는 데는 시연과 윤기.

'형'에는 수호.

'친구'에는 준성, 명우, 민주.

'딸'에는 석구.

모두가 선택을 마치자 준성이 기중을 향해 물었다.

"정답이 뭐죠?"

기중이 총을 내리더니 다시 권총집에 꽂았다. 기중의 얼굴에 뜻모를 미소가 번져 있었다. 참가자들은 그 미소가 의미하는 바가 뭔지 알 것 같았다.

'잡았다.'

"정답을 말씀드리기 전에 제가 깜빡하고 있던 걸 먼저 말씀드리겠습니다. 안수호 님의 알리바이에서 거짓이 있었습니다. 여자친구분이 거짓말로 증언을 해줬더군요. 사실은 11일 낮에 같이 있다가 일이 있다면서 갔다던데요. 어딜 가셨던 겁니까?"

순간 수호의 얼굴이 하얗게 질렸다.

"그, 그래요. 거짓말했어요. 사, 사실 저도 그때 전 여자친구한테 연락이 와 만나러 갔었는데…… 그게 여자친구 귀에 들어갈까 봐 거짓말했어요."

"뭐야, 양다리였어요?"

민주가 기막혀하며 물었다.

"아뇨! 돌려줄 물건이 있다길래 간 거였는데, 앞서서 여자친구가 황종섭을 만나는 걸 뭐라 한 입장이라 솔직하게 말하기가 좀 그랬어요."

"어쨌든 믿음 안 가는 사람이라는 건 확실해진 거네요! 온통 거짓말이었던 거잖아."

윤기가 삿대질까지 하며 소리쳤다.

"그렇다고 제가 살인자라는 건 아니죠. 저 백윤기가 거짓말한 건 뭔데요 그럼."

"너는 증거가 나왔잖아!"

"그 머리카락 난 모르는 일이라고요! 그래요, 제가 11일에 대해서 거짓말한 건 맞아요. 그럼 17일은요? 17일 알리바이는 맞잖아요? 뭐, 11일은 제가 범인이고 17일은 또 다른 사람이 범인이라 하려고요?"

흥분해 속사포처럼 내뱉던 수호가 뭔가 번뜩 생각난 듯 표정이 변하더니 기중에게 말했다.

"잠깐, 활동문제가 끝난 상황에 저한테 이러는 걸 보니…… 저를 지금 범인으로 생각하는 거예요? 제가 맞춘 게 정답이라서? 아니면 저만 정답이 아니라서?"

수호의 얼굴이 밀랍인형처럼 하얘지고 입술이 덜덜 떨렸다. 기중이 말없이 핸드폰을 꺼내더니 무언가를 조작했다. 10초쯤 지나자 출입문이 열리며 예의 요원 세 명이 들어왔다. 그들이 다리를 후들거리는 수호 앞에 섰다.

기중이 말했다.

"안수호, 너를 살인 및 살인 미수죄로 체포한다. 미란다 원칙은 경찰 만나서 듣고."

기중이 요원들에게 고갯짓을 하자 그들이 곧바로 수호의 팔다리를 잡아 헹가래 하듯 공중으로 들었다. 수호가 미친 듯이 발악했다.

"저 아니에요! 진짜 아니라고요. 아씨, 이거 놔! 나 저 장갑 빼고 나서 한 번도 다시 낀 적 없다고! 모함이야 이거!"

수호의 발버둥은 애처로웠다. 모두가 경악한 얼굴로 수호를 쳐다보았다. 설마 했는데 진짜로 범인이라니 충격적이었다.

"저 님이 맞춘 게 답이었나 봐⋯⋯."

윤기가 자기도 모르게 중얼거렸다. 그렇게 적대시하던 사람이었는데도 막상 진짜라고 하니 감정이 복잡했다.

수호는 남자들에게 들린 채로 열린 출입문을 붙잡으며 버텼다. 체격 좋은 장신의 몸이 발버둥치니 요원들도 힘겨운 기색이기는 했지만 그뿐이었다. 이내 수호의 목소리가 출입문 너머로 멀어져갔다.

출입문이 닫치고, 실험장은 적막으로 뒤덮였다. 다들 수호가 사라진 문만 쳐다볼 뿐이었다.

문득 기중을 돌아본 윤기가 이상하다는 듯 말문을 열었다.

"그렇게 잡고 싶어 하던 범인 아니에요? 표정이 왜 그러세요?"

그도 그럴 것이 기중은 출입문이 아닌 남은 사람들을 쳐다보고 있었다. 마치 이 상황은 결과가 아니라 과정에 불과하다고 말하는 것처럼 느껴져서 기분이 이상했다.

"⋯⋯이제 범인 잡힌 거죠? 이제 다 끝난 거죠?"

시연의 눈이 절박해 보였다. 전화 목소리를 근거로 들어 안수호는 범인이 아니라고 말했던 것은 이제 더 이상 그녀에게 중요치 않았다. 진짜 범인이든 무고한 사람이든, 누구라도 잡혀서 자신이 여기를 나갈 수만 있다면 상관없었다.

기중이 말없이 몸을 돌리더니 소파에 가서 앉았다. 두 손을 모아 깍지를 끼고 턱을 괴었다. 할 말을 고르는 듯했다. 알 수 없는 행동에 참가자들이 인상을 찌푸린 채 시선을 주고받았다.

"안수호 님은 범인이 아닙니다."

무거운 현기증이 참가자들을 덮쳤다.

'그' 역시도 어이가 없어 말이 나오지 않았다. 그건 이내 약간의 불안함으로 바뀌었다. '뭐라는 거야?'라며 참가자들의 웅성거림이 들려왔다.

"방금 범인이라고 체포하신 거잖아요?"

'그'가 말했다. 곧바로 기중의 눈이 '그'에게로 향했다.

"안수호 님이 정답을 맞춘 거 아닌가요?"

시연이 물었다. 그녀는 이제 턱을 덜덜 떨고 있었다.

"아뇨, 안수호 님의 답은 정답이 아닙니다. 그리고 말씀드렸다시피 정답이 있긴 하지만 이건 정답을 맞췄는지가 중요한 게 아니기도 하고요."

"뭐 하시는 거예요? 범인이 아니면 왜 체포를 했는데요?"

민주가 따졌다. 이어서 들려온 기중의 말은 모두를 기절초풍하게 만들기에 충분했다.

"안수호 님을 범인으로 몰아 체포하고 나서 여러분들의 반응을 보기 위해서였어요. 좀 더 정확히는, 아직 여기 남아있을 '놈'의 반응을 보려던 거였죠."

"아직까지 범인이 여기 있단 말이에요?"

"그럼 죄 없는 사람을 체포했다는 거예요, 지금?"

다들 눈이 뒤집어져서 한 마디씩 던졌다.

"이미 안수호 님은 안내를 받고 귀가 조치되었을 겁니다."

"진짜요?"

"이게 대체 뭡니까? 무슨 상황이냐고요."

부러움과 분노, 황당함, 복잡한 감정이 뒤섞였다. 참가자들은 길을 잃은 얼굴이 되었다.

"뭐가 어떻게 된 거죠?"

'그'가 물었다. 기중이 다시 '그'를 쳐다보았다. 기중이 자리에서 일어섰다. 아주 천천히 '그'에게 가까이 걸어오면서 기중이 말했다.

"안수호 님 방에서 나온 머리카락은 요원들을 시켜 제가 심어놓은 겁니다."

이제 사람들은 놀란 소리도 내지 못했다. 그렇게 말하고 기중이 '그'를 빤히 쳐다보았다.

그 순간 '그'는 깨달았다.

홍기중은 내가 범인이라는 걸 알고 있다.

"선배, 그게 무슨……."

"프로파일링 결과로 나온 특성들, 알리바이 불확실, 환기구

통로를 다니다가 방문을 가장 늦게 연 사람, 뛰어가는 자세……
마지막으로, 활동문제에서 유일하게 0점을 받은 사람. 네가 유
일해, 진석구 경사."

16

실험 4일 차 오전(2)

1차 실험 때 참가자들을 용의선상에서 소거해 내지 못했다.

프로파일링에 완전히 배제되는 자는 없는데 그렇다고 가장 유력한 자가 있지도 않았다. 물론 비틀어진 성격을 여기서 '잠시' 감추는 게 불가능한 일은 아닐 것이다.

기중은 놈을 힘을 과시하는 권력형 유형이라 규정지었다. 엄격한 부모 밑에서 과하게 통제를 받으며 자랐을 것이다. 그래서 통제당하는 걸 극도로 싫어하며 자랐지만 동시에 역설적이게도 부모와 똑같이 통제적인 인간이 되었을 가능성이 높았다. 그런 부모의 사랑은 분명 정상적인 범주가 아니었을 것이다.

비뚤어진 사랑. 그 안에서 모욕적인 상황을 많이 겪었을 확률이 높다. 모멸감에 취약한 성격으로 키워져 평범한 상황에서도 자기 기준에 부합하면 분노가 터진다. 그래서 놈의 살인은 언뜻 보기에 묻지 마 범행으로 보이지만 조금만 들여다보면 정반대라는 걸 알 수 있다.

놈은 목적의식이 뚜렷하고 타깃을 정하는 데도 일정한 기준을 가지고 있으며, 그것을 촉발하는 요인은 크게 다르지 않을 것이다. 놈이 피해자들의 목을 졸라 서서히 죽인 후에 해놓은 짓을 보면 알 수 있었다.

그래서 관건은 2차 실험이었다. 거기엔 수년간의 연구로 고안된 활동문제가 배정되어 있었다. 그러나 예상치 못한 살인이 일어나면서 기중은 경로를 수정해야 했다. 참가자들의 신원을 알고 있는 주최팀도 용의자 범위에 넣어야 했다.

사건이 발생하면서 놈이 어떤 식으로든 실험에 가까이 왔다는 건 확실해졌다. 애초부터 참가자들 중 하나라는 가설로 시작했지만 여러 정황상 그렇지 않을 가능성도 생각해봐야 했다.

놈이 왔다면 그 이유는 '정보' 때문일 것이다. 직접 움직이게 만들려면 그것밖에 없다는 게 기중의 생각이었다. 정보에 접근하기 위해서는 반드시 이 실험장에 들어오거나 적어도 지켜볼 수 있는 위치에 있어야 한다. 지켜볼 수 있는 위치. 그래서 애초부터 주최팀까지 범위를 넓혔어야 했는데, 그건 뒤늦게 든 생각이었다.

참가자들은 십 년 전에 살았던 거주지를 중심으로 뽑았지만, 주최팀 멤버의 선정 방식은 그렇지 않았다. 그럼에도 여길 들어왔다면 생각했던 것보다 더 위험하고 지능적인 놈이다. 수단과 방법을 가리지 않았다는 것이 되니까.

1차 때 주최팀에 선정된 이들은 30대와 40대로 이루어져 있었고 모두 경찰이었다. 그들이 어떻게 해서 선정이 되었더라? 곰곰이 돌이켜보았지만 거기까지는 관여하지 않아 알 수 없었다. 경찰이 되어 주최팀으로 기어들어오다니, 미처 생각도 하지 못했다.

후배 서형근을 포함한 주최팀 직원 열 명의 뒷조사를 했다. 기중이 알아본 건 단 하나였다. 십 년 전 주소지. 당시 범행지역 부근에 거주했던 건 진석구와 이현서 단 두 명이었다. 이때까지만 해도 정말로 그 둘 중에 놈이 있을 거라고는 생각하지 못했다.

기중은 그들에게 개인적으로 접촉해 실험에 계속 남을 것을 부탁했다. 사실 십 년 전 미제사건을 이병주 사건과 엮어 재수사가 이루어지게 하려던 건데 실패했다고. 아직 새 단서를 공개하지 않았고, 유의미한 결과를 내지도 못했다, 모든 책임은 내가 지겠다, 나한테 협박당한 것으로 해서라도 함께해 달라고.

주최팀에 들어올 때부터 큰 건을 맡았다며 들떠 있던 현서는 긍정적인 답변을 보내왔고, 석구는 존경하는 선배와 함께 하는 것만으로 충분하다며 제안을 받아들였다.

'문제'들은 모두 고차원적으로 만들어졌다. FBI가 이상심리자들에게 실시했다는 심리테스트와 같이, 언젠가 이런 순간을 위해 기중이 지난 몇 년간 공들여 공식적으로 개발한 것이었다.

이전 두 개의 문제에서 진석구는 의심받을 만한 답들을 모두 피해 갔다. 마지막 선택이 뭐냐는 것도 중요했지만, 거기까지 가는 과정에서 참가자들끼리 나눈 대화로 개개인에 매겨지는 점수가 더 중요했다. 주관적으로 판단하는 게 아니라 철저하게 수치에 기반을 둔 시스템이었다. 엄밀히 말하면 이것은 진술분석과 뿌리를 같이 한다고 볼 수 있다.

거짓 진술을 하는 피의자의 경우 본능적으로 사건과 관련이 있는 내용에 대해 축소하거나 은폐하게 된다. 거짓말 사이사이에 사실을 섞어 거짓을 감싸기도 한다. 그건 본능적으로 일어나는 일이다. 그렇기에 아무리 이론을 알고 있다 하더라도 의식적으로 피해갈 수는 없다.

예를 들어 사건은 밤에 일어났는데, 사건 전인 아침과 낮 시간의 일을 장황하게 늘어놓거나, 사건 이후인 새벽 시간대를 구체적으로 묘사하는 식이다. 그래서 실제로 진술분석을 할 때는 사건 전과 중 그리고 후에 대한 이야기 비중을 눈여겨본다. 일반적으로 사건 전과 후는 20에서 30퍼센트, 사건 중은 50퍼센트를 할애하는 게 정상이다.

진석구는 자신이 저지른 사건을 상기시키는 문제를 대할 때 '사건 중'과 관련된 단어들은 모두 피해 가고 '전과 후'에 대한 내용에만 100퍼센트를 할애했다.

살인에 사용했던 천 보자기, 살해한 70대 여성 노인 등의 요소들을 모른 척한 것이다. 양복을 입은 남자는 참가복을 입고 범행을 했던 범인과 관련된 설정이었다. 저마다 복장에 대해 어떻게 언급하는지를 수치화하기 위해서였다.

수치화의 항목에는 단순히 '언급'만 있는 것이 아니다. 어떻게 '반응'하는지 비언어적 메시지, 표정, 말투, 억양, 호흡까지도 모두 측정된다. 그 문제들이 자신의 사건과 관련해 고안된 거라는 걸 눈치챘든 아니든, 의식적이든 무의식적이든 기중이 일부러 심어놓은 요소들을 모두 피해갔다는 것은 아주 유의미한 결과였다.

'수치화된 점수가 높을수록 범인일 가능성이 낮다'는 것이 설정값이었다. 심어놓은 요소들을 언급한 횟수가 많을수록 숫자가 올라가기 때문이다.

살해된 여교사 문제는 첫 번째 사건인 관절살인사건과 관련되어 있었다. 당시 피해자의 직업이 교육강사여서 교사라는 설정이, 관절이 반대로 꺾여 있던 사건이기에 연골이 손상되었다는 설정이 들어갔다. 일반인들은 쉽게 생각하기 어려운 '관절을 꺾었다'라는 것을 알아채는지, 혹은 일부러 피해 가는지를 보기 위한 것이었다.

용의자가 세 명이었던 건, 인물들에 대한 성격을 어떻게 분석하고 어떤 이유로 용의자를 선정하는지, 본인의 범행 특성을 투영한 언급이 나올지를 확인하기 위한 요소였다. 사람은 결국 어떤 것을 판단할 때 자신을 투영하기 마련이니까.

물을 뿌렸다는 설정은 두 번째 살인인 문은숙 욕조살인사건에서 욕조 물을 이용한 걸 비유한 것이다. 그것을 어떤 식으로 언급하는지를 수치화하기 위해.

딱 한 사람만이 유일하게 두 문제 모두에서 0점을 기록했다.

진석구만이 두 개의 문제에서 유일하게 범인이라고 의심받을 만한 말을 피해 간 것이다. 누군가는 보따리에, 누군가는 살인마가 가까이 있을 가능성에, 누군가는 살인 도구에 집중해서 관련

요소들을 거리낌 없이 언급했지만, 딱 한 사람만이 그러한 것들을 모두 피해갔다. 무의식적으로 거부한 것이다.

그런데 기중에게 취지에 대한 설명을 들은 마지막 문제에서는 전과 후에 관한 내용에 대해서는 0퍼센트, '사건 중'과 관련된 단어들만 100퍼센트 진술했다.

프로파일링 결과도 그러했다. 십 년 전 거주지, 가장 관건이었던 활동문제 점수까지, 그 많은 것들에 부합하는 사람은 이 실험 관계자 중 진석구 단 한 명이었다.

기중도 이렇게까지 극단적인 결과는 예상하지 못했다. 실제로 진술분석은 판결에도 중요하게 작용된다. 이 결과가 직접적인 증거가 되지는 못하겠지만 심증에 확인 사살을 해주는 용도로는 충분하고, 그 외의 정황 증거들과 시너지를 내서 유의미한 증거를 이끌어내는 것도 가능할 것이다.

점수가 도출된 직후, 기중은 형근을 시켜 진석구의 핸드폰 수발신 기록을 조사했다. 예상한 대로 아무것도 나오지 않았다. 놈은 범행을 할 때 본인 명의 핸드폰을 쓰지 않고 선불폰을 사용한다. 일반인도 범죄 지식에 훤한 세상이니 특별할 건 없다.

진석구의 뒷조사는 그의 어린 시절 가정환경까지 나아갔다. 어머니는 대학교수에 총장까지 지냈던 사람이고, 아버지는 국내 최대 로펌의 시니어 변호사로 한 대기업의 고문을 맡기도 한 유명한 사람이었다. 대대로 부유한 집안이라 그만큼 아들에게 쏟아부은 돈도 엄청난 듯했다.

그러나 부모의 유명세에 비해 아들에 대한 언급은 전혀 없는 것으로 보아 기대에 미치지 못한 자식일 가능성이 높았다. 진석구는 경찰이 되었지만 부모가 원하는 직업은 아니었을 것이다. 애초에 부모가 아니었다면 경찰도 될 수 없었다. 어린 시절에 잡다한 사고를 쳤고, 그때마다 부모가 돈으로 해결했다는 증언이 많았다. 실제로 친구 말 한마디에 기분이 나쁘다며 기절할 때까지 두드려 팬 적도 있었다. 또한 분석대로 그의 부모는 대외적으로 교양 있고 매너 있으나 훈육은 강압적이고 통제적이었다는 지인의 진술도 확보했다.

거기다 라운지를 뛰어다니던 석구의 동작, 경찰대 입소했을 때의 훈련 영상을 영상 전문가를 통해 분석한 결과 동일 인물일 가능성이 높다는 사실도 확인했다.

살인마 주제에 도대체 왜, 어떻게 경찰이 되었는지는 모르지만 그게 무엇이든 결국 그의 비틀린 욕망과 연결되어 있을 것이다.

환기통로를 기어다닌 범인을 찾을 때 석구의 방만 열어보지 않은 건 의도적인 것이었다. 이미 앞선 두 개의 활동문제에서 가장 유력한 용의자였지만, 결정적인 한 방 없이 석구가 공개적으로 의심을 받는다면 더는 나아갈 수 없게 되기 때문이다. 참가자들에게 '주최팀에는 범인이 없는 것이 확실하다'고 못을 박은 것도 그런 이유였다.

인내심을 발휘해야 했다. 설익었을 때가 아니라 결정적일 때 한 방으로 끝내야 하는 일이었으니까. 그러기 위해선 상황을 더 끌고 갈 필요가 있었다.

바로 지금 이 순간을 위해…….

석구가 팔짱을 끼고 황당해 죽겠다는 표정으로 기중을 보았다. 이런 상황에 거만한 자세로 뒤로 기대는 행동, 무의식적으로 나오는 자기방어 자세다.

　"제가 범인이라는 말씀이세요, 지금?"

　"알아들었잖아. 짐작도 했을 거고."

　석구는 태연했다. 오히려 다른 참가자들이 놀라 술렁거렸다.

　"무슨 말이에요……?"

　"경찰이 범인이라고요?"

　"에이, 말이 돼요? 차라리 안수호가 범인인 게 더 말이 되는 거 같은데……."

　민주와 윤기가 떠들었다. 시연과 명우, 준성은 석구에게서 눈을 떼지 못했다.

　표정만 봐서는 그가 범인이라는 생각은 들지 않았다. 억울하고 황당하고 영문 모르는 순진무구한 눈동자만 본다면.

　기중이 보기엔 그게 더 이상했다. 정말 억울하다면 저런 표정이어서는 안 된다. 아니, 저럴 수가 없다. 아무리 포커페이스에 능해도 가능하지 않은 반응이다. 지난 십 년 동안 프로파일러로 일해오면서 쌓아온 데이터에 기반한 확신이었다.

　석구가 황망하게 웃었다.

　"선배, 왜 그러세요. 무슨 말씀이세요."

　"2014년 관절살인사건 서인희, 2015년 욕조살인사건 문은숙, 2017년 야산살인사건 박광철. 다 네 짓이잖아."

　석구가 미간을 찌푸렸다.

"무슨 근거로 그런 말씀을 하시는 거예요? 선배, 실험이 길어지면서 많이 지치신 것 같은데요, 그만하시고……."

석구가 말을 맺지 못했다. 기중이 어느새 권총을 겨눈 것이다. 경찰에 지급되는 38구경 리볼버로, 석구가 허리춤에 찬 것과 같았다. 석구의 손이 허리로 향하자 기중이 총구를 그의 손에 겨눴다.

"선배, 이러지 마세요. 대체 저한테 왜 이러세요!"

장난으로 치부하려던 석구가 정색하며 소리를 버럭 질렀다.

석구를 보는 참가자들의 심정은 복잡했다. 어쩌다 참가하게 된 경찰이 범인일 리 없고, 너무도 순해 보이는 표정은 의심할 여지가 없었다. 기중의 얼굴은 이미 분노로 얼룩져 있었다.

"하, 진짜! 뭐 때문에 저를 의심하시냐고요."

"내가 환기통로와 안수호에 대해 거짓말을 한 이유가 뭘 것 같아?"

환기통로? 거짓말이었단 말이야? 무슨 말이지? 참가자들이 술렁거렸다.

"넌 상황이 이상하게 돌아간다는 걸 진즉에 알았을 거야. 환기통로가 함정이라는 거. 왜? 넌 거기 간 적이 없으니까. 근데 누군가 이 순경을 피습했고, 당연히 범인이 벌인 짓이라고 다들 생각했지. 근데 넌 이 순경을 피습한 적이 없어. 그렇지?"

놈에게는 두 가지 가설이 있었을 것이다. 기중의 함정이라는 가설 그리고 자기 말고 또 다른 살인범이 있다는 가설. 범인이 어느 쪽으로 생각하든 반응을 보일 수밖에 없다는 게 기중이 노린 심리였다.

"제가 그럴 이유가 없잖아요?"

거짓말할 때 보이는 전형적인 태도였다. 억울한 피의자들은 자기가 한 짓이 아니라고 강력하게 부인하고 감정을 피력한다. 너무 강하게 부정해 도리어 의심을 살 정도로 말이다. 경찰들은 그런 모든 비언어적인 부분들을 놓치지 않고 눈여겨본다. 그런데 거짓말을 하는 범인들은 아니라고 부인하기보다 되려 증거를 갖고 오라거나, 내가 그렇게 할 이유가 없다는 식으로 논리적인 근거를 요구한다.

"넌 안 했는데 네가 한 짓이라 오해받고 있고, 여기에 다른 범인이 있다니 놀랐겠지. 그럴 가능성이 얼마나 될까 생각해보다가 얼마 안 가 다 내가 꾸민 일이라는 걸 예상했을 거야."

이 말의 파급력은 상당했다.

"그, 그게 교수님이 꾸민 거였다고요?"

시연의 목소리가 떨렸다.

"가면을 쓴 그게…… 선배였다고요?"

석구가 눈살을 찌푸리고 물었다. 너무 놀라 말도 안 나온다는 말투였다.

참가자들은 거울처럼 모두 같은 표정이었다.

"다 짐작했으면서 뭘 놀라는 척을 하고 그래. 내가 환기통로 구조가 단순하다고 했지. 근데 네가 직접 가보니까 전혀 그렇지 않았을 거야. 그때 확실히 알았겠지. 내가 한 짓이라는 걸."

석구가 범인인 것이 유력하다고 판단했을 때, 기중은 현서에게 몰래 연락을 취했다.

자세한 내용은 언급 않고 그저 시키는 대로 하라 했고, 기중이 단서를 잡았다는 걸 감지한 현서는 바로 수긍했다. 범인이 그랬던 것처럼 참가복을 입고 현서를 피습하는 장면을 연출해 사람들 반응을 보는 게 목적이었다.

반응할 때의 표정, 말, 행동, 비언어적 메시지들을 살피고 이후 어떤 이상 행동을 보이지 않는지 기다린다. 가장 쉽게 예상되는 건 범인이 환기통로에 관심을 가지는 것이다. 그 예상은 들어맞았다.

기중이 다시 환기통로를 타고 올라가 방으로 돌아온 다음 주전부리를 찾는 것처럼 다이닝룸에 나왔다가 쓰러진 현서를 발견한 것처럼 행동하는 게 시나리오였다. 기중이 먼저 발견하면 작위성이 노출될 우려가 있었지만 달리 방법이 없었다. 그런데 우연찮게 윤기가 먼저 나오면서 문제가 쉽게 해결된 것이다.

참가자들은 입을 다물지 못했고 석구는 헛웃음을 터뜨렸다.

"무슨 근거로 그런 말씀을 하시는 거죠?"

"내가 다 꾸민 일이라는 걸 알았다면 내 속셈이 뭘까를 생각했겠지. 딱 그 표정이었거든. 이게 아닌데, 하는 표정. 이뿐만이 아니야. 안수호가 체포됐을 때, 혼자서만 다른 표정을 짓고 있더군. 그걸 보고 더 확신했지."

석구가 코웃음을 쳤다.

"제가 무슨 표정이었는데요."

"이상하다는 표정. 모두 놀랐다가 안도하는 얼굴인데 너만 유일하게 표정이 달랐어."

"겨우 표정이 그랬다고 사람을 연쇄살인마로 몬다고요? 증거가 있어야죠! 증거 없이 이래봤자 아무 소용 없다는 거 제일 잘 아시면서 왜 이러세요. 증거도 없이 사람 몰아가는 거, 같은 경찰로서 제가 다 부끄럽다고요."

석구의 표정에 경멸이 떠올랐다가 곧 실망으로 바뀌었다. 그 얼굴이 진실되게 보여서 참가자들은 혼란에 빠졌다.

"아까 환기통로로 여길 훔쳐봤을 때, 방으로 급하게 돌아가느라 시간이 걸렸지? 그래서 방에 없었고."

"다들 방에 있었다면서요?"

민주가 소리쳤다.

"참가자분들은 모두 방에 있었습니다. 사실 환기통로는 꺾이는 지점이 많고 통하는 갈림길도 많아 30초밖에 안 되는 시간에 돌아오는 건 절대 불가능하거든요. 잘못하면 다른 방에 들어갈 가능성이 높죠. 제가 열어보지 않은 방은 유일하게 진 경사의 방뿐이었어요. 그리고 소란에 다들 방에서 나왔을 때 가장 늦게 나온 사람이 진 경사였습니다."

기중이 다시 석구를 향해 말했다.

"자, 환기통로를 기어 라운지를 훔쳐본 사람은 있는데, 내가 열어본 방에는 모두 있었다, 열어보지 않은 방은 하나고. 그렇다면 그 사람은 누굴까?"

기중의 입꼬리가 괴기스럽게 올라갔다.

"그리고 활동문제에서 유일하게 0점을 받은 사람. 내가 이 문제의 산정 방식을 알려준 마지막 문제에서 갑자기 가장 높은 점수를 받은 사람, 딱 한 명이라고. 산정 방식을 알게 되니 의심을 피하고 싶었겠지. 그러니 이전과 다르게 네가 벌인 범행과 관련이 있는 것들을 피하지 않고 일부러 더 언급해야 했겠지. 그게 네 발목을 잡을 줄도 모르고 말이야."

활동문제를 진행하는 동안 형근이 모니터링을 하며 참가자마다 점수를 매겼다. 그 액셀 파일이 조금 전 기중의 폰으로 전송되어 왔다. 기중의 심증을 증명해주는 증거였다.

석구는 아무 말 없이 기중을 쳐다보았다. 갑자기 문제 의도를 설명해준 게 이상하다 싶었는데 은연중에 그걸 피하고 싶은 본능대로 움직인 게 화근이었다. 활동문제가 자신의 범행을 살짝 비틀어 만들었다는 건 이미 첫 문제부터 눈치챘다. 그래서 일부러 관련된 단어들이나 추측성 멘트를 피했다.

석구는 자신도 모르게 턱에 힘이 들어갔다. 이 실험 자체가 홍기중의 덫이었다. 스피커를 통해 비밀이 새어나오는 돌발 상황이 생기긴 했지만 그 일이 없었어도 결국 그의 의도대로 이렇게 흘러왔을 것이다. 석구는 이제야 자신이 얼마나 불리한 상황에 놓여 있는지 실감이 났다.

"한시연 님, 떠올랐다는 말투, 이 사람 맞죠?"

갑자기 질문을 받은 시연이 깜짝 놀랐다. 두려움이 깃든 눈으로 석구를 쳐다보았다. 그녀의 눈동자가 커지더니 이내 시선을 피했다. 무언의 대답이었다.

석구가 피식거리며 천천히 앞머리를 쓸어넘겼다. 그 모습을 본 참가자들은 소름이 끼쳤다.

"이미 저를 그냥 범인으로 정해놓으셨네요. 전형적인 표적수사! 이 안에서 범인이 나와야 하니 누구라도 잡고 싶은 거겠죠. 이상한 문제를 가져와 어쩌고저쩌고. 웃기지도 않네. 이보세요, 홍기중 씨. 그렇게 증거가 많으면 그냥 지금 잡아가세요. 무고한 사람 증거도 없이 범인으로 몰아 체포해봤자 인정 안 될 것 같으니까 입으로만 나불대고 있는 거 아니에요?"

석구가 입이 찢어질 듯 웃었다. 시연은 다리에 힘이 풀려 주저앉았고, 다른 참가자들은 얼어붙은 듯이 꼼짝도 못 했다. 기중은 권총을 쥔 손에 더욱 힘을 주었다. 석구의 웃음이 잦아들자 기중이 입을 열었다.

"근데 말이야. 너한테도 기회가 있다는 걸 알려주지."

석구가 웃음기를 거두고 기중을 빤히 보았다. 그가 무슨 말을 할지 종잡을 수 없어 약간 긴장한 기색이었다.

이번엔 기중의 입가에 희미하게 미소가 번졌다.

"내가 원하는 건 널 체포하는 게 아니거든."

체포를 원하는 게 아니라고? 순간 석구의 머릿속에 잊고 있던 것이 스치고 지나갔다.

아하…… 알았다.

감이 왔다. 석구는 회심의 미소를 지으며, 짐짓 모르는 척 고개를 슬쩍 기울였다.

석구의 표정을 보고 기중이 멈칫했다. 저건 석구가 모든 것을 인정하고 이제부터 이 상황을 자신의 통제 아래 두겠다는 신호였다. 자신이 범인이라는 자백과 다름없었다.

"무슨 말씀이시죠, 홍 교수님?"

"……알잖아."

"뭐를요?"

"내 딸 시신 찾는 거. 내가 원하는 건 처음부터 그거 하나였어."

2017년 10월 15일

여덟 살 혜은이는 집 안에서 납치를 당했다.

혜은이 누워 있던 자리로 추정되는 거실 카펫 쪽에 익숙한 게 있었다. 카펫 바로 앞에서 서성인 족적이었다.

"그놈, 그놈 짓이에요. 그 새끼가 우리 혜은이 데려간 거라고요!"

"그동안 시신 앞에서 서성였던 거잖아. 근데 이번엔 시신 자체가 없어! 아닐 수도 있으니 일단……."

"우리 혜은이 찾아야 돼요. 우리 혜은이 좀……."

발작처럼 기중은 오열했고, 누구도 그를 말리지 못했다. 결국 이 말을 끝으로 그는 의식을 잃고 쓰러졌다.

눈을 떴을 땐 병원이었다. 의사가 와서 일시적 쇼크와 탈진으로 하루 동안 의식이 없었다고 했다.

혜은이가 무자비한 연쇄살인마에게 납치됐다. 크리티컬 타임이 지나가는 건 순식간이었다. 실종 5일이 지나자 혜은이가 죽었을 거라고 단념한 경찰은 공개수사를 시작했다.

기중 역시 알고 있었다. 딸의 생존 가능성은 0퍼센트라는 것을. 그 반증으로 놈에게서는 금전이나 무언가를 요구하는 연락이 오지 않았다. 놈의 짓이 아니기를, 그저 일개 유괴범이기를 간절히 기도했지만 기도는 이루어지지 않았다.

피해자는 혜은이만이 아니었다. 어머니가 잠깐 장을 보러 나간 사이 집에는 혜은이와 친구 지유가 있었다. 둘은 초등학교 1학년 때부터 단짝이었다. 부모 없이 보육원에서 자란 지유는 혜은이를 친자매처럼 생각했다. 집에도 자주 놀러왔고 가족 나들이에 데려간 적도 몇 번 있었다.

지유는 친구가 납치되는 동안 방 안에 갇혀 두려움에 떨어야 했다. 지유는 생존자였다. 그러나 온전히 살아난 건 아니었다. 외상 후 스트레스 장애로 지유는 함구증에 걸렸다. 다시 입을 여는 데 1년이라는 시간이 필요했다. 지유가 해준 말은 딱 하나였다.

"나중에 나가는 소리가 들렸어요."

범인은 지유를 방에 가둬놓은 후 바로 나간 게 아니었다. 집에 한동안 머물고 나서야 혜은이를 데리고 사라졌다. 중요한 증언이었다. 족적. 그것이 증거였다. 이번에도 어김없이 놈은 무언가를 하고 나서야 현장을 떠난 것이다.

그게 뭔지 알게 되기까지 7년이나 더 걸리게 될 줄은 이때 기중은 꿈에도 몰랐다.

딸을 잃은 슬픔은 분노로 바뀌었고, 분노는 놈에 대한 집착으로 이어졌다. 제정신으로 하루하루 버티기도 버거웠지만 경찰을 그만두지는 않았다. 경찰로 있어야 혹시 모를 정보를 얻어낼 수 있기에.

그렇게 기중은 틈틈이 놈을 뒤쫓았다.

분명 범행지역 인근에 놈의 거주지가 있었을 것이다. 지금껏 놈의 범행지역을 보면 알 수 있었다. 범죄자들은 처음에는 익숙한 곳에서의 범행을 선호한다. 여기서 더 진전되면 범위를 넓혀가지만 아직 그 수준은 아니었다. 또한 분석이 맞다면 놈은 사실 굉장히 내향적인 성격을 가졌을 것이다. 그런 성격으로 낯선 곳에서 위험천만한 범행을 저지를 확률은 그리 높지 않다.

기중은 시간이 날 때마다 범행지역을 훑으며 수색과 탐문을 계속했다. 경찰 공무원증은 그 과정에 매우 요긴하게 쓰였다.

놈이 저지른 세 건의 범행이 일어난 주변을 이 잡듯이 뒤져도 처음 몇 년 동안은 단서를 전혀 발견하지 못했다. 이사를 간 사람들까지 추적해도 아무것도 나오지 않았다.

기중은 자신의 분석에 좌절했다. 범인은 정말 여기 살았던 게 맞을까 싶을 만큼 흔적도 없이 사라지고 없었다.

18

실험 4일 차 오후

아주 잠깐이었다.

석구의 한쪽 입꼬리가 슬며시 올라갔다 내려왔다. 참가자들은 놀라운 말들을 쏟아내는 기중을 쳐다보느라 그 순간을 보지 못했다.

"딸 잃은 건 알고 있어요. 근데 그걸 왜 저한테?"

"지금까지 내 얘기를 뭘로 들었어."

석구가 웃음을 터뜨렸다.

"그거 다 정황 증거일 뿐이잖아요. 방에서 가장 늦게 나왔다. 환기통로에서 못 빠져나와 복귀가 늦어진 거다. 그러니 범인이다. 뭐 이런 어이없는 수사가 다 있습니까!"

참가자들은 이제 혼란을 넘어 아무도 믿을 수 없는 눈으로 석구를 보았다. 석구의 태도가 점점 이상했다.

"11일, 17일에 알리바이도 없더군. 그 이틀 모두 너희 집 주변

기지국에서만 신호가 잡혔어."

"1차 실험 끝나고 일주일 동안 쭉 휴가였잖아요. 재택근무하면서 황종섭 공부도 해야 했고요."

"아니, 나한테 2차 실험 제안을 받은 건 18일이었잖아."

"아아, 제가 헷갈렸어요. 그렇죠. 아무튼 11일부터 17일까지 일주일 동안 그냥 집에서 쉬었어요. 그럼 안 돼요?"

"알리바이 확인불가, 활동문제 점수 유일하게 0점이었다가 마지막 문제 만점에 가까운 유일한 사람. 여기서 너뿐이라고."

딸이 등장했던 세 번째 활동문제. 혜은이 실종사건에 관한 거였다. '세 사람'이라는 표현 안에 딸을 직접적으로 묘사하지 않음으로써 사건과 관련이 없다는 인상을 주도록 묘사한다. 그러나 딸도 등장인물 중 하나이기에 배제된 게 아니었다. 배제된 '인상'만 주는 것이 관건이었다.

그럼에도 '딸'의 존재에 얼마나 집중하는지를 보기 위한 문제였다. 또한 살해된 인물이 딸이라고 추측한다 해도 살해 이유를 뭐라고 댈지도 중요했다. 이전의 진석구라면 일부러라도 딸에 관한 이야기를 피해 0점을 받았을 테지만, 문제의 취지를 듣고 태도를 바꿔 일부러 언급을 해서 7점이라는 가장 높은 점수를 받았다.

기중의 의도대로 말려든 것이다. 일곱 사람 중 문제에서 벗어나 있는 듯이 묘사됐던 딸에 초점을 맞춘 사람은 진석구뿐이다. 또한 등장인물인 남자들 간의 관계, 그들의 감정 상태나 촉발요인에 대해 어떤 식으로 생각하는지도 모두 지켜보았다.

그리고 더욱 확신했다. 진석구가 범인이 아니면 말이 안 된다고.

"범인이 이 안에 무조건 있다는 확신, 집착 수준이네요. 아니, 여기 있어야만 하니까 어떻게든 끼워 맞춘 거 아니에요? 그렇게 확신하면 애초부터 바로 처넣지 왜 이런 실험을 한 건데요?"

"용의자를 특정하지 못했었으니까."

"범인이 반드시 섞여 들어올 거라 예측하고 이 실험을 열었다면서요. 그럼 활동 같은 거 없이 참가자 전원 DNA 확보하면 되는 거였잖아요?"

침묵이 내려앉았다. 기중과 석구 사이에는 팽팽한 긴장감이 흘렀다.

잠시 후 석구가 이를 드러내고 씩 웃더니 읊조렸다.

"너 증거 없지."

"……."

"대조할 DNA조차도 없는 거야, 그치?"

기중은 대답하지 않았고 참가자들은 절박한 심정으로 그를 쳐다보았다. 그들은 기중이 어떻게든 석구를 체포하길 바라는 마음뿐이었다. 그거면 더 바랄 게 없을 것 같았다. 여기서 나가기만 하면 된다고 생각했던 처음 목적은 이미 머릿속에서 지워졌다. 여기서 나간다 한들 저 교활한 살인마의 손아귀에서 벗어날 수 있을까. 그런 의문까지 밀려들자 두려움을 참아내기가 어려웠다.

기중이 말했다.

"아니, 이 실험 자체가 증거야. 여기서 네가 한 행동, 말 전부다."

"그러니까 그게 재판에서 증거가 되냐고요."

"되게 만드는 건 일도 아니고, 중요한 건 내가 그럴 생각이 없다는 거야. 내 말 못 알아들어?"

입꼬리가 살짝 떨렸다.

"딸 시신 어딨는지 알려달라고?"

"그래."

"그러면?"

"내가 널 용의선상에서 뺄 거고, 넌 영원히 DNA를 대조하는 일은 없게 될 거야. 그 이후에 네가 또 다른 범죄로 걸리지만 않는다면. 경찰이 손톱 밑 샘플을 갖고 있거든."

"손톱 밑 DNA가 있다고요? 확실해요? 또 거짓말 같은데?"

"원하면 그 샘플도 내가 빼돌려줄 수 있어."

"아, 거짓말이 아니라고 주장하고 싶은가 본데. 그래요, 그렇다고 칩시다. 경찰에서 그냥 넘어가지 않을 텐데?"

"그렇겠지. 내가 샘플을 빼돌렸다는 건 내가 만난 사람 중에 범인이 있다는 거거든. 너도 의심받을 거야. 그러니 그냥 샘플은 건들지 않는 게 나아."

석구가 씩 웃었다.

"어쩌자는 거죠?"

"넌 선택권이 없다는 거야."

"그냥 장단 맞춰준 거였는데 이제 그만하시죠. 선배?"

기중이 당황했다 생각하고 그틈을 노린 걸까. 석구가 총집으로 손을 가져갔다. 0.1초도 안 되는 짧은 움직임이었는데, 그때였다. 탕! 하는 폭발음이 들려왔고 참가자들이 비명을 질렀다.

석구 바로 앞 바닥에 까맣게 탄환 자국이 나 있었다. 기중이 방아쇠를 당긴 것이다. 깜짝 놀란 석구는 총집으로 가던 손을 허공에서 멈춘 상태였다.

"손 머리 위로 올려, 진석구!"

석구는 기중에게 시선을 고정한 채 천천히 양팔을 들어올렸다.

기중은 이 상황에서도 진석구의 통제 성향을 여실히 느끼고 있었다. 심리를 쥐고 흔들고, 자신의 손아귀 안에서 쥐락펴락하는 것에서 재미를 느끼는 것이다. 여기가 취조실이었다면 자백을 할 것처럼 굴면서 온갖 심부름을 시키고 대화를 이리저리 돌리며 심리적으로 자기 아래 두려 했을 것이다.

"이제 끝났어, 진석구. 자백도 필요없어."

석구의 얼굴에서 웃음이 사라졌다. 기중이 다시 입을 열었다.

"……내 딸한테 왜 그랬어."

기중이 총을 겨눈 채 천천히 다가갔다. 석구도 양팔을 든 채로 뒤로 물러났다.

"내 딸한테 왜 그랬냐고!"

분노로 권총을 돈 손이 파르르 떨렸다. 핏발 선 기중의 눈은 석구를 죽일 듯이 노려보고 있었다. 눈으로 사람을 죽일 수 있다면 바로 저런 눈일 것이다.

"혜은이?"

석구 입에서 그 이름이 나오자 기중의 안에서 뭔가가 폭발했다.

"그 입 닥쳐!"

짐승이 포효하는 것 같은 고함과 함께 기중이 순식간에 다가들어 석구의 이마에 총구를 갖다댔다. 이마가 총구에 부딪히면서 턱, 하는 소리가 났다. 이미 벽에 몰려 물러설 데가 없는 석구는 이마가 짓눌리는 통증에 신음을 흘렸다.

"나 못 죽일 거 아니까 의미 없는 짓 그만하세요, 선배. 딸이 어떻게 죽었는지, 그래서 지금 어디에 있는지 알아내야 하잖아요?"

"죽여버린다."

새빨갛게 충혈된 기중의 눈에는 차마 흐르지 못한 눈물이 고여 있었다. 바로 코앞에 있었다. 손을 조금만 뻗어도 닿을 거리에, 딸을 죽인 원수가 있다. 십 년을 그림자도 보지 못하고 찾아헤맨 그놈이 있다.

"말해. 왜 그랬어. 어떻게 했어!"

석구가 피식 웃었다.

"하나씩 물어야죠, 홍기중 교수님. 차근차근, 네?"

"……"

"성인하고 다르게 아이는 너무 쪼끄매서 목을 쥐는 게 생각처럼 쉽지 않더라고요. 그렇게 어린애는 처음이라…… 아무리 꽉 쥐어도 공간이 남아. 그래서 목을 쥐어서는 못하고 손바닥을 이렇게…… 펴서 위에서 꽉 누를 수밖에 없었어요."

석구가 허공에 치켜든 양손을 포개 누르는 시늉을 했다. 기중은 눈동자만 올려 확인하고는 다시 석구를 보았다. 단장의 고통은 이미 겪었다. 그런데 자식을 죽인 저 손을 보는 순간 찢겨진 심장이 갈갈이 흩어지는 것 같은 통증이 파고들었다.

기중은 석구의 이마에서 총을 떼고 뒤로 물러나 거리를 벌렸다. 거리가 너무 가까우면 반격을 해올지 모르기 때문이었다. 그제야 석구도 양팔을 내리고는 어깨를 돌렸다.

"이제 왜 죽였는지 말할 차례인가요?"

듣지 않아도 뻔했다. 놈은 세 번째 활동문제를 풀 때 제 입으로 밝혔다. '남자에게 원한이 있어서겠죠'라고. 일반인이라면 구체적인 묘사가 다 빠진 그런 상황만 듣고 바로 거기까지 생각할 수는 없다.

그리고 그 이유만은 아니었을 것이다. 혜은이를 죽이는 것으로 놈이 얻을 수 있는 이득은 따로 있다. 수사관의 정신을 무너뜨려 수사망을 피해 갈 수 있다는 것. 실제로 놈은 그 이득을 톡톡히 보았다.

"별로 어려운 이유는 아닌데? 그쪽이 날 쫓고 있으니까. 나도 살아야 될 거 아니에요?"

"시신 어딨어. 죽여버리기 전에 말해."

"알려주면 나 풀어준다고 했죠?"

"그래."

"그걸 어떻게 믿죠?"

석구가 자신을 향한 총구를 턱끝으로 가리켰다.

"시신 위치 말하자마자 나 죽일 거 같은데?"

총을 치우라는 무언의 명령이었다.

기중은 석구를 빤히 쳐다보았다. 갈등하는 듯 잠시 머뭇거렸으나 천천히 총을 바닥에 내려놓았다. 참가자들이 하얗게 질린 얼굴로 뒷걸음질 쳤다. 금방이라도 석구가 총을 꺼내 들 것만 같았다. 그러나 그는 어쩐지 움직이지 않았다. 대신 코웃음 치는 소리가 나왔다.

"아…… 내 총에 실탄 없구나?"

기중은 안일하게 권총을 내려놓았다는 걸 깨달았다. 자신의 판단에 욕설을 내뱉고 싶었다. 지금까지 잘 해왔는데, 중요한 순간에 실수를 했다.

2차 실험 시작 전에 석구에게 권총을 지급하면서 공포탄 한 발, 실탄 다섯 발이 들어 있다고 알려주었다. 사실 모두 공포탄이었다. 굳이 공포탄으로 모두 채운 건 실탄이 든 무게가 달라 알아챌 것을 대비해서였다. 알게 되어도 상관없지만 모르고 있다면 일촉즉발의 순간이 왔을 때 제압하기 유리해질 테니까.

기중이 다시 권총을 집어들었다. 놈의 다리 한쪽이라도 쏠 생각이었다. 그러나 고개를 든 순간 예상치 못한 상황이 펼쳐졌다. 비명 같은 소리들이 먼저 터져나왔다. 으윽, 하는 신음소리가 뒤이어 들렸다. 석구가 어느새 윤기의 뒤에 붙어 목에 칼을 대고 있었다. 준성을 묶을 때 청테이프를 잘랐던 제도용 칼이었다.

기중이 총을 겨눴지만 윤기의 뒤에 숨은 석구를 맞추는 건 무리였다. 기중의 머리 위로 석구의 묵직한 목소리가 떨어졌다.

"출입문 열어서 고정시켜."

기중은 석구를 노려보며 주머니에서 핸드폰을 꺼냈다. 잠시 망설이다 출입문이 고정되도록 조작했다.

　출입문이 열리자 바로 앞에 서 있다 깜짝 놀라는 형근이 보였다. 뒤에 보안요원 셋이 있었다.

　형근은 주최팀 사무실에서 실시간으로 화면을 보다 곧바로 실험장 출입문으로 왔다. STAFF ONLY 문으로 오면 석구와 정면으로 보게 되지만 출입문은 그의 뒤로 접근할 수 있었다. 문제는 이 문이 열리는 순간 석구가 도망칠 수가 있다는 것이었다. 어떡해야 하나 고민하고 있던 참에 문이 열린 것이다.

　출입문이 열렸지만 참가자들은 아무도 그리로 뛰어갈 엄두를 내지 못했다. 출입문 가장 가까이 석구가 있었다.

　형근이 출입문 안으로 발을 들여놓는 것을 보자 석구가 칼날로 윤기의 목을 더욱 세게 짓눌렀다.

　"서형근, 멈춰!"

　기중이 명령했다. 형근이 반사적으로 멈춰 섰다.

　"얘 죽는 거 보고 싶지 않으면 저놈들도 이쪽으로 와서 서라고 해."

　기중이 그대로 따르라 지시했고, 형근과 보안요원들이 문 안으로 들어와 기중에게로 움직였다. 석구는 인질을 붙잡고 출입문 쪽을 등진 채 섰다.

　곧바로 핸드폰과 차 키를 던지라 했다. 공중으로 날아간 핸드폰과 차 키가 석구 옆 바닥에 떨어졌다.

　"총 여기로 밀어."

　총에는 실탄 네 발이 남아있다. 이걸 넘기면 정말 걷잡을 수 없어진다. 석구가 총을 가지고 그냥 도망을 칠지, 그 전에 여기 있는 사람들을 쏴버리는 짓을 저지를지 알 수 없었다.

총을 넘기지 않으면 윤기가 죽는다. 진석구는 목적을 앞에 두고 망설일 인간이 아니다. 천천히 총을 바닥에 내려놓았다. 그러나 차마 넘기지는 못했다.

"그냥 애 죽여? 하긴, 원래도 얘들 다 도구처럼 썼잖아."

양심을 건드려 교묘하게 조종하려는 화법. 정신이 아득해지는 것 같았다. 술이라도 마신 것처럼 눈앞이 빙글빙글 돌았다. 죽이고 싶다는 살의가 머리 꼭대기에서 솟구쳤다.

……하지만 딸 시신의 위치를 저놈만이 알고 있다.

기중은 이를 악물었다.

"으아아악!"

칼이 윤기의 쇄골을 파고들었다. 일부러 급소를 피해 고문하고 있었다.

"손 치워. 이번엔 급소다."

칼자국이 깊숙하게 난 윤기의 쇄골에서 새빨간 피가 꿀럭꿀럭 흘러나왔다.

"알겠다! 알겠다고……."

기중이 바닥에 떨어진 총으로 손을 뻗었다.

"손 말고 발로 밀어!"

그러나 못 들은 것처럼, 기중은 그대로 권총을 잡아 석구의 발밑을 겨냥해 방아쇠를 당겼다. 눈 한 번 깜빡이기도 전에 일어난 일이었다.

석구가 칼을 치켜든 것과 동시에 탕! 하고 바닥에 탄이 꽂혔고, 그의 몸이 움찔하며 윤기에게서 떨어졌다. 그 틈을 노리고 기중이 몸을 날려 뛰었다.

그러나 석구는 기어이 윤기의 옆구리로 칼을 쑤셔 박았다가 뽑았다. 윤기의 몸이 활처럼 휘고 고통에 찬 비명소리가 울려 퍼졌다.

달려가던 기중은 쓰러지는 윤기의 몸을 받아 안았다. 뒤에서 형근과 보안요원들이 뛰었다. 석구는 이미 바닥의 차 키를 챙겨 출입문을 통과했다.

기중이 윤기를 내려놓고 쫓았지만 이미 늦었다. 석구는 실험장을 벗어나고 있었다. 기중은 멈추지 않았다. 119를 부르라고 소리치며 전속력으로 실험장 밖으로 달렸다. 형근도 기중의 뒤를 따라 달렸다. 라운지에는 참가자들만이 남았다.

준성이 피를 흘리며 쓰러진 윤기에게 달려갔다. 똑바로 눕혀 복부를 힘껏 눌렀다. 명우도 달려들어 피가 울컥거리고 있는 쇄골을 눌렀다. 민주는 옆에서 어쩔 줄 몰라하며 소리를 질러댔다. 시연이 뛰어가 기중의 핸드폰을 집어들었다. 잠금 상태였지만 긴급전화는 가능했다.

"뭐해요! 좀 도와요!"

준성이 얼이 빠져 있는 민주를 향해 소리쳤다. 민주가 그제야 정신을 차리고 준성 손 위로 자신의 손을 포개 힘껏 눌렀다. 복부에 가해지는 힘이 강해지면서 준성의 손 사이로 새어나오던 피가 멎기 시작했다.

"구급차 불렀어요! 곧 온대요!"

시연이 소리쳤다.

칼에 찔렸다고 말했으니 112도 같이 올 것이다.

끝이 보이지 않는 갈대밭이 스산한 바람에 파도처럼 너울거리고 있었다. 어느새 노을이 사라지면서 어슴푸레한 빛만 잔잔히 남은 저녁이었다.

석구는 그 속으로 사라졌다. 보안요원 셋이 흩어져 쫓고 있었지만 갈대밭에 들어온 순간부터 추적은 더욱 요원해졌다. 기중도 그 속에 있었다. 들어갈수록 갈대 높이가 높아지더니 거의 눈높이까지 왔다.

시선을 가리는 갈대들 사이로 석구가 보였다 사라졌다 했다. 방향은 틀리지 않은 것이다. 사각사각, 갈대가 스치는 소리가 청력을 완전히 지배해 다른 소리는 들을 수 없었다.

차 키를 빼앗아놓고는 차를 선택하지 않고 갈대밭에 뛰어든 건 석구에게는 차선책이었겠지만 결과적으로는 더 좋은 선택이었다. 보안요원들이 바짝 쫓아오는 터라 차에 타다 붙잡힐 수도 있었고, 철문 앞에 세워진 봉고차로 막아버리면 도망도 못 치고 차 안에 갇힐 수도 있었다.

갈대밭 속에는 형근도 있었는데 기중과 흩어져 찾겠다는 생각으로 다른 방향으로 왔다가 길을 잃었다.

갈대 사이로 석구가 보이는 빈도수가 늘어났다. 거리가 좁혀진 건 아니었지만 어느 순간 이미 갈대들이 휘어져 길을 터주고 있었다. 찾았다. 놈이 지나간 자리다.

거리가 가까워지기 시작했다. 저 앞에 놈이 보인다. 처음엔 머리만 보이던 것이 상체로, 그다음엔 다리까지, 이제는 전신이 다 보였다. 갈대를 헤치며 달리던 석구가 두리번거리며 주위를 살피는 모습도 보였다. 그러나 바로 뒤는 살피지 않았다. 기회였다. 기중은 기진맥진한 다리에 온 힘을 모았다. 제발, 제발…….

이제 손만 뻗으면 닿을 거리였다.

갑자기 석구가 홱 고개를 돌렸다. 기중을 발견하고는 일말의 망설임도 없이 몸을 날려 덮쳤다. 두 사람이 뒤엉켜 갈대밭을 뒹굴었다.

석구가 기중의 몸에 올라타 주먹질을 해댔다. 머리를 집중적으로 공격하는 건 정신을 빼놓아 도망칠 시간을 벌기 위한 거였다. 기중의 코피가 터지고 입술이 찢어졌다.

주먹질을 하던 석구가 기중의 총집으로 손을 가져갔다. 그 틈을 놓치지 않고 석구를 밀어내고 일어나 이번엔 기중이 깔고 앉았다. 위치가 바뀌었다. 이를 악물고 원수의 얼굴을 가격했다.

"어떻게, 그 어린애한테 어떻게 그럴 수가 있어. 어떻게!"

새끼를 잃은 짐승이 울부짖는 소리였다. 지난 세월의 아픔이 기중의 주먹 세포 하나하나, 살갗 사이사이에 박혀 있었다.

기중의 주먹이 석구의 코피로 피범벅이 됐다. 기중은 거의 정신을 놓은 채 본능만 남아 주먹을 휘두르고 있었다. 저 멀리서 선배님! 하고 형근이 부르는 소리가 들렸다. 기중이 포효하는 소리를 들은 것이었다.

기중은 주먹질을 멈췄다. 석구는 거의 정신을 잃기 전이라 더이상 반항할 기색이 없었다. 기중은 총집으로 손을 가져갔다. 권총을 꺼내들고 일어섰다. 석구의 왼쪽 다리를 몸으로 짓눌러 고정시키고 총구를 들이댔다. 석구의 눈이 휘둥그렇게 커지더니 발버둥치기 시작했다.

"아, 안 돼!"

탕! 방아쇠를 당겼다. 총알이 석구의 발목을 관통했다. 뚫린 구멍 사이로 검붉은 피가 울컥울컥 솟아났다. 석구가 끔찍한 비명을 내질렀다.

기중은 이번엔 석구의 바지 주머니를 뒤져 칼을 꺼냈다. 아까 윤기를 찔렀던 칼이었다. 석구는 고통스러워하느라 기중이 뭘하는지도 알아차리지 못했다.

"넌 한 방에 죽을 자격도 없어."

칼을 석구의 눈으로 가져갔다. 석구가 일어서려 발버둥쳤지만 다리가 마음대로 움직여지지 않았다. 팔을 휘적거리며 막으려고 하자 기중이 이번엔 그의 오른쪽 겨드랑이를 쭉 그었다.

"으아아악!"

석구가 허리를 휘며 고통스러워했다. 더 이상 오른쪽 팔을 휘적거리지 못했다.

"다, 당신! 나한테 이러면 안 될 텐데?"

왼팔도 움직이지 못하도록 잡아 누르고 칼로 놈의 안구를 찌르려다가 기중이 멈칫했다.

"딸 시신! 필요없어?"

텅 비어 있던 기중의 눈에 초점이 돌아왔다.

"어딨어. 어떻게 했어."

어쩌면 토막을 냈을지도 모른다는 상상을 하자 순간 혼이 나갔다 들어온 것 같은 현기증이 일었다. 그 작은 몸을 설마…….

"딜."

석구가 입에서 핏덩어리를 뱉어내더니 던진 한마디였다.

"……뭐?"

"여기서 날 그냥 보내주면 딸 시신 위치 알려줄게. 여기서 날 체포하거나 죽이면 평생 딸은 못 찾게 되는 거고."

당황한 기중의 반응이 재밌었는지 석구가 낄낄대며 웃었다.

기중은 대답하지 못했다. 손에 든 칼로 놈을 찌르지도 못했다. 몸이 움직이지 않았다. 사고가 정지했다.

저 멀리서 형근과 보안요원들이 기중을 찾는 소리가 들려왔다.

"딸 시신 평생 안 찾을래?"

수많은 생각이 머릿속을 긁고 지나갔다. 주마등 같이 지나가는 기억 속에는 혜은이도 있었지만 다른 피해자들도 있었다. 하루에 거울을 보는 횟수보다 더 많이 들여다봤던 피해자들의 마지막 모습이 담긴 사진, 살아생전의 모습들. 그러나 그의 심장을 가장 아프게 찌르는 건 결국 혜은이었다. 그의 인생을 환희로 가득차게 했다가, 그래서 전부가 되었다가, 사라지고 나서는 더이상 삶이랄 것이 없게 한 유일한 존재…….

아니야. 그렇다 해도 이런 악질 범죄자를 풀어줄 수는 없어.

또 살인을 저지를 거야.

"3일 뒤에 출국할 거야. 그때까지 출국금지 막아. 비행기 시간은 문자로 보낼 테니까 거기로 오고. 수속 끝나고 게이트 통과 직전에 시신 위치 알려줄게."

석구가 이를 악물고 속사포처럼 말했다. 그러고는 명함을 내놓으라며 손을 내밀었다.

하지만…… 지금까지 혜은이를 찾기 위해 달려왔는데. 혜은이를 찾지 못하면 마음 편히 죽을 수도 없는데.

그래도…….

그래도…….

칼을 쥔 손에서 힘이 빠졌다.

기중이 팔을 내리자 석구가 슬금슬금 그의 밑에서 빠져나와 앉았다. 부어오른 얼굴을 찡그린 채 총알이 관통한 발목을 들여다보았다. 풍선처럼 부풀어오른 발목에서 새까만 피가 연신 흘러나오고 있었다.

기중이 단호한 목소리로 말했다.

"없으니까 외워. 연락 없으면 바로 출국금지 시킨다."

기중이 자신의 번호를 알려주었다. 석구가 중얼거리면서 급하게 번호를 외웠다. 기중이 말했다.

"이틀. 내일모레로 해."

어차피 출국금지 조치가 한두 시간 내로는 되지 않는다. 하지만 기중이 원하는 시나리오대로 상황을 끌고 가기 위해서는 기간을 최대한 짧게 줄여야 했다.

"오케이, 내일모레. 약속한 거 완벽히 처리해두라고, 딸 찾고
싶으면."

석구가 절뚝거리며 일어섰다. 주위를 두리번거리더니 몸을
돌려 도망치기 시작했다. 다리에서 떨어진 피가 흙바닥에 점점
이 자국을 남겼다. 그렇게 석구는 갈대 속으로 사라졌다.

기중은 그 자리에 주저앉아 버렸다. 그렇게 1분쯤 흘렀을까,
그를 찾는 소리가 지척에서 들린다 싶더니 갈대 사이에서 형근
이 나타났다. 형근이 손이 피로 물든 기중을 보고 놀라 살폈지
만 상처 난 얼굴 말고는 다행히 크게 다친 덴 없어 보였다.

"어떻게 된 거예요? 그 새끼는요?"

"……놓쳤어."

"네?"

"……도망쳤어."

"아까 그 총소리는 뭐예요? 전 선배가 맞은 줄 알고……."

"놓쳤어, 내가……."

기중이 말을 잇지 못하며 얼굴을 감싸쥐었다.

형근은 가쁜 숨을 몰아쉬면서도 그를 의아하게 쳐다보았다.
다친 건 진석구인데 놓쳤다는 게 석연치 않아서였다.

곧 그 이유를 알게 되었다. 기중은 형근에게 진석구에 대한
출국금지 요청을 절대 하지 말 것을, 진석구가 범인임을 경찰에
함구할 것을 지시한 것이다.

19

실험 종료 후(1)

뉴스와 인터넷, 유튜브가 이 사건으로 뒤덮였다. 정부와 경찰이 손을 잡고 참가자를 모집했던 실험에서 살인사건이 발생했고, 그럼에도 주최 측 관계자 홍기중이 불법으로 강행했고 부상자가 나왔다는 것까지 모두 퍼졌다. 심지어 실험 강행 후 4일이나 지나 참가자들이 탈출하고 나서야 경찰이 그 사실을 인지했다는 게 국민들의 공분을 샀다.

참가자들이 실험장을 나온 지 하루도 안 되어서 일어난 일이었다. 그들 중 어느 누구도 먼저 언론에 알린 사람은 없었다. 그러나 칼에 찔린 부상자가 병원에 실려오면서 알려지는 건 시간문제였다.

홍기중은 쫓기는 신세가 되었다. 실험이 불법이었다는 것보다 살인마와 일반인을 한 공간에 가둬 생명을 위태롭게 했다는 점이 가장 불리하게 작용했다.

형근은 참가자들에게 연락을 취해 진석구가 범인이라는 걸 며칠만 함구해달라고 읍소했다. 그렇게 해야만 놈을 잡을 수 있다고.

형근은 기중이 딸을 찾겠다는 사적인 목적으로 실험을 이용하고 있다는 걸 알고 있었다. 죽은 딸의 시신을 찾는 대신 놈은 영영 놓칠 수도 있다는 것도 모르지 않았다. 하지만, 정말 놓쳐서는 안 되지만, 십 년이나 딸을 찾아 헤맨 선배를 외면할 수는 없었다.

실험이 끝나고도 진석구 경사의 행방이 묘연했지만 윗선은 그가 범인이라고는 생각하지 못하고 홍기중 찾기에만 혈안이 되었다.

현서와 형근은 곧바로 불려가서 추궁당했다. 대부분의 질문에 대답했지만 중요한 사안들에 대해서는 입을 다물었다. 징계 논의도 오갔지만 먼저 기중을 잡아 전말이 모두 드러나기 전까지 임의 정직 처분이 내려졌다.

기중은 숨지 않았다. 그러나 위치가 발각되어선 안 되기에 핸드폰은 꺼두었다. 석구의 문자를 확인할 때 딱 한 번만 켤 생각이었다.

지금 기중은 석구를 미행 중이었다. 2차 실험 전 미리 알아둔 정보에 의하면 영등포의 한 아파트, 총 네 개의 동이 하나의 단지이고 400여 세대로 이루어진 이곳이 놈이 꾸린 가족의 거처였다.

진석구는 반드시 연락해올 것이다. 출국금지를 막아야 한다는 목적이 있으니 놈은 반드시 이 약속을 이행할 수밖에 없다. 문제는 놈이 딸의 위치를 제대로 알려주지 않고 도망칠 위험성이 있다는 것이다. 그렇게 되도록 내버려둘 생각은 추호도 없었다.

실험장에서 도망치고 만 하루가 지난 저녁 7시였다. 석구가 준비를 마쳤다면 연락을 하기에 적당한 시간이다. 기중은 핸드폰을 켰다. 부재중 연락이 폭격처럼 쏟아졌다. 셀 수도 없는 양이었다. 경찰에서 온 연락, 범죄심리학협회에서 온 연락, 친구들, 지인들 심지어 준성에게서 온 연락도 있었다. 준성은 어떻게 되어가는지, 언제까지 함구해야 하는지 묻고 있었다.

산더미 같은 문자들 속에서 석구의 문자를 찾았다. 오늘 오후 4시가 조금 넘어서 온 것이었다.

28일 새벽 3시 20분 태국행 비행기 발권 예정

기중은 핸드폰을 끄지 않고 시동을 걸었다. 지하주차장으로 차를 몰았다. 놈이 제 발로 나오지 않으니 어쩔 수 없었다. 백미러에 걸린 가족사진을 보고 석구의 차를 미리 확인해두었다.

아직 경찰의 흔적은 보이지 않았다. 주차장을 여러 번 돈 다음에 석구의 차로 가까이 다가갔다. 옆에는 빈자리가 없었다. 기중은 그 앞을 막고 정차했다.

형근에게 문자를 보내 석구의 번호를 알려주었다.

이 번호로 전화. 내 차를 긁었다고. 반응 없으면 신고한다고 협박

'실수로 당신 차를 긁었다' 같은 건 한국을 뜨기 바쁜 석구에게 통하지 않을 것이다. 무시했다가는 경찰에 신고라도 할까 싶

어 뛰쳐나올 수밖에 없는 상황이 필요했다.

잠시 후 멀리 철문이 벌컥 열리더니 진석구가 나타났다. 인상을 잔뜩 쓰고 두리번거리며 절뚝절뚝 지하 계단을 내려왔다. 발목은 붕대를 칭칭 감아 응급처치를 한 듯했다.

다친 다리가 마음처럼 안 따라주는지 욕설을 내뱉는 소리가 들렸다. 당장 내일 새벽 출국을 앞두고 가족들을 전부 데리고 도망쳐야 할 테니 초조할 것이다. 아니, 놈이라면 가족을 버리고 갈지도 모른다.

석구가 운전석 앞에 와서 섰다. 주위를 한 번 둘러보더니 차창을 두드렸다. 기중은 차 안에서 그를 지켜보았다. 석구는 황당해하는 얼굴이었다.

"저기요."

석구가 운전석을 좀 더 거칠게 두드렸다. 기중은 고개를 돌려 조수석에 둔 에코백을 보았다. 그 안에 전기충격기와 밧줄이 들어 있다. 에코백을 들고 운전석 문을 열었다.

"뭘 긁었다는……."

기중이 차에서 나오자 석구의 눈이 커졌다. 그러나 이미 늦었다. 기중이 어제 석구에게서 빼앗은 제도용 칼을 꺼내 목에 세게 짓눌렀다. 경동맥이었다. 이렇게 이미 칼날이 파고든 상태라면 아무리 순발력이 있더라도 쳐낼 수 없다. 쳐내는 순간 목이 그어질 테니까.

"네 집으로 가."

석구는 굳은 채 움직이지 못했다.

"왜 이래. 공항에서 만나기로 했잖아."

"잔말 말고 가자고."

"가족들이 있어서 안 돼."

"그럼 전화해서 집 비우라고 해."

"……."

칼날이 피부를 파고들자 석구가 움찔하더니 천천히 내딛기 시작했다.

"허튼짓했다간 바로 찌를 테니까 입 닥치고 가."

기중이 경고했다.

순순히 움직이는 석구를 보면서 기중은 깨달았다. 가족들이 집에 있다는 건 거짓말이다. 이미 다른 곳으로 피신시켰거나 버리고 갈 생각이겠지.

엘리베이터 문이 열렸다. 안에서 내리던 여자 승객이 기중과 석구를 한 번 힐긋 보고는 비켜서 지나갔다. 기중이 석구 뒤에서 끌어안는 자세로 칼을 가렸기 때문에 보이지 않았을 것이다.

석구는 차마 여자에게 상황을 알리는 도박은 하지 못했다. 몇 시간만 버티면 되는데 섣부른 행동은 할 수 없었다.

"이러는 이유가 뭐야."

엘리베이터 안에서 석구가 물었다. 거울에 비친 석구는 혼란에 빠진 얼굴이었다.

기중은 대답하지 않았다.

"공항에서 내가 위치 제대로 안 알려주고 도망갈까 봐? 그런 거라면 이해해볼게."

석구가 회유하듯 말했다. 이번에도 기중은 대답하지 않았다. 석구의 숨이 거칠어지는 게 귓가에 생생하게 전해졌다. 태연한 척 가장하고 있지만 적잖이 긴장해 있는 것이다.

집에 들어오자마자 기중은 놈의 목에서 칼을 뗐다. 칼날이 파고든 자리에서 천천히 피가 배어 나왔다. 현관문이 닫히면서 자동으로 잠겼다.

그 순간 석구가 뒤돌아 덮쳤다.

기중은 피하지 않았다.

정신이 들었을 때 기중은 팔다리를 움직일 수 없는 상태라는 걸 깨달았다. 석구가 넘어트린 다음 후두부 급소를 쳐서 기절시켰던 것까지는 기억이 났다.

기중은 정신은 차렸지만 눈도 뜨지 않고 미동도 하지 않았다. 가까운 거리에서 석구가 통화를 하고 있었다. 수화기 너머 들려오는 목소리는 남자치고 얇은 편이었다. 내용은 들리지 않았다.

"네, 떠나려고요. ……여기까지인가 봐요. 하하, 저야 뭐 그렇죠. 네."

기중은 실눈을 떴다. 고개가 떨구어진 채 옆으로 돌아간 상태여서 가장 먼저 보인 건 바닥이었다. 시야 확보가 쉽지 않았다. 팔다리가 밧줄에 묶여 있는데, 그건 그가 가져온 거였다. 지금 여긴 거실이었다.

고개를 좀 더 움직여 보니 석구가 거기 있었다. 그의 새카만 눈동자와 마주쳤다. 전화기를 귀에 대고 있었다. 석구는 소파에 앉은 채 통화 중이었다. 기중은 거실 한가운데 의자와 함께 묶여 있다는 걸 알았다.

석구가 기중을 빤히 보면서 전화 상대에게 인사를 하고 전화를 끊었다.

"일어났네?"

석구 뒤로 벽시계가 보였다. 7시 43분. 핸드폰을 켜고 형근에게 문자를 보낸 게 7시 5분쯤이었으니까 기절한 시간은 길어봐야 십 분 정도다. 어쩌면 전기충격기를 동원했을지도 모른다.

"이제 좀 들어봅시다. 약속했는데 왜 온 거야?"

"아까 네가 짐작한 대로."

"내가 안 알려줄까 봐? 못 알려줄 것도 없는데? 어차피 난 떠나면 그만이잖아."

"만일에 대비한 거지."

"뭐야, 그 정도 리스크는 감수했어야지. 왜 일을 피곤하게 만들어."

"내 딸 어딨어."

석구가 코웃음을 쳤다.

"이런 짓을 해놓고 내가 알려주길 바라는 거야? 약속 파기야. 난 너 여기 묶어놓고 한국 뜨면 그만이야."

실제로 거실은 난장판이었다. 테이블 위의 펜꽂이는 엎어져 있었고 바닥에는 쓰레기가 나뒹굴었다. 현관문 앞에는 커다란 캐리어가 하나 세워져 있었다. 얼마나 다급하게 출국 준비를 하고 있었는지 알 만했다. 구석에는 기중의 에코백이 팽개쳐져 있었다.

석구가 다른 의자를 끌고 와 기중 앞에 앉아 얼굴을 들이밀었다. 더러운 숨결이 코끝에 닿았다.

"내가 어떻게 해주길 바라는 거야? 딸 시신만 빼고 다 해줄게."

석구가 재밌다는 듯 씩 웃었다.

기중은 가만히 석구를 노려보았다. 현혹되어선 안 된다. 놈은 지금 한국을 떠나려고 마음이 바쁘다. 그저 속을 긁기 위한 조롱일 뿐이다.

퉤, 기중은 석구의 얼굴에 침을 뱉었다. 표정이 싹 굳은 석구가 조용히 옷소매로 얼굴을 닦았다. 그 손이 기중의 얼굴로 날아왔다. 폭행은 한 번으로 끝나지 않았다. 두 번, 세 번, 네 번.

"내가, 매너 있게 굴어주니까 무서운 줄 모르고 감히……."

석구의 눈에 살기가 번뜩였다. 기중은 의자와 함께 넘어진 채 고스란히 주먹을 다 맞아야 했다. 입안이 터져 피가 흘러나왔고 얼얼한 감각이 번져나갔다. 두개골이 흔들리는 것 같은 통증이 밀려들었다.

"이 개새끼가! 실험에서 왕놀이 할 때도 재수 없어 죽는 줄 알았는데. 이 씨발새끼가!"

석구는 주먹질을 하다가 어느새 이성을 잃었다. 무시를 당했다는 모멸감이 그의 촉발제였다. 쏟아지는 발길질을 맞으면서 기중은 놈의 이전 살인도 모두 같은 이유였을 거라 확신했다. 참가자들과 혜은이를 제외한 세 명의 피해자들. 대체 어떤 공통점을 갖고 있었던 걸까.

발로 기중의 머리를 짓밟던 석구가 성에 안 차는지 신발장으로 가 신발을 신고 왔다. 기중은 그 모습을 쳐다보며 입안에서 침과 뒤섞인 핏덩어리를 뱉어냈다. 그리고 석구를 올려다보며 활짝 미소 지었다. 그 미소는 바로 껄껄대는 웃음으로 바뀌었다. 피로 얼룩진 이가 징그럽게 드러났다.

석구의 동공이 커졌다. 뭔가 잘못 돌아가고 있다는 걸 직감적으로 알아챘다. 왜, 왜 두려워하지 않는 거야?

문득 알 것 같았다. 지금 홍기중에게는 필히 있어야 할 것이 없었다. 공포였다. 기중의 눈에는 공포심이, 두려움이, 망설임이 보이지 않았다.

설마…….

"이것도…… 네가 짠 판이냐?"

문득 아까 신발장에서 기중을 기절시킬 때 느낀 위화감의 정체를 알 것 같았다.

집까지 들어와 놓고 기중은 슬며시 칼을 떼고, 공격도 피하지 않았다.

"이것도 네 작전이냐고, 이 씨발 쥐새끼 같은 놈아!"

석구가 이를 악물고 물었다. 기중은 처맞으면서도 웃기만 했다.

결박된 이 상황조차 홍기중이 만든 판이었다는 걸 깨달았지만 이미 늦었다는 걸 석구는 알았다. 어차피 이렇게 된 마당에 살인 한 번 더 한다고 해서 달라질 것도 없다.

석구는 부엌으로 가서 도마칼을 가지고 나왔다. 제도용 칼로는 성에 차지 않을 것 같아서였다.

"이 씨발새끼가 일평생을 피곤하게……."

석구가 기중의 허벅지에 칼을 찔러넣었다. 기중의 비명소리
가 석구의 귀에 찬송가처럼 들렸다. 이번엔 복부를 찔렀다. 기
중이 고통에 몸부림쳤다. 칼을 뽑아냈다. 기중의 몸부림이 격해
졌다. 석구는 웃었다. 즐거웠다. 자신을 모욕한 인간들을 죽이는
일은 언제나 즐거웠다.

석구는 일부러 급소는 피했다.

"그냥 죽어버리면 재미없으니까, 응? 병신새끼. 똑똑한 척은
다 하면서 내가 바로 옆에 있는지도 모르고 십 년을 찾아다니다
니. 하긴 경찰일 거라곤 생각 못 할 만도 해."

석구가 히죽 웃고는 칼을 내려놓고 일어섰다.

석구가 기중을 짓밟기 위해 신발을 치켜들었을 때였다. 탕!
굉음이 들려왔다. 총소리였다.

"……뭐야!"

석구가 현관문 쪽으로 고개를 돌린 순간, 다시 한번 탕! 하는
총소리가 들려왔다. 쇳덩이가 떨어지는 소리와 함께 현관문이
벌컥 열리는 소리가 들렸다. 이윽고 이중문이 열리고 무장한 형
사 기동대를 앞세운 형사들이 들이닥쳤다. 거기에는 형근도 있
었다.

모두 석구 아래 포박된 채 피떡이 되어 있는 기중을 보았다.
형근이 분노를 누르는 목소리로 말했다.

"진석구, 너를 살인미수 및 감금, 폭행죄 현행범으로 체포한

다. 변호사를 선임할 수 있고…….”

"영장 있어? 뭔데 이래, 씨발!"

석구가 기중을 인질로 삼으려고 움직일 때였다. 석구의 눈이 커졌다. 형사들 뒤에 있는 사람들을 보았기 때문이다. 현관문 뒤쪽에 그의 일곱 살, 여섯 살 난 아들들 그리고 아내가 있었다.

"아빠……?"

아이들이 울음을 터뜨렸고 석구는 움직이지 못했다. 기동대 경찰 하나가 총을 쐈다. 석구가 비명을 지르며 한쪽으로 쓰러졌다. 총알이 허벅지를 관통했다. 그 사이 형근은 영장을 꺼내 들었다.

모두 피를 철철 흘리며 고통에 헐떡이는 석구를 지켜보았다. 안쓰러운 표정을 짓는 사람은 아무도 없었다. 모두 똑같은 가면을 쓴 것처럼, 신음하는 살인마를 표정없이 가만히 응시할 뿐이었다.

형근의 명령이 떨어지자 기동대 경찰들이 석구를 에워쌌고, 다른 형사가 석구의 팔을 뒤로 돌려 수갑을 채웠다. 석구는 발악했지만 이미 알고 있었다. 이제 끝났다는 것을. 그토록 원하던 우월감은 고사하고 자유롭게 살 수도 없게 되었다는 것을.

"선배! 괜찮으세요? 119는 왜 아직이야!"

형근이 기중에게 달려와 그의 상태를 살피고는 동료들을 향해 소리쳤다. 형근은 긴 세월 딸을 잃고 그 시신이라도 찾기 위해 외롭게 싸워온 선배를 굳은 채 내려다보았다. 설마 죽었나 싶었다. 피투성이가 된 얼굴은 차마 눈뜨고 보기 어려웠다. 온몸이 피로 물들어 있었다. 형근은 울컥해 눈물이 고였다.

갈대밭을 떠나기 전, 기중은 형근에게 마지막 지시를 내렸다.

핸드폰을 끄고 도주할 것이다, 내 연락을 기다려라, 내 핸드폰 위치를 추적해 경찰들을 데리고 와줘라.

알 수 없는 지시였지만 형근은 군말 없이 그러겠다고 했다. 그리고 그 길로 기중은 갈대 속으로 사라져 도주했다.

기중으로부터 문자가 왔을 때 형근은 때가 왔다는 걸 알았다. 곧바로 시킨 대로 이행했고, 그가 무사하기를 바라며 경찰에 이 사실을 알렸다.

마침 경찰은 헤매고 있던 중이었다. 기중의 신호가 잡힌 기지국을 찾았지만 그 부근 수많은 아파트 건물들 중에서 어떤 건물, 몇 층에 있는지는 알 수 없기 때문이었다. 불현듯 기중의 문자를 떠올린 형근이 거기 적혀있던 전화번호로 신원 조회를 했다가 명의자가 진석구라는 것과 그의 주소지를 알게 되었다. 기중의 위치가 잡힌 곳이었다.

기중은 눈을 뜨지 않았다. 맥박에 손을 대보았다. 맥박이 뛰지 않았다. 다른 형사가 기중의 결박을 풀었다. 형근은 얼른 기중을 똑바로 눕히고 심폐소생술을 시작했다. 그사이에 다른 형사가 기중의 복부를 온 힘을 다해 눌러 출혈을 막았다. 진석구는 수갑을 찬 채로 거의 질질 끌려가다시피 나갔다.

"선배 왜 이러고 있어……. 정신 차리라고!"

형근은 기중의 가슴을 압박하면서 울부짖었다.

형근은 지난 십 년간 기중과 함께 혜은을 찾아다닌 비밀 멤버였다. 막내 형사로 현장에서 토악질이나 하던 그는 당시 기중과 함께 일한 지 1년도 채 되지 않은 때였지만 형사로서 가슴 아픈 사건을 외면할 수 없었다.

그렇게 지금까지 함께해왔다. 여기까지 어떻게 왔는데, 이렇게 끝낼 수는 없었다.

홍기중은 이런 모습으로 죽어서는 안 되었다.

20

실험 종료 후(2)

"십 년 전 관절살인사건으로 알려졌던 미제사건의 범인이 잡혔습니다. 놀랍게도 범인은 2017년부터 경찰로 재직 중이었다고 하는데요. 프로파일러 홍기중 교수가 진행한 심리 실험에 참여했다가 덜미를 붙잡혔다는 충격적인 소식입니다. 홍기중 교수는 7년 전 딸 홍혜은 양을……."

진석구는 실험 참가자들의 증언과 실험 당시의 충분한 영상 자료로 혐의가 인정되었다. 무엇보다 홍기중을 납치, 감금, 폭행한 것과 살인미수 혐의만으로도 진석구의 운명은 결정된 것이나 다름없었다.

진석구는 범행 일체를 자백했다. 더는 물러설 곳이 없으니 자백해서 선처라도 받으려는 것이었다.

그동안 기중이 알아내지 못했던 것도 밝혀졌다. 피해자 선정 이유, 피해자들의 공통점.

진석구가 2014년부터 2017년까지 4년에 걸쳐 저지른 총 세 건의 살인사건 피해자들은 모두 석구와 어떤 식으로든 인연이 있었고, 그 과정에서 석구의 '트리거'를 건드렸다.

첫 번째 피해자인 서인희는 석구와 같은 피트니스 센터에 다니는 회원이었다. 단체로 하는 GX 프로그램을 이용하지 않는 이상 개인이 서로 부딪힐 일은 없었다. 그런데 석구가 실내 사이클을 이용하다 사이즈를 조절할 수 있는 페달의 연결부가 빠졌고, 그렇게 된 김에 운동을 멈추고 가려는데, 옆에서 다른 운동을 하던 서인희가 다가왔다.

그녀는 페달이 빠졌으면 되돌려놓고 가야지 그냥 가면 어떡하냐고 나무랐다. 석구는 그건 어차피 사이즈 조절을 할 때마다 빼야 하는 방식이니 다음 사람이 자신의 발 크기에 맞게 조절하고 다시 끼우면 된다고 대꾸했다. 그리고 가려는데 투덜거리는 소리가 났다.

돌아보니 서인희가 페달을 손보려 허리를 숙이며 '요즘 사람들은 생각이 없어'라고 혼잣말을 중얼거렸다. 문제는 다른 데 있었다. 혼잣말을 하며 검지로 머리를 톡톡 치는 제스처를 한 것이다.

석구는 뇌가 핑 도는 것만 같았다. 무의식중에 나온 행동일 뿐인데, 석구에게는 달랐다. 어린 시절 자신을 한심해하고 멸시했던 아버지의 행동이었던 것이다.

'하여간 멍청하다니까', '머리 빈 새끼', '니 머리엔 똥만 가득 찼나 보다'라며 인격모독을 할 때마다 하는 행동이었다. 석구가 좀 더 자라서 사춘기에 접어들었을 땐 그 손가락을 아버지 본인의 머리가 아니라 석구의 머리에 대고 치기 시작했다. 툭 툭, 툭툭……

당시 석구는 물려받은 재산이 있어 역세권 오피스텔에 거주 했다. 서인희의 집과 멀지 않았다. 서인희는 역세권에서 조금 더 들어가면 나오는 주택가에 살았다. 석구는 두 달이라는 시간을 가지고 그 감정을 삭이려고 노력했다. 하지만 실패했다. 결국 서 인희를 미행해 집을 알아내기에 이르렀다.

매일 같이 찾아가 서인희의 일상을 지켜보는 집착이 시작되 었다. 몸의 컨디션은 괜찮지만 기분은 그다지 좋지 않던 어느 날, 혼자 사는 서인희가 출근하지 않은 것을 알아채고는 집에 택배 기사로 위장해 침입에 성공, 살해했다.

이것이 그의 첫 살인이었다. 인체에 관심을 갖게 되면서부터 몇 년에 걸쳐 꾸준한 시뮬레이션을 해온 덕이었는지 처음 치고 완벽에 가까웠다는 자부심이 그의 정신을 고양시켰다. 머리카 락 한 올 떨어지지 않게 짧게 자르고 머리에 딱 맞는 캡모자를 눌러쓴 것 그리고 택배 기사가 그렇듯 장갑을 끼는 등 철저한 장비를 갖춘 자신이 특별한 존재처럼 여겨졌다.

두 번째 피해자인 문은숙과의 인연은 직접적이진 않았다. 초 등학생인 손녀와 걸어가는 문은숙을 우연히 본 것이 시작이었 다. 공부를 안 하는 손녀가 못마땅한지 길에서 화를 내더니 손 녀의 머리를 손가락으로 툭툭 치는 것을 목격했다. 기분이 별로 좋지 않던 어느 시기, 몸의 컨디션이 좋은 날을 기다렸다가 문은숙의 집에 침입해 살해했다.

세 번째 피해자 박광철은 좀 더 억울한 사연을 지녔다. 살인에 맛들렸지만 촉발제가 없으면 시행할 수 없는 진석구가 살인에 목이 말라가던 어느 날, 동네를 배회하다가 아버지의 젊은 시절을 닮은 남자를 본 것이다.

마침 아버지와 전화로 한바탕 싸운 후였다. 분노가 엉뚱한 사람에게로 향했다. 일주일 넘게 남자의 주위를 배회하면서 그가 아내와 고등학생인 아들 둘과 함께 산다는 걸 알았다. 남자에게 칼을 들이대고 가족의 목숨을 가지고 협박하면서 야산으로 유인했다. 그리고 목을 졸라 살해했다.

그런 후 전시했다. 죽은 시신으로 어떤 자세까지 가능할까 고민하다가 나온 결과였다. 늘 그렇듯 그 형상을 사진으로 남겼다. 그것은 너무도 아름다워서 중독성이 있었다. 사진을 찍기 위해 시신의 발밑이나 옆에서 서성이다 보니 족적이 남았다는 것을 알지 못한 채 진석구는 욕구를 충족시켰다.

그러나 결코 허술하지 않다는 것이 그의 자부심이었다. 야외에서의 살인이니 이전과 다르게 어떤 복병이 따를지 모른다는 생각에 피해자의 핸드폰을 길가에 세워진 오토바이 밑에 부착해서 위치 추적을 무용지물로 만들었다.

석구에게서 이상 심리가 발현되기 시작한 것은 막 사춘기가 시작된 중학교 2학년 때부터였다. 열다섯 살이라는 나이는 그에게 있어 인생이 전환된 시기였다. 계기는 하굣길에 학교 앞에서 크게 난 교통사고를 목격한 것이었다.

이삿짐을 싣고 가던 용달 트럭과 충돌한 피해자는 그 자리에서 즉사했는데, 다리 관절이 반대로 꺾이는 끔찍한 모습으로 세상을 떠났다. 그 사고의 최초 목격자가 석구였다.

　중요한 건 다리 관절이 반대로 꺾인 채 바닥에 널브러진 그 형태가 석구의 눈에는 아름다운 작품처럼 보였다는 것이다. 인간이라는 동물의 몸은 저렇게 무한한 모습을 갖고 있구나, 처음으로 깨달았다.

　그 이후로 인간의 신체에 대한 집착이 시작되었다. 도서관을 찾아 생물학 책을 독파한 뒤 나중에는 의학 서적까지 읽게 되었다. 하지만 그런 것들은 석구의 욕망을 충족시켜주지 못했다. 석구가 알고 싶은 것은 인간 신체의 정보 같은 것들이 아니라 '어디까지 모습을 변형할 수 있는지'였기 때문이다.

　그러다 요가, 필라테스, 기이한 자세를 취한 인간문화재, 공연 같은 것들이 그나마 자신이 원하던 것이라는 걸 알게 되었다. 그러나 그 이후가 문제였다. 그런 것들은 그의 근원적인 욕망을 충족시켜주기에는 한계가 있었다.

　그러던 어느 날 인터넷에 떠돌아다니는, 사망한 사람의 신체 일부를 찍은 사진을 보게 되었다. 그 순간 온몸에 전율이 훑고 지나갔다. 짜릿했다. 바로 이거다. 이런 거였던 거다, 내가 원하던 것은!

　그 뒤로 그게 자꾸만 보고 싶었다. 그런데 볼 방법이 없었다. 직접 사람을 죽이지 않고서는.

　그러던 중 머리에 대고 삿대질을 하는 모멸감을 느끼는 순간을 맞닥뜨리고 첫 번째 살인을 하게 된 것이다. 관절이 기이하게 꺾인 그 모습이 너무도 아름다워 충동적으로 사진을 남겼다.

첫 살인을 했던 당시 스물여섯 살의 백수였던 진석구는 사회에 대한 불만으로 가득 차 있었다. 물려받은 돈이 많으니 일은 하기 싫어서 놀고 먹으면서도 세상이 자신을 인정해주지 않는다는 피해망상에 빠져 있었다.

강압적으로 통제하며 키웠음에도 더 빗나가자 부모는 점점 석구를 내놓은 자식처럼 대했고, 군 제대 후에는 알아서 살라며 집에서 아예 쫓아내버렸다. 평생을 무섭고 엄하게 키우더니 종국에는 자신을 내친 부모에 대한 반감은 세상에 대한 분노로 이어졌다. 분노가 커질수록 죽은 사람의 신체를 보고 싶은 욕망이 강해졌다.

8월 11일 강윤정을 살해한 이유도 크게 다르지 않았다. 1차 실험 내내 석구는 주최팀 일원으로서 그녀를 지켜보았다. 매사에 윽박지르듯이 말하는 윤정이 처음부터 마음에 안 들었다. 결정적인 건 게임 활동 중에 갈등이 일어났을 때였다.

주최팀으로 실험장에 투입되었을 때, 강윤정이 석구를 쳐다보며 '생각 좀 해보세요'라고 말하며 손가락으로 그녀 자신의 머리를 툭툭 치는 행동을 한 것. 그것이 석구의 살의를 촉발시켰다. 주최팀으로 실험에 참가한 목적을 생각해 참아야 한다는 걸 석구도 모르지 않았다. 하지만 그러지 못했다.

강윤정의 집을 찾아가는 건 어렵지 않았다. 주최팀도 의심받을 거라고 생각 못 했던 석구는 참가복을 입고 범행을 저질렀다. 그게 용의선상에서 완전히 벗어나는 묘안이라 생각했기 때문이다. 범인이 참가자 중에 있다고 믿어버린 경찰이 내부에서만 헤매게 될 테니까.

참가복을 손에 넣는 것도 쉬웠다. 참가자들이 모두 탈의실을 빠져나간 후, 동료 경찰과 함께 2인 1조로 탈의실에 들어가 간단한 수색을 했다. 참가자가 놓고 간 물건이나 수상한 게 있을 경우를 대비해 들고 들어간 가방에 참가복과 신발을 슬쩍했다.

참가복은 구기면 생각보다 부피가 줄었고 신발 정도는 가방 안에 들어가도 티가 나지 않았다. 이후 청소 직원이 참가복이 하나 없다는 걸 발견하고 알렸다. 홍기중은 수색하러 들어갔던 경찰들까지는 미처 의심하지 못했을 것이다.

며칠 미행을 해 강윤정이 혼자 있는 시간을 알아내고는 침입해 살해했다. 문제는, 일을 다 끝내고 나가려는데 도어락 비밀번호를 누르고 윤정의 집에 들어오던 종섭과 마주쳤다는 것이다.

석구는 종섭의 얼굴을 알고 있었기에 한눈에 알아봤다. 언제, 어떻게 그랬는지는 모르지만 둘이 눈이 맞은 것이다. 가면을 쓰고 생활했는데 도대체 어떤 포인트에서 눈이 맞을 수 있었던 걸까.

어이없었지만 어쨌든 목격자를 살려둘 수는 없었다. 급소를 쳐 일격에 종섭을 기절시키고 술 취한 친구를 부축하는 척 택시에 탔다. 참가복과 가면은 벗어서 메고 온 백팩에 쑤셔넣고 캡 모자로 얼굴을 가렸다. 가는 내내 종섭이 깨어날까 봐 조마조마했지만 다행히 거리가 멀지 않아 15분 안에 도착했다.

혹시라도 중간에 깨어나면 가져온 칼로 위협해 집 안으로 유인할 생각이었는데 다행히 종섭은 집 앞에 다다라서야 정신을 차렸다. 칼을 허리춤에 깊게 들이대자 종섭은 생각보다 순순히 집까지 걸어갔다.

집 안에 들어가자마자 석구는 종섭의 허리를 찔러서 무력하게 만든 후 결박했다. 그렇게 해놓고 우선은 계획대로 이행했다. 선불폰으로 지하철역에 와 있을 참가자들에게 주최팀인 척 '돈을 가져가라'는 문자를 보내 모두 용의자로 만들었다. 현금 융통은 쉬웠다. 똑똑하고 악랄한 부모가 어린 시절부터 세금을 피하는 방법 중 하나로 그의 앞으로 빼돌린 현금이 있었다.

황종섭의 집에 머물면서 어떻게 할지 고민했다. 그 고민은 꽤 길었다. 꼬박 6일이란 시간을 소요해야 했다. 황종섭은 질질 울면서 살려만 달라고, 아무에게도 말하지 않겠다고 빌었다. 잠깐 재미로 만난 여자일 뿐이니 제 목숨이 먼저인 게 당연하다는 태도였다. 결국 죽이기로 마음먹었다. 목격자를 살려주는 건 자살행위니까.

늘 해오던 방식대로 목을 졸라 죽였다. 이번 살인도 또 다른 쾌감이 있었다. 결정적인 행동을 해서 표적이 된 것은 강윤정이었지만 실험 내내 재수 없었던 건 황종섭도 뒤지지 않았으니까.

그렇게 완전범죄를 위해 추가 실험인 척 참가자들을 불러모으는 방식을 또 한 번 취했다. 생각했던 것보다 돈이 많이 나가긴 했지만 어차피 딱히 쓸 데도 없는 돈이었다. 그는 오랜만에 누리는 만족감에 완전히 심취했다.

이 모든 것들을 고백하고 진석구는 검찰에 송치됐다.

그런 후 진석구의 방 비밀금고에서 피해자들의 시신 사진이 다량 발견되었다.

21

사건 종결 후

기중은 수술을 무사히 마치고 당일 깨어났다. 궂은일을 함께 겪은 형근이 옆에서 오열했지만 기중의 첫마디는 지극히 단호했다.

"진석구 어딨어?"

기중은 퇴원하고 절뚝발이처럼이라도 걸을 수 있게 되자마자 구치소로 진석구를 만나러 갔다.

석구는 겨우 2주 사이에 머리를 빡빡 밀고 수척해져 있었다. 그답지 않게 어깨가 처지고 기가 죽어 보였다.

기중은 자신도 모르게 눈살을 찌푸렸다. 이런 인간이 아닐 텐데?

"사람 목숨이란 게 참 질겨, 그치?"

석구가 앉자마자 픽 웃으며 말했다.

기중은 석구가 왜 이렇게 소침해졌는지 알 것 같았다. 경찰이

들이닥친 그 순간 절묘하게도 아내와 아이들이 돌아왔다는 걸 전해 들었다. 아무래도 오지 않는 남편이 걱정도 되고 아이들이 놓고 온 물건이 있다고 떼를 쓰자 돌아온 것이었다.

아내에게 상황이 얼마나 어떻게 심각한지 공유하지 않고 여행이라고만 둘러댄 게 실수였다. 진석구는 아이들에게 하늘 같은 아빠였다. 모멸감에 취약한 만큼 모멸감을 느낄 일이 없는 관계가 매우 중요했기에 통제적이고 권위적인 아버지가 되어 있었다.

그가 지난 십 년간 더 이상 살인을 하지 않을 수 있었던 건 아이들이 태어나면서 권력욕과 통제욕을 채울 수 있는 대체 수단이 생겼기 때문이었을 것이다. 죽은 이의 신체를 보고 황홀감을 느끼는 놈의 이상 성향은 강력계에서 근무하며 채워졌을 것이다. 이러한 분석을 증명해주듯 아이들은 그를 매우 무서운 '왕' 같은 아빠로 인식하고 있었다.

그런데 처참한 모습을 아이들에게 들키면서 놈의 자아가 무너진 것이다.

"마지막까지, 그 모든 게 함정이었다는 걸 내가 너무 늦게 안 거지. 그래, 내가 졌어. 두 손 두 발 다 들었다고."

석구가 눈동자를 이리저리 굴리며 씹어뱉듯 말했다.

석구와 거래를 한 것도, 석구를 찾아가 결박당한 것도 모두 기중의 계획이었다.

갈등하지 않은 건 아니었다. 그냥 이 손으로 죽일까도 생각했다. 정말이지 그러고 싶었다. 하지만 아빠의 건강이 걱정되어 술

고래를 제목으로 시를 썼던 혜은이의 얼굴이 떠올라 차마 그럴 수가 없었다.

딸의 시신을 찾기 위해서는 놈을 놓아주어야 할지도 모른다 생각하면서 보내준 것도 사실이었다. 딸의 시신을 찾는 것은 그에게 남은 인생을 다 잃어도 상관없을 만큼 중요하니까. 하지만 그렇다고 놈을 놓쳐도 괜찮다고 생각한 적은 단 한순간도 없었다. 놈의 손에 억울하게 삶을 빼앗긴 피해자들, 피해자의 가족들을 위해서라도 안 될 일이었고, 놈의 손에 또 희생될지 모를 미래의 피해자들을 생각하면 더더욱 그랬다.

그 자리에서 진석구를 잡아봐야 마땅한 증거가 없었다. 지금까지의 정황 증거들, 실험장에서의 태도들, PCL-R(사이코패스 검사)와 같은 기능을 하는 활동문제에서의 점수, 영상 속 걸음걸이와 제스처가 있지만 DNA, 지문, 혈흔과 같은 직접 증거가 없어서 무혐의가 떨어지거나 터무니없이 적은 형량이 나올 우려가 있었다. 이것은 기중에게 끔찍한 공포였다.

그래서 놈을 놓아주었다. 놈이 딸의 시신 위치를 알려주지 않고 영영 외국으로 도망갈지 모르는 도박을 하느니 체포하는 게 가장 합리적이라는 결론을 내렸기 때문이다. 놈을 놓아주는 척하고, 새로운 죄를 만들어 일단은 이 대한민국의 감옥에 가두어 두는 것. 그것이 기중의 마지막 결정이었다.

그러기 위해서는 스스로가 그의 피해자가 되는 것밖에는 방법이 없었다. 죽는 것도 각오한 일이었다. 삶에 아쉬움은 없었다. 딸의 시신을 영영 찾지 못한다는 생각에 가슴이 미어지지만,

자신을 살해한 죄로 진석구가 처벌을 받고, 자신은 딸 곁으로 갈 테니 나쁘지 않다고 생각했을 뿐이다. 애초부터 놈을 놓아줄 생각 같은 건 없었다.

석구가 갑자기 기중을 똑바로 응시했다.

"그러고 보니, 그럼 딸 시신을 포기하고 나를 체포하는 걸 택한 거네? 어떻게 그럴 수가 있어?"

진심으로 의아하다는 얼굴이었다. 가차 없이 여러 사람을 죽인 살인마가 인간의 탈을 쓰고 그럴 수 있느냐는 표정을 짓고 있었다.

대답하면 말려든다. 기중은 무시하고 용건을 꺼냈다.

"이전 사건들도 다 인정했다며."

"그랬지. 어차피 이러나저러나 무기징역인 건 똑같으니까."

추가적인 살인을 하나하나 자백할 때마다 취조하는 형사들을 신나게 부려먹고 농락질을 했다는 이야기를 들었다. 권력형 사이코패스. 놈은 자백하는 순간까지도 자신의 쾌락을 충족시킨 것이다.

"왜 내 딸에 대한 자백은 빼먹었지?"

진석구는 언론에 드러난 모든 범행을 자백했고, 여죄에 대한 수사가 이어지고 있는 중이었다. 그런데 혜은이에 대한 내용은 입도 벙긋하지 않았다. 어차피 모든 죄를 자백하는 마당에 혜은이에 관해서만 인정하지 않는 이유가 뭘까. 실제로 진석구의 집에서 발견된 시신 사진들에는 어린 아이의 것은 없었다. 하지만 기중은 진석구가 범인이라고 믿어 의심치 않았다.

"직접 만나 얘기하려고 안 했지. 이렇게 찾아올 줄 알았거든."

어깨는 위축되어 보였지만 표정은 예의 살인마의 그것으로 돌아와 있었다.

왜 진작 몰랐을까. 놈의 눈이 저렇게 초점 없이 텅 비어 있다는 것을.

"나한테 직접 자백하려고?"

"아니, 니가 생각지도 못했던 걸 알려주려고."

자백이 아닌데 뭔가를 알려주겠다. 무슨 말일까.

기중은 불편한 위화감이 온몸을 휘감아오는 걸 느꼈다.

"네 딸은 내가 그런 게 아니거든."

말의 내용이 뇌까지 전달되는 데 한참이나 걸렸다. 기중은 몇 초간 아무 반응도 못 하고 멀거니 있었다.

"……뭐?"

"내가 안 죽였다고."

"……그럼?"

저게 무슨 말이지?

머리가 돌아가지 않았다. 답답하고 먹먹한 느낌이 번졌다.

"무슨 말이냐고."

"혜은인지 뭔지 내가 죽이지 않았고, 그러니까 시신 위치도 모른다고."

석구가 히죽 웃었다.

"……범인이 다른 사람이라고?"

"그렇겠지. 난 모르는 일이니까."

"그게 우연이라고?"

"내 추종자였을 수도 있지. 네가 너무 날 옥죄니까 내 팬이 수사를 막으려고 그런 걸 수도 있지 않을까?"

그렇게 말하곤 석구가 또 히죽 웃었다.

기중은 무너지는 하늘에 깔린 것 같은 심정으로 그를 보았다. 절망스러웠다. 진석구가 자신의 힘을 과시하기 위해 일부러 약을 올리는 거라고 생각하고 싶은데, 기중의 본능이 알고 있었다. 진석구는 지금 진실을 말하고 있다는 걸.

진실을 말하는 자와 거짓을 말하는 자는 분명 다른 양상을 보인다. 더욱이나 얻을 이득이 전혀 없다면 거짓말을 할 이유가 없다. 인간은 이유 없는 행동은 하지 않는다.

재미있다는 듯 웃는 진석구가 흐릿했던 기중의 초점에 서서히 맺혀들었다. 뇌가 다시 돌아가기 시작하고, 이성이 돌아왔다.

"……웃지 마, 이 개새끼야."

"아우, 내가 그런 거 아니라니까 너무 까칠하시네."

"네가 한 짓은 아닐지 몰라도 넌 분명 혜은이 사건에 대해서 잘 알고 있어. 그러니까 말해. 어떻게 된 거야."

진석구가 어깨를 으쓱해 보였다.

"난 그런 말 한 적 없는데요?"

가슴 안에서 뜨거운 것이 솟구쳤다. 기중은 결국 벌떡 일어나 접견실 유리창을 쳤다.

"말해, 이 개새끼야! 내 딸 죽인 놈 누구야. 넌 알잖아!"

"저기요, 교도관님, 접견 끝났습니다."

진석구가 가뿐하게 일어섰다. 교도관이 곤란한 듯 기중을 번 갈아보면서도 석구를 데리고 나갈 채비를 했다.

"앉아! 내 말 아직 안 끝났어. 나오라고 이 새끼야!"

기중이 유리창에 매달려 주먹질을 하면서 소리쳤지만 석구는 유유히 접견실을 빠져나갔다.

기중은 울부짖었다. 여기까지 올 수 있도록 그가 힘겹게 움켜 쥐고 있던 생명줄이 끊어지는 것 같은 고통이 덮쳐왔다.

안 그래도 뜨거운 감자였던 이병주 가면살인사건은 이번 실 험이 알려지면서 더욱 화제가 되었다.

이병주는 살인 교사 혐의로 징역 15년을 선고받았다. 경찰에 협조하여 참여자들의 신원을 공유한 점이 참작을 받은 거였다.

참여자들 다섯 명 중에서 직접 칼로 편의점 사장을 찌른 인물 은 스물한 살 청년으로 드러났다.

청년은 경제적인 문제로 고등학교를 졸업하자마자 건설 현장 아르바이트를 하며 생계를 유지하고 있었는데, 가난한 집에서 일탈을 꿈꾸다 이병주의 제안을 받았다. 재밌겠다는 단순한 생 각에 참가했고, 현장에서 일촉즉발의 상황에 두 가지의 요소가 칼을 찌르는 행위로 이어졌다고 고백했다.

죽이지 않으면 신고당해 체포될 거라는 불안감이 들어 차라 리 죽이는 게 낫겠다는 판단 오류를 범한 것이 첫 번째, 그리고 그 상황에 편의점 사장이 아내와 자식들이 있다며 애걸복걸한 것에서 다 가진 자에 대한 질투를 느낀 것이 두 번째 요소였다. 이 청년은 살인죄로 처벌을 받았고 가담했던 네 명에 대한 판결도 곧 있을 예정이었다.

진석구는 기중에 대한 감금 및 살인미수만으로도 징역을 받을 예정이었지만 일련의 정황 증거들과 자백, 그리고 사진 증거들을 통해 이외의 살인죄 기소가 모두 받아들여지면서 사형을 선고받았다. 그러나 현재 사형을 집행하지 않는 실정이기에 가석방 없는 무기징역과 다를 바 없었다.

기중은 징계를 받았다. 기중을 응원하는 여론과 이 실험을 통해 미제사건을 해결하고 희대의 살인마를 검거했다는 성과가 참작되어 파면이 아닌 3개월 정직 처분이 내려졌다.

어느덧 6개월 넘는 시간이 흘렀다. 100평 규모의 거대한 실험장을 관광명소처럼 개방하겠다는 뉴스가 떴을 때쯤 참가자들여섯 명에게 한 통의 연락이 도착했다. 기중이 모두에게 식사를 대접하겠다는 초대였다.

장소는 어느 날씨 좋은 봄날 햇빛이 잘 들어오는 룸을 가진 레스토랑이었다.

"아, 뭐야, 이번에도 내가 젤 먼저야?"

직원이 안내해준 룸으로 들어간 민주는 픽 웃기부터 했다. 이번엔 느긋하게 기다려야겠다고 생각하며 자리에 앉았다.

이러고 있으니 2차 실험 때 첫 번째 순서로 선정돼 짜증 냈던 때가 떠올랐다. 며칠 뒤에 무슨 일이 벌어질지도 모른 채 사소한 데 화를 내고 있었다는 생각이 들었다. 그게 벌써 반년도 더 지난 일이라니, 믿기지 않았다.

참가비 현금 5천만 원은 실험장을 탈출하고 나서 일주일 뒤에 입금되었다. 백수 신세라 할 일 없이 집에 앉아 그 돈을 어떻게 써야 할지 며칠을 고민했는지 모른다. 경리 경력이 있으니 어디든 재취업을 하려고 구인 사이트를 뒤적이기도 했지만 결국 그만두었다. 늘 당장의 생활비에 쪼들려 급한 대로 고만고만한 취업을 하고 거기에 안주하는 삶을 반복해왔지만 이제는 그리고 싶지 않았다.

민주는 처음으로 '내가 진짜 원하는 게 뭘까'라는 고민을 해보았다. 그 고민은 아직 끝나지 않았지만 돈에 쪼들려 당장 눈앞의 일에만 치여 살았던 예전과 달리 이번엔 차분히 시간을 들여 제 마음을 들여다보고 싶었다. 그 시간을 벌기 위해 카페에서 아르바이트를 시작했고 어느새 4개월째였다. 참가비 5천만 원은 아까운 마음에 차마 손댈 수 없어 고스란히 통장에 넣어두었다.

실험에 참가하고 나서 민주는 지루하고 하찮게만 여겼던 일상이 얼마나 소중한 것이었는지 깨달았다. 또한 쉽게, 한 방에 돈을 벌겠다는 욕심이 얼마나 위험한 것인지도.

무엇보다 가장 큰 수확은 자신이 얼마나 주위 사람들에게 무례했었는지를 절감했다는 것이다. 늘 여유 없는 삶에 찌들려 주위에 무심했고, 나 빼고 다 잘사는 것 같은 시기심과 질투가 늘 밑바닥에 깔려 있었다. 그러한 성격이 가면을 썼을 때 더 강화되었다는 것도. 모두가 가면을 벗을 때 저 안에 사람이 있었다는 것을 깨닫고 받았던 신선한 충격이 아직까지도 생생했다.

어쩌면 곁에 친구가 없었던 게 단순히 돈이 없어 어울려 놀지 못해 그런 게 아닐지도 모른다는 생각도 처음으로 해보았다. 생각해보면 돈 많은 사람들만이 친구를 갖는 건 아니니까.

문이 열리고 누가 들어섰다. 절묘하게도 명우였다. 민주는 이번엔 활짝 웃으며 그를 맞이했다.

김민주, 서명우, 안수호, 백윤기, 노준성, 한시연. 빠진 사람 없이 모두 참석했고 현서도 기중과 함께 왔다.

기중이 룸에 들어서자 모두가 일제히 자리에서 일어섰다.

"그간 모두 잘 지내셨습니까?"

기중이 둘러보며 묻자 모두 자리에 앉으면서 약속이라도 한 것처럼 코웃음을 쳤다.

"잘 지냈을 것 같아요?"

"다들 인터뷰로 바쁘셨더군요."

"전 인터뷰 도망 다니느라 바빴습니다."

명우가 피곤해 보이는 눈을 일그러뜨렸다.

"정리할 일이 많아 이제야 연락드리게 되었습니다. 여러분들의 도움으로 범인을 검거할 수 있었습니다. 감사함보다 죄송한 마음이 더 컸습니다. 의도치 않게 이런 일에 말려들게 해 죄송하단 말씀을 드리고 싶었습니다. 여러분들 중에 범인이 있을 거라 생각하니 행동이 무례하게 나갔었어요. 또 강하게 밀어붙여야 심리적으로 범인을 압박할 수 있어서 그랬던 것도 있고요. 그럼에도 모두 이렇게 무사히 다시 만나게 되어 기쁩니다."

참가자들은 실험에 참여해 받은 돈으로 새 인생을 시작했다며 저마다 간단한 근황을 전했다.

투톤이었던 머리카락을 검정색으로 염색하고 중간 길이로 자른 민주는 새 인생을 시작하려고 준비하는 중이라 했고, 명우는 자세교정을 했는지 구부정하던 자세가 반듯하게 펴져 보기 좋았다. 빚을 어느 정도 청산하고 기존의 사업을 다시 이어가는데, 이번엔 무리하게 진행하지 않을 생각으로, 안정적으로 꾸려가고 있다고 했다. 늘 빨리 성공해야 한다며 조급하게 굴었던 것이 패착이었던 것 같다고. 이번 실험을 통해 인생에서 진짜 중요한 게 뭔지 깨달았다고.

수호는 운동 강도를 높였는지 더욱 완벽한 역삼각형 몸매를 자랑했다. 모델 일은 접고 헬스장 직원으로 취업했다고 했다. 좀 더 안정적이고 평범한 일상을 살고 싶었고, 여자친구와 결혼을 앞두고 있다는 경사를 알렸다. 그 준비에 참가비가 큰 몫을 해주었다고 뿌듯해했다. 그러나 다시는 일확천금을 노리고 이런 이상한 실험에 참가하는 짓은 하지 않겠다고 해서 웃음을 자아냈다.

마지막에는 여러 사람에게 범인으로 몰리는 순간에 깨달은 바가 있었다며 과거에 자신이 잘못했던 친구를 만나 진심 어린 사과를 전했다고, 처음으로 자신의 과거가 부끄러웠다는 사연모를 말을 했다.

윤기는 부상 이후 건강의 소중함을 깨달으면서 잘 먹고 잘 관리해 아주 건강해 보였다. 전처럼 남들의 시선을 끌려고 과하게 행동하는 것이 놀랍게도 감쪽같이 사라지고 없었다. 한 참가자는 전보다 여유로워 보이는 그의 모습이 낯설다고 말하기도 했다.

준성은 깔끔한 양복 차림이었는데, 멋쩍게 웃으며 참가자들에게 자신의 오만했던 태도에 대해 사과했다. 은퇴 이후 자신의 자아를 지키기 위해 사람들을 깎아내리고 무시했는데, 실험이 끝나자 정신이 돌아온 것처럼 머릿속이 맑아졌다고 했다. 극한의 상황에 몰리면 사람이 돌아버릴 수도 있다는 것, 당황스러운 상황에서는 바보 같은 행동을 할 수도 있다는 것을 몸소 깨달았다며 지난 인생을 돌아보았다고 했다.

약간 살이 오른 시연은 얼굴이 전보다 훨씬 보기 좋았고 표정도 많이 밝아져 있었다. 이런 일을 겪고 나니 못 할 일이 없겠다 싶어졌다며, 어딘가 당차 보이는 모습이 참가자들을 놀라게 했다.

밝은 분위기가 이어졌다. 아직 해결되지 않은 기중의 딸과 관련된 사건에 대해서는 누구도 입 밖에 내지 않았다.

기중이 회식비를 건네주고 더 회포를 풀라며 빠지려고 할 때였다. 준성이 물었다.

"그런데 준비했다는 보너스 상품은 뭐였습니까?"

"아, 그거요. 태블릿이었는데, 잠금설정이 되어 있었어요. 다시 돌려드렸죠, 뭐."

현서가 좋다 말았다는 듯 웃으며 기중을 쳐다보았다.

"뭐예요! 역시 선물이라는 거 뻥이었던 거네요. 다른 건 뭐였는데요?"

윤기가 장난스럽게 타박하듯 말했다.

기중이 설명했다.

"아, 그거요. '열쇠 수리공' 관련한 소설책과 자전거 잠금장치, 홍채를 머리에 단 큰 인형, 열쇠가 달린 비밀 일기장, 비밀번호가 걸린 노트북, 비밀번호가 적힌 통장…… 뭐 이런 거였습니다. 물론 모두 새 제품이고요."

"왜 죄다 비번이 걸려 있어요? 열쇠가 포인트인 거예요?"

민주가 고개를 갸웃거리며 물었다.

"선물들을 자세히 살펴보면 숫자가 붙어 있었을 겁니다. 선물이 있던 방 번호 순서대로 조합하면 그게 출입문의 비밀번호가 되죠. 활동에 열심히 참여했을 때 탈출할 수 있는 기회도 열어두는 게 공평한 거라 생각해서 준비한 장치였죠. 물론…… 2차 실험이 불법적인 실험이 되면서 그런 것들이 모두 무의미해지긴 했지만요."

참가자들이 모두 아! 하고 입을 벌렸다.

명우가 살짝 손바닥을 들어보였다.

"저도 질문이 있는데요. 화장실에 거울이 없던 건 뭘 의도한 거였습니까? 익명성 실험이어서? 그렇다기엔 사실 익명성 실험이 아니었잖아요."

"그건…… 이유가 두 가지였습니다. 하나는, 혹시 거울이 깨져 다치거나 무기가 될 위험 때문이었고요, 또 하나는 거울로 자신의 얼굴을 보면 범죄를 저지르는 행위를 할 가능성이 현저히 낮아진다는 연구에 따라 그걸 방지하기 위해서였습니다. 범죄를 부추기기 위해서가 아니라, 범인의 본래 성격이 나오도록 하기 위해서였죠."

이렇게 말하고 정적이 흐르자 기중이 어색하게 웃으며 비인간적이어서 죄송하다고 사과했다.

잠시 후, 질문을 했던 명우가 가장 먼저 탄식을 터뜨렸다.

"……이유 없는 설계는 단 하나도 없었던 거군요."

어디선가 짝짝짝, 하는 느린 박수 소리가 들려왔다. 윤기가 고개를 절레절레 저으며 부러 과한 액션으로 박수를 치고 있었다.

"와, 진짜 리스펙!"

그제야 참가자들이 소리 내어 웃었다. 기중은 보일 듯 말듯 웃어 보이고는 말했다.

"그럼 맛있게 드시고 즐거운 시간 되십시오. 다시 한번……감사했습니다."

참가자들을 향해 처음으로 고개 숙여 인사하고 기중은 레스토랑을 나섰다.

실험에 참여할 때보다 밝아진 얼굴들을 보니 뿌듯한 마음이 들기도 하고 조금은 죄책감이 가시는 기분이 들기도 했다. 하지만 과연 저들이 밝아진 것이 값진 경험으로 인한 것인지 거액의 참가비 때문인지는 알 수 없었다. 그가 성취감을 느끼기에는 저들에게 끔찍한 경험이었을 것을 모르지 않기에 심경이 복잡했다.

비윤리적임에도 강행했던 실험이 긍정적인 영향을 남기며 마무리되었지만 잘한 일이라고 생각하지는 않는다. 그렇다고 해서 후회도 하지 않는다.

기중은 그 길로 진석구에게 희생된 피해자들이 잠들어 있는 봉안당으로 향했다. 드디어 억울한 죽음들과 마주하고 범인의 검거 소식을 알릴 수 있게 되었다.

이 길을 끝으로 그는 유골 없이 봉안당에 안치된 혜은이를 보러 갈 예정이었다. 비록 비어 있는 유골함이지만 활짝 웃고 있는 딸의 사진이 그를 기다리고 있었다.

딸을 죽인 범인은 잡지 못했다. 하지만 아직 끝나지 않았다. 그가 포기하기 전까지는 절대 끝나지 않을 여정이었다. 진석구는 회피했지만 기중은 그가 혜은이의 죽음에 대해 뭔가를 알고 있다는 느낌을 받았다. 어떻게 알고 있는지는 모르겠지만 관련이 있다는 것만은 분명했다. 생각지 못했었지만, 공범이 있을지도 모른다는 힌트를 얻었다.

포기하지 않을 것이다.

혜은이의 시신을 찾고, 범인을 검거해서 이 손으로 단죄하는 그날까지.

마피아 찾기

1쇄 발행 2024년 8월 20일

지은이 김하림
펴낸이 배선아
펴낸곳 고즈넉이엔티

출판등록 2017년 3월 13일 제2022-000078호
주   소 서울특별시 마포구 성지1길 35, 4층
대표전화 02-6269-8166 **팩스** 02-6166-9199
이 메 일 gozknockent@gozknock.com
홈페이지 www.gozknock.com
블 로 그 blog.naver.com/gozknock
페이스북 www.facebook.com/gozknock
인스타그램 www.instagram.com/gozknock